La cinquième victime

DU MÊME AUTEUR CHEZ MIRA

Rédemption
Le cercle écarlate

M.J. ROSE

La cinquième victime

Roman

MIRA

Titre original :
THE VENUS FIX
publié par MIRA®

Traduction de l'américain par BARBARA VERSINI

Mira® est une marque déposée par le groupe Harlequin

Photos de couverture
Bougie éteinte : © ROYALTY FREE / JUPITER IMAGES
Bougies allumées : © WORKBOOKSTOCK / JUPITER IMAGES
Fond : © ROYALTY FREE / FOTOLIA

83-85 boulevard Vincent-Auriol 75646 PARIS CEDEX 13.

ISBN 978-2-2808-3829-0 — ISSN 1765-7792

Il serait temps que quelqu'un songe à dédier un livre à ma très chère amie, Carol Fitzgerald, cette insatiable lectrice. Carol, celui-ci est pour toi. Merci. Merci pour tout.

Mon ennemi vieillit
J'ai enfin ma revanche
Le goût de la haine s'en va
Qui veut savourer la vengeance
Qu'il se hâte — Le festin lui échappe
C'est un plat insipide
Aussitôt rassasiée la colère est morte
C'est la faim qui l'engraisse

EMILY DICKINSON

1.

Mon amour,

Après tous ces longs mois, je me décide enfin à affronter la vérité. Je sais maintenant que rien ne comblera le vide laissé par ton absence, que rien non plus n'allégera la douleur aiguë qui m'empêche de m'endormir la nuit et me réveille chaque matin. Je ne trouverai pas le repos tant que ces femmes continueront. Je dis « ces femmes », mais ce ne sont pas des femmes, mais des sorcières, des chasseresses qui répandent leur malédiction et s'emparent des âmes sans que personne ne s'en offusque, sans que personne ne semble comprendre à quel point elles sont dangereuses, sans que personne ne paraisse s'inquiéter du poison qui coule dans leurs veines, ce venin qui brille la nuit, dans le noir, pour satisfaire les hommes qui salivent — les yeux rivés à leurs poitrines nues, à leurs lèvres humides, en guettant les gémissements et les saletés qu'elles murmurent —, tout en se caressant, jusqu'à l'orgasme, oublieux d'eux-mêmes, avant de revenir s'écraser sur terre, lentement, lentement.

Dans trente-trois jours, ce sera ton anniversaire. Pour te prouver à quel point je t'aime, je promets solennellement que ces cinq malfaisantes femelles auront eu d'ici là la punition qu'elles méritent.

Le périple que je m'apprête à accomplir ne me rendra pas ma joie de vivre. Aucune importance. Parce que je ne le fais pas pour moi, mais pour toi. Uniquement pour toi.

JEUDI

plus que vingt-deux jours

2.

Merde, il faisait un de ces froids… Il avait ouvert la fenêtre pour chasser l'odeur de bière, d'herbe et de sexe, et puis il s'était endormi. Et à présent l'air était si glacial dans cette chambre qu'il n'arrivait plus à sortir la tête de dessous les draps. Mais il avait envie de savoir si elle était toujours là, envie de jouir une deuxième fois, aussi il fit un effort et repoussa la couverture, à peine, juste assez pour jeter un œil.

Dans la pénombre de sa chambre, il ne distinguait qu'elle. Toujours là, oui, toujours nue, ses seins aux tétons roses toujours fermes et dressés.

Il eut aussitôt une érection.

Du coup, il se réveilla tout à fait. Il commençait déjà à fantasmer. Bon sang, il la trouvait… dorée… Oui, dorée était l'adjectif qui convenait pour décrire la peau ambrée de cette fille, ses longues boucles blondes. Et dorée aussi la sensation qui le brûlait comme un soleil, à l'intérieur, quand il contemplait cette vision éblouissante. Et tout ce qu'il avait à faire, c'était de s'allonger et de laisser la magie opérer.

Aucune fille du lycée n'avait autant d'expérience.

Aucune n'était aussi bien foutue.

Aucune ne s'offrait comme elle.

Penny était assise dans le grand fauteuil rouge, là où il l'avait laissée tout à l'heure, les jambes écartées. Elle jouait avec son godemiché tout en lui souriant. Intrigué, Timothy avança la tête. Ce sourire avait quelque chose de pas normal. Ouais, elle n'avait pas l'air dans son assiette. Elle tremblait un peu et son visage était figé en une drôle de grimace. Entre le grotesque et la souffrance. Puis, brusquement, sa tête s'affaissa, ses épaules furent agitées d'un sursaut et elle se mit à vomir.

Timothy avait connu pas mal de nanas bizarres, mais là c'était un peu trop. Il fallait être vraiment pervers pour s'exciter devant un tel spectacle.

D'habitude, Penny était douce et supersexy. Elle dépassait juste ce qu'il fallait les limites de la décence. Sans excès. Bon, d'accord, il lui arrivait d'utiliser des godes d'une taille effarante, mais la « baguette magique » qu'elle manipulait en ce moment avait des proportions plus que raisonnables.

— Penny, murmura-t-il. Qu'est-ce que tu fiches ?

La réponse fut une sorte de faible gémissement, à peine audible. Un peu comme celui d'un animal blessé. Rien à voir avec les soupirs qu'elle poussait tout à l'heure en faisant aller et venir son gode rose lubrifié, quand elle avait joui en même temps que lui.

Elle ne jouait peut-être pas la comédie... Et si elle était vraiment malade... ? Les intoxications alimentaires provoquaient ce genre de symptômes. Timothy avait déjà eu une intoxication alimentaire. Ouais, elle n'avait vraiment pas l'air dans son assiette. Sa peau luisait de sueur, ses cheveux étaient plats, elle avait un regard vitreux et fiévreux.

Il eut la sensation qu'elle avait besoin d'aide. Tout de suite. Vite. Mais que faire ?

Il se leva d'un bond, tout en attrapant le couvre-lit qu'il noua autour de sa taille, et se dirigea vers la porte de sa chambre. Puis il s'arrêta net. Il n'y avait personne chez lui. Ses parents étaient sortis. Bon sang… Bien sûr qu'ils étaient sortis, parce que Penny, malade ou pas, c'était la transgression absolue. L'interdit avec un grand I.

Il se tourna de nouveau vers elle, pour être sûr. Elle s'activait toujours, mais au ralenti, et son geignement continu et plaintif donnait envie de se boucher les oreilles.

Il attrapa le téléphone.

Il fallait appeler à l'aide. Mais qui ? La police ? Une ambulance ? Amanda ? Est-ce qu'Amanda saurait quoi faire ? Non. Amanda risquait de prévenir sa mère. Pas question de prendre ce risque. Et s'il se trompait ? Si tout ça n'était qu'une mise en scène ? Si Penny jouait simplement un rôle pour répondre à la demande d'un client pervers ? Il savait que ça lui arrivait quelquefois.

Il jeta de nouveau un coup d'œil de son côté. Elle avait lâché le gode. Il contempla ses petites mains qui agrippaient maintenant les accoudoirs du fauteuil, ses pieds, si légers, si fragiles, qu'on aurait dit qu'ils n'étaient pas faits pour la soutenir, et, dessous, la moquette usée — un détail qu'il n'avait jamais remarqué auparavant. A présent, le tableau avait quelque chose de pathétique… Cette fille, ce fauteuil, les rares meubles qui l'entouraient, la petite télévision qu'il apercevait en fond. Il n'y avait que la vue, par la fenêtre, qui était grandiose. Tiens, il n'y avait jamais prêté attention… Normal, il était sous le charme, il n'avait eu d'yeux que pour le corps nu de Penny. Mais en ce moment il osait à peine le regarder.

Redresse la tête, Penny. Dis-moi ce qui se passe. Dis-moi ce que je dois faire.

Elle vomit de nouveau.

Il composa le 911.

— Quelle est la nature de votre urgence ? fit une voix.

Au même moment, l'écran devint noir. Timothy courut vers l'ordinateur et se figea devant le reflet sombre de sa propre silhouette qui le scrutait.

Penny s'était déconnectée.

Qu'est-ce que ça pouvait bien signifier ?

Il se mit à taper fébrilement sur son clavier pour vérifier si le problème ne venait pas de chez lui. La page qu'il avait visitée avant celle de Penny s'ouvrit. Il voulut revenir en arrière.

Plus de Penny.

— Allô ? hurla la voix à l'autre bout du fil. Allô ?

Les idées se bousculaient dans le crâne de Timothy. Maintenant, ils allaient lui demander de décliner son identité… Il faudrait répondre… Ses parents apprendraient qu'il avait de nouveau enfreint les règles et Dieu seul savait quelle serait leur réaction. Depuis qu'il suivait ces stupides séances de thérapie à l'école, ils lui foutaient un peu la paix, mais s'ils apprenaient que… Pas question de prendre un tel risque. D'autant plus qu'il s'était peut-être trompé. Après tout, il pouvait s'agir d'un nouveau scénario concocté par cette coquine de Penny…

— Allô ? insista encore la voix.

— Allô, répondit-il enfin.

— Pouvez-vous me préciser la nature de votre urgence, je vous prie ?

— Ce n'est pas… Je ne crois pas que… Je pense avoir fait une erreur…

— Nous avons déjà envoyé une voiture chez vous. Vous êtes blessé ?

— Non, je ne suis pas blessé. Il n'y a aucune urgence. Je me suis trompé.

— Vous allez bien ? Vous êtes sûr ?

— Oui. Je… Je croyais que quelqu'un tentait d'entrer chez moi par effraction… Mais c'était un cauchemar… Je dormais, en fait.

— La voiture de patrouille est en route, elle sera sur place dans moins de trente secondes, fit plus doucement la voix.

Timothy entendit l'Interphone grésiller dans la cuisine. Il raccrocha, sortit de sa chambre, et traversa le couloir en courant. Il sentait monter la panique. Il avait un goût de bile dans la bouche.

Il appuya sur le bouton.

— Oui ?

— Timothy, la police est là, annonça le portier. Ils disent qu'il s'agit d'une urgence. Je les fais monter.

— Non ! hurla-t-il. Non, passez-les-moi. Je voudrais leur parler.

Il y eut un temps de silence.

— Timothy Marcus ? Je suis l'officier de police Keally. Vous avez un problème ?

— Non.

— Vous en êtes bien certain ? Vous avez pourtant appelé le 911.

— Oui, mais c'était une erreur. Je dormais et j'ai dû faire un cauchemar. J'ai cru voir quelque chose… Je me suis trompé.

— Vous êtes sûr que vous ne voulez pas que nous montions pour vérifier que tout va bien ?

Timothy hésita. Devait-il leur dire et assumer les conséquences ? Et tant pis pour la réaction de ses parents… Il avait vu un truc bizarre sur cet ordinateur, non ? Penny était malade, elle avait vomi.

Ou bien elle avait joué la comédie pour satisfaire les fantasmes d'un tordu…

— Oui, j'en suis sûr, murmura-t-il dans l'Interphone. Inutile de vous déranger.

LUNDI

plus que dix-huit jours

3.

Il n'allait pas tarder à neiger de nouveau. Je le sentais. J'aime la neige. Je la trouve mystérieuse et belle. Depuis l'âge de dix ans, j'ai l'impression qu'il neige en mon honneur. Parce que je m'appelle Snow. Morgan Snow.

Le ciel était gris et les arbres saupoudrés de blanc. Mon souffle s'exhalait en petits nuages — un phénomène qui me fascinait enfant et qui fascinait maintenant ma fille, Dulcie.

« J'expire des fantômes, maman », avait-elle dit une fois.

Et elle avait inspiré une grande goulée d'air avant de la recracher. « Tu crois aux fantômes, maman ? »

J'y croyais, mais pas à la façon dont elle l'entendait le jour où elle m'avait posé la question, à l'âge de huit ans. Elle n'aurait probablement pas compris ma réponse. Comment aurais-je pu lui expliquer que j'avais trop souvent la sensation, en la regardant, d'apercevoir le fantôme de ma mère ? Comment aurais-je pu lui avouer que j'étais habitée par les fantômes de mes patients, par leurs secrets qui affleuraient à ma conscience au moment précis où j'allais atteindre l'orgasme ? Entre deux apparitions de fantômes je vivais en espérant que tout irait bien. Pour tout le monde.

Au carrefour de la 66e Rue, je me suis arrêtée pour traverser.

Le feu était rouge pour les piétons, j'ai attendu. Près de moi, une femme portant un manteau de fourrure noir a battu la semelle. D'impatience ou pour se réchauffer ?

— Je hais ce temps, a-t-elle marmonné.

Je me suis demandé si elle s'adressait à moi ou si elle parlait toute seule. Dans le doute, j'ai tout de même acquiescé d'un hochement de tête.

Le feu est passé au vert.

Nous avons traversé ensemble, puis nous avons pris des directions opposées.

Une vague de froid s'était abattue sur le nord-est du pays, mais je n'en souffrais pas. J'adorais m'emmitoufler dans des couches de lainages, enfiler des bottes fourrées, envelopper ma tête dans une grande écharpe, et parcourir à pied le kilomètre et demi qui sépare mon appartement situé dans la 8e Rue de mon cabinet qui se trouve sur Madison Avenue.

Au coin de la 65e, j'ai bifurqué pour remonter péniblement Park Avenue. Les petites rues sont moins empruntées que les artères principales et la neige y fond plus lentement. Le joli petit bâtiment blanc datant du début du XXe siècle dans lequel je travaille était un peu plus loin. Je me suis arrêtée un instant pour admirer sa façade élégante, avec ses colonnes ioniques qui soutiennent le surplomb sous lequel s'abritent les patients après s'être annoncés par l'Interphone, en attendant de passer la lourde porte en fer forgé de l'institut de sexologie le plus novateur des Etats-Unis : le Butterfly Institute.

A la campagne, la neige reste immaculée, si propre que l'on est tenté de se baisser pour la ramasser, de la porter à sa bouche et d'y goûter. Mais en ville, avec la pollution et les gaz d'échappement des voitures, des bus et des camions, elle devient grise en quelques heures.

Dans le caniveau, en face de l'institut, les petits monticules de neige étaient noirs de suie. Pourtant, là où je m'étais arrêtée, elle était encore blanche et le resterait encore un peu.

4.

Mon rendez-vous de 10 heures venait tout juste de partir et je m'apprêtais à passer un coup de fil quand un patient dont je ne connaissais que le prénom, Bob, a fait irruption dans mon cabinet, en avance et sans s'être fait annoncer.

— J'ai passé un week-end atroce, a-t-il murmuré d'une voix tendue tout en franchissant le seuil.

Bob se tenait généralement très droit, pour ne pas dire raide comme un piquet, mais ce jour-là il m'a paru abattu. Derrière lui, Allison, la réceptionniste, s'est excusée en m'expliquant qu'elle avait tenté d'empêcher cette intrusion, mais qu'il avait refusé d'attendre quand il avait su que j'étais seule.

J'étais assise dans le grand fauteuil placé face au divan réservé à mes patients. Ils peuvent s'y allonger ou s'y asseoir. J'ai jeté un coup d'œil au réveil, sur ma droite.

— Je ne vous attendais pas avant 11 heures, ai-je fait remarquer à Bob.

Puis j'ai dit à Allison qu'elle pouvait retourner à son poste.

J'ai laissé Bob s'installer, tout en buvant une gorgée de la tasse de thé que je tenais à la main. Elle appartenait à un service que m'avait offert Dulcie et sur lequel elle avait fait inscrire des jeux de mots en rapport avec la psychanalyse. Je l'utilisais régulièrement devant mes patients et il me servait un peu de test. Quand ils remarquaient les calembours inscrits en lettres vertes sur fond blanc — et il leur fallait en général un certain temps —, cela signifiait qu'ils prenaient peu à peu conscience de ce qui les entourait, qu'ils n'étaient plus absorbés uniquement par leur ego. Mais Bob n'en était pas à ce stade, loin de là.

Il en était encore à me cacher son nom de famille. J'avais déjà reçu des patients qui avaient exigé l'anonymat, mais aucun n'en avait éprouvé le besoin aussi longtemps que Bob. Par ailleurs, Bob était brillant, charmant, énigmatique. Et il avait terriblement besoin de mon aide.

— Ces quinze minutes entre deux séances me servent de pause, ai-je dit. Je ne suis pas d'accord pour que vous m'en priviez.

Mais Bob, pour l'instant, était trop préoccupé de lui-même pour s'apitoyer sur le rythme de travail de son médecin.

— Je suis bouleversé, a-t-il répondu. A cause de ma femme. Peu importe ce que je fais, ça ne m'empêche pas de l'aimer. Je ne peux pas supporter cette situation.

D'habitude, il pliait soigneusement sa veste en arrivant, mais ce jour-là il l'a jetée négligemment sur le bord du divan, tout en parlant, et il n'a même pas remarqué qu'elle glissait à terre.

— Que s'est-il passé depuis notre dernière rencontre ? ai-je demandé.

Bob avait environ la quarantaine, il mesurait plus d'un mètre quatre-vingts et, à en juger par sa silhouette, il pratiquait une activité physique régulière. Il portait toujours des costumes impeccables et des chaussures bien cirées. Mais, pour me rendre visite, il mettait une casquette de base-ball qu'il n'enlevait pas en entrant, bleue, à l'effigie des New York Yankees, qui détonnait avec toute sa personne, et il dissimulait ses yeux derrière de grandes lunettes aux montures noires et aux verres teintés qui le faisaient ressembler à un hibou.

Je n'aurais pas su dire si le déguisement était particulièrement efficace, ou si Bob n'était pas aussi connu qu'il le pensait, mais son visage ne me disait rien. Toujours est-il qu'il craignait plus que tout d'être aperçu entrant au Butterfly Institute. Il m'avait assez répété à quel point ce serait catastrophique pour sa carrière — comme pour celle de sa femme — si son « problème », comme il le nommait, venait à être rendu public.

Il ne payait jamais ses séances par chèque, encore moins par le truchement de sa mutuelle. Deux fois par mois, il se faisait précéder par un homme appelé Terry Meziac, lequel entrait dans mon cabinet avec un attaché-case et me tendait une enveloppe contenant des billets de cent dollars, flambants neufs. M. Meziac profitait de ce rapide passage pour vérifier qu'il n'y avait pas de micros…

Il n'en trouvait pas, bien entendu, mais ça ne l'empêchait pas de recommencer son petit manège à chacun de ses passages. M. Meziac ne me paraissait pas dangereux, mais depuis sa troisième visite, celle où j'avais remarqué le revolver accroché à sa ceinture, il m'arrivait de me demander si le fait d'écouter les confessions de Bob ne mettait pas ma vie en danger.

Je me sentais un peu dans la position de ces architectes de l'Egypte ancienne qui construisaient les pyramides et que l'on sacrifiait une fois le monument achevé, pour qu'ils ne puissent pas révéler aux pilleurs de tombes comment s'orienter dans le labyrinthe de pierre.

Mais le revolver ne m'inquiétait pas plus que ça. Après tout, je sortais avec un inspecteur de police et je vivais dans Manhattan, un quartier où habitaient nombre de gens riches et puissants qui jugeaient utile d'engager des gardes du corps. Ce qui me dérangeait, c'était que Bob veuille à ce point conserver le secret sur sa démarche auprès d'un thérapeute. Je trouvais que cette attitude trahissait des tendances paranoïaques. Il n'utilisait jamais notre entrée principale, mais un accès dérobé, par les sous-sols du bâtiment adjacent. Nous n'encourageons pas nos patients à passer par là, parce que c'est un véritable cauchemar logistique pour Allison qui doit s'assurer que deux personnes ne vont pas se croiser. En six ans, Bob était le second à bénéficier de cette dérogation spéciale.

Au Butterfly Institute nous savons nous taire. Nous protégeons nos secrets comme nous protégerions nos enfants. C'est ce que nous promettons à ceux qui viennent nous consulter, ce sur quoi nous fondons notre réputation. Notre crédibilité repose sur cette clause de confidentialité, c'est pourquoi rien à l'extérieur du bâtiment n'indique qu'il abrite l'établissement de sexologie le plus prestigieux de New York. Pourtant, certains redoutent tout de même d'être surpris en train de franchir notre grande porte de verre et de fer forgé.

Bob se taisait depuis près de quatre minutes. Seuls ses doigts qui tapotaient le cuir du divan brisaient le silence de la pièce. Je jugeais généralement son niveau d'anxiété à la vitesse de son tempo. Aujourd'hui, il me semblait nettement plus rapide que tout ce que j'avais pu entendre depuis trois mois qu'il venait ici.

— Je ne sais pas comment me sortir de ce cauchemar, en

sortir ma femme. Et pourtant je dois la sauver, murmura-t-il d'une voix douce.

— Pourquoi serait-ce à vous de la sauver ? Elle ne peut pas se débrouiller seule ?

— Si, bien sûr que si. Mais c'est moi qui lui fais vivre cet enfer.

— Nous avons déjà abordé le fait que vous ne devriez pas endosser toute la culpabilité rattachée à cette situation.

Il a froncé les sourcils. Bob ne supportait pas que je dise quoi que ce soit de négatif concernant sa femme. Selon lui, elle ne méritait aucun reproche. Elle était un ange. Un ange d'innocence et de bonté.

— Ce n'est pas elle qui navigue sur internet en plein milieu de l'après-midi pour se masturber en regardant des jolies filles qui murmurent des saletés. Je crois que…

Un bruit de klaxon se fit entendre. Mon cabinet n'était qu'au premier étage. Bob s'était tu.

— Bob ? ai-je relancé.

— Je crois que je devrais changer de thérapeute.

Cette remarque ne m'a pas étonnée. Il est fréquent qu'un patient frustré pense qu'il doit aller chercher la solution à son problème chez un autre médecin.

— Nous en parlerons, si vous le désirez, ai-je dit. Mais expliquez-moi d'abord ce qui s'est passé depuis notre dernière séance.

— Ma femme… Elle est de nouveau en crise. Et cette fois il ne s'agit pas d'une petite dépression. J'ai l'impression qu'elle s'effondre complètement. Et j'en suis responsable. Elle est lunatique, imprévisible. Elle passe de la colère aux pleurs. Je n'en peux plus. Je ferais n'importe quoi pour ne plus la voir dans cet état, pour que ça s'arrête. Pour la rendre heureuse.

Il a marqué un temps d'hésitation.

— Si je peux, a-t-il ajouté.

— Je sais que vous vous sentez responsable, mais…

— Je ne me sens pas responsable, docteur Snow. Je suis responsable.

— Expliquez-moi donc pourquoi.

— Que je vous explique pourquoi ? Putain ! Vous voulez que je vous l'épelle ?

Vous voulez que je vous l'épelle… Il faisait allusion à internet. Ça signifiait qu'il avait interrompu ce qu'il appelait son sevrage et qu'il s'était de nouveau connecté. Depuis qu'il venait me voir, il n'avait jamais pu enchaîner plus de cinq jours sans une dose — un exploit qu'il avait réussi à deux reprises. Le lundi précédent, il m'avait annoncé qu'il était prêt à arrêter de nouveau et qu'il en était déjà à deux jours d'abstinence.

— Vous n'êtes pas obligé de l'épeler si vous n'en avez pas envie, mais j'aimerais tout de même entendre le récit de ce qui s'est passé.

— En vilain garçon, je suis retourné *online*. J'ai tenté de résister. Cette fois, je croyais que j'allais tenir le coup, mais hier je ne sais pas ce qui m'a pris. J'étais à la maison… Seul… Je me suis connecté pour consulter mon courrier électronique et puis… Juste un petit clic. Ce n'était pas grand-chose. Pour quelques minutes… L'ennui, c'est que je ne l'ai pas entendue rentrer à la maison. J'étais tellement absorbé par mes fantasmes et par mon putain de plaisir que je ne l'ai pas entendue rentrer. Et elle m'a surpris en flagrant délit. Devant mon ordinateur. Je ne l'avais pas entendue, merde.

Il s'est levé, il a marché jusqu'à la fenêtre et il a posé ses mains à plat sur les carreaux, comme s'il voulait repousser les battants pour s'échapper.

— On peut nous voir de l'extérieur ? a-t-il demandé. Ce verre est traité ?

— Non, il ne l'est pas.

Il s'est vivement écarté de la fenêtre et il a fait volte-face. Pendant quelques secondes, il a paru indécis, comme s'il ne savait pas quoi faire. Retourner s'asseoir, rester debout, partir ?

— Bob, revenez vous installer sur ce divan, je vous prie. Assis ou allongé, comme vous voulez, mais revenez.

Il a acquiescé en silence et il a fait ce que je lui demandais.

Il a posé ses mains sur ses genoux et a contemplé sans un mot, fixement, son alliance en or blanc.

— Bob, quand vous dites que vous allez sur internet, vous vous qualifiez de « mauvais garçon ». Je voudrais savoir quel effet ça vous fait d'être un mauvais garçon.

— C'est affreux. Je me sens méprisable. Je ne contrôle plus rien. Quel effet voulez-vous que ça me fasse ?

— L'expression de votre visage me laisse au contraire penser que vous trouvez ça excitant, exaltant même. Qu'en dites-vous ?

Il a paru sincèrement surpris.

— Non. Pas du tout. C'est dingue, cette interprétation. Pourquoi prendrais-je du plaisir à transgresser les règles ? Les règles, les lois, c'est ce qui nous sépare des sauvages.

Il commençait à m'échapper. Ce n'était pas la première fois que ça lui arrivait. Il s'était raidi. Ses mains étaient molles. Il parlait maintenant comme s'il s'adressait à une assemblée. Il n'était plus avec moi. Je devais le ramener à la réalité.

— Qu'est-ce que ça déclenche en vous, le fait que votre femme ait découvert que vous surfez sur des sites pornographiques ?

— Je n'aurais pas voulu qu'elle le découvre. Je ne suis pas sadique, je n'ai pas envie qu'elle souffre. Vous le savez, n'est-ce pas ?

Il m'a regardée droit dans les yeux, avec un air implorant. Chaque fois qu'il adoptait cette attitude, il m'émouvait vraiment. Je percevais l'enfant en lui et ça faisait craquer mon vernis professionnel.

— Non, vous n'êtes pas un sadique. Mais je repose ma question. Vous voulez la protéger ? C'est vraiment la seule raison qui vous pousse à lui cacher vos escapades sur le Net ?

— Ça ne vous paraît pas suffisant ?

— Si, mais je crois tout de même qu'il y a autre chose. Réfléchissez-y, Bob. Pourquoi tenez-vous tant à vous cacher ?

— Dites-le-moi, puisque vous paraissez avoir votre idée sur la question. Je ne vois pas en quoi cela nuirait à la thérapie que vous émettiez de temps à autre une suggestion, que vous me compariez à un autre de vos patients — sans le nommer, bien entendu — pour illustrer un point précis.

Bob interrompait souvent le cours des séances avec des considérations de ce genre, il cherchait à aborder la théorie, à avoir une vue d'ensemble. Cette tactique lui servait d'évitement, mais elle répondait aussi à un besoin profond de comprendre le processus. Bob possédait une intelligence vive et j'avais remarqué qu'il se montrait plus coopérant quand j'acceptais de répondre à ses questions techniques.

— Je n'ai pas d'exemples dans ce cas précis, il s'agit juste d'une intuition. Même si vous n'en êtes pas conscient, le désir de protéger votre femme n'est pas votre unique motivation. J'aimerais que vous en cherchiez une autre.

Il s'est détendu et a paru réfléchir. Il avait l'air d'accepter mon argumentation.

— Très bien, ai-je repris. Donc, pourquoi ne voulez-vous pas que votre femme soit au courant de vos escapades sur internet ?

Il a froncé les sourcils, signe qu'il venait d'avoir une idée.

— Je vous écoute, ai-je insisté.

— Le fait qu'elle le sache gâche mon plaisir.

J'ai acquiescé, mais sans commentaire. J'ai attendu. Je savais que ce n'était pas tout. Au bout de dix ans d'exercice, vous sentez quand la fin d'une phrase masque un non-dit ou quand un patient vient de se fermer et que vous devez trouver un moyen de l'atteindre.

— Elle me dépossède de ma vie, a-t-il poursuivi. C'est peut-être un enfer, mais cet enfer est à moi. Rien qu'à moi. Maintenant qu'elle m'a vu, quand elle s'allonge dans le lit près de moi, je suis sûr qu'elle m'imagine devant mon ordinateur, avec mon sexe dans la main, et qu'elle rit de moi et de ma dépendance.

— Pourquoi rirait-elle ? Elle s'est déjà moquée de vous ?

— Non.

Le ton était sec et net.

— Pourquoi le ferait-elle maintenant, dans ce cas ?

Il a secoué la tête.

— Dites-moi ce qui vous vient à l'esprit, n'importe quoi.

Il a de nouveau secoué la tête. Inutile d'insister pour l'instant sur ce point. Mieux valait y revenir plus tard ou l'aborder différemment.

— Comment a-t-elle réagi quand elle vous a vu ?

— Elle m'a souri.

Il a secoué la tête, encore, cette fois comme s'il voulait chasser une image pénible.

— Avec un sourire… un sourire de folle. Comme si elle avait vraiment perdu les pédales. Elle ne disait rien. Elle me fixait avec ce sourire figé. C'était atroce. Mais le pire, c'est que j'avais envie de me lever et de la prendre dans mes bras pour la serrer, très fort, en lui promettant de ne plus jamais recommencer. Mais je suis resté assis, je n'ai pas bougé.

Il se passait quelque chose. Le regard de Bob n'était plus aussi intense, son visage avait repris un masque professionnel.

— C'est vraiment grotesque…, s'est-il soudain exclamé d'une voix dure et impérieuse. Quelle ironie, putain !

— De quoi parlez-vous ?

— De moi. De moi sur le web qui…

Il n'a pas terminé sa phrase.

J'ai attendu un instant… Nous étions revenus au point critique. J'avais conscience qu'il fallait saisir l'occasion, mais sans le brusquer.

— Lui avez-vous dit quelque chose ?

— J'ai essayé. J'ai essayé de lui expliquer que ce n'était pas bien grave. Que j'étais tombé sur ce site par hasard. Je lui ai menti.

Une fois de plus, j'ai perçu ce léger tremblement d'excitation qui altérait sa voix chaque fois qu'il avouait avoir menti. Ça m'a déclenché une décharge d'adrénaline. Ce n'est pas tous les jours qu'il se produit dans la vie d'un de vos patients un enchaînement de circonstances susceptible de créer une telle ouverture.

— Bob, qu'avez-vous ressenti au moment où vous avez menti à votre femme ?

— J'ai eu terriblement honte.

Il n'avait pas eu honte. Et il en était conscient. A moi aussi il mentait, délibérément, je pouvais le dire rien qu'à la façon dont il a brusquement noué ses mains pour dissimuler son alliance.

— Vraiment ? Terriblement honte ?

— Oui. C'est affreux de mentir. Et quand il s'agit en plus de votre femme…

— Ce n'est pas parce que c'est affreux de mentir que l'on a honte quand on ment.

Il a hoché la tête. Cela aussi, il le savait. Allait-il enfin le reconnaître ?

— Vous n'étiez pas honteux, n'est-ce pas ? ai-je insisté.

Il a secoué la tête.

J'ai baissé la voix.

— Que ressentiez-vous, Bob ?

Il a fermé les yeux. Il n'arrivait pas à le formuler. Mais peu importait. Il l'avait implicitement reconnu. Il était si proche de comprendre que j'en ai été profondément heureuse.

— Pensez-vous qu'elle vous ait cru ?

— Non. Et elle me l'a dit clairement. Elle m'a demandé si je faisais ça souvent. Et bien sûr je me suis enfermé dans mon mensonge. Je lui ai dit que ça m'arrivait rarement, seulement quand elle s'absentait de la maison pour plusieurs jours. Je ne voulais pas la blesser. Ça me faisait trop mal de penser qu'elle pouvait souffrir. Je l'aime.

Il avait pris un ton suppliant. Pour m'attendrir, pour que je cesse de le questionner, mais j'ai enchaîné, rapidement, pour ne pas lui laisser le temps de réfléchir.

— Vous ne m'avez toujours pas dit ce que vous avez ressenti au moment précis où vous lui mentiez.

— Je me suis senti excité.

Il avait lâché le mot. Enfin. Et à présent il avait l'air troublé par sa révélation

J'ai poussé un soupir. Nous venions de franchir un obstacle.

— Pourquoi ?

— Vous me demandez pourquoi ça m'a fait du bien ?

J'ai acquiescé.

— Je n'en sais rien. Et vous, vous le savez ? Je prends du plaisir à torturer moralement ma femme. Pourquoi ? Je suis un putain de malade ou quoi ? Je brise toutes les règles et je m'en fiche. Je n'y comprends rien.

Il n'utilisait jamais le mot putain. C'était la deuxième fois aujourd'hui.

— Vous n'êtes pas obligé de tout comprendre tout de suite. L'important, pour l'instant, c'est d'accepter ce que vous ressentez.

Mais il n'y arrivait pas. Avant même qu'il se mette à parler, j'ai compris qu'il s'était de nouveau retranché dans sa tour d'ivoire. L'expression de son visage et sa posture avaient changé.

— C'était vraiment obscène, a-t-il dit comme s'il observait la scène de très loin. Ma femme était debout devant mon ordinateur, devant l'image d'une autre femme se masturbant avec un gode, au rythme d'une chanson de rock. J'ai allongé le bras pour fermer la page, mais elle m'a hurlé de ne pas y toucher, de la laisser. Et j'ai obéi, pour une raison qui m'échappe encore. Elle est restée debout, au garde-à-vous, comme un soldat, et elle a regardé jusqu'à la fin, comme si elle s'infligeait une punition. C'était insupportable. Moi, je faisais subir ça à ma femme. A celle que j'aime.

J'ai ignoré ce commentaire qui faisait diversion et j'ai tenté de revenir au sujet qui nous intéressait.

— Et ensuite ? ai-je dit.

— Elle s'est penchée par-dessus mon épaule et elle m'a murmuré tout bas, à l'oreille : « Tu ne croyais tout de même pas que j'étais dupe, n'est-ce pas ? Je suis au courant depuis des semaines. Des semaines et des semaines… Et je te jure que tu vas me le payer très cher. »

5.

L'inspecteur Noah Jordain de la police criminelle de New York était adossé au mur du palais de justice du comté de Jefferson. Il avait coincé son téléphone portable entre son oreille et son épaule. En attendant que son partenaire, Mark Perez, revienne lui parler, il savourait un café, un vrai, un café de La Nouvelle-Orléans.

Il plissa les yeux en direction du trafic de la rue. Le soleil était aveuglant. Il posa sa tasse sur une saillie en pierre du bâtiment, sortit des lunettes noires de sa poche et les mit sur son nez.

Il contempla rêveusement la ville de son enfance. C'était la première fois qu'il y revenait depuis le passage de l'ouragan Katrina. Tout avait changé… Il y avait tant à faire pour reconstruire… Et pourtant l'âme des lieux était demeurée intacte.

De l'autre côté de la rue, un homme à la peau claire, portant un jean, une chemise blanche à manches courtes, des lunettes et une casquette, passa sur le trottoir — pour la deuxième fois depuis que Jordain était posté ici. Sa démarche arrogante avait déjà retenu son attention la première fois et…

Il se faisait peut-être des idées, mais on ne savait jamais…

Cinq ans plus tôt, il s'était fait des ennemis en témoignant contre Louis Hatterly et aujourd'hui on l'appelait de nouveau à la barre pour le procès en appel.

Pendant que Jordain surveillait l'homme sur le trottoir d'en face, Perez était revenu à l'appareil pour reprendre le compte rendu de l'affaire cauchemardesque qui mettait depuis peu la police de New York en ébullition.

— On a appelé le 911 d'un peu partout dans le pays. D'après les types qui la mataient sur le web, la fille faisait tranquillement son numéro habituel et, tout à coup, elle a eu l'air malade. Ça a duré près d'un quart d'heure. Ils n'ont pas tous été aussi précis au sujet de ce qu'ils entendaient par « malade », mais ça avait l'air plutôt rude. Et puis, d'un seul coup, elle n'était plus en ligne.

— Il y a eu combien d'appels, en tout ?

— Près de cent cinquante. Vingt-deux à Jersey City, treize à Dallas, douze à Syracuse, dix-huit à New York. Tu veux que je continue ?

— J'en sais rien. Tu veux continuer ?

— Si tu as suffisamment de temps…, ironisa Perez. Les appels ont commencé dans la nuit de jeudi à vendredi. La plupart ont été passés au cours de l'après-midi du vendredi. Et on en reçoit encore.

— Quatre jours après ?

— Ouais. Certains ont des consciences qui se réveillent tard…

— Mais, si les appels provenaient de tous les coins du pays, l'affaire ne concerne pas forcément la police de New York, non ?

— Quelques types ont décrit le haut d'une tour qu'on

apercevait par la fenêtre de la fille. Et trois des New-Yorkais ont reconnu la Met Life Tower.

— Et vous n'avez eu ces informations qu'aujourd'hui parce que... ?

— Le moment est mal choisi pour polémiquer là-dessus, tu ne crois pas ? Je suis sûr que tu jugeras plus constructif que je te transmette les informations utiles. Le reste, c'est des conneries bureaucratiques qui vont faire grimper ta pression sanguine pour rien. Et je crois me souvenir que tu témoignes dans quelques minutes. Alors laisse-moi simplement te dire que personne ne sait qui est la fille, ni où elle se trouvait au moment des faits. Tout ce qu'on a, c'est l'adresse URL que les types tapaient pour accéder à sa page.

— Tu as des détails ? demanda Jordain.

C'était sa phrase fétiche, celle qu'il répétait le plus souvent, au point que ses collègues le surnommaient Inspecteur Détails.

— Cette URL est enregistrée sur un site pornographique, lui-même enregistré au nom d'une société, appartenant à une autre société, appartenant à une plus grande société basée en Chine. Inutile de te préciser que c'est assez compliqué d'entrer en relation avec tout ce petit monde. Ça va d'ailleurs probablement nous mener jusqu'au bureau d'un type de Manhattan ou de Los Angeles. Ou du New Jersey. Mais avant ça on aura fait le tour du globe.

— Cette femme a pu jouer la comédie... Ou être tout simplement malade... Ou se suicider en ligne... Rien ne permet de privilégier l'une ou l'autre de ces hypothèses ?

— Ce qu'on nous a décrit évoque un empoisonnement. Bien sûr, elle a pu s'empoisonner elle-même, mais je pencherais pour exclure le suicide. Rajoute à ça le contexte porno et tu comprends tout de suite qu'on a touché le jackpot. Avec presque rien pour démarrer l'enquête.

— Très drôle, mon pote, très drôle… O.K. J'en aurai terminé ici vers 14 heures et j'embarquerai sur le vol de 17…

Il s'interrompit brusquement.

Le type au jean et à la chemise blanche repassait une troisième fois.

— Je t'appellerai en arrivant, dit-il. On verra à ce moment-là si tu as besoin de moi.

— Ça m'étonnerait. Pas la peine de te précipiter ce soir au commissariat, nous n'avons pas assez d'éléments.

— On peut espérer que vous aurez du nouveau d'ici tout à l'heure.

A présent, l'homme traversait et se dirigeait droit sur lui. Jordain déplaça lentement sa main vers sa ceinture pour la poser sur son revolver. Un réflexe.

Rien ne se produisit. L'homme passa d'un pas nonchalant, sans même lui jeter un regard. Mais Jordain était tellement absorbé par son manège qu'il ne vit pas arriver la femme qui vint se planter sous son nez.

— Vous ne vous trompez jamais, inspecteur, n'est-ce pas ?

Mme Hatterly, la mère du prévenu, avait la soixantaine. Ses cheveux blancs tirés en arrière accentuaient les traits de son visage marqué. Ses yeux étaient rouges, elle tremblait. Elle était si proche de lui qu'il sentait les effluves doux et sucrés de son parfum.

— Perez, il faut que je raccroche, fit Jordain dans l'appareil avant de refermer son téléphone.

Il se tourna vers la femme.

— Je suis désolé pour tout ce que vous avez traversé, madame Hatterly, murmura-t-il.

Son accent traînant de La Nouvelle-Orléans étira longuement le mot « désolé ».

— Ce que j'ai traversé n'est rien en comparaison de ce qu'endure mon fils. A cause de vous. A cause de vos certitudes. Etes-vous conscient que vos certitudes ont fait accuser un…

Un jeune homme intervint et posa la main sur le bras de la femme.

— Entrons, maman.

Mais Mme Hatterly n'en avait pas terminé avec Jordain.

— Vous paraissez très sûr de vous. Et pourtant… Si vous vous trompiez ? Vous ne vous êtes donc jamais trompé ? Vous n'avez jamais…

Son fils la tira en arrière juste avant que son poing n'atteigne la poitrine de Jordain.

Il soupira. Certains flics prétendaient être habitués au désespoir des gens. Il les enviait sans vouloir les imiter. S'endurcir vous abîmait.

Il attendit que la femme soit hors de vue, puis il prit le chemin de l'entrée du tribunal.

Cela lui fut pénible de grimper les marches, et plus pénible encore de franchir le seuil. Mais Jordain ne souffrait pas de la chaleur — l'air tiède et moite de La Nouvelle-Orléans ne l'avait jamais dérangé… Il souffrait parce que cette affaire ravivait de douloureux souvenirs.

Il entra dans le grand hall frais et prit la direction de la salle d'audience. Il s'arrêta sur le seuil. Cinq ans plus tôt — il travaillait alors pour la police de La Nouvelle-Orléans —, il se trouvait à la barre quand son lieutenant était entré pour se planter dans le fond de la salle, figé, comme au garde-à-vous. Noah s'était demandé ce qu'il attendait. Il ne l'avait appris qu'après avoir fini de témoigner. Il venait lui annoncer la mort de son père.

Il contempla l'endroit précis où le lieutenant lui avait appris la nouvelle. Les fantômes du passé étaient bien là.

6.

A midi pile, Nina Butterfield a passé la tête à la porte de mon cabinet. Elle avait enfilé son manteau de fourrure trois quarts, de couleur cuivre, comme ses cheveux, et agitait une paire de patins à glace qu'elle a fait zigzaguer devant elle.

— Une pause, ça te dirait ? demanda-t-elle.

Ses yeux ambre brillaient.

Oui, ça me disait. Mais j'étais préoccupée par Bob et je lui ai répondu qu'il valait mieux que je reste travailler.

— On n'a jamais autant besoin de sortir que quand on pense qu'on devrait rester travailler, m'a-t-elle rétorqué. Je connais la musique. Je suis moi aussi thérapeute. Allez, viens. J'ai vérifié ton emploi du temps auprès d'Allison, elle m'a dit que tu étais libre.

On aurait pu croire qu'il s'agissait d'une suggestion, mais ça n'en était pas une. Nina savait mieux que moi ce qui me faisait du bien. Je ne rechignais pas à l'admettre.

Nous sortions nous promener ensemble au moins deux fois par semaine, à l'heure du déjeuner. Parfois pour manger, mais généralement pour marcher, tout simplement, dans Central Park — qui se trouvait à deux rues de l'institut — ou ailleurs, n'importe où, là où nos pas nous menaient, pour découvrir des magasins que nous n'avions encore jamais remarqués, pour visiter des expositions dans des musées ou des galeries d'art. L'hiver, quand ça devenait difficile d'arpenter les rues, nous nous rabattions sur le patin à glace.

Une fois dehors, nous avons enfilé nos gants et boutonné nos manteaux. Il neigeait à gros flocons et le ciel était d'un gris épais. Quelqu'un d'autre que Nina aurait fait demi-tour, mais ça ne l'effrayait pas d'affronter la tempête qui menaçait.

Elle m'avait appris à monter sur des patins quand j'étais une petite fille de huit ans, sans mère, et elle une femme divorcée sans enfants qui ne savait pas encore qu'elle avait hérité de moi. Bien des années plus tard, ma fille avait à son tour profité de ses leçons.

— Dulcie n'a pas encore patiné cet hiver, ai-je dit tandis que nous traversions le parc en direction de la patinoire.

Depuis que ma fille jouait dans *The Secret Garden*, toutes nos vieilles habitudes étaient chamboulées.

— J'imagine qu'avec six représentations par semaine à Broadway il ne lui reste pas beaucoup de temps pour les loisirs, a répondu Nina.

— Tu crois vraiment que c'est raisonnable de faire travailler autant une gamine de treize ans ? J'ai l'impression qu'elle passe à côté de son enfance.

— Est-ce qu'elle est heureuse, Morgan ? a demandé Nina en soupirant.

— Elle en a l'air, ai-je répondu en ayant conscience de la pointe de nostalgie qui altérait ma voix.

— Tu le saurais, si elle ne l'était pas.

J'avais depuis toujours une perception intuitive de l'état de ma fille, même quand nous étions éloignées. Un fil invisible nous reliait l'une à l'autre. Lorsque je ressentais brusquement une douleur inexpliquée à l'estomac, ou au bras, ou dans le dos, j'apprenais en rentrant chez moi que Dulcie avait été malade, qu'elle s'était blessée, qu'elle était tombée. Quand il lui arrivait quelque chose de particulièrement agréable, je me sentais légère, sans aucune raison. Cela durait depuis si longtemps que nous ne nous en étonnions même plus.

Nina me jeta un regard en coin. Elle aussi possédait un sixième sens qui lui permettait de savoir quand j'allais mal. Mais dans son cas il s'agissait d'une intuition de thérapeute.

— Tout est rentré dans l'ordre ? m'a-t-elle demandé.

Quelques semaines plus tôt, je m'étais disputée avec Dulcie au sujet d'un tournage dans une série télévisée qui devait durer trois semaines. Elle voulait auditionner, mais six représentations par semaine au théâtre c'était déjà beaucoup et j'avais catégoriquement refusé qu'elle cumule avec de la télé. Elle s'était révoltée, et, bien entendu, elle avait fait intervenir Mitch, son père, mon ex-mari. Pour une fois, il m'avait soutenue… Mais quand j'étais allée la chercher chez lui à la fin du week-end elle avait refusé de rentrer. C'était à moi qu'elle en avait voulu, persuadée que son père n'aurait jamais dit non si je n'avais pas donné le ton. Lui, au moins, était prêt à l'aider à mener sa carrière, tandis que moi je freinais des deux pieds. Et finalement — le coup de grâce — elle m'avait annoncé son intention de vivre avec lui.

Elle avait treize ans. D'un point de vue légal, elle avait parfaitement le droit de prendre cette décision. Je n'avais pas pu m'y opposer.

Elle avait passé quatre semaines d'affilée chez Mitch, jusqu'à ce que nous parvenions à négocier un cessez-le-feu.

— Oui, ai-je répondu à Nina. Notre mordue du théâtre semble m'avoir pardonné. Mais je lui en veux d'avoir utilisé le chantage affectif. Elle est maligne, elle sait ce qui marche avec moi.

— Puisqu'elle t'a pardonné, tu devrais lui pardonner aussi. Qu'est-ce qui nourrit ta colère ?

— Tu me poses la question, mais tu connais la réponse.

— Sans doute… Et toi, tu la connais ?

J'ai ri.

Deux thérapeutes en train d'échanger des considérations concernant leurs problèmes personnels, c'est terrible. Surtout quand elles se connaissent depuis toujours.

— Et bien, oui, Maître, je connais la réponse, ai-je répondu d'un ton mi-figue, mi raisin. Me concentrer sur ma colère m'évite de penser que j'ai cru qu'elle ne reviendrait jamais.

— Et…

Je lui ai coupé la parole. Nous avions déjà eu cette conversation à plusieurs reprises et je voyais où elle voulait en venir.

— Oui, oui, elle ne marche pas sur les traces de ma mère, je fais un peu vite l'amalgame entre les deux, j'en ai parfaitement conscience. Elle ne sera pas une vedette à seize ans, une femme perdue à vingt, et elle ne mourra pas à vingt-neuf ans. Dulcie n'est pas ma mère. Elle a hérité de son talent, mais elle a eu une enfance saine et des parents solides.

— J'aime que tu fasses tout le boulot pour moi, a commenté Nina en souriant.

Nous étions arrivées à la patinoire. Sur place, nous avons mis nos affaires dans un casier et enfilé nos patins. Puis, côte à côte, nous avons avancé sur la glace au rythme d'une valse de Schubert. Comme il neigeait encore un peu, nous avons eu la piste pour nous pendant les vingt premières minutes, jusqu'à ce qu'une explosion de rires et de cris annonce l'arrivée d'un groupe d'une trentaine de lycéens. Les écoles privées du quartier utilisaient régulièrement la patinoire pour leurs cours d'éducation physique.

Une parka rose est passée en un éclair dans mon champ de vision. Une écharpe bleu turquoise est tombée sur la glace. Un garçon vêtu d'un gros lainage noir, avec un gant rouge cerise et un autre vert forêt, a foncé vers l'écharpe et s'est baissé pour la ramasser, sans même ralentir.

Nous avons regardé avec ravissement le petit groupe qui s'ébattait joyeusement. J'ai remarqué deux garçons qui contemplaient avec un petit sourire en coin une fille étalée par terre, les jambes écartées, qui traînait pour se relever.

Quatre garçons sont partis d'un bout de la patinoire, pour faire une course, suivis par une gerbe de copeaux de glace. Le tableau qu'ils formaient ressemblait à une illustration de Norman Rockwell qui aurait été remise au goût du jour, jusqu'à ce que l'un d'entre eux donne un méchant coup de coude à un autre qui le serrait de trop près, lequel est allé s'écraser contre la rampe.

Nous ne recevons pas d'adolescents à l'institut, mais depuis quelques mois — à la demande d'une amie de Nina, directrice d'une prestigieuse école privée — j'avais accepté d'animer une fois par semaine un groupe composé de jeunes gens de seize à dix-huit ans. Il s'agissait de garçons sérieusement accros aux sites pornographiques et de leurs ex-petites amies.

Les subtils messages qui circulaient derrière l'apparente insouciance de la joyeuse bande qui nous entourait m'ont rappelé mon groupe de lycéens. J'étais persuadée que le symptôme qu'on m'avait demandé de traiter — leur addiction à la pornographie sur Internet — dissimulait des problèmes plus graves et plus profonds que j'avais hâte d'aborder.

Au moment où Nina et moi avons quitté la patinoire, il s'est mis à neiger plus fort. Il ne tombait plus de légers flocons, comme tout à l'heure, qui descendaient lentement du ciel, mais un tourbillon dense et mouillé qui alourdissait mes cils et gênait ma visibilité.

Le parc est jalonné de points de repère, mais le plus sûr moyen de s'y orienter est de regarder par-dessus la cime des arbres. A la fin du XIXe siècle, Frederick Law Olmsted en a dessiné les collines et les allées de manière à ce que l'on puisse voir les gratte-ciel alentour de n'importe où. Plus de cent ans plus tôt, le parc était déjà entouré de hautes constructions et il suffisait de lever le nez pour reconnaître les pointes et les toits.

Mais le rideau de neige était maintenant si épais que nous ne pouvions pas distinguer les repères à notre portée, et encore moins ceux qui se trouvaient au loin, à l'extérieur. Nous nous sommes enfoncées dans la blancheur en tentant de nous orienter.

Droit devant nous, l'allée bifurquait. Nous savions qu'il fallait prendre à droite, puis tout droit, puis de nouveau à droite.

Plus rien ne nous paraissait familier. Nous avions parcouru tant de fois ce chemin, pourtant… Mais il était impossible de reconnaître les lieux quand nous ne discernions plus que des monticules de neige aux courbes douces.

— Nous devrions peut-être essayer sur la gauche, a dit Nina au bout d'un moment.

Mais nous n'aboutissions nulle part. Nous avions probablement tourné en rond. Pour deux vieilles New-Yorkaises, c'était une expérience déroutante, un peu comme de se perdre dans leur propre jardin.

Nina a pointé le doigt vers une passerelle.

— Tu la reconnais ? m'a-t-elle demandé.

— Absolument pas, ai-je répondu en retroussant mon gant pour consulter ma montre.

Le cadran a été visible quelques secondes, puis la neige l'a recouvert. J'avais tout de même eu le temps d'évaluer que, depuis que nous marchions, nous aurions dû tomber sur une sortie.

Nos patients nous attendaient. Nous devions trouver un moyen de nous échapper de ce labyrinthe blanc.

C'était absurde de paniquer. La ville n'était pas loin. A quelques centaines de mètres à peine, nous savions trouver des gens, des taxis, des voitures, des magasins, des réverbères, des trottoirs. Mais nous étions prisonnières de la tempête. Les arbres, les rochers, les bassins, les ponts, tout s'était transformé en un paysage inconnu et hostile. Il ne nous restait plus qu'à nous fier à notre instinct pour retrouver notre chemin.

Une vague de panique s'est insinuée en moi. Si nous étions réellement perdues ? Est-ce qu'on pouvait s'égarer dans Central Park ?

Respire… J'ai entamé le cycle de respiration que Nina m'avait enseigné bien des années auparavant. Inspire, un, deux, trois, quatre. Expire, un, deux, trois, quatre. Nina m'a probablement entendue parce qu'elle s'est tournée vers moi.

— En avançant toujours dans la même direction, tout droit, nous aboutirons forcément à une extrémité du parc, a-t-elle dit d'un ton rassurant. C'est amusant, de naviguer à l'aveugle, tu ne trouves pas ?

Je n'ai pas eu besoin de répondre.

— Bon..., a-t-elle murmuré. Tu ne trouves pas ça amusant.

7.

Ce n'était pas vraiment une tempête de neige, du moins pas encore, mais ça tombait dru, suffisamment pour que certains bureaux ferment plus tôt. Kira Rushkoff, l'une des principales associées du cabinet d'avocats Forrest, Lane et Graffe, dut marcher un bon moment, la tête nue, avant de trouver un taxi.

Une demi-heure plus tard, on la déposait devant son immeuble. Une fois arrivée chez elle, elle ne songea pas à enlever son manteau ou ses bottes trempées. Elle n'alluma pas non plus la lumière et ne se prépara pas une tasse de ce délicieux thé anglais qu'elle appréciait tant.

Elle fila directement dans le bureau de son mari et s'installa devant son ordinateur qu'il n'éteignait jamais. Le ciel étoilé de l'écran de veille scintillait dans la pénombre. Prudemment, Kira tendit un bras hésitant vers le clavier, comme quelqu'un qui ignore s'il va mettre la main sur une malle aux trésors ou sur un nid de serpents.

Elle appuya sur H, au hasard. Les étoiles disparurent et furent remplacées par les icônes du bureau. Dans la pénombre, la douce lueur de l'écran fit briller les diamants de son alliance et elle posa distraitement ses yeux sur l'anneau argenté, l'espace d'une seconde.

Chaque fois qu'elle se postait devant cet écran en l'absence d'Alan, une incroyable lassitude l'accablait. Une sensation tellement physique que ses épaules se voûtaient. Elle s'étonna de ne pas se sentir coupable de l'espionner. Quelques mois plus tôt, elle n'en aurait pas été capable. Comment avait-elle pu changer à ce point en seulement seize semaines ? Devenir cette femme-là, supporter cette vie-là, faire ces choses-là ?

Elle écrivit le mot de passe d'Alan.

Elle l'avait mémorisé presque par accident, sans y prêter vraiment attention, un soir où il l'avait tapé devant elle pour lui faire lire le message d'un de ses étudiants. Elle n'avait pas eu conscience de surveiller les touches pendant qu'il lui parlait et qu'elle était debout derrière lui. Pourtant, le jour où elle avait décidé de chercher la vérité, le petit mot qui ouvrait tout était dans sa tête, à la narguer.

J-U-S-T-I-C-E.

Quelle ironie…

Tout autour d'elle, les livres de droit qui montaient la garde sur les rayonnages, avec leur reliure de cuir et leurs lettres dorées gravées sur la tranche, paraissaient se moquer d'elle. Le passe-temps qu'avait choisi Alan aurait humilié n'importe quelle femme. Mais, elle, il la ridiculisait.

Eh bien, oui, elle défendait les rois de la pornographie parce qu'elle considérait que c'était son devoir de faire respecter le premier amendement. Chaque fois qu'elle gagnait un procès, elle avait la sensation d'avoir resserré les écrous garantissant la solidité de la Constitution.

Son dernier grand procès avait fait plus de bruit que tous les autres. Elle avait plaidé pour un propriétaire de sites porno attaqué par la célèbre féministe Stella Dobson. L'opinion publique était pour Dobson, mais la loi avait été du côté du client de Kira. Ils avaient obtenu gain de cause.

Mais à quel prix ? Elle se posait la question chaque fois qu'elle s'allongeait le soir dans son lit, les yeux rivés au plafond, incapable de dormir. Elle revoyait les visages des femmes qu'elle avait trahies — des pionnières qui auraient mérité son soutien. Des femmes comme sa mère, laquelle s'était battue pour qu'elle puisse faire des études de droit. Des femmes qui avaient fait avancer les choses, comme Judy Wilson ou Emma Michaels. Comme Stella Dobson. Des femmes qu'elle admirait et respectait, des femmes qui se battaient contre des hommes qui ne pensaient qu'à s'enrichir et ne s'encombraient pas de principes. Ces hommes vendaient des images infectes, les plus infectes qu'elle ait jamais vues. Et pourtant elle acceptait leur argent et se chargeait en échange de sauver leur sale business. Elle se justifiait en se disant qu'elle défendait des droits inaliénables. Pourtant…

Mais ce n'était pas le moment de réfléchir à la question. Elle devait se dépêcher, Alan n'allait pas tarder à rentrer. Il ne fallait pas qu'il la surprenne en train de violer sa vie privée. *Même s'il t'a fait ce qu'on pouvait imaginer de pire,* murmura une voix stridente dans son crâne. Cette voix lui parlait sans cesse depuis quelque temps. Elle ne cessait de lui répéter qu'il ne fallait plus chercher d'excuses à Alan, que le temps de la faiblesse était révolu. Qu'il fallait agir.

L'ordinateur émit un petit bruit ronflant, comme une abeille. Les touches cliquetèrent à un rythme irrégulier. Ce n'était pas compliqué de vérifier les sites visités la veille par Alan. Il ne se doutait pas qu'elle avait accès à son ordinateur et ne se préoccupait pas de vider son cache. Les vingt derniers s'affichèrent.

Trois femmes…

Il avait passé la nuit avec trois femmes.

Pendant qu'elle attendait dans le lit. Seule.

Kira s'était promis qu'elle n'irait pas plus loin, cette fois. Qu'elle se contenterait du nom et de l'adresse de ses rivales virtuelles. Qu'elle ne visiterait pas leur page. Mais, comme un ancien fumeur qui vient d'allumer une cigarette en jurant de se contenter d'une seule bouffée, elle ne put s'empêcher d'aller jusqu'au bout et appuya sur la touche qui levait le rideau, celle qui lui permettait de voir les photos des créatures dont Alan avait suivi les exhibitions la nuit précédente.

Il y avait une nouvelle. Une blonde aux yeux verts et à la peau claire. Jeune. Elles étaient toutes jeunes. Kira lut le descriptif de ce qu'elle proposait.

Depuis qu'elle avait découvert à quoi Alan occupait ses soirées, Kira s'intéressait aux femmes qu'il choisissait. Elle avait étudié leurs gestes, la manière dont elles exécutaient leur numéro tout en fixant la caméra. Elle avait suivi avec attention la petite brune qui s'était déshabillée, lentement, en ôtant l'un après l'autre ses vêtements de soie qu'elle jetait négligemment à terre, puis elle avait observé la façon dont elle se caressait, avec une sorte de candeur. Kira en avait honte, mais l'idée que l'homme qu'elle aimait, son mari, ne pouvait se passer de faire l'amour avec des femmes virtuelles l'attirait irrésistiblement vers l'écran. Elle contemplait ces images qui lui brûlaient le cerveau avec la haine au cœur.

Ses yeux se posèrent sur la photo encadrée qui trônait à droite de l'ordinateur, sur le bureau d'Alan. Une photo d'elle, vingt ans plus tôt, sur une plage. Elle datait du début de leur rencontre, c'était Alan qui l'avait prise. Elle portait un maillot de bain deux pièces, elle était dans l'eau, les vagues léchaient ses hanches. L'une de ses mains était posée sur sa taille, l'autre envoyait un baiser à Alan.

Mon chéri, avait-elle écrit de sa main, *mon chéri, je t'aimerai toujours.* Alan se masturbait avec ça sous les yeux. Il ne respectait rien.

Elle prit le cadre. Elle voulait l'enlever d'ici, le mettre en lieu sûr. Le glisser dans un tiroir de sa commode, entre deux pulls en cachemire, les plus doux. Elle le coucha sur le bureau, photo cachée, en se promettant de l'emporter avec elle. Puis elle songea qu'Alan s'apercevrait de sa disparition. Il allait lui demander pourquoi elle l'avait prise, pourquoi elle était entrée dans son bureau. Elle n'était pas encore prête. Il ne fallait pas qu'il se méfie. Pas encore. Elle lui dirait tout le moment venu. Patience…

Elle remit le cadre en place, avec précaution, puis elle se leva. Elle s'arrêta sur le seuil de la porte. Autrefois, elle avait aimé cette pièce. L'endroit où il étudiait. Son repaire. Il était si beau, assis dans le grand fauteuil en cuir ou devant son bureau en chêne, détendu, entouré de ses livres. Il levait de temps à autre les yeux pour contempler les photos d'elle et de lui qu'il avait alignées sur le manteau de la cheminée. Elle eut envie de courir vers le fauteuil, de caresser le dossier, de se mettre à pleurer.

Mais pleurer ne ferait pas avancer les choses. Pleurer, c'était ce qui restait aux femmes qui n'existaient pas en dehors de leur mari et de leurs enfants, qui n'avaient plus d'estime pour elles-mêmes. Elle, elle avait une vie, une carrière.

Et elle n'avait pas à se sentir responsable de la faiblesse d'Alan.

Mais les larmes vinrent tout de même.

Pourtant, c'était lui le malade, l'âme pervertie, le salaud.

Pas elle.

Elle ne l'avait pas éloigné de leur lit, elle ne l'avait pas rejeté, elle n'avait pas cessé de faire l'amour avec lui. C'était lui. Lui qui s'était détaché d'elle. Depuis longtemps. Si longtemps. Elle s'en rendait compte à présent. Elle se souvenait de ce qu'ils avaient partagé au début. Au tout début, quand il ne pouvait ôter ses mains d'elle. Quand elle se réveillait au milieu de la nuit, dans ses bras, avec ses genoux qui lui écartaient les cuisses et son sexe dur qui se pressait contre son ventre.

Elle claqua la porte derrière elle. Elle n'entendit pas le cadre qui tombait, ni le verre qui se brisait au sol.

8.

L'avion avait atterri avec du retard à cause du mauvais temps et il était déjà 22 heures quand le taxi déposa Noah à l'angle de Broadway et de la 11e Rue. Arrivé à l'étage, il déposa sa serviette dans l'entrée et jeta son manteau sur une de ses belles chaises Stickley. Il ressentait le besoin de parler à Morgan, de l'appeler, mais il voulait d'abord se débarrasser du stress de sa journée. Il se versa deux doigts de Marker's Mark dans un verre en cristal et s'installa devant son piano quart de queue.

Il sourit et caressa amoureusement du plat de la main le couvercle laqué noir du piano — son trésor. L'appartement dans lequel il vivait ne correspondait pas au standing d'un flic, mais il avait pu se l'offrir grâce aux droits d'auteur d'une douzaine de chansons. Le luxe faisait entrer un peu de douceur dans son dur quotidien d'inspecteur.

Il avala une gorgée, posa son verre, et se mit à jouer. Il lui fallut quinze minutes pour entrer dans cet état de transe où ses doigts voletaient au-dessus du clavier sans qu'il ait conscience de les diriger, où il ne pensait plus à son horrible journée, ni aux problèmes qui l'attendaient au commissariat. Plus rien n'existait que les sons qui montaient de son instrument. Il avait mis les voiles.

Son père avait été inspecteur et il avait toujours voulu suivre ses traces. Mais sa passion pour la musique n'appartenait qu'à lui. Elle venait de l'intérieur. Elle était indispensable à son équilibre, il en avait besoin pour conserver intacte cette mince tranche d'âme emplie seulement de pureté. Celle que ses notes avaient préservée.

La musique…

Elle était sa planche de salut. Depuis toujours. Quand son père était mort, quand il avait rompu avec la femme qu'il avait aimée, quand une affaire l'obsédait et qu'il ne pouvait se débarrasser des images affreuses qui le hantaient… Elle avait été son unique consolation.

Et cela faisait trop longtemps qu'il n'avait pas ressenti ce petit frisson qui le prenait quand il composait. Aussi il resta sur son tabouret, bien après avoir fini son whisky, un long moment, trop long si l'on songeait aux heures de sommeil qu'il avait derrière lui.

Le son du piano l'apaisait. Aujourd'hui, il n'avait pas d'auditoire. Ça ne lui était pas tout à fait indifférent. Mais ça n'était pas non plus si important que ça. Ce qui comptait, c'était la musique. Elle était sa religion. Tant qu'il pouvait écrire, jouer pour ceux qui venaient l'écouter le samedi soir, dans la boîte de jazz où il se produisait, celle du coin de la rue, il se sentait capable d'affronter l'obscurité.

Au fond de lui, il y avait un gouffre sombre et tourbillonnant. Morgan l'avait compris. Parce qu'elle était perspicace, parce qu'elle savait écouter avec son cœur. Morgan abordait tout avec son cœur.

Et elle aussi cachait une zone d'ombre, tout au fond.

Morgan.

Il frappa les touches du clavier.

Morgan.

Morgan aux insondables yeux bruns qui brillaient de compassion. Morgan à la peau trop douce pour ses mains calleuses, la douce pression de sa tête contre son torse, ses larmes tièdes qui mouillaient sa poitrine. Il ferma les yeux. Les notes jaillirent.

« Tu n'as pas peur quand je pleure, lui avait-elle murmuré une fois. Ça me fait l'effet d'un miracle… Sauf que je ne crois pas aux miracles. »

Elle n'avait pas eu besoin d'en dire plus, il avait compris. Compris qu'elle souffrait comme lui de contempler tous les jours la médiocrité du genre humain. Ils exerçaient de durs métiers qui ne leur donnaient pas le droit de se voiler la face. Vingt-quatre heures sur vingt-quatre, ils avaient la preuve que le mal existait.

L'idée qu'il était en train de composer pour Morgan l'émut. Puis elle le fit sourire… Il était un incorrigible romantique.

Il travailla encore un peu. Il voulait terminer son morceau, le fignoler, le coucher sur le papier avant son prochain rendez-vous avec Morgan. Le lui jouer.

Leur relation avait eu des débuts difficiles. Ils s'étaient déjà séparés, puis retrouvés. A présent, ils se voyaient régulièrement, mais ils ne passaient pas tout leur temps libre ensemble, comme la plupart des couples. Noah songea que le rythme lent et un peu vieillot qui naissait sous ses doigts illustrait le lien qui l'unissait à Morgan, fragile et ténu, complexe, fait de quelques mesures tourmentées sous lesquelles jaillissait brusquement la sensualité. Un chant fiévreux et troublant.

Il y avait en Morgan des recoins tellement bien gardés qu'il n'était pas certain d'oser un jour les explorer. Pour l'instant, il n'essayait pas. Quand elle se sentait en danger, elle prenait la fuite. Il n'avait pas envie de se lasser de cette approche toujours recommencée et il avait décidé de l'attendre cette fois, de ne pas la brusquer.

Perez disait de lui que plus une affaire était difficile et plus il mettait d'acharnement à la résoudre. Perez avait raison. La difficulté le galvanisait. Des femmes moins compliquées que Morgan n'avaient pas su l'accrocher. Mais elle…

Il changea de tonalité et chercha un thème pour la transition, en s'inspirant de Morgan au réveil. Morgan dans son lit, le matin, qui n'en revenait pas d'avoir passé la nuit près de lui.

Ils se connaissaient depuis huit mois, que l'on pouvait diviser en deux phases. Celle de leur rencontre, en juin, qui avait duré quatre semaines, et celle de leurs retrouvailles, en octobre, après une séparation de trois mois. Ils essayaient de se voir au moins une fois par semaine, mais ils n'y arrivaient pas toujours. La priorité absolue de Morgan était sa fille, Dulcie. Ensuite venait son travail. Lui aussi avait un emploi du temps chargé. Après ces trois impondérables, il ne leur restait plus grand-chose. Ce n'était pas plus compliqué que ça.

Et pourtant…

Il reprit le thème qu'il venait d'improviser.

Pourtant…

Morgan restait hors d'atteinte.

Son téléphone sonna. Une fois. Deux. Ses doigts s'attardèrent au-dessus du clavier. Bon sang, ce qu'il aurait aimé pouvoir ne pas répondre.

— Jordain, fit-il d’un ton laconique.

— Noah, tu vois la Met Life Tower depuis tes fenêtres ? demanda Perez.

— Non. Pourquoi cette question ?

— Je me trouve en ce moment à quelques pâtés de maisons de chez toi. Je la vois parfaitement.

9.

Le studio sur la 17e Rue, entre la VIIIe et la IXe Avenue, était plus qu'exigu. Largeur : quatre misérables mètres. Longueur : à peine plus. Heureusement, la vue magnifique sur la Metropolitan Life Tower qui brillait comme un phare le sauvait du sordide.

Il y avait une salle de bains, mais pas de cuisine séparée. Le mobilier — un lit, une table, un petit réfrigérateur, un mini-four, un évier encore plus petit que le four — tenait à peine dans le petit espace. Jordain remarqua que tout était néanmoins d'une propreté impeccable. Pas une trace sur la baignoire et les toilettes. Pas même un cheveu dans le lavabo.

Ça rendait la puanteur encore plus insupportable. Et encore plus triste le spectacle de cette jeune femme repliée sur elle-même devant le fauteuil dont elle avait probablement glissé.

Jordain observait l'équipe technique qui s'apprêtait à emporter le corps.

— Quel âge ? demanda-t-il au légiste qui se penchait sur la fille.

— Vingt-trois.

— Je lui donnais moins.

— Ouais, moi aussi.

Jordain détourna le regard du visage bouffi du cadavre et

contempla le gode en plastique sur le sol, près de son pied gauche. Il était rose vif et dérangeait l'atmosphère solennelle qui régnait en ce moment dans la pièce. Il leva les yeux vers les tableaux qui décoraient les murs, trois toiles représentant les toits de Manhattan la nuit. Il les jugea plutôt bonnes.

— Tu as pris connaissance du rapport sur les symptômes de cette fille ?

Le légiste acquiesça en silence.

— Et tu aurais déjà des hypothèses sur les causes de la mort ? insista Jordain.

Le médecin lui jeta un regard en coin.

— Noah, s'il te plaît, donne-moi un peu de temps. Ne me demande pas de formuler des hypothèses avant d'avoir au moins effectué quelques analyses.

— Mais tu as de l'instinct et je pensais que…

Gordon l'arrêta d'un geste de la main.

— Ce n'est pas parce que tu me passes de la pommade que je vais me lancer dans des spéculations hasardeuses. Je t'ai dit que j'avais besoin de temps.

— Du temps. Ouais. Bien sûr. Prends ton temps. Après tout, ce n'est pas ta faute s'ils ont merdouillé avant de la trouver, grommela Jordain d'une voix chargée de reproches.

Perez se trouvait à l'autre bout de la pièce, c'est-à-dire pas bien loin. Il réagit aussitôt.

— Calme-toi. On n'a pas pu faire mieux.

Jordain secoua la tête.

— Justement, c'est regrettable.

L'agent Tana Butler se tenait devant le bureau de la jeune fille et saupoudrait son ordinateur pour relever les empreintes. Elle aussi éprouva le besoin de se justifier.

— Les coups de fil étaient trop dispersés, expliqua-t-elle. Ils venaient de tout le pays et les différents postes de police ont mis quarante-huit heures à faire le recoupement.

— Je sais, oui. On me l'a déjà dit.

— Ensuite il a fallu trouver la société possédant la société propriétaire du site porno qui hébergeait l'adresse de la fille. Mais une assignation à comparaître n'a pas beaucoup de prise sur des types qui bossent à Shanghai pour un groupe nommé Global Communications. Et ça, même si le groupe fait des affaires à New York et emploie des New-Yorkaises.

— Toutes mes excuses, murmura Jordain tout en regardant l'équipe technique soulever le corps.

Il avait assisté tant de fois à ce rituel que cela aurait dû le laisser indifférent. Mais dans certaines circonstances il se laissait encore émouvoir. Par des détails, le plus souvent. Comme cette mèche de cheveux qui avait glissé sur le front de la jeune fille quand ils l'avaient mise dans le sac et qu'il avait envie d'écarter, pour lui dégager les yeux.

Pendant ce temps, Butler égrenait des chiffres.

— Près de cinq mille hommes se sont connectés sur le site de Penny au cours de son temps de travail. Ça ne signifie pas pour autant qu'ils ont assisté à la fin du numéro. Certains ont probablement délaissé leur ordinateur pour répondre au téléphone, ou parce que leur femme rentrait à la maison, ou tout simplement parce qu'ils n'étaient pas d'humeur. Nous n'avons aucun moyen de savoir combien d'entre eux sont restés pour les quinze dernières minutes, quand elle a commencé à se comporter bizarrement. Elle est généralement en ligne pendant au moins une heure et demie. Et elle a donné des signes de malaise au bout de quarante-cinq minutes.

— Ces types étaient installés devant leur écran, ils ont vu qu'elle ne se sentait pas bien et ils n'ont rien fait ?

— Certains ont cru qu'elle avait la grippe, d'autres ont pensé à une intoxication alimentaire, expliqua Butler.

— Ou à un scénario pervers, ajouta Perez.

— Je ne comprends toujours pas pourquoi ça a pris tant de temps pour la localiser, maugréa Jordain. D'après le rapport, il y a eu cinquante appels dans les premières vingt-quatre heures. Au bout de quarante-huit heures, le nombre de coups de fil avait atteint des centaines. Elle était en ligne, bon sang. Il n'y avait pas moyen de la retrouver par sa connexion ?

— Oui, il y aurait eu un moyen, répondit Butler. Si elle était restée en ligne.

— Parce qu'elle n'était plus en ligne ? On ne me l'a pas dit. Comment ça se fait ?

Butler rebrancha l'ordinateur. Un témoin lumineux s'alluma.

— Je crois bien que sa batterie a lâché.

Il avait donc fallu cinq jours à partir du premier appel pour retrouver la femme qui officiait sous le nom de Penny Whistle. La police avait finalement fait le lien entre la morte du web et une jeune femme dont la disparition avait été signalée par ses parents trente-six heures plus tôt — c'est-à-dire douze heures avant le délai légal permettant de déclencher les recherches pour une personne majeure.

— Si on l'avait trouvée plus vite, on aurait pu la sauver ? demanda Jordain.

Gordon allait sortir. Il se retourna pour jeter un dernier regard dans le studio et secoua la tête.

— Je ne peux pas te répondre pour l'instant. Mais, de toute façon, à quoi ça nous avancerait de le savoir ?

Il y eut un lourd silence.

— Pas de signe d'effraction ? reprit Jordain.

Il posait la question uniquement par acquit de conscience. Il connaissait déjà la réponse.

— Non, confirma Perez. Et il n'y avait personne avec elle dans son studio.

Jordain ne pouvait détacher son regard du corps. Une foule de questions se bousculaient dans son crâne.

Avait-elle décidé de mourir ? Et, si elle était malade, pourquoi n'avait-elle pas eu le temps de prévenir quelqu'un avant qu'il ne soit trop tard ? Lui avait-on administré un poison violent et rapide ?

Il secoua la tête, mais le geste ne s'adressait à personne. A part peut-être au fantôme de cette pauvre fille qui ne pouvait plus lui répondre. Même s'ils découvraient comment et pourquoi elle était morte, ça ne la ressusciterait pas. Et ça ne consolerait pas ceux qui allaient la pleurer.

Pourtant, si on l'avait tuée, il fallait trouver le coupable pour sauver d'autres vies. Jordain décida de se concentrer là-dessus. Son père lui avait appris que le rôle de la police était de protéger, pas de punir. Il ne l'avait pas oublié.

Perez désigna du menton l'ordinateur que Butler nettoyait.

— Il y aura peut-être là-dedans des informations qui nous mettront sur la voie.

Jordain suivit son regard. Il remarqua sur le sol un minuscule oiseau en porcelaine, derrière le fauteuil de bureau.

— Tu as vu ça ? demanda-t-il à Butler.

Non, elle ne l'avait pas vu. Jordain alla se pencher au-dessus de l'objet. Il s'agissait d'un rouge-gorge en porcelaine peinte, avec une aile légèrement ébréchée. Il s'était sans doute abîmé en tombant. Il penchait légèrement la tête de côté et une étincelle brillait dans ses yeux noirs. Quelqu'un l'avait un jour offert à Debra — elle s'appelait Debra, et la moindre des choses était de penser à elle en employant son véritable prénom. Jordain songea que cet oiseau lui venait d'un de ses amoureux. Peut-être…

Mais ça n'avait plus aucune espèce d'importance. A présent, l'oiseau ne comptait plus pour personne.

10.

Mon amour,

Déjà, un cierge brûle dans la pénombre et l'odeur de la cire est pour moi un enchantement. Quatre autres cierges attendent sur la table. Je les allumerai quand le moment sera venu. J'en ai prévu un pour chacune de ces sorcières. Je ne le dirai jamais assez, ces femmes sont des monstres, des sorcières. Le mal coule dans leurs veines et elles le répandent généreusement. Elles aiment vendre leur dose aux drogués du sexe, elles sont fières de ce qu'elles font. Quand elles pensent que ça y est, que les gros doigts de ces porcs commencent à s'activer, elles en rajoutent, elles accélèrent le rythme de va-et-vient du faux sexe en plastique qu'elles manipulent pour les exciter. Ces sorcières qui se prétendent femmes se nourrissent de ceux qu'elles disent servir, elle les empoisonnent, elles tuent l'innocence et salissent la pureté au nom de la liberté individuelle. Voilà ce qu'elles font. Rien d'autre.

La semaine dernière, j'ai suivi la performance de ta petite copine. Ce n'était pas la première fois. Je ne t'avais pas dit que je l'observais régulièrement ? Que pouvais-je faire d'autre ? Il fallait bien que je voie, que je sache. Sinon, comment aurais-je pu trouver le moyen de l'approcher ?

Elle joue la comédie, je peux te l'affirmer. Et son jeu sonne tellement faux que je ne comprends pas que des idiots aient pu être dupes. Les hommes sont décidément stupides et faibles.

J'ai veillé à ce qu'elle meure comme elle avait vécu. Dans le mensonge. La seule chose qui n'était pas jouée, dans la scène finale, c'était son air étonné. Grâce à moi, à la charmante petite surprise que je lui avais réservée. Elle a fait comme d'habitude, elle a enfoncé son jouet dans son vagin, profondément, sans se douter le moins du monde que ce geste lui serait fatal, qu'elle débutait sa dernière nuit, que ses esclaves, son armée, la horde d'hommes qui l'attendaient, seuls dans le noir, en se faisant croire qu'elle ne s'exhibait que pour eux, la voyaient pour la dernière fois. Pour la dernière fois… Quelle tristesse dans ces trois mots… Tu ne trouves pas ? Pour la dernière fois…

Non, pas ça. Je ne vais pas essayer de me souvenir de la dernière fois que j'ai senti tes bras autour de moi.

La vie de cette sorcière a pris fin, c'est tout ce qui compte. Et ça n'a pas été une fin douce, tu sais. Elle ne s'est pas endormie tranquillement, elle n'a pas dérivé de l'autre côté, elle a progressé par bonds, elle a souffert, elle est morte dans la merde, la puanteur, le vomi et la sueur. Sur ses lèvres il n'y avait plus trace de ce mauve si vulgaire, ses cheveux n'étaient plus brillants et ondulés. Elle n'avait plus rien d'attirant ou de sensuel.

Je l'ai fait pour toi. Pour toi.

Comprends-tu enfin à quel point je t'aime ? Ce que je fais de pire est aussi ce que j'aurai fait de mieux dans ma vie. Je te prouve enfin ce que tu représentes pour moi. Je ne ressens ni soulagement ni plaisir, juste une satisfaction profonde, parce qu'il y a une justice en ce monde, parce que la vertu est récompensée et le vice puni. Je me moque de savoir si j'obtiendrai un jour le pardon pour tout ça. Personne ne peut imaginer à quel point la disparition d'un être cher vous laisse seul et désemparé. Il faut l'avoir vécu pour comprendre. Seigneur, comme je t'aime !

Je ne pensais pas être capable de la regarder mourir et ça n'a pas été facile. Ça a réveillé trop de souvenirs. Mais je l'ai fait. Parce qu'il le fallait. Pour toi.

MARDI

plus que dix-sept jours

11.

Elle avait les yeux brillants et des flocons de neige piégés entre ses cils épais. On remarquait tout de suite ses yeux, d'un vert lumineux, comme celui d'une jeune pousse. Mais le plus frappant, c'était ce regard plein de sensualité fraîche et innocente qu'elle vous lançait par-dessous ses longs cils. Un regard qui avait quelque chose de déplacé. Mais ça ne m'étonnait plus. Je savais depuis longtemps que Blythe était une personne hors norme à bien des points de vue.

— Seigneur, comme il fait froid dehors ! s'est-elle exclamée en laissant tomber son sac à dos en cuir sur le sol.

Elle portait une cape en velours noir, un peu vieillotte, qui flottait derrière elle. Elle a défait la boucle qui fermait le col, pour l'ôter. En dessous, elle avait mis un pantalon noir, une chemise blanche de smoking et une veste léopard — je n'aurais pas su dire s'il s'agissait de vraie ou de fausse fourrure. Blythe était une adepte des boutiques vintage et mélangeait les styles sans idées préconçues, à la manière dont un artiste audacieux aurait harmonisé sa palette de couleurs.

Après avoir accroché sa cape au portemanteau de mon cabinet, elle s'est assise sur le divan. Une fois de plus, j'ai admiré ses gestes lents et gracieux.

— Ça ne vous dérange pas si on ne parle pas de mes patients

aujourd'hui ? a-t-elle demandé. J'ai besoin d'aide. Je me sens perturbée en ce moment.

La douceur de sa voix évoquait le velouté d'un pétale de rose, avec une pointe de sensualité, subtile, mais très présente.

Blythe préparait un doctorat de psychologie à l'université de Columbia, avec comme spécialité la sexologie. Le choix n'était ni anodin ni surprenant quand on connaissait son histoire. Le mieux placé pour soigner un patient est celui qui a dû résoudre des problèmes similaires aux siens.

Nina avait suffisamment apprécié Blythe pour lui proposer quelques heures de vacations à l'institut. Elle assurait une partie des consultations gratuites que nous proposons à une douzaine de patients qui n'ont pas les moyens de payer nos honoraires. Comme elle débutait en tant que thérapeute, elle était supervisée par un confrère. A l'origine, c'était à Simon Weiss, l'un des vétérans de l'institut, que Nina avait confié cette tâche.

Il avait rencontré Blythe une fois.

Simon était mon ami, il m'avait invitée à déjeuner dès le lendemain de sa première séance avec Blythe. Quarante-cinq minutes lui avaient suffi pour se rendre compte qu'il ne pouvait pas devenir son superviseur. Il avait quarante ans, son mariage battait de l'aile et Blythe était un peu trop aguicheuse. J'ai compris ce qu'il voulait dire le jour où elle est entrée dans mon cabinet. Il ne s'était pas trompé.

— Que vous est-il arrivé ? ai-je demandé.

De sa main gauche, Blythe a pressé sa main droite qui est devenue exsangue. Elle a répété ce geste à plusieurs reprises et j'ai dû lutter contre l'impulsion de tendre le bras pour l'arrêter.

— Blythe, vous fustiger ne résoudra rien.

— Me fustiger ?

J'ai désigné ses mains du menton. Elle a baissé les yeux.

— Je ne m'en rendais pas compte, a-t-elle murmuré.

— Qu'est-ce qui vous perturbe, Blythe ?

— Je me sens tellement démunie… J'ai l'impression que je ne m'en sortirai jamais, qu'il suffirait d'un rien pour que je replonge. En ce moment, j'ai de envie de retravailler *online*.

— Qu'est-ce qui a déclenché cette envie ?

— Une militante féministe m'a envoyé un e-mail. Une femme que j'ai admirée toute ma vie, qui m'a servi de modèle. Elle écrit en ce moment un livre sur les jeunes filles qui se prostituent pour se payer leurs études. Elle s'intéresse à la manière dont elles supportent la situation, au retentissement de cette activité sur leur vie sociale et sur la manière dont elles se perçoivent en tant que femmes. Elle m'a demandé de lui accorder une interview, pour son livre.

— Mais comment vous a-t-elle trouvée ? Je croyais que vous n'étiez plus sur le web ?

— Je n'y suis plus depuis cinq ou six mois. Elle m'a vue il y a longtemps. Mon profil mentionnait que j'étais étudiante, et elle avait conservé mes coordonnées. Elle m'a écrit à travers le site qui renvoie sur mon adresse personnelle les messages qu'on m'adresse encore.

— Et ça vous a fait quel effet ?

Elle s'est de nouveau broyé la main droite.

— Je ne sais pas trop. J'ai de bonnes raisons d'accepter. Autant que de refuser. Le simple fait de vous dire que je vais en parler… Que je vais replonger dans ce jeu, même un tout petit peu…

Elle a secoué la tête et des boucles blondes sont venues barrer son visage. Elle ne les a pas écartées. Pourquoi ? Elle avait les cheveux dans les yeux, cela aurait dû la déranger.

— Blythe, quand vous étiez *online*, que ressentiez-vous à l'idée que des hommes vous regardaient ?

— Je portais un masque, a-t-elle répondu.

— Un masque ? Pourquoi ?

Elle a baissé la tête.

— Blythe ?

— Je ne voulais pas qu'on puisse me reconnaître un jour. Le risque était minime, mais on ne sait jamais, une fâcheuse coïncidence est toujours possible. Vous vous rendez compte si l'un de mes professeurs... Ou un autre étudiant...

Sa voix s'est brisée et elle a contemplé ses mains.

Elle me rappelait un tableau préraphaélite que j'avais admiré sur la couverture d'un livre sur les adolescentes. Le peintre avait représenté l'Ophélie d'*Hamlet*, noyée dans un fleuve, les bras le long du corps, ses cheveux flottant autour d'elle. L'unique couleur sur son visage cadavérique était celle de ses lèvres encore rouges.

— Ce masque, vous l'avez toujours ?

Elle a acquiescé.

— Vous l'avez porté depuis que vous avez arrêté le web ?

— Je n'y avais plus touché jusqu'à hier soir. Après avoir parlé avec cette femme, j'ai éprouvé le besoin de le sortir de sa cachette. Je l'ai mis et je me suis longuement regardée dans le miroir en essayant de me voir avec les yeux des hommes pour lesquels je m'exhibais. Au bout de quelques secondes, j'ai eu l'impression de contempler une étrangère. Comme si je n'étais plus moi-même.

Elle a fermé les poings et froncé les sourcils.

— A quoi pensez-vous ? Vous paraissez bouleversée.

Un rictus de colère a déformé sa bouche.

— Que vous arrive-t-il ? ai-je insisté.

— Qu'est-ce qu'il y a, j'ai une drôle de tête ? a-t-elle rétorqué.

— Pas du tout, ai-je répondu.

— Vous dites que j'ai l'air bouleversée. J'imagine que c'est à cause de la mine que je fais…

La colère de Blythe m'a galvanisée, elle signifiait que nous allions toucher un point sensible.

— Je le vois sur votre visage, effectivement, ai-je calmement répondu.

Elle a secoué la tête.

— Qu'est-ce qu'il y a de bizarre dans ton visage… Ce sont tes yeux ? Tu n'es pas comme tout le monde ? a-t-elle récité d'une voix suraiguë.

— Blythe, qu'est-ce qui vous prend ?

Elle s'est tue, elle a mordillé un instant sa lèvre inférieure, puis elle a pris une grande inspiration et elle s'est lancée.

— Je suis née avec une cataracte. Je ne vous l'avais pas dit ?

— Non.

— C'est extrêmement rare, mais ça arrive. A dix ans, on m'avait déjà opérée trois fois. Je portais des lunettes, bien sûr. Les lunettes, ce n'est pas si terrible. Je n'étais pas la seule. Sauf que mes verres étaient affreux, très épais. Et ce n'était pas tout. Derrière ces horribles verres, j'avais des yeux vraiment étranges.

Elle a marqué un long temps de pause.

— J'ai beaucoup souffert. Vous savez combien les enfants sont cruels. S'il y avait eu une autre fille avec un handicap plus sérieux, elle aurait servi de bouc émissaire. Mais il n'y avait pas beaucoup d'élèves dans ma classe et j'étais malheureusement la seule à souffrir d'une difformité. On m'a donc mise à l'écart. Je n'étais jamais invitée aux fêtes. Personne ne me voulait dans son équipe pendant les cours de sport.

Des larmes ont coulé de ses yeux.

Je ne l'avais encore jamais vue pleurer et j'ai été surprise qu'elle paraisse brusquement si jeune. Mon cœur a fait une embardée.

— A quatorze ans, j'ai pu mettre des lentilles de contact, a-t-elle repris. Vous comprendriez sûrement en voyant mes yeux.

J'ai cru qu'elle allait me les décrire. Je ne m'attendais pas à ce qu'elle baisse la tête pour faire tomber la lentille de son œil droit.

Ensuite elle m'a regardée.

J'ai été frappée par le contraste entre l'œil gauche, d'un vert intense, et la pupille immense de l'œil droit, deux fois plus large que la normale. Le cercle noir qui entourait l'iris était flou, comme s'il suintait dans le vert. Le regard de Blythe était fixé sur moi, mais il était comme absent, je ne pouvais le saisir.

Je dois reconnaître qu'il s'agissait d'une particularité qui ne passait pas inaperçue. Je n'aurais pas été jusqu'à la qualifier d'anomalie, mais je comprenais aisément qu'une enfant ait pu en souffrir.

Au bout de quelques secondes, Blythe a replacé sa lentille

de couleur, comme s'il lui était pénible de me laisser voir ce défaut qu'elle camouflait avec tant de soin.

— Tout a changé à partir du moment où j'ai porté ces lentilles, a-t-elle dit. Je pouvais enfin me regarder dans le miroir et me trouver jolie. Les garçons ont commencé à me remarquer. Plus personne ne se moquait de moi. Je n'étais plus un monstre. J'étais devenue quelqu'un de normal. Du jour au lendemain.

Elle s'est de nouveau enfoncée dans le divan.

— Après toutes ces années durant lesquelles j'avais eu honte de mon apparence, je ne peux pas vous dire à quel point j'étais soulagée qu'on ne me fixe plus comme une bête curieuse.

— Vous voyez un rapport entre ce que vous avez enduré dans votre enfance et ce besoin de vous exhiber sur le Net ?

— Ça ne vous paraît pas évident ?

— Si, mais j'ai besoin que vous m'expliquiez comment ces deux éléments s'articulent.

— Mon exhibitionnisme est une façon de me venger d'avoir été longtemps considérée comme un monstre, une façon de me prouver que c'est fini. Chaque fois que je m'installais devant mon ordinateur et que je contemplais la caméra avec des yeux énamourés, je testais mon pouvoir de séduction. C'était vrai, j'avais changé. J'étais suffisamment belle pour faire fantasmer des milliers d'hommes.

Elle a repoussé ses cheveux, à deux mains, puis elle les a laissée retomber.

— Vous portiez tout de même un masque, ai-je fait remarquer.

— Mon masque ressemblait à ce papillon, a-t-elle répondu

en désignant un papillon bleu inclus dans un cube de verre, comme suspendu dans les airs.

Je collectionne les papillons sous diverses formes. J'avais même planté sur le petit balcon de mon cabinet des buissons et des fleurs qui les attiraient en été.

— Mon masque vient de Venise, il est de soie. Il me couvre presque tout le visage. Tout ce qu'on voit, ce sont mes yeux, à travers deux trous ménagés dans les ailes.

12.

L'inspecteur Perez rejoignit son partenaire dans le bureau qu'il partageait avec lui. Il le trouva en train de préparer ce café noir que tout le monde appelait « la mixture de Jordain » et dont il était devenu à la longue un fervent adepte.

La pièce aurait eu besoin d'une couche de peinture et d'un mobilier neuf, mais la fenêtre donnait sur la rue, pas dans une impasse ou sur un mur de briques, c'était déjà ça.

— Tu ne vas pas en croire tes oreilles, annonça Perez en s'asseyant.

Il posa devant lui une feuille froissée qu'il lissa tant bien que mal.

— J'écoute, fit Jordain en ajoutant une cuillère de chicorée au marc fraîchement moulu du café.

— Debra Kamel est morte empoisonnée.

— O.K., répondit Jordain avec son accent du Sud qui étirait la dernière syllabe. Mais nous avions déjà envisagé cette éventualité. Je ne vois pas pourquoi je devrais m'en étonner.

— Le poison était de l'atropine, lut Perez. Il s'agit d'une drogue appartenant à la famille des antagonistes cholinergiques, comme la belladone ou d'autres alcaloïdes aisément absorbés par la peau et les muqueuses, celles des poumons ou des intestins, par exemple.

Il leva les yeux vers Jordain.

— Dans le cas qui nous intéresse, il s'agissait des muqueuses. Ces drogues peuvent se révéler toxiques à des doses infimes, parfois même médicamenteuses. Un type à qui l'on dilate les pupilles pour un simple examen ophtalmologique peut finir en réanimation avec un malaise cardiaque. C'est déjà arrivé.

— Dilater les pupilles ? Je suis perdu, là. La victime avait un problème aux yeux ?

— Non. C'était une façon de t'expliquer que l'atropine peut provoquer des problèmes cardiaques et que c'est dans les gouttes pour les yeux qu'on l'utilise le plus fréquemment. Et ce n'est pas tout. Pour la petite histoire, la belladone servait autrefois d'aphrodisiaque.

— C'est de l'humour ?

— Ça y ressemble, mais je suis très sérieux. En choisissant la belladone pour empoisonner une femme qui se masturbait avec des godes sur internet, notre assassin a peut-être cru manifester un sens de l'humour particulièrement subtil.

— D'accord, d'accord. Mais revenons à Debra. Elle a fait un arrêt cardiaque ?

— Il est prêt, fit Perez en désignant le café du menton.

— Je l'avais oublié, celui-là, répondit Jordain. J'étais trop captivé par ce que tu me racontais.

Il remplit deux tasses et en tendit une à Perez qui but une gorgée avant de poursuivre.

— Les premiers symptômes d'intoxication sont généralement la bouche sèche et un accès de fièvre… Ensuite…

Il consulta de nouveau sa feuille et lut :

— Vision brouillée, pupilles dilatées, vasodilatation, accélération des battements du cœur, excitation, vertiges, délires, confusions, hallucinations. La mort survient par dépression de la respiration et du système cardio-vasculaire.

— Au bout de combien de temps ?

— Les symptômes commencent à se manifester rapidement, au bout de quinze minutes à deux heures. Le sujet peut mettre jusqu'à vingt-quatre heures à y succomber. Ça dépend d'un ensemble de facteurs comme le mode d'absorption, la dose, la sensibilité au produit, l'état de santé.

— Si l'on se fie au premier coup de fil signalant son malaise, elle a mis entre deux heures trente et trois heures à mourir. Ça correspondrait à quel dosage ?

— La dose fatale d'atropine pour un tel laps de temps serait…

Il chercha sur le papier.

— Quinze milligrammes, c'est-à-dire cinq gouttes de produit pur.

Jordain constata avec étonnement que sa tasse de café était déjà vide. Il ne se souvenait pas l'avoir bue. Il se leva pour s'en servir une autre.

— Et je suppose qu'il est scandaleusement simple de s'en procurer ?

— C'est le moins qu'on puisse dire.

— Je t'écoute.

— On trouve de l'atropine dans des douzaines de médicaments : elle diminue les tremblements chez les parkinsoniens, elle sert d'antispasmodique gastro-intestinal ou urinaire, elle facilite l'examen de l'œil en ophtalmologie, elle est efficace contre les coliques, le mal des transports, elle peut diminuer des sécrétions excessives. On l'utilise aussi dans les traitements pré ou postopératoires. L'atropine est très souvent prescrite pour soigner la bradycardie et elle est l'antidote de certains pesticides et de certains gaz neurotoxiques à usage militaire. Durant la guerre du Golfe, elle faisait partie du kit d'urgence des soldats et il y a eu plus de morts par injections inappropriées d'atropine que par intoxication aux gaz.

Il secoua la tête et leva le nez de sa feuille.

— Ecoute ça : le plus facile est de passer par des gouttes pour les yeux. Toute personne travaillant dans un hôpital peut voler une poignée de flacons et les glisser dans sa poche ou dans son sac, sans même que l'on remarque leur disparition. Il y en a près de deux cents dans n'importe quel stock et on peut se servir, le produit n'est pas surveillé.

Jordain ouvrait la bouche pour poser une question quand le téléphone l'interrompit. Il attendit la troisième sonnerie pour décrocher, annonça son nom et écouta en silence. Au bout de quelques minutes, il répondit sèchement oui et raccrocha.

— Continue, fit-il à Perez. Ce n'était rien d'urgent. J'allais te demander si on pouvait s'en procurer aisément en dehors d'un hôpital.

— Ouais, répondit Perez en vérifiant sur son papier. Ça fait partie des fournitures médicales de l'armée et n'importe quel médecin peut en prescrire. On en trouve dans les gouttes oculaires les plus courantes, comme l'Homatropine ou Isopto Atropine, qui sont vendues en pharmacie, sur ordonnance. Et ce n'est pas tout. On peut aussi en acheter sur les sites web ou dans les boutiques Wicca. Les adeptes de cette secte s'en servent pour provoquer des hallucinations. Butler a vérifié. Elle a trouvé trois seringues à atropine en vente sur eBay.

— Laisse tomber, l'assassin n'est sûrement pas passé par eBay, c'est trop facile de remonter la piste.

— Et il y a encore plus facile et surtout plus discret. Il suffit d'en faire pousser dans un pot. Ou d'aller faire un tour dans un jardin de plantes médicinales de musée ou d'école, avec un petit couteau de poche. La plupart cultivent des plantes toxiques et…

— Bon sang, Perez, ça suffit. J'ai compris. Je ne suis pas un demeuré. Pas besoin d'épiloguer. Je peux en avoir. Butler aussi. Ça pousse probablement dans Central Park.

— Probablement, oui.

— Bien. Nous savons quel poison a tué Debra. C'est le comment qui m'intéresse, maintenant. Tu as des détails ?

— Oui, j'en ai. Et c'est là qu'il vaut mieux que tu sois assis.

Jordain eut l'air agacé.

— Le poison a pénétré son organisme par des muqueuses, annonça Perez d'un ton solennel. Celles du vagin, pour être précis.

Il marqua un temps d'arrêt. Jordain lui fit signe de poursuivre d'un geste impatient.

— L'atropine était mélangée au lubrifiant qu'elle utilisait avec son gode.

13.

Quand j'ai ouvert la porte du laboratoire d'anglais, à 17 h 25, trois adolescents attendaient déjà à l'intérieur, assis dans la pénombre. Hugh faisait défiler quelque chose sur l'écran de son Palm. Barry dormait sur son bureau, la tête dans ses bras croisés. Amanda avait les yeux fermés et des écouteurs dans les oreilles. Elle se dandinait au rythme de la musique.

Le groupe avait démarré avec cinq garçons âgés de quinze à dix-huit ans. Nous nous rencontrions tous les jeudis après-midi, depuis le début du mois de novembre, dans les locaux de leur lycée, Park East School, dans Manhattan Upper East Side. Au bout de six semaines, la directrice m'avait demandé d'y inclure trois filles. Elles s'adaptaient bien. Leur présence avait galvanisé le groupe et facilité la prise de parole.

Amanda était un cas à part. Elle avait demandé d'elle-même à participer, mais elle n'ouvrait pas la bouche et restait là, passive, silencieuse, agitée, inquiète, à gigoter sur sa chaise, sursautant dès que quelqu'un se mettait à parler. Son comportement m'intriguait au plus haut point.

J'ai allumé la lumière et je suis entrée dans la salle de classe.

Hugh a levé la tête, Barry a continué à dormir, Amanda a ouvert les yeux d'un air surpris.

— Il faudrait réveiller Barry, ai-je dit à Hugh qui m'aidait à ôter mon manteau. Ensuite nous placerons les fauteuils en cercle.

Amanda a regardé ses doigts. J'ai remarqué une taillade fraîche sur son pouce gauche, une vilaine coupure en forme de demi-lune, encore rouge de sang coagulé. Elle l'a doucement effleurée avec l'index de sa main droite. J'ai reconnu cette forme — elle me rappelait celle que dessinent des ciseaux de sculpteur quand ils dérapent sur le marbre.

— Vous ne pouvez peut-être pas transporter des fauteuils, avec cette blessure, ai-je dit. Ça fait mal ?

— Oui.

— Que vous est-il arrivé ?

— Je me suis blessée pendant le cours d'arts plastiques.

C'était la première fois qu'elle prononçait une phrase aussi longue, en trois semaines.

— Vous étiez en train de sculpter ?

Elle a paru légèrement surprise.

— Vous aimez le cours d'arts plastiques ? ai-je insisté.

Elle a répondu par un haussement d'épaules, mais de ceux qui signifient oui.

— Ça m'intéresserait de voir vos productions. Je sculpte un peu, moi aussi, à mes moments perdus.

— Je ne montre jamais ce que je fais. A personne.

J'étais heureuse qu'elle se mette enfin à parler.

— Moi, je montre, ai-je répondu. Quand je garde mon travail pour moi, il prend trop d'importance.

Elle m'a dévisagée fixement.

Le reste du groupe est arrivé petit à petit, pendant que les garçons installaient les chaises. Timothy, le plus intelligent, mais aussi le plus perturbé d'entre eux, a passé le seuil avec le téléphone collé à l'oreille. Dès qu'il m'a vue, il a mis fin à sa conversation et a raccroché.

Quand il a traversé la pièce, Amanda l'a suivi du regard. Sa présence paraissait la rassurer. Leurs regards se sont croisés et il lui a adressé un imperceptible sourire. Il y avait un lien de connivence particulier entre eux, mais lequel, je n'en savais rien encore.

J'ai demandé à Timothy d'aider aussi à placer les fauteuils, il a lâché d'un air réticent son sac à dos et son manteau pour se mettre à la tâche. Jeremy a fait son apparition en même temps que Charlie, comme d'habitude. Ils avaient tous les deux des cheveux courts, une coupe soignée, ils s'habillaient avec élégance, ils arrivaient et partaient toujours ensemble. Ils se montraient plus loquaces que les autres et je comptais sur eux pour entraîner leurs camarades qui se contentaient le plus souvent d'être présents physiquement.

Quelques secondes plus tard, Jodi, une gothique portant un long manteau noir qui balayait le sol, a fait son apparition. Elle arborait chaque semaine une tenue et un maquillage différents, plutôt recherchés. Ellen et Mary la suivaient de près. Au contraire de Jodi, elles étaient souriantes, paraissaient bien dans leur peau, et exhibaient des vêtements scandaleusement chers.

Ces adolescents formaient un groupe disparate : une gothique, un intellectuel, deux bourgeois, un hippie attardé, une passionnée d'arts plastiques, un musicien, deux victimes de la mode. Mais ils avaient un problème en commun. Les garçons étaient dépendants des sites pornographiques sur internet, au point de braver toutes les règles et de les visiter à partir des ordinateurs de l'école. On ne les avait jamais pris sur le fait, mais ils avaient oublié d'effacer leurs traces et la directrice avait réussi à remonter jusqu'à eux. La thérapie qu'ils suivaient avec moi était leur dernière chance de ne pas être expulsés de leur établissement scolaire.

Le cas des filles était différent. Perturbées par l'indifférence de ces garçons qui leur préféraient des femmes virtuelles, elles s'étaient senties délaissées et avaient adopté des comportements outranciers pour attirer leur attention. Leurs parents et leurs professeurs s'en étaient inquiétés.

Et puis, il y avait Amanda qui avait souhaité se joindre à nous pour une raison que j'ignorais.

Ce jeudi-là, nous avons débuté la séance avec seulement cinq minutes de retard, ce qui représentait un léger progrès par rapport à d'habitude. Je les ai trouvés particulièrement nerveux, en particulier Timothy, qui ne tenait pas en place. Hugh ne cessait de lui jeter des regards inquiets, comme pour s'assurer qu'il allait bien. Amanda, aussi, comme si elle savait quelque chose. Jeremy tapait un rythme sur le sol avec son pied et Charlie se rongeait les ongles.

Quand Timothy a fait cliqueter son stylo pour la cinquième fois d'affilée, je lui ai demandé ce qui se passait.

Il a haussé les épaules.

Charlie s'est raclé la gorge.

Jeremy s'est détourné vers la fenêtre pour me dissimuler son visage.

Amanda a ouvert son sac et a farfouillé à l'intérieur. Elle en a sorti un pansement qu'elle a entrepris de poser sur sa coupure.

— Timothy ? ai-je fait.

Il n'a pas répondu.

Jodi, la gothique, s'est penchée vers lui en murmurant quelque chose. J'ai cru entendre « Dis-le-lui », mais je n'en étais pas sûre, aussi lui ai-je demandé de formuler tout haut ce qu'elle venait de confier en aparté à Timothy.

— Ce n'était rien d'important, a-t-elle bredouillé. Ça n'en vaut pas la peine.

— Timothy, vous voulez bien me répéter ce que vous a dit Jodi ?

Il a haussé les épaules, de nouveau.

— J'ai pourtant cru entendre « Dis-le-lui », ai-je insisté.

Timothy n'a rien répondu.

— Jodi, c'est bien ça ?

Elle m'a regardée droit dans les yeux, sans un mot. Je vivais avec une adolescente et je savais que l'absence de réponse signifiait souvent « oui ». Quelque chose les tracassait, mais ils n'osaient pas en parler. De quoi avaient-ils peur ?

— Lancez-vous, Timothy. Vous savez bien que je ne suis pas censée répéter ce qui se passe dans cette pièce. Donc, vous ne risquez rien.

— Je me suis connecté, ça vous va ?

J'ai ignoré le ton sarcastique.

— Merci de votre franchise, ai-je dit. Avez-vous parlé à quelqu'un de votre envie de vous connecter, avant d'y céder ?

Je leur avais demandé de s'entraider : quand l'un d'eux se sentait tenaillé par le désir de retourner sur un site pornographique, il devait chercher un soutien moral et appeler un de ses camarades. Pour l'instant, l'entraide n'avait pas fonctionné, mais j'utilisais ce système dans d'autres groupes, pour des addictions différentes, et j'espérais qu'ils finiraient par s'y mettre. L'ennui, c'était que ces adolescents ne voyaient pas ce qu'il y avait de nocif à se brancher sur un site à caractère pornographique, à part que les adultes le leur interdisaient et que le fait de transgresser l'interdit leur attirait des ennuis.

— Non, je n'ai appelé personne, a répondu Timothy d'un ton agacé.

— Y avez-vous au moins songé ?

— Ce qui me pose problème, ce n'est pas d'y être retourné, a murmuré Timothy. C'est ce que j'ai vu.

— Qu'avez-vous vu ?

De nouveau, il s'est tu.

Amanda a commencé à triturer un coin de son pansement.

— Timothy, Jodi pense que vous devriez me confier quelque chose. De quoi s'agit-il ?

— Je suis tombé sur un truc vraiment flippant. Voilà. On peut changer de sujet, maintenant ?

— Flippant ?

— Bon sang ! s'est énervé Hugh. On vous demande de changer de sujet et vous insistez. Vous êtes pénible, avec vos questions.

— Vous n'êtes pas obligés de répondre à mes questions. D'ailleurs, la plupart du temps vous n'y répondez pas. Je sais très bien que vous ne voyez pas l'intérêt de ces séances et que vous préféreriez être ailleurs. Mais vous n'avez pas le choix. Pourquoi vous a-t-on demandé de venir ici, Hugh, d'après vous ?

— Parce qu'on navigue sur le web.

— Vous naviguez sur le web, c'est tout ?

— Non.

— Donc, pourquoi ?

— Vous pensez, comme tout le monde, qu'on ne peut pas s'en passer. Vous nous prenez pour des drogués.

— Quand vous êtes devant votre ordinateur, que vous venez d'écrire l'adresse URL et que vous avez le doigt sur la souris, prêt à cliquer, à quoi pensez-vous ?

Il a haussé les épaules.

— Il ne s'agit pas d'un test, juste d'une question. Essayez de vous imaginer dans cette situation. Sur l'écran, c'est votre travail qui s'affiche, vous êtes en train de faire vos devoirs. Mais l'adresse du site est déjà tapée… Rien ne vous oblige à céder, il est encore temps de vous raviser. A quoi pensez-vous ?

— Il ne s'agit pas de céder ou pas, répondit Hugh. C'est là, à portée de main. Pourquoi je ne cliquerais pas ? Je ne fais rien de grave. Je n'arrive pas à comprendre pourquoi nos parents et nos professeurs le prennent si mal.

J'ai parcouru le groupe du regard, en attendant que quelqu'un réponde.

Ellen contemplait fixement Hugh, les sourcils froncés, la bouche pincée. Ils étaient sortis ensemble. Elle avait visiblement envie de dire quelque chose, mais elle se retenait.

— Ellen, vous voulez prendre la parole ?

— Puisque tu prétends pouvoir t'en passer, pourquoi tu y retournes ?

Il n'a pas répondu.

Amanda a soulevé un coin de son pansement, puis elle l'a remis en place. C'est Barry qui s'est exprimé, soudainement, d'une voix stridente.

— Hugh a raison, nous ne faisons de mal à personne.

J'aime mater les filles *online* et je ne vois pas en quoi ça pose un problème.

Amanda a recommencé à malmener son pansement.

— Je sais que vous ne faites de mal à personne, Barry. Du moins, pas intentionnellement.

J'ai cherché à croiser leurs regards. Mary s'est penchée en avant.

— Je ne peux pas… C'est difficile… Je veux dire, je ne voudrais pas être obligée de faire des trucs comme ça pour qu'un garçon s'intéresse à moi.

— Des trucs comme ça… Vous parlez de pratiques sexuelles ? ai-je demandé.

Elle a acquiescé en silence.

— Et ça vous fait souffrir, Mary, de penser que les garçons ont besoin de ça ?

— Je ne peux pas m'empêcher de penser qu'ils me préfèrent des filles virtuelles. Je trouve que ça craint.

Il y a eu un temps de silence.

— Et vous, Timothy, vous pensez aussi que votre comportement ne fait de mal à personne ?

Il n'a pas répondu.

— Timothy ? ai-je pressé.

— Sans doute, a-t-il crié.

— Expliquez-moi ça, ai-je dit.

— Je n'ai rien fait…, a-t-il murmuré d'un ton coupable.

Je n'ai pas compris à quoi il faisait allusion, mais je me suis tue. Je voulais le laisser s'expliquer jusqu'au bout. Un commentaire risquait de l'inhiber.

— Et qu'auriez-vous dû faire ? ai-je demandé.

— Je n'en sais rien. J'étais coincé. Confier à quelqu'un ce

que je venais de voir m'aurait obligé à avouer que je m'étais connecté de nouveau sur des sites où j'étais censé ne plus aller. Encore trois erreurs et on me vire de chez moi. C'est mon père qui a établi cette règle imbécile. Merde… Si vous parlez de ça, on va me virer de l'école. Et tout de suite.

— Je n'en parlerai pas, rassurez-vous. Nous avons passé un accord, n'est-ce pas ? Tout ce que vous dites dans cette pièce est strictement confidentiel. Je vous l'ai promis dès la première séance et je ne vous ai jamais trahis.

Quelqu'un a marmonné, mais je n'y ai pas prêté attention.

— Qu'avez-vous vu, Timothy ?

— Assez ! s'est-il écrié.

Les autres avaient l'air de savoir de quoi il s'agissait. J'en ai conclu qu'ils en avaient discuté entre eux avant la séance.

— Laissez-le tranquille, a protesté Hugh.

— Pourquoi ?

Hugh, Timothy et Barry se montraient solidaires. Quand je mettais l'un d'eux en position délicate, les autres prenaient sa défense. Mais cette fois Timothy et Barry ne sont pas intervenus.

— Pourquoi éprouvez-vous le besoin de protéger Timothy ? ai-je demandé.

Je cherchais à provoquer une réaction.

Barry s'est courbé sur sa chaise et a pressé ses mains l'une contre l'autre.

— Il faut lui fiche la paix, a-t-il assuré. Sinon, ça va le rendre dingue.

— De toute façon, il est trop tard pour réagir, a renchéri Amanda. Une fois de plus.

— Une fois de plus ? me suis-je étonnée. Qu'entendez-vous par là ?

Elle s'est tournée vers Timothy et ils ont échangé un regard douloureux.

— Amanda ?

Elle malmenait toujours son pansement.

— Vous croyez que ça aiderait Timothy de nous parler de ce qu'il a vu ? ai-je poursuivi.

— Ça ne changerait rien, a-t-elle répondu en lâchant le pansement. Plus maintenant. On n'y peut plus rien.

— Tout ça est ridicule, a coupé Ellen. Ces garçons ne veulent pas de notre aide. Ils n'attendent rien de nous. A part qu'on leur taille des pipes. Et, même si on leur taille des pipes, ça ne les empêche pas d'aller reluquer des filles sur internet. Pendant qu'on s'occupe d'eux. C'est ça qu'ils veulent. On ne représente rien pour eux, rien du tout…, a-t-elle ajouté d'une voix mauvaise.

Amanda a ouvert de grands yeux. Elle paraissait à la fois peinée et effrayée. Elle a recommencé avec son pansement.

— Amanda ? ai-je demandé. Qu'avez-vous ?

Elle a secoué vigoureusement la tête, plusieurs fois.

— Rien, rien du tout, a-t-elle dit enfin.

Et, d'un coup sec, elle a arraché le pansement, mettant à nu sa blessure couverte de sang séché.

14.

Cinq heures plus tard j'étais chez moi, dans ma cuisine. Dulcie s'était perchée sur un tabouret, devant le comptoir qui occupait le centre de la pièce. J'ai ouvert le réfrigérateur en quête d'un plat à réchauffer.

Depuis que Dulcie jouait tous les soirs, nous avions remplacé le moment convivial du dîner par un repas sur le pouce après le spectacle. Le temps de nous raconter notre journée. Le temps pour elle aussi de revenir sur terre.

— Chocolat chaud ou cidre tiède ? ai-je demandé.

— Chocolat chaud, a répondu Dulcie sans hésiter.

J'ai sorti une bouteille de lait du réfrigérateur et un paquet de chocolat en poudre d'un des placards.

— Du vrai, a-t-elle précisé.

Du vrai, ça voulait dire en mélangeant du chocolat noir en tablette avec du lait tiède, jusqu'à obtenir la consistance voulue, comme le lui avait appris Nina.

Sans attendre ma réponse, elle s'est levée pour prendre le récipient que nous utilisions pour le bain-marie. Quand j'avais fait rénover ma cuisine, j'avais changé toute ma batterie d'ustensiles en choisissant ce qui se faisait de mieux. Je trônais maintenant au milieu de mes nouveaux appareils en acier inoxydable, de mon carrelage blanc moucheté de noir, de mes plans de travail en granit. Tout était propre, net, élégant. Un paradis de cordon-bleu. Sauf que je n'avais rien d'un cordon-bleu, loin de là. J'étais incapable de faire griller correctement un poulet ou de réchauffer au bain-marie sans que ça attache.

C'est dur de s'avouer qu'on est une incapable des fourneaux quand on rêve d'égaler la grande Martha, la célèbre présentatrice de la non moins célèbre émission culinaire. Certes, j'avais une cuisine modèle, de celles dans lesquelles on s'attend à trouver une tarte en train de refroidir sur le comptoir et de la sauce tomate en train de bouillonner dans une casserole. Mais non… Moi j'arrivais à gâcher une boîte de thon en rajoutant trop de citron et à faire brûler les plats surgelés.

Dulcie se chargeait de rattraper mes bévues. Elle était douée pour la cuisine, un talent dont elle avait hérité de sa grand-mère paternelle et que Nina encourageait. Depuis qu'elle travaillait le soir, elle n'était plus là pour me stimuler et me taquiner. Plus là pour sauver notre repas in extremis.

— Je n'ai pas de chocolat. Tu vas devoir te contenter de cacao en poudre, me suis-je excusée en posant la boîte en étain sur le comptoir.

Dulcie a pris la bouteille de lait et s'est dirigée vers la cuisinière. Là, elle a versé le lait dans une casserole et a allumé une plaque.

— C'est à moi de m'en occuper, ai-je protesté.

— Tu vas faire une catastrophe, maman, tu le sais bien.

Pendant qu'elle tournait lentement le lait avec une cuillère de bois, j'ai coupé deux pommes et ouvert une boîte de biscuits, les préférés de Dulcie, tout en regrettant de ne pas faire partie de ces mères qui cuisinent des pâtisseries pour leurs enfants.

— Alors…, ai-je demandé quelques instants plus tard, une

fois que nous fûmes installées au comptoir, devant nos tasses fumantes. Comment ça s'est passé, aujourd'hui ?

Depuis que Dulcie est toute petite, nous profitons du repas pour nous raconter notre journée. C'est un rituel. Mais qui obéit à quelques règles strictes. Chaque fois que nous rapportons un événement pénible, nous devons compenser par une anecdote agréable.

Dulcie a pris un deuxième biscuit qu'elle s'est mise à mâchonner d'un air pensif.

— Je n'aime pas notre nouveau professeur, a-t-elle dit. Pas du tout, a-t-elle insisté d'un ton emphatique.

Ma petite comédienne adorée…

— Pourquoi ?

— Elle nous demande de lire un livre dont le titre est *Guerre et Paix*. Il est long, tu n'as pas idée… Il va me falloir au moins un an pour en venir à bout.

J'ai ri.

— Tu exagères. Il n'est pas si long que ça. Le plus difficile est de s'y retrouver dans les noms russes. Mais ça ne devrait pas te poser de problèmes, tu es douée pour les langues.

Elle a levé les yeux au ciel.

— Je l'ai lu il y a bien longtemps, ai-je dit. Mais je veux bien faire l'effort de m'y remettre pour toi. Je pourrais m'en procurer un exemplaire et nous en parlerions tous les soirs.

Elle a eu un vague haussement d'épaules, pour signifier que ça ne changerait pas grand-chose. Il était clair que cette idée de lire un livre en parallèle avec moi ne l'enthousiasmait pas.

— Et à part ça ? ai-je repris. Il faut que tu trouves quelque chose de bien à me raconter, maintenant.

Elle m'a jeté un regard contrit à travers ses longs cils baissés, signe qu'elle s'apprêtait à commettre le péché d'orgueil.

— Six rappels, ce soir.

— C'est merveilleux.

Elle a souri.

— N'est-ce pas ?

Je lui ai rendu son sourire.

— Et de ton côté, docteur Péché, quoi de neuf aujourd'hui ? a-t-elle demandé.

Elle n'avait jamais osé me dire carrément que mon métier lui faisait honte, mais je l'avais compris le jour où elle m'avait présentée à la mère d'une de ses amies comme un médecin spécialiste du cœur. Elle m'avait surnommée Dr Péché un soir où nous nous disputions au sujet de l'heure à laquelle elle devait rentrer.

« Pourquoi crains-tu tellement que je flirte ? avait-elle dit. Après tout, tu es le docteur Péché… Tu es censée comprendre. »

Elle m'appelait rarement Dr Péché devant les gens, mais quand nous étions seules à la maison elle ne se gênait pas pour me taquiner.

— Tu veux commencer par le bon ou par le mauvais ? a-t-elle ajouté.

J'ai bu quelques gorgées de mon chocolat pour me donner le temps de réfléchir. Je n'arrivais pas à penser à autre chose qu'à la séance de cet après-midi avec mes adolescents. Je n'étais pas satisfaite de la manière dont le groupe évoluait et je craignais d'aboutir à une impasse. Comme je ne pouvais pas aborder ce sujet avec ma fille, j'ai parlé de mon escapade à la patinoire avec Nina, à l'heure du déjeuner.

— Tu as patiné avec Nina et c'était génial, a commenté Dulcie. O.K. Et puis…

Elle m'a dévisagée fixement. Mon petit gnome… Ses yeux bleu électrique, ses boucles noires, ce sourire espiègle sur ses lèvres roses… Elle avait deviné que j'évitais d'évoquer mes soucis.

— Tu as ton regard qui écoute, là, a-t-elle fait remarquer.

Le « regard qui écoute » était une autre de ses trouvailles. Elle prétendait qu'il m'arrivait de rester silencieuse, avec un regard fixe et intense, comme si j'écoutais encore les voix de mes patients.

Quand elle me parlait de ce regard, je me levais pour me regarder dans un miroir, mais je ne remarquais rien de particulier. Pourtant, elle ne se trompait jamais quand elle assurait me prendre en flagrant délit. Ce soir-là non plus elle ne s'était pas trompée.

15.

Timothy était enfermé dans sa chambre, devant son ordinateur. Il regardait le blog d'un ami, mais vaguement, avec l'esprit ailleurs. La pièce n'était éclairée que par la lueur diffuse de l'écran. Depuis quinze bonnes minutes, il sirotait une bière et tentait de résister à l'envie de visiter l'un de ses sites favoris. Cette simple idée faisait gonfler son sexe, mais il essayait tout de même de tenir bon. Le Dr Snow avait dit qu'il fallait se maîtriser, garder le contrôle. Il le pouvait. Bien sûr qu'il le pouvait. Il avait déjà réussi à maîtriser pas mal de choses dans sa vie. Pourquoi pas ça ? Il le fallait. Surtout depuis ce qu'il avait vu la semaine dernière. L'image de cette fille vomissant sur sa moquette l'obsédait… Qu'est-ce qu'elle avait eu exactement ? Il s'était confié à Amanda qui était restée étrangement silencieuse. Il savait pourquoi. Il regrettait d'avoir partagé ce fardeau avec elle.

Il but une gorgée de sa bière. Et s'il entrait tout de même sur le site, mais juste pour quelques minutes ? Personne ne le saurait. Ses parents étaient sortis — une fois de plus. L'appartement était calme et silencieux.

A travers les carreaux de la fenêtre, il pouvait voir la neige tomber sans discontinuer, comme si les cieux possédaient une réserve infinie de flocons.

Le Dr Snow disait qu'il fallait appeler un membre du groupe quand on se sentait sur le point de céder à la tentation. Mais il était 23 h 30. Ça l'ennuyait de déranger à une heure pareille et, surtout, il n'avait pas envie de parler, mais tout simplement de trouver une belle nana sur le web pour qu'elle le fasse jouir. Il songea à une qui se passait des sachets de thé tiède entre les jambes et son sexe se dressa aussitôt. Il tapa l'adresse du site, puis il s'arrêta.

La vision de Penny se tordant de douleur l'empêcha d'aller plus loin. Ça faisait déjà une semaine… Une semaine qu'il rêvait d'elle toutes les nuits et se réveillait trempé de sueur, parce que, même dans son rêve, il ne se décidait pas à lever le petit doigt pour lui venir en aide.

Il avait besoin de vérifier qu'elle allait bien, donc de vérifier qu'elle se trouvait à son poste. S'assurer que Penny était en bonne santé était une excellente raison de se connecter, même si une petite voix intérieure lui murmurait qu'il lui était arrivé quelque chose de grave et qu'il le savait très bien. Il craignait tout simplement qu'elle soit morte.

Et si c'était le cas elle serait la seconde. Amanda le lui avait fait remarquer. Comme s'il avait eu besoin qu'on le lui rappelle.

Il posa sa tête dans ses mains et essaya de visualiser Simone. C'était de plus en plus difficile de se souvenir d'elle. Ses traits devenaient flous, les contours de son visage se perdaient dans une sorte de brume. Simone s'effaçait peu à peu et cela aussi l'effrayait. Voilà ce qui se passait quand on mourait. On s'estompait lentement, jusqu'à ce que plus personne ne pense à vous. Il se rappelait Penny beaucoup mieux que Simone. Pourtant, Simone était pour lui un être de chair et de sang, il l'avait rencontrée, touchée. Il avait caressé sa peau, il avait senti ses lèvres sur son sexe.

Il essaya de chasser Simone de son esprit, mais ce n'était pas facile.

Quand il commençait à penser à elle, elle ne le lâchait plus et ça le mettait généralement dans tous ses états. Son cœur s'accélérait, il avait la nausée, il paniquait. Il ne voulait pas en arriver là ce soir. Il ne pouvait plus rien faire pour Simone. C'était trop tard.

Timothy cliqua sur l'icône du disque dur, puis sur celle des dossiers, puis sur celle de la dissertation trimestrielle, puis sur le dossier d'histoire des Etats-Unis. A l'intérieur se cachait encore un autre dossier, « Présidents », dans lequel il avait rangé une douzaine de photos soigneusement sélectionnées : GW1, GW2, GW3, GW4... Au milieu de ces photos, il y avait une vidéo. Il posa le curseur sur l'icône de la vidéo, mais sans cliquer, et l'y laissa.

Personne ne savait qu'il avait conservé cette vidéo. Il avait menti à Amanda en lui jurant qu'il l'avait mise à la corbeille, et elle l'avait cru. Il ne l'avait pas ouverte depuis le printemps dernier... Parce qu'il avait la trouille de se faire repérer par un logiciel espion qui aurait pu le dénoncer à ses parents, à ses professeurs, aux parents des deux filles, aux universités pour lesquelles il avait postulé...

Une idée absurde... Il était un as de l'informatique et il savait mieux que personne qu'un truc pareil c'était impossible. Pourtant, il ne cliqua pas pour ouvrir la vidéo.

Mais il en crevait d'envie. Bon sang. Il voyait déjà l'image qui se déploierait sur l'écran. Les deux, nues, l'une pâle, l'autre à la peau mate, en train de se caresser, se penchant l'une vers l'autre pour s'embrasser et…

Son sexe en érection battit contre son jean.

Comment était-ce possible ? Il fallait être un animal pour bander alors qu'il savait que l'une de ces filles était morte. Mais il avait besoin de jouir. Et il n'était pas responsable de ce qui était arrivé. Il ne leur avait pas demandé de faire ce film. C'était leur idée. Elles avaient voulu l'exciter, lui montrer qu'elles pouvaient être superchaudes, qu'elles étaient prêtes à tout pour leur plaire, à lui, à Barry, à Hugh. Elles l'avaient fait pour eux tous.

Il essaya de résister.

Clique, regarde…

Non, ne regarde pas.

Ne te caresse pas.

J'ai envie.

J'ai envie.

L'image des deux filles apparut sur l'écran. Il fit défiler le film en accéléré pour arriver tout de suite au baiser, pour ne pas voir leurs visages. Juste le putain de baiser. Pas les visages.

Il y était. Un baiser long, très long et très lent. Un baiser qui n'en finissait plus. Il était hypnotisé, saisi, sous le charme, perdu dans la sensation. Il ne se rendit même pas compte qu'il commençait à se caresser. Il était allé trop loin, il ne pouvait plus s'arrêter.

Quand il lâcha tout dans sa main, la vidéo n'était pas terminée. Il appuya précipitamment sur le bouton « Stop ». Ça n'avait pas duré plus de soixante secondes.

MERCREDI

plus que seize jours

16.

Pour la deuxième fois de la semaine, Bob est arrivé en avance à son rendez-vous, mais cette fois j'ai demandé à Allison de le faire attendre. Quand elle l'a fait entrer, il n'est pas allé s'asseoir sur le divan. Il est resté debout.

— La situation se dégrade, a-t-il annoncé sans même me saluer.

— Vous devriez vous installer sur le divan, ai-je suggéré.

— Pour quoi faire ? Assis, couché, ça ne change rien. Ma femme ne m'adresse plus la parole et elle fouille mon bureau dès que je m'absente. J'ai retrouvé mes papiers en désordre et un cadre de photographie par terre, avec le verre en morceaux.

— Une photographie de qui ?

Il a levé les yeux vers moi, comme si je parlais une langue inconnue.

— Une photo d'elle. Prise au cours d'un voyage.

— Quel voyage ?

Il a réfléchi un instant. Puis il a froncé les sourcils.

— Celui de notre lune de miel.

J'ai hoché la tête en silence.

— Vous avez parlé avec elle de son intrusion dans votre bureau ?

— J'ai essayé. Mais chaque fois que j'aborde le sujet elle secoue la tête et elle change de pièce.

Il a marché jusqu'à la porte-fenêtre qui donne sur mon petit balcon et il est resté là, le dos tourné. En face de lui s'étendait un ciel de plomb, gris, implacable. Il a ouvert une des portes et un souffle d'air glacé est entré dans la pièce, avec un tourbillon de neige.

— Bob, pourriez-vous refermer cette porte ? ai-je demandé.

Je me suis levée, prête à intervenir, mais il a doucement repoussé le battant.

— Les journaux de ce matin parlent d'une jeune femme trouvée morte dans son appartement. Ça faisait des jours qu'elle était là et personne ne se doutait de rien.

Il s'est tourné vers moi.

J'ai acquiescé. Il faisait allusion à l'affaire dont Noah était chargé en ce moment. Noah m'avait appelée la veille au soir. Il était encore au commissariat et avait profité de quelques minutes de pause pour me mettre au courant, mais il n'avait pas eu le temps d'entrer dans les détails.

— Cette jeune femme…, a repris Bob d'un ton hésitant. Il y a aussi une photo d'elle…

Il s'est tu. Puis il est allé s'asseoir sur le divan, il a noué ses mains et il s'est penché en avant. J'ai remarqué que les rides de son front s'étaient creusées pendant le week-end, comme si les ciseaux d'un sculpteur étaient passés par là pour les accentuer.

— D'après l'article, elle s'appelait Debra. Moi, je la connaissais sous le nom de Penny. Vous voyez ce que je veux dire ?

Bob avait la fâcheuse manie de me demander de deviner

ce qu'il avait du mal à formuler. Il voulait que je fasse le plus dur à sa place.

— Non, je ne vois pas, ai-je dit.

— Elle faisait partie des femmes que je regardais sur internet, docteur Snow. Régulièrement. Je ne pourrais même pas compter les fois où…

Sa voix s'est brisée. Il s'est mis à parler tout bas, au point que j'ai dû me pencher pour l'entendre.

— L'article disait qu'elle était morte en direct sur le web, sous les yeux des hommes qui suivaient son petit numéro. Ils l'ont vue vomir et…

Il s'est tu de nouveau. Il a secoué la tête et fermé les yeux.

— Et vous ? Vous y étiez ?

Il a attendu trente secondes, quarante, soixante… Puis il s'est décidé.

— Quand je pense que des gens la regardaient, sans même se douter qu'elle était en train de mourir…

Il avait l'air surtout étonné.

— Cela vous perturbe ? ai-je demandé.

Il a secoué la tête.

— Vous avez déjà vu votre femme malade ?

— Bien entendu.

— Et qu'avez-vous fait pour la soulager ?

— Je l'ai emmenée chez le médecin. Je lui ai apporté ses médicaments, à manger. Enfin, ce qu'on fait pour une personne malade.

— Comment saviez-vous de quoi elle avait besoin ?

— Je ne comprends pas votre question… Je le savais parce que c'est tout naturel. Parce que j'aurais eu besoin de la même chose à sa place.

— Que ressentez-vous lorsque vous êtes malade et que votre femme s'occupe de vous ?

— Je ne tombe jamais malade.

— Jamais ? Jamais de grippe ou de coup de froid ?

— Si. Mais rien de grave.

— Je comprends. Mais il vous est tout de même arrivé de vous aliter. Je voudrais que vous me disiez ce que vous avez ressenti quand votre femme vous apportait un bouillon chaud ou des mouchoirs ?

— Je ne lui permettrais jamais de s'absenter de son travail pour s'occuper de moi. Je suis un adulte.

— Mais le soir, quand elle rentrait du travail ?

Il s'est tu un instant, pour réfléchir.

— Elle vous apportait un verre d'eau ou votre sirop pour la toux…, ai-je proposé.

— Elle a assez à faire. Je n'ai pas besoin qu'elle soit aux petits soins avec moi. Elle n'est pas une femme au foyer.

— Il s'agit pourtant de menues attentions qui font partie de la relation entre un homme et une femme, de l'intimité qu'ils partagent.

Il a secoué la tête.

— Je n'ai pas besoin de ça. Je me débrouille très bien tout seul.

— Mais vous devez souffrir de la solitude.

Il a paru surpris.

— Que voulez-vous dire ?

— C'est triste de ne pas avoir besoin de sa femme, de ne pas pouvoir compter sur elle quand on se sent diminué.

Je ne m'étais pas aperçue qu'il avait les yeux pleins de

larmes, à cause de ses lunettes. Jusqu'à ce qu'il les essuie subrepticement.

Il s'est raclé la gorge et s'est ressaisi.

— Je peux compter sur elle, je vous assure.

Nous savions tous deux qu'il mentait. A lui-même, plus qu'à moi.

Et puis, comme s'il ne pouvait en supporter plus, comme si son mensonge le faisait fuir, Bob s'est levé et il est sorti. Sans un mot d'explication. En laissant tant de questions sans réponse.

17.

En arrivant au commissariat, l'agent Butler trouva un message de Jordain lui demandant de le rejoindre dans le bureau qu'il partageait avec Perez, ce qu'elle fit sur-le-champ. Quand elle entra, ils étaient tous deux au téléphone.

Perez lui fit signe de s'asseoir. Au bout de quelques secondes, elle comprit qu'il s'agissait d'une téléconférence à propos du remplacement de Fred Randall, leur expert psychiatre, lequel avait pris sa retraite et enseignait maintenant à l'école de police.

Pendant qu'ils expliquaient pourquoi le dernier candidat ne leur convenait pas, Butler examina le bois rayé du plateau de la table devant elle. Rien dans cette pièce n'était en aussi mauvais état que cette table, mais Jordain insistait pour la garder. Il prétendait que ça donnait du cachet à la pièce.

Jordain était un artiste. Elle l'admirait surtout en tant qu'inspecteur, bien sûr, et elle appréciait de travailler avec lui, même s'il se montrait terriblement exigeant. Mais on ne rencontrait pas tous les jours un officier de police qui jouait du piano, cuisinait des festins cajuns, et s'intéressait au cachet d'une pièce.

Son petit ami la taquinait en disant qu'elle en pinçait pour son chef, mais il se trompait. Jordain était trop sombre. Elle préférait les hommes plus légers, moins ténébreux. C'était un plaisir de travailler sous ses ordres, mais elle ne risquait pas de tomber amoureuse de lui.

— On t'écoute, fit enfin Jordain d'une voix apaisante, comme s'il savait qu'elle avait besoin de se sentir encouragée.

Elle ouvrit un dossier et se lança.

— Le suicide semble peu probable, même si on ne peut pas l'écarter d'office. J'ai interrogé son entourage et personne ne l'a sentie déprimée ces derniers temps. Elle avait beaucoup d'amies, elle était proche de sa mère, qui est veuve, et aussi de sa petite sœur. Ses professeurs n'avaient que du bien à dire à son sujet.

— Ses professeurs ? interrompit Jordain. Tu es remontée aussi loin dans son passé ?

— Elle était encore étudiante, répondit Butler. En arts plastiques, à Pratt, dans Brooklyn. Une seule de ses amies était au courant de son travail sur le web. Elle pensait arrêter dans quelques mois, quand elle aurait remboursé ses emprunts.

Butler attendit que Perez finisse de griffonner sur son carnet avec son crayon à papier. Il n'utilisait que des crayons à papier et des blocs-notes jaunes.

— Ce sont donc ses peintures que nous avons vues chez elle ? demanda Jordain.

Butler eut l'impression que le regard de Jordain était encore plus triste depuis qu'il savait que Debra était une artiste.

— Oui, dit-elle.

— Elles étaient plutôt pas mal, commenta-t-il.

Butler acquiesça en silence. Elle n'était pas surprise que Jordain ait remarqué les tableaux.

— D'après sa mère, Debra avait vendu récemment deux de

ses œuvres et une galerie de Chelsea envisageait de l'exposer. Elle était à peu près certaine que sa fille aurait pu vivre de sa peinture d'ici la fin de l'été.

— Sa mère était au courant de ses exhibitions sur Internet ?

Butler regarda Jordain droit dans les yeux.

— Non. Et ça n'a pas été facile de le lui apprendre. Elle…

Elle se tut et secoua la tête. Elle paraissait sincèrement émue.

Jordain lui laissa quelques minutes. Butler allait surmonter ça en professionnelle. Il leur arrivait à tous de se laisser émouvoir. Ça tenait à peu de choses — une vieille femme portant autour du cou un médaillon contenant la photo jaunie d'un bébé, par exemple. Cette émotion vous poussait à travailler plus dur encore, même si vous aviez l'impression de toujours donner le maximum.

— Rien ne permet de penser que son travail sur le web aurait pu la déprimer ? suggéra Perez.

Butler secoua la tête.

— Son amie assure que non. Debra savait qu'elle allait bientôt arrêter et elle était plus heureuse qu'elle ne l'avait été depuis longtemps.

— Et son petit copain ? Il y a toujours un petit copain. Du moins c'est ce que prétendent les femmes. Tous leurs problèmes viendraient de nous.

— Il y avait un petit copain, effectivement. Mais elle l'avait quitté depuis six mois. Max, l'amie de Debra, nous a dit qu'elle n'avait pas souffert de la séparation. Elle a eu d'autres flirts depuis, mais rien de très sérieux. Sa peinture comptait plus que tout.

— Mouais, grommela Perez en gribouillant de nouveau sur son carnet. Ce ne serait pas la première fois qu'une soi-disant meilleure amie se tromperait. Donc, je n'exclurais pas le suicide pour le moment.

— C'est un peu compliqué, comme manière de se suicider, fit valoir Butler.

— Pas si on veut faire passer un message. Pas si le travail qu'elle faisait sur internet la dégoûtait. Elle voulait peut-être que les types la voient mourir en direct, avec une bonne couche de lubrifiant mortel sur le gode qu'elle utilisait pour les exciter.

— Sauf qu'elle n'était pas dépressive, insista Butler.

— Assez de suppositions, interrompit Jordain. Parlons plutôt des détails. On a trouvé de l'atropine chez elle ? S'était-elle rendue récemment dans un hôpital ? Lui avait-on prescrit des gouttes pour les yeux ?

Butler secoua la tête en signe de dénégation.

— Rien de tout ça ? Tu as vérifié ?

— Oui, j'ai vérifié. Rien.

— Je trouve étrange qu'une artiste choisisse de mourir d'une manière aussi peu esthétique, commenta Jordain. Devant une caméra filmant ses contorsions et ses vomissements... Une personne sensible à la beauté des images n'a pas envie de laisser un tel souvenir.

Butler acquiesça.

— Il nous resterait donc l'accident ou le meurtre, conclut Jordain. Et s'il y avait eu un problème avec le lubrifiant, au niveau du fabricant ?

— Impossible, répondit Perez. Il s'agit d'un gel soluble à l'eau, de composition très simple, essentiellement à base de glycérine. Le fabricant n'utilise pas d'atropine. Du tout. Même pas pour ses autres produits.

— A quoi avons-nous affaire dans ce cas ? A un dingue qui rajoute du poison dans les lubrifiants ? Charmant… Vous croyez que ça signifie qu'il faut s'attendre à d'autres cas similaires dans les prochains jours ?

Perez se tourna vers Butler.

— Qu'en dis-tu ? Tu vois quelqu'un dans son entourage qui aurait pu vouloir la tuer ?

Elle secoua la tête.

— Je cherche aussi dans cette direction, mais pour l'instant je n'ai abouti à rien. Je ne suis sur cette affaire que depuis deux jours, mais il me semble que Debra était tout simplement une chouette fille qui aspirait à vivre de sa peinture.

— Mais qui gagnait tout de même sa vie en se masturbant sur un site porno, ajouta Perez.

— Et alors ? Ça n'est pas en contradiction avec ce que je viens de dire, fit Butler d'une voix légèrement tendue. Elle ne se posait pas trop de questions, je crois. Elle n'avait que vingt-trois ans. C'était une fille intelligente, qui avait grandi dans Staten Island, un quartier calme. Pas de drogues, pas d'avortement, pas de conflits majeurs avec ses parents. Elle paraissait stable : elle avait de vieux copains et elle est restée longtemps avec son ex-petit ami. Elle menait une vie normale, quoi. Rien de transcendant, mais propre et nette.

— D'accord, fit Jordain en écrivant.

— Que signifient ce « d'accord » et ce drôle de ton ? demanda Perez.

— Je sais que nous avons peut-être affaire à un cinglé qui met du poison au hasard dans des tubes et que Debra a pu tout simplement tomber sur le mauvais. Mais des milliers d'hommes… Peut-être même des dizaines de milliers, voire des centaines… Enfin… En quatre ans sur ce site, elle en a fait saliver plus d'un… Eh bien, il va falloir chercher du côté de ses soupirants du Net… Son site donne une adresse e-mail, n'importe qui a pu la joindre. J'espère que je me trompe, parce que sinon les prochains jours vont se transformer en cauchemar à plein temps. Mais pour l'instant nous n'avons pas d'autre choix que de creuser de ce côté-là.

Perez acquiesça en silence. Butler se passa la main sur le front, comme si elle avait mal à la tête.

— Il va falloir lire tous ses e-mails, écouter ses messages téléphoniques, vérifier ses appels, et ensuite mettre tout ça en rapport avec les dossiers de la société qui l'employait sur internet. Ça ne va pas leur plaire de nous les montrer. Mais je serais prêt à parier qu'un admirateur a envoyé ce lubrifiant à Debra en lui demandant de l'utiliser *online*, pendant qu'il la regardait.

18.

Ce soir-là, je me suis arrêtée en chemin chez EAT, le traiteur pâtissier le plus chic du quartier, juste au coin de la rue dans laquelle j'habite. J'ai pris une soupe tomate basilic et un petit pain aux sept céréales. C'était un peu cher — un peu trop —, mais j'avais faim, j'étais épuisée, et je n'avais pas la force de cuisiner.

Une fois dans le salon, je me suis effondrée sur le canapé et j'ai allumé la télévision pour suivre les nouvelles tout en dînant.

Après deux sujets politiques, le présentateur a dit quelques mots à propos de la jeune femme morte samedi dans Chelsea, devant sa webcam, pendant sa prestation pour un site pornographique. Il a enchaîné sur des commentaires au sujet de la pornographie sur internet, en insistant sur le fait qu'elle faisait des ravages parmi les adolescents.

J'ai mangé ma dernière bouchée de pain et avalé ma dernière cuillerée de soupe. J'étais chez moi, j'avais terminé ma journée de travail, il fallait que je cesse de penser à ceux que je recevais dans mon cabinet. J'ai enfilé un jean et un T-shirt, puis j'ai éteint la télévision et mis un CD, avant de me réfugier dans le coin atelier que j'ai aménagé dans le salon — une table et une petite armoire pour ranger mes outils. Je ne me prends pas pour une artiste, mais la sculpture me permet de lâcher prise, de disparaître. Le bruit de mon maillet fait taire les voix de mes patients. Sculpter est la seule activité qui me permette d'oublier ceux qui déposent à mes pieds leurs doutes et leurs peines.

J'ai fait pivoter mon bloc pour le regarder sous toutes les faces. Le pâle marbre bleu sur lequel je travaillais depuis des semaines commençait à ressembler à quelque chose. Encore une soirée ou deux et je verrais apparaître l'aile que je cherchais à représenter, celle que j'avais visualisée au moment où j'avais posé ce bloc devant moi la première fois — comme si elle existait déjà, enfouie, attendant que je la mette au monde.

Avec mon maillet, j'ai frappé le manche de bois de mes ciseaux et la lame a fait sauter un minuscule éclat de pierre. Le premier. J'ai frappé encore. Une autre particule s'est détachée. Un troisième coup. Une troisième particule. Maîtriser cette forme à naître m'apportait une sorte de réconfort. Je ne possédais pas une technique très affûtée, mais chaque morceau qui se détachait était le résultat d'un geste intentionnel. Je me suis absorbée dans cette tâche pendant près de deux heures avant d'aller chercher Dulcie au théâtre.

Quand je suis entrée dans sa loge, à 22 h 15, elle n'avait toujours pas ôté son maquillage. Elle était en train d'enlever la perruque qu'elle portait pour jouer Mary Lennox.

Elle m'a souri et elle m'a tendu la joue pour que j'y dépose un baiser.

— Comment ça s'est passé, ce soir ? ai-je demandé.

— Plutôt bien.

— Rien de particulier ?

— Si, peut-être…

— Vas-y, je t'écoute.

On a frappé à la porte et j'ai eu l'impression qu'elle était soulagée de cette interruption.

— Oui ? ai-je dit.

— C'est Raul, je peux entrer ?

Raul Seeger était le metteur en scène de la pièce.

— Bien sûr, ai-je répondu.

Dulcie l'a regardé avancer dans le miroir, sans se retourner, puis elle a baissé les yeux quand elle s'est aperçue que je l'observais.

Au début des répétitions, elle était tombée amoureuse de Raul. J'avais cru ce problème réglé, mais sa réaction m'a fait douter. Je lui ai jeté un regard en coin et je l'ai vue essuyer le maquillage de ses yeux. Lentement. Trop lentement.

— Morgan, il y avait ce soir dans la salle un type dont le métier est de prospecter, a commencé Raul. Et le jeu de Dulcie l'a beaucoup impressionné.

Je me suis tournée vers Dulcie. A présent, elle regardait droit devant elle et continuait à se démaquiller en étalant sur son visage une épaisse crème blanche.

De là où j'étais, à l'autre bout de la pièce, je sentais l'odeur huileuse du produit. J'ai l'odorat très développé et de légers effluves que les autres ne remarquent même pas peuvent me donner la nausée ou me procurer un plaisir intense. J'ai toujours dans mon sac des bonbons à la menthe et j'en suce un chaque fois qu'une odeur me dérange — celle de la menthe neutralise toutes les autres. De temps en temps une bouffée odorante me renvoie dans le passé. Et là, pendant quelques secondes, grâce à ce démaquillant, je n'étais plus dans la loge de Dulcie, mais dans le lit de ma mère, j'avais sept ans, il était tard, j'aurais dû dormir depuis longtemps, et je suivais ses gestes lents et précis tandis qu'elle ôtait son maquillage…

Pendant un an, nous avions vécu toutes les deux dans un vieil immeuble de Lower East Side où elle se cachait de mon père. Je dormais dans son lit et je me réveillais quand elle rentrait tard le soir. Je la regardais se déshabiller à travers des yeux mi-clos.

Sauf quand elle revenait avec un homme.

Ces nuits-là, elle m'enroulait dans une couverture, me prenait dans ses bras et me portait jusqu'au canapé du salon. Elle mettait un vieux film en noir et blanc pour que je me rendorme et surtout pour que je n'entende pas certains bruits.

— Et que cherchait-il, ce prospecteur ?

— Il s'appelle Frank Riser. On va bientôt produire une série télévisée adaptée de la pièce que nous jouons et il cherche encore le rôle principal.

Pour la quatrième fois en moins de cinq minutes, j'ai surveillé Dulcie à la dérobée. Elle écoutait Raul avec attention et hochait imperceptiblement le menton.

— Il voudrait que Dulcie se rende à L.A. à la fin du mois pour les essais des épisodes pilotes. Je n'ai aucune envie de la perdre, mais je ne veux pas non plus me mettre en travers de son chemin. C'est une formidable opportunité pour elle, Morgan.

Il m'a tendu la carte de l'agent.

Je ne l'ai pas prise.

— Nous avons abordé ce sujet il y a deux mois, ai-je fait remarquer. Dulcie travaille déjà trop. Il n'est pas question de surcharger son emploi du temps.

— La question ne se pose pas comme ça. Elle serait obligée d'abandonner la pièce. Ils ont signé pour treize épisodes. Elle tournerait à plein temps.

J'ai secoué la tête.

— Je ne crois pas que l'idée me plaise beaucoup, ai-je murmuré.

Raul n'a pas perçu ma réticence. J'ai été surprise de m'exprimer avec tant de sérénité alors que j'étais submergée par une avalanche d'émotions. Mon pouls s'est accéléré et j'ai senti ma mâchoire se crisper. Je n'ai pas osé me tourner vers Dulcie, je n'étais pas certaine de pouvoir conserver mon calme avec elle. J'étais mécontente qu'elle ait laissé à Raul le soin de m'annoncer la nouvelle. D'autant plus qu'elle savait comment je réagirais. Nous avions déjà discuté d'une proposition similaire, qui réclamait moins d'engagement. J'avais dit non à trois semaines de tournage, comment aurais-je pu en accepter treize ?

Raul n'avait pas rangé la carte et il la tendait toujours vers moi. Dulcie s'est levée d'un bond et elle l'a prise. Je n'ai pas eu le temps de m'interposer.

— Je suis surexcitée, a-t-elle dit à Raul. Ce serait vraiment merveilleux que je joue dans cette série.

J'ai suivi des yeux sa main qui rangeait le petit rectangle blanc dans sa poche. Comme si de rien n'était. Comme si elle ignorait qu'elle manipulait une bombe.

Nous nous sommes engouffrées dans la voiture que le théâtre mettait à la disposition de Dulcie chaque soir. Il ne s'agissait pas d'une limousine, bien sûr, juste d'une berline noire qui la raccompagnait, chez moi ou chez Mitch.

— Maman, ce tournage est très important pour moi, a-t-elle murmuré.

La voiture a démarré et s'est dirigée vers l'est. Je n'avais pas l'intention d'aborder ce sujet épineux avant d'être rentrée à la maison. Comme elle n'obtenait pas de réponse, Dulcie s'est détournée ostensiblement de moi pour regarder par la vitre de sa portière. Sa réaction m'aurait fait rire en d'autres circonstances, mais je n'avais pas le cœur à rire. Le différend qui nous opposait ce soir était celui qui nous avait toujours opposées, le nœud de toutes nos disputes.

Nous avons eu de la chance pendant le trajet, tous les feux étaient verts. Plus nous approchions de chez nous, plus ma résolution s'affermissait. Je savais qu'il en était de même pour Dulcie. J'étais totalement en phase avec ce qu'elle ressentait, plus que jamais. Elle comptait plus que tout pour moi. J'aurais fait n'importe quoi pour elle et j'aurais tout sacrifié pour son bonheur.

Mais pour rien au monde je ne l'aurais autorisée à auditionner pour une série télévisée. Je le lui avais dit et répété. Et pourtant elle avait empoché cette carte de visite.

Elle avait treize ans.

En tant que thérapeute, je sais que l'adolescence est une période difficile dans notre société. Mais il y a une différence entre la théorie et la pratique, entre savoir une chose et la vivre. Je m'en rendais compte un peu plus chaque jour.

Dès que nous avons franchi le seuil, sans même me laisser une chance de parler, Dulcie s'est tournée vers moi et, d'une voix plus adulte et plus ferme que jamais, elle m'a lancé :

— Tu ne vas pas m'interdire cette audition à cause de ce qui est arrivé autrefois à ma grand-mère. J'ai cédé pour la précédente, parce que je m'en fichais. Cette fois, je ne m'en fiche pas. Je veux le faire, maman, et ce serait profondément injuste que tu tentes de m'en empêcher. Si tu restes sur tes positions et que tu me refuses ton autorisation, sache que je me présenterai tout de même.

19.

Dulcie était partie se coucher, ou du moins elle s'était enfermée dans sa chambre en prétendant qu'elle voulait dormir. Je me suis servi un verre de merlot en m'installant sur le canapé pour surfer sur les chaînes de télévision, à la recherche d'un programme intéressant. Mais rien ne me tentait, aussi, j'ai coupé le son et je suis allée du côté des étagères de la bibliothèque. J'ai toujours en réserve un rayonnage de romans que je n'ai pas lus, mais, là non plus, rien ne m'attirait. J'avais juste envie d'entrer dans la chambre de ma fille, de m'asseoir près d'elle, sur son lit, de lui caresser le dos, pour lui arracher un sourire, pour qu'elle m'aime et qu'elle me rende la confiance qu'elle m'avait toujours manifestée.

Jusqu'à aujourd'hui.

J'ai tout de même fini par sortir quelque chose de la bibliothèque. Quelque chose que je pouvais reconnaître rien qu'en effleurant la reliure de cuir usé.

Je suis retournée m'asseoir sur le canapé et j'ai ouvert lentement, avec des gestes précautionneux. La première page était effilochée en haut, à droite, et déchirée en bas, à gauche. Au milieu, il y avait une seule photographie, en noir et blanc, prise dans un studio. Celle d'un bébé de deux mois. En dessous, on avait écrit une date, à l'encre. La couleur en était pâlie, mais on pouvait encore déchiffrer : 16 mai 1944.

Sur les deux pages suivantes on voyait le bébé grandir, mois après mois, avec chaque fois une date tracée de la même écriture élégante.

Ma grand-mère avait tenu avec soin l'album souvenir de son unique enfant. Quand j'étais petite, il me fascinait, et je m'amusais à chercher les traits du beau visage que je connaissais sur ces vieilles photos.

A six mois, ma mère avait déjà des sourcils en arc parfaitement dessinés, ceux qu'elle aurait adulte, et des yeux bleus ronds et brillants qui se poseraient sur moi avec tendresse bien des années plus tard. La certitude que cette enfant était bien ma mère me réconfortait. Elle aussi avait été petite, puis elle avait grandi.

A l'âge de dix ans, ses lèvres ont commencé à ressembler à celles qui m'embrasseraient plus tard à l'heure du coucher. A douze ans, ses pommettes sont apparues. A seize ans, elle a eu son visage d'adulte.

Seize ans… L'âge où elle était devenue l'une des filles perdues de la célèbre série télévisée qui racontait les aventures de deux adolescentes orphelines recueillies par un couple d'enseignants.

Cette série avait eu un succès immédiat et ma mère était devenue une vedette, trop vite, trop tôt, à un âge où elle ne pouvait pas le gérer. Ce succès l'avait comblée, puis détruite. Les tournages avaient brutalement cessé quand elle avait dix-neuf ans et elle n'avait jamais décroché un autre contrat. Elle n'avait pas réussi à surmonter sa déception. Son mariage, quelques années plus tard, n'avait pas marché. Elle s'était droguée avec des cachets et de l'alcool. Mon père avait tenté de l'aider, mais elle s'était enfuie du domicile conjugal, en m'emmenant avec elle.

Nous nous étions cachées dans un appartement minable de Lower East Side dans lequel nous avions vécu un an.

Le soir, ma mère noyait son désespoir dans l'alcool, mais il lui était arrivé à plusieurs reprises de s'arrêter de boire. Elle cessait alors, pendant cinq ou six jours, de rentrer à la maison avec des hommes qui m'effrayaient. Elle recommençait à sourire, à cuisiner. Comme j'étais heureuse, alors... Malheureusement, elle ne restait jamais sobre très longtemps. Et puis, un soir, elle a pris trop de cachets. Et trop de vodka pour les avaler. Elle a sombré dans le coma. J'avais huit ans. C'est moi qui l'ai trouvée inconsciente. J'ai appelé mon père pour lui demander de venir la sauver.

Il n'a pas pu. Mais il m'a ramenée à la maison, pour tenter de me sauver, moi. Sa deuxième femme l'a aidé de son mieux, mais c'est Nina Butterfield, la meilleure amie de ma mère, qui m'a tirée d'affaire en m'offrant son amour pour cicatriser mes blessures et des armes pour affronter la vie.

J'ai caressé de l'index les longs cheveux crantés de ma mère sur une photographie où elle n'avait que dix-huit ans. Elle était si belle avec ses boucles douces et ses yeux bleu électrique. Ceux de ma fille sont pareils, et parfois, lorsque je les regarde, je suis submergée par la nostalgie.

Sur cette photo, ma mère était encore au sommet de la gloire et elle a tout d'une actrice hollywoodienne. J'aurais voulu la connaître à ce moment-là, quand elle était heureuse, pour entendre ce rire cristallin que j'avais eu si peu l'occasion d'apprécier.

J'ignore ce que je cherchais dans cet album ce soir-là, dans mon salon. Sans doute les mots pour expliquer à Dulcie pourquoi je ne pouvais pas la laisser marcher sur les traces de sa grand-mère.

Quand le téléphone a sonné, je me suis presque sentie soulagée de revenir dans le présent.

— Morgan ? a murmuré une voix chaude en étirant les deux syllabes de mon nom comme un fil de sucre de barbe à papa.

J'ai aussitôt reconnu Jordain.

— Que fais-tu ? a-t-il demandé avec son accent du Sud dont la lenteur et la suavité me rappelaient ses doigts sur ma peau.

— Je suis assise dans mon salon et je m'apitoie sur moi-même.

— Tu as fait brûler le dîner ?

— Oh, très drôle, vraiment… Eh bien non, je n'ai pas pu brûler le dîner parce que j'avais pris une soupe chez le traiteur. Et toi ? Je parie que tu t'es cuisiné en quelques minutes une merveille de plat exotique.

— Pas ce soir, mon cœur. Je viens tout juste de rentrer. Cette nouvelle affaire est un horrible casse-tête. Mais je n'ai pas envie d'en parler. J'appelais juste pour te dire que tu me manques.

Ces mots m'ont donné le frisson et ils m'ont réchauffée. Noah me faisait toujours cet effet. Il savait m'atteindre. Personne ne m'avait jamais fait autant de bien, pas même mon ex-mari.

— Morgan ?

— Oui, je suis là.

— Je te trouve étrangement silencieuse. A quoi penses-tu ?

— Aux choses affreuses que tu vois et que j'entends toute la journée.

— En écoutant les gens, Morgan, tu les aides.

— Je sais.

— Tu me parais bien triste. Que se passe-t-il ?

Je lui ai parlé de cet homme qui avait proposé à Dulcie d'auditionner pour une série télévisée. Je savais qu'il me comprendrait à demi-mot. Il connaissait la situation.

— Ce n'est pas que je tienne à prendre systématiquement ton parti, a-t-il répondu. Mais tu as raison, elle est vraiment trop jeune pour partir à Hollywood.

— Merci. L'ennui, c'est qu'il va falloir l'en convaincre et que je ne sais pas comment m'y prendre.

— Il n'est pas certain que tu puisses la convaincre.

— Dans ce cas, je vais devoir supporter son silence hostile et ses regards mauvais. Combien de temps ? La dernière fois, j'en ai beaucoup souffert. Je voudrais qu'elle se révolte, que nous en discutions. Mais elle s'enferme dans sa tour d'ivoire. Elle est tellement têtue. Comme ma mère… Elle me tourne le dos et ça me glace.

— Tu as besoin d'aide pour te réchauffer ?

Je n'ai pas pu m'empêcher de rire.

— Tu sais, ça va faire bientôt trois semaines que je n'ai pas posé les yeux sur toi, a-t-il ajouté.

La façon dont sa voix avait chanté les mots « posé les yeux sur toi » m'a fait trembler. J'ai senti une bouffée de désir, si forte qu'elle en était presque douloureuse. Puis l'angoisse a pris le dessus. C'était toujours comme ça. Le drapeau rouge, l'alarme. Je n'avais pas l'habitude de désirer quelqu'un. Ni de m'ouvrir. Je redoutais ce qui me rendait vulnérable.

J'ai dû me forcer à répondre.

— Tu me manques aussi, Noah.

J'avais parlé doucement, mais la phrase avait résonné très fort dans mon crâne.

— Ça fait du bien d'entendre ça, a-t-il dit. Parce que ça signifie que tu vas répondre oui à ce que je vais te demander.

— Oui.

— De plus en plus surprenant. Tu ne sais même pas de quoi il s'agit.

— Effectivement, mais j'avais envie de savoir quel effet ça faisait de dire oui, sans se poser de questions. Pour voir… Et donc, qu'est-ce que je viens d'accepter ?

— De passer le week-end avec moi. Si Dulcie est avec son père, bien entendu.

— Tu as de la chance. Ou bien c'est moi. Mitch va la chercher au théâtre vendredi soir et elle ne rentre que lundi. Qu'as-tu prévu de beau ?

— C'est une surprise. Tu ne sauras rien avant vendredi. Mais il reste encore deux jours à attendre… Comment vais-je occuper mon temps jusque-là ? Je n'ai pas envie de te quitter ce soir. Si nous parlions jusqu'à fermer les yeux ? J'ai besoin de m'endormir avec toi.

— Les hommes ne font pas ce genre de propositions. Tu es trop romantique. Ça me rend méfiante…

— Tu mens. Ça te donne le vertige. Je l'entends à ta voix. Et les hommes font ce genre de propositions. La preuve…

J'étais sur le point de répondre quand j'ai entendu sonner son téléphone portable.

— Merde ! s'est-il exclamé. Ne quitte pas.

Un appel sur son portable ne pouvait venir que du commissariat. Il s'agissait forcément d'une mauvaise nouvelle.

— C'est Perez, a-t-il dit en revenant. Je suis désolé, Morgan, il faut que j'y aille. Je te rappellerai plus tard si je peux.

— Prends soin de toi, ai-je dit.

Mais il était déjà en train de raccrocher et je crois qu'il ne m'a pas entendue.

20.

Mon amour,

C'est la nuit que tu me manques le plus. Parfois le vide laissé par ton absence n'est qu'une douleur diffuse, mais ce soir je souffre tant qu'il me semble que l'on m'enfonce des aiguilles dans les articulations. Je supporte… Je supporte parce que j'ai un but, parce que je sais que je fais ce qui doit être fait. Quand viendra le jour de ton anniversaire, je les aurai punies toutes les cinq. Seize jours. Il reste seize jours. Seize jours que je vais savourer. Qui ne laissent aucune place à l'erreur. Quand je rejoins ces femmes sur internet, je reste invisible, dans l'ombre, tandis qu'elles montrent tout d'elles-mêmes, sans la moindre pudeur.

Je sais bien que la pornographie ne date pas d'hier. Il y a eu les prostituées, les magazines, les films classés X, les théâtres qui proposaient des spectacles écœurants où des femmes dansaient en se déshabillant lentement devant des hommes installés dans des box vitrés.

Mais sur internet c'est pire. Les femmes ne sont plus limitées par rien. Le temps et l'espace n'existent plus. Elles se livrent sans contraintes et ils sont dix, vingt, cinquante mille paires d'yeux à les fixer, depuis leurs salons, depuis leurs chambres, depuis leurs bureaux, tous en même temps.

Elles minaudent, elles susurrent, elles se tortillent, à l'abri derrière leur écran, et pourtant dangereusement réelles.

Parfois je m'installe devant ton ordinateur et je les observe. Je cherche à déceler ce qu'elles ont de plus, pourquoi elles fascinent les hommes. Je m'assieds à ton bureau, je pose mes doigts sur les touches de ton clavier, je m'efforce de comprendre… En espérant que cette tentative me mènera à toi.

Je t'aime. Tu me manques. Comment as-tu pu en douter ? Toi. Toi. Tu étais tout ce que je possédais, tout ce qui comptait pour moi. Je ne te l'ai jamais dit ? Je ne t'ai pas dit que j'ai enregistré la mort de Penny, mais que je ne la regarde plus ? Je n'ai pas le courage. Je l'ai assez vue en direct… Je n'arrive pas à oublier son air étonné quand la douleur est arrivée, par surprise, la prenant au dépourvu, comme ton geste m'a prise au dépourvu, avec la douleur qui allait avec et qui ne m'a pas quittée depuis. A présent cette fille ne se livrera plus à ses jeux impudiques et obscènes. Elle était nue, le corps luisant de gouttes de sueur qui roulaient comme autant de larmes sur ses seins, sur son ventre, sur les poils de son pubis. Et puis elle a commencé à avoir des vertiges, son regard s'est voilé. Elle ne savait pas quoi faire, elle ne comprenait pas ce qui se passait. Elle s'est recroquevillée, sa peau est devenue blanche comme de la craie. La pointe de ses seins est restée tendue, même quand elle se tordait et qu'elle vomissait, comme si la drogue l'excitait en même temps qu'elle la tuait. Ce détail sordide ne m'a pas échappé.

Une fois que c'était fini, je suis restée longuement assise devant l'écran. J'avais l'impression que tout ce qui nous séparait avait disparu. Que nous étions de nouveau réunies.

En regardant mourir cette fille, je me suis sentie revivre. Je savais que tu comprenais enfin à quel point je t'aimais. Penny est morte pour notre amour et bientôt ce sera le tour des quatre autres. C'est pour toi que je fais tout ça.

VENDREDI

plus que quatorze jours

21.

Je voulais parler à Nina pendant ma pause de 10 h 45, mais elle s'était absentée pour assister à un enterrement. J'ai dû attendre l'après-midi pour la rejoindre dans son cabinet. Elle se servait une tasse de thé au gingembre et au miel qu'elle apportait à l'institut dans une Thermos.

— Je ne t'avais pas prévenue ? s'est-elle étonnée.

J'ai secoué la tête.

— Encore un acte manqué, a-t-elle commenté. Du déni, sûrement. Les psys sont les rois du déni.

Nous avons ri. Il s'agissait d'un cliché, mais qui n'était pas sans fondement.

Josh Cohen, un professeur de l'université de droit de Columbia qui souffrait depuis plusieurs années de la maladie d'Alzheimer, était décédé. Sa famille et ses amis avaient eu l'impression de le perdre deux fois. La première, quand son esprit s'était affaibli au point qu'il ne les avait plus reconnus, la seconde quand son corps avait lâché. Nina était très proche de la femme de Josh, Claire, qui était thérapeute.

— Il y avait beaucoup de monde, m'a-t-elle dit. Tout le gratin de la justice et de la psychiatrie était présent. On doit pouvoir faire une blague avec ça, mais je ne la trouve pas. En tout cas, ça faisait une drôle d'assemblée pour un enterrement, tu peux me croire. Stacey O'Connel et moi, nous étions assises près d'un couple dont elle est l'avocate depuis deux ans. J'ai vu moi-même trois avocats avec lesquels j'ai travaillé. Deux ont fait semblant de ne pas me reconnaître. Kira Rushkoff s'est retrouvée derrière Stella Dobson. Nous avons frôlé l'incident diplomatique.

— Pourquoi ?

— Kira a gagné un procès contre Stella.

— C'est vrai ! J'avais oublié. Tu sais que Stella est en train d'écrire un livre ?

— Non. Je n'ai pas eu l'occasion de lui parler. Mais toi, comment le sais-tu ?

— Cette ville est petite. Le monde est petit. Elle a pris contact avec Blythe. Elle voudrait l'interviewer.

Nina m'a lancé un regard surpris.

— Elle veut interviewer une sexologue ? C'est étonnant qu'elle ne m'ait pas téléphoné. Nous nous connaissons depuis des années.

— Elle ne s'intéresse pas à Blythe la sexologue. Elle ignore probablement que Blythe travaille avec nous. Elle veut lui poser des questions au sujet de son travail sur le web et elle ne la connaît sûrement pas sous son vrai nom. *Online*, son pseudo est Psyché, comme la déesse grecque.

— J'espère que son passé ne lui posera pas un jour problème avec l'un de ses patients, a murmuré Nina.

— Non, ça ne devrait pas, elle a pris ses précautions, ai-je répondu sans hésiter.

J'étais sûre de ce que j'avançais. Je pensais au masque. Personne ne saurait jamais que Blythe et Psyché ne faisaient qu'une.

SAMEDI

plus que treize jours

22.

En quittant l'aéroport, j'avais découvert un paysage tellement dévasté par l'ouragan Katrina que j'ai été surprise de trouver le quartier français encore debout.

— C'est un endroit enchanteur, ai-je dit.

Nous roulions dans un taxi qui traversait des rues bordées d'arbres et je suis aussitôt tombée amoureuse de cette architecture d'une autre époque, de ces jolies maisons aux façades sculptées, avec leur balustrade en fer forgé. J'avais baissé ma vitre. Après les températures glaciales que nous subissions à New York, l'air chaud me ravissait.

— La Nouvelle-Orléans ne ressemble à aucune autre ville, n'est-ce pas ? ai-je demandé.

Noah m'a souri.

— Non, à aucune autre. C'est une ville folle et nonchalante, avec un rythme et une saveur qui n'appartiennent qu'à elle. Mais je ne veux rien te dire de plus. Je t'ai emmenée jusqu'ici pour que tu découvres par toi-même.

Il m'a pressé la main.

La veille, il m'avait appelée en me demandant d'être prête à 7 h 30 et d'apporter avec moi des vêtements convenant à une température estivale. Quand il était passé me chercher ce matin, il ne m'avait rien dit de plus. Ce n'était qu'une fois à l'aéroport que j'avais découvert notre destination. Il devait témoigner lundi au tribunal de La Nouvelle-Orléans et ça lui avait donné l'idée de m'y emmener pour le week-end. Je devais rentrer dimanche soir, seule.

Le taxi nous a déposés dans une petite rue qui paraissait n'avoir pas changé depuis plus de cent ans. Nous sommes sortis et nous avons franchi la porte de l'hôtel Saint Dennis.

J'ai cru identifier un hôtel particulier datant des années 1800 et admirablement restauré. Le hall était décoré de palmiers en pot et meublé de canapés de velours. De légers rideaux d'organza pendaient des hautes fenêtres jusqu'aux parquets de bois. Une senteur fleurie emplissait l'air. Je me suis arrêtée quelques secondes pour la respirer.

— Ce sont des magnolias, a dit Noah.

Il a souri parce qu'il savait que j'appréciais par-dessus tout.

L'employé de la réception a sonné pour appeler un chasseur qui nous a guidés jusqu'à un ascenseur tapissé de miroirs qui s'est arrêté au deuxième étage. Notre chambre était décorée avec des meubles d'époque, comme le hall du rez-de-chaussée. Pendant que Noah donnait son pourboire au chasseur, j'ai embrassé d'un coup d'œil le grand lit, avec son couvre-lit lavande damassé, le vieux bureau installé dans un coin, les reproductions montrant des scènes de rue de l'époque glorieuse de La Nouvelle-Orléans. Sur la cheminée, un énorme bouquet de freesias, de roses et d'iris répandait dans la pièce un parfum sucré. Mais j'ai craqué surtout pour le petit balcon, sa rambarde en fer forgé, ses chaises tressées, son treillage de lierre, ses pots de géraniums et sa vue enchanteresse.

Je me suis penchée pour regarder en bas. Le balcon donnait

sur un jardin intérieur envahi par des arbres aux feuilles luxuriantes, plantés au milieu d'un parterre de fleurs mauve sombre et lavande, avec, ici et là, une pointe de jaune. Il y avait aussi une fontaine de pierre surmontée d'un ange. L'eau jaillissait du coquillage qu'il tenait à la main.

Je suis restée un long moment à écouter le bruit de l'eau qui tombait dans le bassin de pierre. Un air de jazz mélancolique et doux jouait quelque part, au loin. L'air humide sentait bon les plantes vertes. Il soufflait une brise tiède et douce. Aussi douce que les bras de Noah quand il est venu derrière moi pour m'envelopper. Nous n'avons pas bougé pendant quelques minutes, puis il a desserré son étreinte.

— Allons faire un tour, a-t-il proposé. J'ai hâte de te montrer la ville où j'ai grandi.

Dans l'avion, pendant qu'il somnolait près de moi, je m'étais imaginé que nous nous jetterions sur le matelas dès que la porte de la chambre se serait refermée sur nous. Je voyais déjà le grand lit, les oreillers très doux, les draps frais. Nous fermerions les volets pour que la lumière ne soit pas trop crue, mais pas les fenêtres, pour laisser l'air frais nous caresser la peau. Pendant que l'avion volait au-dessus des nuages, nous nous étions déshabillés à la hâte pour nous jeter l'un contre l'autre, dans cette chambre fraîche et sombre, pour accorder nos corps, le souffle court, oublieux de tout.

Je n'ai pas osé le lui avouer. J'étais inhibée. Et furieuse de l'être. Furieuse d'avoir laissé cette scène prendre racine dans mon esprit. Furieuse d'être déçue qu'elle ne devienne pas réalité. Ça ne me ressemblait pas. Ça ne m'était jamais arrivé avant. Avant de rencontrer Noah.

Puis je me suis ressaisie. Après tout, ça n'avait pas tant

d'importance. Noah était impatient de me montrer les lieux de son enfance. Je comprenais.

Dans l'ascenseur, il a scruté mon visage.

— Qu'est-ce que tu fais ? ai-je demandé.

— J'essaye de deviner comment tu te sens en étudiant ton langage corporel.

— Tu te sers des trucs que j'utilise avec mes patients. C'est déloyal.

— Pourquoi ? Tu viens de dire que tu le faisais avec tes patients.

J'ai ri. Il avait raison.

— Très bien, ai-je dit. Donc, quel est ton verdict ? Tu trouves que j'ai l'air à l'aise ?

— Je vais te mettre à l'aise, chérie. Je te le promets.

23.

ZaZa attendait Tania avec impatience. Elle s'était installée à la table de verre du coin repas de son loft, avec un verre de vin bon marché, mais qui n'était pas mauvais du tout. Elle se sentait nerveuse parce qu'elle avait hâte de voir Tania. Depuis plus d'un an, tous les samedis soir, elle arrivait aux alentours de minuit. Elles buvaient un peu, elles allumaient un joint, et, une fois qu'elles étaient bien détendues, elles se déshabillaient et elles commençaient.

ZaZa consulta sa montre. Pourquoi Tania était-elle en retard ? Elle se leva, alla remettre la bouteille dans le réfrigérateur et revint s'asseoir à la table.

Ce soir, elle avait décidé de tout lui dire. Elle gardait ça pour elle depuis trop longtemps. Depuis des mois déjà, elle ne faisait plus semblant. Leurs rencontres n'étaient plus seulement un moyen d'arrondir son pathétique salaire de serveuse qui lui permettait tout juste de se payer des cours de théâtre et de survivre en attendant de décrocher un contrat.

Comme beaucoup d'autres filles, ZaZa était venue à New York avec des étoiles dans les yeux. Déjà trois ans et on ne lui avait confié que de rapides apparitions dans une douzaine de spots publicitaires. De temps en temps, il lui prenait l'envie de tout laisser tomber, de rassembler ses affaires et de partir, ailleurs, là où elle pourrait trouver un vrai travail. Quelque chose l'en empêchait. Pourtant, elle détestait être serveuse, elle détestait le loft de cet immeuble miteux, dans Hell's Kitchen. Elle l'avait peint et décoré de son mieux, mais il avait toujours l'air aussi minable. Elle ne supportait plus l'espoir qui l'habitait avant chaque audition, et l'espoir encore plus grand chaque fois qu'on lui annonçait qu'elle était sélectionnée. Ensuite il fallait attendre le coup de fil qui lui annoncerait que, oui, elle était définitivement engagée. C'était pénible. Pénible et long, parce que ce coup de fil ne venait jamais.

ZaZa avait hésité quand Barbara, une camarade qui prenait aussi des cours de théâtre, lui avait parlé de ce boulot sur internet. Mais elle avait besoin de renouveler sa garde-robe, besoin de rafraîchir sa coupe de cheveux et de refaire ses mèches. Si elle ne soignait pas son apparence, elle gâchait ses chances de décrocher un contrat. Alors elle avait fini par accepter. Après tout, ça n'était pas une affaire. Il s'agissait d'interpréter un rôle, non ? Barbara était comédienne et elle aussi. Elles avaient déjà joué des scènes ensemble pendant les cours. Elles avaient sympathisé, elles avaient bu de temps en temps des cafés, elles avaient parlé de leurs petits copains, quand elles en avaient, et de leur solitude, quand elles n'avaient plus de petits copains. Finalement, elles étaient devenues de vraies amies, plus seulement des partenaires de théâtre.

ZaZa sursauta. Merde. Cet Interphone était réglé trop fort. Elle s'en était plainte au propriétaire des dizaines de fois. Quand elle le croisait dans le couloir, il essuyait ses mains sur son jean crasseux et posait sur elle un regard libidineux — pas assez pour l'inquiéter, mais suffisamment pour qu'elle se demande s'il ne l'avait pas vue sur internet. Il promettait toujours de s'occuper de son Interphone dès qu'il en aurait terminé avec le parquet du 4-B et la peinture du 6-A. Mais il n'avait toujours pas sonné à sa porte.

Tania arriva en faisant entrer avec elle une bouffée d'air glacé. Tandis qu'elle ôtait son foulard et que ses cheveux retombaient sur ses épaules, ZaZa admira à la dérobée son nez un trop long et sa mâchoire un peu trop carrée qui donnaient à son visage tant de charme.

Pendant que Tania se débarrassait de son manteau, ZaZa lui versa un verre de vin.

Quand Barbara avait quitté New York au bout de deux ans, lassée de se démener pour rien, ZaZa s'était mise en quête d'une nouvelle partenaire. Elle avait rencontré Tania sur le tournage d'une publicité et elles étaient devenues amies. Elles avaient passé plusieurs auditions ensemble. Au bout de quelques semaines, ZaZa s'était sentie suffisamment proche d'elle pour lui proposer d'arrondir ses fins de mois en travaillant sur internet, exactement comme Barbara le lui avait proposé autrefois. Au début, Tania avait ri. Puis elle avait demandé à voir ZaZa *online.* Elle s'était installée devant l'ordinateur de ZaZa qui avait appuyé sur le bouton « Play ».

Tania avait suivi la performance sans un mot, sans bouger, sans se redresser, parfaitement immobile. A la fin, elle s'était levée en disant simplement qu'elle avait besoin de réfléchir. Une semaine plus tard, elle l'avait appelée pour lui annoncer qu'elle acceptait parce qu'elle avait besoin d'argent. En insistant bien sur le mot « argent ».

Ça faisait maintenant plus d'un an.

Aujourd'hui serait la cinquante-troisième fois qu'elles se déshabilleraient et feraient l'amour en direct pour des hommes qui suivaient leurs ébats derrière leur écran, quelque part, depuis un ailleurs qui leur paraissait abstrait. ZaZa évita de penser à eux pour ne pas gâcher son plaisir. Comme chaque fois, elle avait déjà réfléchi au scénario. Pour un peu, elle se serait crue à Broadway.

Tania aussi. Elle disait que ce travail leur permettait d'exercer leurs dons d'actrices.

ZaZa était de son avis.

« C'est un très bon exercice, avait-elle dit un jour. Et qui vaut largement un cours. »

— Qui serons-nous, ce soir ? demanda Tania après avoir bu un peu de vin et s'être réchauffée.

ZaZa avait trouvé des poèmes de Sapho — en livre de poche et d'occasion. Elle lut tout haut les passages qu'elle avait sélectionnés.

— C'est très beau, commenta Tania. Je suis d'accord pour les utiliser.

— Tu crois que notre public y sera sensible ?

— Ça m'étonnerait, mais on s'en fiche…, répondit Tania en éclatant de rire. Du moment qu'on leur donne ce qu'ils attendent, ils seront contents. Les poèmes, c'est surtout pour nous.

Elle s'était déjà levée et déboutonnait son gilet noir.

— Non, fit ZaZa. Laisse-moi faire. Ils vont adorer.

Il était temps d'allumer la webcam.

24.

Noah m'a invitée à dîner dans un restaurant qui n'était mentionné dans aucun guide, mais qui était plein à craquer. Il m'a présentée à Bella, la propriétaire, une femme d'une soixantaine d'années, avec de longs cheveux blonds et des boucles d'oreilles qui frôlaient ses épaules. Une foule de clients patientaient au bar en attendant une table, mais elle nous a installés tout de suite. On nous a apporté une corbeille d'épis de maïs chauds ruisselants de beurre avec une assiette de cornichons cajuns, confits au vinaigre et très épicés, qui ne m'inspiraient pas trop. Noah a insisté pour que je goûte. J'ai goûté. J'ai adoré.

J'ai laissé Noah choisir pour moi, il a pris du crabe farci avec du riz au poulet, et je m'en suis littéralement gavée. Le vin était doux et frais, et chaque gorgée accordait un peu de répit à ma bouche en feu.

Après le repas, nous avons marché jusqu'au Blues Palace, un club de jazz sympathique et à l'ambiance décontractée. Nous avons écouté quelques morceaux en sirotant un verre, puis le saxophoniste a remarqué Noah et a insisté pour qu'il joue avec eux. Noah m'a jeté un coup d'œil interrogateur et j'ai acquiescé. Il est monté sur scène pour s'installer au piano et ses doigts se sont mis à courir sur le clavier.

Jusqu'à ce que je rencontre Noah, la musique n'avait été pour moi qu'un agréable bruit d'ambiance, sans plus. Avec lui j'avais découvert que tout changeait quand on s'arrêtait pour écouter. Il m'avait appris à percevoir les sons de l'intérieur, avec tout mon être, pas seulement avec mes oreilles.

Il a improvisé pendant plus d'une heure et nous sommes rentrés à l'hôtel peu après 1 heure du matin. Les rayons de lune qui filtraient à travers la fenêtre nous éclairaient, nous n'avons pas allumé en entrant. Il a allongé le bras sans un mot et l'a passé autour de ma taille pour m'attirer à lui. J'ai eu l'impression de me déplacer au ralenti. J'ai vu d'abord son visage s'approcher du mien, avec ses doux yeux bleus qui me fixaient. J'ai senti son souffle sur mes joues, ses doigts qui fouillaient sous mon gilet pour me caresser avec une insistance qui contrastait avec la douceur de son expression. Puis j'ai fermé les yeux et j'ai plongé dans le noir et dans la sensation de ces lèvres qui forçaient les miennes à s'entrouvrir. Des lèvres dont le frôlement déclenchait des frissons qui couraient le long de ma nuque. Des lèvres qui épousaient ma bouche et m'insufflaient la vie. Des lèvres qui ne cessaient de revenir, de revenir pour me goûter, encore et encore.

Tout mon corps donnait et recevait un baiser. Ses doigts embrassaient ma taille, nos cuisses s'embrassaient, mes seins, sous mon gilet, embrassaient son torse, mon dos embrassait ses bras.

Il m'a fait reculer jusqu'au lit, lentement, il m'a allongée et il m'a cloué les bras le long du corps, sans que ses lèvres me quittent. Il est resté un instant au-dessus de moi, à me regarder, appuyé sur les coudes, en souriant, avant de plonger pour me voler un autre baiser.

— Ne bouge pas, a-t-il ordonné avec sa voix douce et traînante. Ne bouge surtout pas. Je veux te déshabiller.

Il a défait le premier bouton de mon chemisier, il a posé ses lèvres sur ma clavicule. Et il est resté là.

25.

ZaZa prit tout son temps pour ôter son gilet à Tania. Elle défit les boutons un à un, avec une lenteur exaspérante — et aussi avec un réel plaisir. La nuit avec Tania ne durait jamais assez longtemps. Surtout qu'il faudrait ensuite attendre toute une semaine. Mais ZaZa ne voulait pas penser à ça. Elle ne voulait penser à rien qui puisse l'attrister et gâcher cet instant magique. Ce n'était pas le moment de réfléchir au fait qu'elle était amoureuse d'une femme, qu'elle n'était jamais rassasiée de sa peau, de sa bouche, de ses cheveux, de son sexe. Cette femme ne ressentait sans doute rien pour elle, mais ça n'avait aucune importance. Aucune. Du moins en cet instant précis. Pas question d'y mettre un nom, d'en tirer des conclusions, de réfléchir à ce que ça impliquait. Après tout, elle était censée jouer un rôle, même si elle savait qu'elle ne simulait pas, que tout ce qu'elle ressentait était réel. Depuis bien longtemps, elle ne faisait plus l'amour avec Tania pour l'argent.

Tania resta debout, immobile, pendant que ZaZa faisait glisser le gilet par-dessus ses épaules, le long de ses bras, jusqu'à sa taille. ZaZa se mit à respirer plus vite et plus fort quand les seins de Tania apparurent. Puis ce fut au tour de Tania de déshabiller ZaZa.

Quelques secondes plus tard, ZaZa sentit des lèvres se poser sur sa clavicule, puis remonter légèrement, par à-coups, volétantes, le long de son cou, jusqu'à son oreille, où une langue s'étira pour la lécher à cet endroit qui la faisait trembler. Elle ne put retenir un gémissement.

La langue continua de plus belle, d'avant en arrière, puis en cercles. Encore, encore, encore… ZaZa ne savait plus qui elle était, qui la caressait. Il n'y avait plus que la sensation. Rien d'autre.

Puis Tania se pencha pour faire descendre le pantalon de ZaZa. L'air froid sur ses cuisses la fit frissonner.

— Ce n'est rien, murmura Tania. Je vais te réchauffer.

Elle se pencha de nouveau. Elle allongea le bras pour attraper la bouteille d'huile. Ses doux cheveux effleurèrent le ventre nu de ZaZa.

ZaZa sourit. Rien n'était aussi doux que les mains de Tania quand elle la massait avec de l'huile. Elle ferma les yeux et laissa la tiédeur pénétrer les pores de sa peau.

26.

Noah a suivi du bout des doigts la courbe de ma gorge, puis celle de mes seins. J'ai fermé les yeux pour me concentrer uniquement sur la sensation.

Les gens s'imaginent qu'un sexologue est une personne à la libido particulièrement développée, ou alors un pervers qui s'est placé de l'autre côté de la barrière pour se rassurer.

Eh bien ils se trompent. Un sexologue est avant tout un thérapeute. La sexologie n'est qu'une spécialité qu'il choisit dans un deuxième temps et qui l'intéresse pour un ensemble de raisons dont il n'est pas totalement conscient. Moi, je suis devenue sexologue pour suivre l'exemple de Nina Butterfield, la femme qui m'a servi de modèle. J'avais décidé de faire la même chose qu'elle avant même de savoir ce que ça recouvrait.

« Je suis un médecin qui aide à cicatriser les peines de cœur », m'avait-elle dit quand j'étais enfant.

Plus tard, le jour où ma fille m'a interrogée sur mon métier, je lui ai fait la même réponse.

Le sexe n'a jamais tenu une place centrale dans ma vie. J'ai rencontré des femmes pour qui c'était le cas et je les ai soignées, je sais que je ne leur ressemble pas et je sais en quoi nous sommes différentes. Bien sûr, j'ai aimé faire l'amour avec l'homme qui a été mon mari, mais je ne me suis jamais sentie frustrée quand nous traversions des périodes d'abstinence. Je crois que je ne les remarquais même pas. Lui, si.

Mais avec Noah j'étais une autre femme.

Ses mains ont glissé le long de mon buste, des deux côtés, puis ils sont venus tracer des cercles sur mon ventre. Il était penché sur moi, dans le noir, occupé à réveiller deux centimètres de peau dont je n'avais jamais été consciente. Il bougeait si lentement que j'ai eu le temps d'apprécier la texture de son index, légèrement rêche et calleuse. L'intensité de ce contact était démultipliée. En observant un flocon de neige à travers un microscope, on découvre une myriade de cristaux qui s'assemblent pour créer une forme complexe et unique, invisible à l'œil nu. Avec un seul doigt, Noah exacerbait des sensations invisibles à l'œil nu. Il ne s'agissait pas d'un simple geste qui déclenchait une unique réaction, mais d'une caresse subtile dont tout mon corps profitait.

Il me dégelait.

Quand je commençais à faire l'amour avec lui, j'étais crispée, sur la défensive. Il me faisait fondre lentement.

— Ne pense à rien d'autre qu'à mes doigts, Morgan. A mes doigts et à ta peau.

Sa voix et ses mains m'envoûtaient. Le plaisir était si intense qu'il frôlait la douleur.

J'ai remué doucement.

— Que veux-tu ? a-t-il murmuré.

— Que tu ne t'arrêtes pas.

— Mais que veux-tu d'autre ?

J'ai secoué la tête.

— Dis-moi…

J'ai secoué de nouveau la tête.

Il a posé ses lèvres contre mon oreille.

— Laisse-toi aller, Morgan. Lâche prise. Arrête de réfléchir.

Je me suis laissé emporter. Je n'écoutais plus les mots, seulement sa voix qui chantonnait à mon oreille, je sombrais dans la sensation.

— Lâche prise, lâche prise.

Les cercles dessinés par son doigt se sont élargis. De plus en plus. Ils laissaient sur ma peau une traînée lumineuse et bleutée, dont les lignes s'enroulaient et se chevauchaient, mettant mes terminaisons nerveuses à nu, pénétrant dans ma chair jusqu'au noyau de mon être, où ils devenaient des éclairs bleus et rouges, incandescents, qui voyageaient vers le haut, à travers mes bras, et vers le bas, à travers mes jambes, puis revenaient pour s'enfoncer profondément au niveau de mon nombril qui les avalait avec avidité.

27.

ZaZa gémissait sous les doigts huilés de Tania qui caressaient son dos. Ils glissèrent lentement de ses épaules au creux de ses reins, en insistant sur la colonne vertébrale, puis remontèrent par le même chemin.

Puis ce fut son tour. Elle prit le flacon, versa de l'huile dans la paume de la main et commença par masser les seins de son amie. En rond.

Elles se relayèrent un long moment.

Quand elle arriva aux jambes de Tania, ZaZa augmenta la dose d'huile. Pour masser les seins de ZaZa, Tania vint se placer derrière elle. Elle les prit dans ses mains et, doucement, avec précaution, elle effleura les tétons du bout des doigts, tout en poussant son pubis contre les fesses rondes de ZaZa.

ZaZa se cambra. Le désir montait. Ses seins étaient en feu.

Elle repoussa Tania pour se retourner. Tania s'accroupit et attendit de voir ce que ZaZa allait faire. Elles se plaçaient instinctivement par rapport à la webcam, de façon à être vues toutes les deux.

ZaZa songeait qu'elle était folle de Tania et de ses caresses. C'était étrange. Elle la désirait plus qu'elle n'avait jamais désiré aucun homme.

Tania allongea le bras vers le clitoris de ZaZa. Il était petit et dur.

ZaZa renversa la tête en arrière et ferma les yeux pour ne plus sentir que les vibrations qui la secouaient de l'intérieur. *Plus vite*, eut-elle envie de crier. Mais elle savait qu'il était trop tôt pour accélérer. Il fallait que ça dure un minimum pour que les voyeurs en aient pour leur argent.

Et puis après… Pour une fois, elle pouvait peut-être jouir vite, sans attendre Tania. Peut-être que ces ombres qui n'avaient ni nom ni visage apprécieraient cette entorse à la règle.

Elle posa ses mains sur le crâne de Tania qui avait enfoui sa tête entre ses jambes et l'encouragea à s'activer plus fort, plus vite.

Puis elle se baissa et glissa ses mains entre les cuisses fermes de Tania. Elle savait que celle-ci ne se formaliserait pas du changement de programme et qu'elle improviserait avec elle.

Elle glissa même un doigt huilé à l'intérieur de sa partenaire, laquelle lui rendit la pareille.

Oui, ceux qui suivaient leurs ébats devaient apprécier, ZaZa n'en doutait plus.

28.

J'ai eu un orgasme aigu, intense et gagné de haute lutte. Noah m'avait attendue, en se retenant jusqu'à ce qu'il sente mon corps se raidir. Et puis il avait éjaculé en gémissant contre mon oreille. Celle dans laquelle il avait doucement et patiemment murmuré une douce mélopée de mots qui s'était peu à peu transformée en un mantra me suppliant de jouir, maintenant.

Au bout de quelques minutes, il s'est laissé rouler à côté de moi, sans se dégager de mon étreinte. Nos flancs se touchaient, nos jambes se mêlaient. Il a repris son souffle, puis il a tendu le bras pour jouer avec mes cheveux.

— Je ne peux pas m'en empêcher, a-t-il murmuré. Je suis épuisé, mais je ne peux pas résister au plaisir de te toucher.

— J'en suis très flattée, ai-je répondu en déposant un léger baiser sur ses lèvres.

Quand je me suis écartée de lui, j'ai vu qu'il ouvrait la bouche, puis la refermait aussitôt, comme s'il avait eu l'intention de dire quelque chose et s'était ravisé au dernier moment. J'ai regretté d'avoir un sens de l'observation aussi développé. C'est fatigant de réagir tout le temps en spécialiste et d'analyser les faits et gestes de ceux qui vous sont proches. J'ai fermé les yeux.

— Je ne vais pas t'abandonner, a-t-il dit.

— Pourquoi ce commentaire ?

— Tu ne le sais pas ?

J'ai ouvert les yeux pour le regarder.

— Je n'en ai pas la moindre idée, me suis-je défendue.

C'était vrai. Sa remarque m'avait prise au dépourvu.

— As-tu aussi peur de nous deux que tu en as l'air ? a-t-il insisté.

— Inspecteur Jordain, je serais tentée de croire que je ne vous fais pas beaucoup d'effet. Sinon, vous ne chercheriez pas à me psychanalyser.

— Au contraire, très chère. La situation est terriblement excitante. Vous et moi, dans un lit, luisants de la sueur de nos ébats, et moi essayant de pénétrer les méandres de votre cerveau si compliqué.

J'ai éclaté de rire. Il s'est penché sur moi pour m'embrasser. Pas pour m'embrasser du bout des lèvres, comme je venais de le faire, mais pour m'embrasser longuement, avec sa bouche écrasée contre la mienne, qui me donnait envie de le dévorer. Et il le savait.

— Tu es parfaitement détendue, là, non ?

— Hmm.

— Très bien. Ne bouge plus. Je n'en ai pas fini avec toi. Ne pense à rien.

Avec ses mains sur moi, ses bras qui me serraient, je n'aurais pas pu penser à grand-chose, même si je l'avais voulu.

29.

Tania haletait et ZaZa sourit en songeant qu'elle lui donnait un violent orgasme. Elle appuya un peu plus fort sur le clitoris de son amie. Elle n'avait pas l'intention d'arrêter. Dès que Tania aurait repris son souffle, elle recommencerait à la travailler, encore et encore. Elle voulait la surprendre. Et tout à l'heure, plus tard, quand elles auraient éteint la webcam, elle lui avouerait ce qu'elle ressentait pour elle.

Elle se concentra sur la respiration de Tania pour guetter le moment où elle se calmerait. Bon sang ce que cet orgasme durait… Elle attendit. Mais le rythme du souffle de Tania ne ralentissait pas. Il se passait quelque chose de bizarre.

— Qu'est-ce que tu as ? murmura discrètement ZaZa qui s'inquiétait, mais ne voulait pas casser l'ambiance pour les types qui suivaient tout en direct.

Quand Tania s'effondra en continuant à gémir, ZaZa comprit que c'était grave. Elle allait réagir, mais elle n'en eut pas le temps. La première vague de nausée la secouait déjà, si violente qu'elle ne put la retenir et se mit à vomir, là, dans son lit. Elle avait soudain très mal à la tête. Et l'impression d'étouffer. Seigneur. Voilà maintenant que sa vue se troublait, tout devenait flou et confus. Elle voulut dire quelque chose, prévenir Tania qu'elle se sentait mal, mais elle était trop dans les vapes pour ça. Elle aperçut Tania à l'autre bout du lit, recroquevillée, qui tremblait de tous ses membres. Elle tenta d'allonger le bras pour la toucher, mais il lui était impossible de bouger dans une direction précise. Rien n'était à sa place, tout se mélangeait.

— Je suis vraiment mal en point, murmura Tania.

ZaZa ne put même pas répondre. Elle se contenta de la fixer avec des yeux de braise.

— Toi aussi, tu es malade, ajouta Tania.

Elle tenta de se lever, mais perdit l'équilibre. ZaZa voulait qu'elle y arrive. Il le fallait. Elle avait soif, elle étouffait. Elle ne s'était jamais sentie aussi mal de toute sa vie. Elle avait besoin d'un médecin. Tania aussi avait besoin d'un médecin. ZaZa était encore suffisamment lucide pour s'en rendre compte.

Finalement, en s'appuyant au dos d'un fauteuil, puis au rebord de la table, Tania parvint jusqu'au bureau où était installé l'ordinateur. Là où il y avait le téléphone.

ZaZa essaya de parler. Pour dire à Tania qu'il fallait leur demander de se dépêcher, mais tout ce qui sortit de sa bouche fut un long gémissement rauque. Elle n'arrivait plus à former des mots, mais elle était consciente de ce qui se passait.

Tania refermait maintenant sa main sur le combiné. ZaZa était au bord de l'évanouissement, mais elle se rendit compte que Tania avait déconnecté l'ordinateur d'internet et elle songea que leur prestation venait de disparaître des écrans dans des milliers de maisons, de chambres d'hôtels, de bureaux. Tania avait aussi renversé un verre de vin et le liquide rouge s'était déversé sur le clavier. Cet accident avait sûrement endommagé la carte mère. D'une manière ou d'une autre, les lumières du spectacle de ce soir se seraient donc éteintes prématurément. C'était le destin.

Juste avant de perdre conscience, ZaZa eut le temps de voir que Tania composait tant bien que mal le 911.

DIMANCHE

plus que douze jours

30.

Une sonnerie m'a réveillée en sursaut. Je n'arrivais pas à ouvrir les yeux, alors j'ai cherché à tâtons mon portable sur la table de nuit, à portée de ma main, là où je le laisse quand je suis loin de ma fille. Puis j'ai entendu la voix de Noah. C'était son téléphone qui avait sonné. Pas le mien.

Je suis restée allongée, à écouter cette moitié de conversation. Mon cerveau embrumé essayait de combler les blancs.

— A quelle heure ?

Silence.

— Dans quel hôpital ?

Silence.

— Comment vont-elles ?

Silence.

— Laquelle ?

Bref silence.

— Très bien. Je serai là dans quelques heures. Tant pis, je reprendrai lundi matin l'avion pour La Nouvelle-Orléans.

J'ai entendu un déclic quand il a éteint son téléphone et un bruit sourd quand il l'a reposé sur sa table de nuit. Il s'est recouché près de moi. Il avait le souffle court. Tout son corps était tendu.

— Noah ? Que se passe-t-il ?

— Zut ! Désolé de t'avoir réveillée.

— Ce n'est pas grave. Dis-moi plutôt ce qu'il y a.

— Un autre empoisonnement, on dirait.

Je me suis dressée sur un coude. Dans la douce clarté du petit matin, j'ai pu distinguer le visage défait de Noah.

— Je vais devoir rentrer à New York par le premier avion, a-t-il murmuré.

— Je rentre avec toi.

— Tu pourrais rester jusqu'à demain soir. Dans cette ville, on trouve une foule de…

— Je n'ai aucune envie de rester sans toi. Nous reviendrons une autre fois pour que tu me fasses visiter la ville. Parle-moi plutôt de cette femme. Elle est morte ?

— De ces femmes. Elles étaient deux. L'une d'elles a une chance de s'en sortir. L'autre… Ils ne pensent pas.

— Que leur est-il arrivé ?

— C'est dingue… C'est complètement dingue.

Il s'est frotté les yeux et a passé sa main dans ses cheveux ébouriffés.

— Je suis désolé, Morgan, a-t-il repris. Dire que nous avions enfin tout un week-end pour nous et que…

— Ne t'en fais pas pour ça… Explique-moi plutôt…

— Même scénario que pour la première. Elles faisaient leur numéro sur internet et puis elles ont commencé à se comporter bizarrement. Des types ont appelé le 911. Par douzaines. Comme l'autre fois. Ça aurait pu nous prendre un temps infini de les retrouver, mais l'une des femmes a réussi à prévenir la police, juste avant de s'évanouir. L'ambulance était sur place en quelques minutes.

Il s'est frotté de nouveau les yeux.

— Tu veux que je commande du café ? ai-je demandé. Il est déjà 6 heures. Le service de chambre fonctionne depuis une heure.

— Oui, du café, c'est une bonne idée. Et aussi quelque chose à manger. Pendant ce temps, je vais tâcher de nous trouver une place dans un avion.

Il a pris son téléphone portable, mais il l'a gardé à la main en le contemplant d'un air abattu.

— Deux femmes. Vingt-deux et vingt-trois ans. Deux gamines… Dieu seul sait combien de types étaient derrière leur écran à regarder ça…

31.

Mon amour,

J'ai ajouté deux cierges, ça en fait donc trois qui brûlent, bien alignés. Ce soir, l'odeur de mèche est un peu plus amère et celle de la cire à peine plus douce. De temps en temps, je passe un doigt à travers une flamme, pour sentir la chaleur, et ça me fait un choc. Ça me fait un choc de constater que je peux encore sentir quelque chose. Ces femmes, avec leurs bras et leurs jambes nus, leurs lèvres et leurs yeux affamés… Pendant qu'elles passaient du plaisir au malaise, je les regardais, le sourire aux lèvres, je ne me reconnaissais pas, une étrangère habitait mon corps. Elles brûlaient d'une passion qui n'était plus, mais la mienne était bien réelle. Elle est désespérée, c'est vrai, et elle alimente ce besoin de revanche qui s'est infiltré dans les failles de mon esprit, comme un alcool, pour le remplir, en élargissant le passage, transformant ces failles en abîmes toujours plus larges et plus profonds.

Je n'ai plus de place que pour toi. Pourquoi ne peux-tu le comprendre ? Je ne peux plus aimer que toi. L'amour, je sais ce que c'est. Je serais prête à me trancher la gorge et à me vider de mon sang pour te prouver que je sais ce qu'est l'amour. Pourquoi ne le vois-tu pas ?

Ce que tu as fait m'a transformée au point que tu ne me

reconnaîtrais pas. A l'intérieur de moi, là où avant il y avait des sentiments, il ne reste plus qu'un trou béant.

Trois d'entre elles ont eu la punition qu'elles méritaient. Il en reste deux.

Parfois je me demande pourquoi je me donne tant de mal. Pourquoi je continue à vivre.

J'ai exploré le fond de mon esprit et les recoins de mon enfer. C'est une petite pièce, tapissée de miroirs. Quand je regarde dans ces miroirs, ce n'est pas ma silhouette que je reconnais, mais la tienne.

Je ne me suis jamais vue dans tes yeux, mais maintenant je vois tes yeux qui me fixent et m'accusent.

Tu t'es trompée. Tu n'as pas compris. Tu étais tout ce que j'avais et tout ce que je désirais.

L'une des deux femmes est morte et l'autre gît en ce moment sur un lit d'hôpital — dans un état critique, d'après les journalistes. Je les ai observées pendant qu'elles se caressaient avec l'huile de massage que je leur avais envoyée. J'ai suivi le scénario infect qu'elles présentaient à des milliers d'yeux affamés. Je les ai observées pendant qu'elles se touchaient, pas pour la sensation que cela leur procurait, mais pour la sensation qu'elles procuraient à d'autres.

Tu m'as écrit que je ne savais pas ce qu'était l'amour, que ce n'était pas toi que j'aimais, mais une image tronquée que j'avais de toi. Quelle drôle d'idée… Je serais prête à me couper les mains et les pieds pour te montrer à quel point je tiens à toi.

La nuit dernière, je te l'ai montré. J'ai regardé, et puis j'ai retenu ma respiration jusqu'à la limite de l'étouffement. Je suis devenue rouge, je transpirais, je me suis évanouie. Ça, ai-je murmuré vers l'écran, ça c'est ce qui arrive quand on fait ce que vous faites. Ça, ai-je murmuré, pendant que la blonde rampait au sol pour essayer d'atteindre le téléphone, parce qu'elle voulait sauver sa vie, ça, c'est pour toi que je l'ai fait.

LUNDI

plus que onze jours

32.

Bob était pile à l'heure, cette fois, encore plus défait et énervé que la semaine précédente. Il s'est allongé sur le divan et a commencé à serrer et desserrer nerveusement ses poings. En attendant qu'il se décide à parler, j'ai bu le café qui restait dans ma tasse. Il était tiède.

Et beaucoup moins bon que celui de La Nouvelle-Orléans.

Un rayon de soleil a percé à travers les nuages et, l'espace d'un instant, mon cabinet s'est trouvé noyé de lumière. La neige allait peut-être commencer à fondre. Cela faisait plus d'une semaine que New York n'avait pas eu droit à une heure entière de soleil.

La Nouvelle-Orléans m'a paru bien lointaine.

— Ma femme a encore utilisé mon ordinateur, a dit enfin Bob. Pour m'espionner. Elle a passé en revue tous les sites que j'avais visités.

— C'est elle qui vous l'a dit ?

— Bien sûr que non. Mais elle a oublié d'effacer ses traces et le détail de son parcours était là, devant mes yeux.

— Vous en avez parlé avec elle ? Vous avez osé l'affronter ?

— Je n'ai pas pu. C'est elle qui m'a agressé. Vous savez que je ne lui ai pas toujours été fidèle. J'ai eu quelques liaisons autrefois… Et… L'option internet me paraissait plus acceptable. Beaucoup moins dangereuse aussi. Ces femmes, je ne les connais pas. Je ne les rencontre pas. Elles me stimulent, c'est tout. Et elles sont là, à disposition, quand j'ai besoin d'elles. C'est idéal. Des femmes belles et sensuelles qui n'exigent rien de moi.

— Rien ?

Il m'a regardée d'un air surpris.

— Que pourraient-elles exiger ?

— Vous ne voyez vraiment rien ?

— Non.

— Que leur donnez-vous ?

— Mais rien, justement. Elles ne sont même pas réelles.

— Bob, elles sont réelles.

— Oui, mais je veux dire qu'il n'y a pas de communication entre nous. Nous ne sommes pas amants. Elles sont anonymes pour moi, autant que je le suis pour elles. Je les paie pour…

Sa voix s'est brisée.

— Poursuivez, ai-je encouragé.

Il a secoué la tête.

— Où en étais-je ?

— Nous parlions de ce que ces femmes attendaient de vous.

Il a eu un rire amer.

— Je préfère donner mon argent. Les autres femmes, elles veulent autre chose.

Il avait réussi à formuler ça. C'était bien.

— Et que veulent les autres femmes ?

— S'emparer de votre esprit. Vous posséder. Etre la seule

qui compte pour vous. Comme si j'étais capable de ne penser qu'à une seule femme…

— Mais vous faites la différence entre penser à une femme et avoir recours à internet pour vos besoins sexuels, n'est-ce pas ?

— Il y en a une, oui. Je ne suis pas vraiment avec les femmes qui se montrent sur internet. Elles n'occupent pas mon esprit.

— Pourtant, même quand vous n'êtes pas « vraiment avec elles », vous n'êtes pas non plus avec votre femme.

— Non.

— Pourquoi, Bob ? Pourquoi ne pas plutôt faire l'amour avec votre femme ?

— Parce que je la connais trop bien. Je sais ce qu'elle va faire, ce qu'elle aime. Elle va me demander de la caresser pendant une quinzaine de minutes avant de jouir, et ensuite ce sera mon tour.

Nous avions déjà parlé de leurs relations sexuelles. A plusieurs reprises, Bob m'avait décrit des rapports physiques dénués de passion qui ne lui faisaient pas beaucoup d'effet. Mais il avait beau tromper sa femme, il n'avait pas encore réussi à exprimer la colère que déclenchait en lui le peu d'intérêt que celle-ci accordait au sexe. Il refusait encore ses émotions. Il s'était résigné à ne plus lui faire l'amour et se servait de cette excuse pour justifier son addiction à internet. Mais moi j'étais persuadée qu'il ne se débarrasserait pas de cette addiction tant qu'il n'aurait pas pris conscience de sa souffrance sexuelle, tant qu'il n'aurait pas avoué à celle qu'il aimait qu'il lui en voulait de refuser des pratiques plus riches et plus variées.

— Vous avez entendu parler des deux filles ? m'a-t-il demandé d'une voix de conspirateur.

Je me doutais qu'il parlait des deux jeunes filles empoisonnées, mais je n'en étais pas certaine. J'ai préféré faire l'innocente. Je lui ai demandé à quoi il faisait allusion.

— Des deux filles qui faisaient l'amour devant leur webcam. L'une est morte, l'autre est à l'hôpital.

— Oui, ai-je répondu en songeant au moment où la sonnerie du téléphone de Noah m'avait réveillée, là-bas, à La Nouvelle-Orléans.

— C'est bizarre… J'étais justement sur leur site, samedi soir.

— Vous avez vu ce qui s'est passé ?

Il est resté silencieux quelques secondes, puis ses doigts ont entamé une marche militaire sur l'accoudoir en cuir.

— J'étais en train de les regarder quand j'ai entendu ma femme se lever et aller dans son bureau. Il était tard. Presque minuit. Elle était couchée depuis plus d'une heure et je la croyais endormie. La veille, elle avait eu une insomnie à cause de ses antidépresseurs et elle avait voulu se coucher tôt ce soir-là.

— Qu'avez-vous fait quand vous l'avez entendue ?

— J'ai éteint mon ordinateur et je suis allé la rejoindre.

— Dans quel état d'esprit ?

Il a eu besoin de réfléchir avant de répondre. Comme s'il ne s'était jamais interrogé sur ce qu'il ressentait quand on le privait de ce qui lui faisait tellement envie.

— De la colère.

— De la colère contre qui, contre quoi ?

— J'aurais voulu continuer avec ces filles. Ce n'était pas la première fois que je visitais leur site. Elles se font appeler « Les gâteries du samedi soir ». Elles ne travaillent que le samedi.

— Et vous ne pouviez pas vous offrir cette gâterie à cause de votre femme ?

— Voilà.

— Vous ne croyez pas que vous pourriez au moins vous abstenir quand elle est à la maison ?

Je cherchais à le provoquer, à le pousser dans ses derniers retranchements.

— Elle a eu tout ce qu'elle exigeait, a-t-il protesté. Elle peut bien en échange me laisser le droit de jouir de temps en temps dans mon bureau, derrière ma porte fermée. Qu'est-ce que ça peut lui foutre ?

Cette fois, sa voix était chargée d'émotion et ses yeux brillaient de colère. Nous avions abouti à quelque chose… Ce changement constituait un réel progrès.

— Pourquoi est-ce si important pour vous d'obtenir le droit de vous enfermer tranquillement dans votre bureau ? ai-je demandé.

— Parce que j'ai cédé sur tout le reste. Elle ne voulait pas d'enfants, pas tout de suite, pour sa carrière. Nous avons attendu. Elle voulait vivre dans Upper East Side et moi dans Village, devinez où nous habitons ? Elle veut ceci. Elle veut cela. Et maintenant elle veut aussi que je garde ma bite bien rangée dans mon pantalon, sauf quand elle me demande de la sortir.

Il s'était mis à crier et je ne lui ai pas demandé de baisser le ton.

Nous abordions une nouvelle étape au cours de laquelle Bob osait enfin affronter sa souffrance. Il nous restait encore beaucoup à parcourir pour arriver au bout du chemin, mais nous prenions la bonne direction. Je suis restée calme et silencieuse, je lui ai permis d'aller au fond de cette émotion, j'ai laissé sa voix résonner dans la pièce et ensuite mourir doucement, jusqu'à ce qu'il n'y ait plus que le bruit du tic-tac du réveil et celui de la circulation.

Au bout d'un long moment, il s'est remis à parler.

— Je ne peux pas m'empêcher de penser à ces deux filles, a-t-il murmuré d'une voix basse et triste.

— Pourquoi ?

Il n'a pas répondu.

33.

L'inspecteur Jordain avait pris son avion pour New York dimanche matin, puis il était retourné lundi à La Nouvelle-Orléans, comme prévu, pour témoigner au procès Hatterly — en espérant que ce serait la dernière fois. Il avait passé une demi-heure à la barre, puis direction New York. Dans le taxi qui le ramenait vers l'aéroport Louis Armstrong, il ne songeait déjà plus qu'à l'affaire des sites pornographiques et appela Perez pour avoir des nouvelles.

— ZaZa, ou plutôt Cindy Conners, était employée depuis deux ans par Global Communications — la même société que Debra Kamel. Conners était comédienne. Je suppose qu'elle avait besoin de gagner de l'argent entre deux auditions. Elle n'a jamais décroché un vrai rôle, mais elle prenait beaucoup de cours. Tania aussi est comédienne.

— Elles se sont rencontrées en cours ?

— On ne sait pas encore, mais c'est vraisemblable.

Jordain regardait défiler le paysage. Il ne regrettait pas de s'être installé à New York, mais il ne quittait jamais la ville de son enfance sans un pincement au cœur.

— Les experts ont trouvé quelque chose dans l'appartement ?

— Non, mais ils le passent au peigne fin, tu peux me croire. Si quelqu'un a laissé ne fût-ce qu'une fibre de vêtement, un cheveu ou un petit grain de poussière provenant de la semelle d'une chaussure, ça ne leur échappera pas, tu peux me croire.

— Je me demande parfois si tu ne prends pas un peu trop au sérieux les émissions sur les flics. Une fibre ne nous avancerait à rien. A moins de trouver la même dans l'appartement de Debra.

— Les émissions s'inspirent de notre travail, pas le contraire, riposta Perez.

Jordain sourit et but une tasse d'un café tiède et couvert de mousse. Tan pis. La caféine ferait tout de même son effet.

— Nous n'avons pas trouvé quoi que ce soit dans l'appartement de Debra. Tu t'apprêtais à me poser la question, n'est-ce pas ?

— Pas du tout, j'allais te demander comment va Tania.

— Elle est toujours entre la vie et la mort.

— Butler a eu de la chance avec l'ordinateur ?

— Elle travaille dessus.

— Elle va trouver, j'en suis certain.

— Je l'espère. Mais la machine de ZaZa a eu un problème. Ça complique un peu les manipulations.

— Nous n'avons pas le choix. Il nous faut une piste. Et vite.

Jordain ne s'étonna pas que Perez ne lui demande pas pourquoi. Il savait.

Combien de filles encore ?

Auraient-ils le temps de sauver les suivantes ?

Merde. Cette affaire lui tapait sur les nerfs et lui donnait la nausée. Ces femmes haletaient, nues et sans défense, devant des milliers d'hommes qui les dévoraient des yeux, qui se masturbaient et éjaculaient dans leurs mains sans même se douter qu'elles étaient en train de mourir en direct.

— C'est tout de même désolant qu'elles ne puissent pas crever avec un peu de dignité, murmura-t-il.

34.

Bob s'est levé d'un bond en disant qu'il avait besoin de sortir pour aller aux toilettes. Au bout de cinq minutes, comme il ne se montrait pas, j'ai appelé Allison pour lui demander si elle l'avait vu quitter l'institut. Ça m'était déjà arrivé qu'un patient prenne la fuite quand la séance devenait trop pénible.

Mais il n'était pas passé devant la réception et il est effectivement revenu quelques instants plus tard. Il a repris sans un mot sa place sur le divan. Il a fermé les yeux. Je l'ai trouvé pâle.

— Vous souvenez-vous du jour où vous avez vu une femme nue pour la première fois ? ai-je demandé.

Il s'agissait d'un sujet que je voulais aborder depuis longtemps.

— Vous parlez d'une femme en chair et en os ?

— Je parle d'un corps nu de femme. Ne réfléchissez pas. Dites-moi ce qui vous vient à l'esprit.

— A douze ans, j'ai découvert des magazines pornographiques sous le lit de mon père. Absolument délicieux, pleins d'images en couleur qui m'ont mis l'eau à la bouche. Seigneur, vous n'imaginez pas quel effet ça m'a fait de voir ces superbes femmes, allongées, nues, qui me montraient exactement ce que je voulais voir par-dessus tout. J'ai commencé à avoir de plus en plus chaud, mon sexe s'est dressé. Je me suis caché dans ma chambre pour les regarder. J'ai dit que je n'avais pas faim et je ne suis même pas allé dîner. Je me souviens de cet instant comme si c'était hier : le magazine dans une main et mon sexe dans l'autre, les bruits de la maison derrière ma porte. J'ai répondu à votre question ?

— Oui.

— Ensuite, je les ai empruntés régulièrement, mais mon père n'a rien remarqué. Ou alors il a fait semblant.

— Vous croyez qu'il s'en est aperçu ?

— Je n'en sais rien. Ce que j'aimerais savoir, c'est s'il était comme moi.

— Ça changerait la perception que vous avez de lui ?

— Non. Ça changerait la façon dont je me perçois, moi.

— Ça la changerait de quelle manière ?

— Il ne s'agissait que d'images, au fond. Rien à voir avec la première femme que j'ai vue en chair et en os.

Ce n'était pas la première fois que Bob évitait de répondre à une question qui le dérangeait, aussi, je ne l'ai pas interrompu et je l'ai laissé poursuivre.

— C'était dans un théâtre…

Ses lèvres se sont crispées en une sorte de sourire grimaçant. Il a remué les doigts.

— Ce sont des amis qui m'y ont entraîné, un vendredi après-midi où l'école nous avait libérés en avance. Ils y étaient déjà allés et ils m'en parlaient depuis des semaines. Je ne pensais plus qu'à ça. J'avais l'impression que je m'apprêtais à accomplir quelque chose de vraiment interdit. Quelque chose de mal. Je savais que si mes parents l'apprenaient j'aurais de graves ennuis.

Il a fermé les yeux.

— Le théâtre s'appelait le Playpen. Les ouvertures sont barricadées avec des planches, mais le bâtiment existe toujours. Au début, c'était un des plus grands cinémas de la ville. Il passait des vieux films. Puis il a fait faillite et est devenu le royaume de la pornographie.

Sa voix avait traîné avec tendresse sur les deux derniers mots. Puis il a froncé les sourcils en ouvrant les yeux.

J'avais déjà observé chez d'autres patients ce mélange d'attirance et de culpabilité. Comme eux, Bob trouvait une sorte de plaisir dans l'enfer de sa dépendance. Il s'agissait d'une torture morale qu'il s'infligeait à lui-même. Sa fascination pour la pornographie luttait avec son sens moral. Il était tiraillé entre deux pôles conflictuels.

— A l'intérieur, c'était franchement glauque. Crasseux et puant. Le tapis tombait en lambeaux. Vous ne trouvez pas dingue que je me souvienne du tapis ? Il était rouge sombre.

Il a secoué la tête d'un air incrédule. Je ne lui ai pas dit que c'était un phénomène courant. Beaucoup de gens se rappellent d'infimes détails associés à leur première expérience sexuelle.

— Le propriétaire avait divisé la grande salle de projection d'origine en deux petits théâtres. Dans l'un ils passaient des films X, dans l'autre c'était le spectacle. Nous avons choisi le spectacle. On nous a installés dans des box individuels. J'ai tiré le rideau miteux qui était derrière moi. Et là…

De nouveau, il a fermé les yeux avant de poursuivre.

— Elle était assise sur une chaise. Elle portait une jupe et un gilet moulants, des hauts talons. J'ai commencé à bander à la minute où je l'ai vue. Mes copains m'avaient dit qu'on pouvait se masturber et jouir pendant le spectacle, mais j'avais du mal à croire que c'était réellement autorisé. Jusque-là, je l'avais fait seul, chez moi, entouré des bruits familiers, à la va-vite. Là, j'avais tout mon temps. Et cette femme n'était pas une photographie, mais un être de chair et de sang avec lequel je pouvais échanger des regards.

Il s'est humecté les lèvres. Il n'avait toujours pas ouvert les yeux.

— Je peux... Vous voulez que je vous raconte tout ?

— Oui, si vous le souhaitez.

— Elle a commencé à se déshabiller. Elle a défait lentement les boutons de son petit gilet. Puis elle a enlevé son soutien-gorge. Des pastilles d'argent recouvraient ses tétons. Bon sang... Je la vois encore. Ces pastilles la rendaient encore plus désirable que si elle avait été nue. Ensuite elle a circulé, elle est passée devant chaque box, en pressant chaque fois ses seins contre la vitre qui nous séparait d'elle. Quand elle est arrivée à moi, j'ai allongé le bras. Seigneur, le contact de ce verre frais et la vision de cette magnifique poitrine. C'était incroyable...

J'ai joui en un temps record, je n'en revenais pas. Et puis elle a ôté sa jupe. Dessous, elle portait une jarretière en dentelle et des bas. J'ai eu aussitôt une seconde érection. Deux fois de suite, ça ne m'était jamais arrivé. Sans doute ne m'étais-je pas donné le temps les autres fois. J'étais toujours pressé, j'avais peur que quelqu'un pousse la porte de ma chambre. La femme ne portait plus que ces deux pastilles argentées et ce porte-jarretelles. Elle est venue écraser son corps contre la vitre. Je me suis levé et moi aussi j'ai pressé mon sexe contre le verre. C'était presque comme lui faire l'amour.

Il a poussé plusieurs longs soupirs.

— Comme je vous l'ai dit, le bâtiment existe toujours. Il se trouve à l'angle de la VIIIe Avenue et de la 44e Rue. Il y a quelques années, il a été racheté pour être transformé en foyer d'accueil pour femmes. Je suppose qu'il s'agissait d'un acte engagé, d'un message. Ça n'a pas plu à tout le monde et on leur a fait des tracasseries judiciaires et…

Il s'est tu, soudainement. Il était sur le point de me dire quelque chose et s'était ravisé.

— Bob ?

— A l'époque, j'ai lu un article sur ce projet de foyer et les difficultés qu'il rencontrait. Ensuite j'ai vu un reportage. C'est dingue… Le simple fait d'entendre le présentateur prononcer le nom du théâtre m'a fait bander.

35.

La journée avait été longue. Après le départ de mon dernier patient, je me suis levée pour m'étirer. Il faisait déjà nuit et les réverbères de la rue diffusaient une douce lumière rosée qui éclairait mon cabinet.

J'ai senti brusquement une odeur de chocolat à la fois douce et amère. Je me suis retournée. J'ai détecté aussitôt une pointe d'orange et de cannelle, en plus du chocolat.

— J'ai cuisiné ces brownies hier soir et j'en ai mis quelques-uns de côté pour Dulcie et pour vous, a dit Blythe depuis le seuil de la porte.

Elle portait un pull lavande avec une chemise blanche dont on voyait dépasser les poignets et le col amidonnés, un pantalon noir moulant et des bottes de cow-boy pointues. Elle avait tiré ses cheveux blonds en queue-de-cheval, coiffure qui faisait ressortir la blancheur et l'éclat de sa peau.

Blythe faisait partie de ces gens dont le visage trahit les émotions. On voyait qu'elle était sincèrement heureuse de partager ces brownies avec moi et ça m'a émue.

— C'est vraiment très gentil de votre part, ai-je dit.

J'ai tendu la main pour prendre l'assiette et j'ai soulevé le papier aluminium qui la recouvrait.

— Vous en voulez un ? ai-je demandé en détachant du bout des doigts un morceau moelleux et épais.

— Je n'ai pas le temps, je passais en vitesse. J'attends un patient.

Elle m'a paru nerveuse. Quelque chose la tracassait.

— C'est le premier de la journée ?

— Non, le deuxième.

J'ai goûté. Elle a attendu mon verdict.

— C'est délicieux, ai-je assuré. Merci. Vraiment. Dulcie va adorer. Comment s'est passée votre première consultation ?

— Pas très bien. Je m'implique encore trop émotionnellement. J'essaye de prendre de la distance, mais ça ne marche pas. A un moment donné, j'ai dû me mordre la joue pour ne pas pleurer.

— Nous allons travailler sur ce problème et le résoudre, ne vous en faites pas.

— On peut vraiment écouter un patient sans rien ressentir ?

— Non. Il ne s'agit pas de ne rien ressentir, mais au contraire d'utiliser les émotions pour donner à la thérapie la direction qui convient. L'émotion est une réaction saine, il faut simplement apprendre à ne pas se laisser déborder.

Elle a acquiescé, mais elle paraissait abattue. Devenir une bonne thérapeute lui importait tant…

— Il m'arrive de penser que je n'y arriverai jamais et que j'ai tort de m'acharner, a-t-elle dit.

J'ai eu envie d'allonger le bras pour poser ma main sur la sienne, afin de lui apporter un peu de réconfort. Moi qui prétendais lui apprendre à ne pas s'impliquer émotionnellement… Quel paradoxe… Je me suis demandé pourquoi elle m'inspirait si souvent le désir de la consoler, de la protéger.

Le but qu'elle s'était fixé exigeait d'énormes sacrifices. J'avais peur qu'elle ne parvienne pas à l'atteindre.

Mais cette peur était une preuve de plus que je n'arrivais pas à conserver avec Blythe la distance de rigueur entre un thérapeute et son patient. Et dire que je venais de lui donner une leçon sur ce thème…

Un médecin ne doit pas endosser la souffrance de ceux qui s'allongent sur son divan. Pourtant, je connais plus d'un psychiatre insomniaque. Parfois, on ne peut s'empêcher de chercher la solution, jour et nuit, même si ça nous mine. Parce qu'on voudrait assister une fois de plus au miracle de la guérison.

36.

— Boules de geishas décorées avec une peinture toxique, proposa Perez.

— Sous-vêtements de cuir enduits de poison, renchérit Butler.

— Pas mal… Mais j'ai trouvé mieux. Ça t'inspirerait des lanières trempées dans du poison qui entrerait directement en contact avec le sang à chaque coup de fouet ?

Butler ajouta le fouet à la liste des accessoires susceptibles de se transformer en instruments mortels.

— Tu me donnes la chair de poule, commenta-t-elle. Et un gode farci d'explosifs ?

— Et c'est moi qui te donne la chair de poule ? ironisa Perez.

Butler se laissa aller contre le dossier de sa chaise et jeta un coup d'œil désabusé de l'autre côté de la cloison de verre qui faisait office de mur de séparation. Le commissariat était en effervescence, comme en plein milieu de journée, et pourtant il était 20 heures passées. Butler travaillait depuis 8 heures du matin, elle n'avait dormi que quatre heures la nuit précédente. Elle était au bout du rouleau.

Jusqu'à dimanche, ils avaient centré leur enquête sur Debra Kamel en partant du principe qu'il s'agissait d'un cas isolé.

Mais aujourd'hui ils savaient avec certitude qu'ils n'étaient pas simplement chargés de trouver le coupable de deux meurtres. On comptait sur eux pour arrêter l'assassin au plus vite et empêcher le bilan de s'alourdir.

Elle leva les yeux vers Jordain qui revenait du bureau du lieutenant dans lequel s'était tenue une réunion au sommet.

— Nous avons décidé de ne pas éventer certains détails, expliqua-t-il. Pour commencer, nous avons pour consigne de ne pas révéler aux journalistes le nom du poison. Pas question non plus de leur expliquer qu'il s'agit d'une substance que n'importe qui peut se procurer. Le maire et le chef de la police ne veulent pas semer la panique dans la ville et ils ont raison. Sans compter que trop en dire risquerait de nous faire perdre les maigres atouts que nous avons en main.

— Les trois victimes travaillaient pour la même société. Nous devrions au moins nous arranger pour prévenir les femmes enregistrées sur le site internet, fit remarquer Butler. Dieu seul sait combien d'entre elles ont déjà reçu des gadgets mortels.

Jordain acquiesça.

— Oui, tu as raison. Dès que tu auras trouvé le moyen d'établir une liste complète de ces femmes.

Il était furieux. Il avait réussi à obtenir un mandat pour exiger la liste des employées et des clients du site, mais le responsable du bureau de Global Communications à Singapour ne se montrait pas coopérant. Quelqu'un devait chapeauter la société depuis les Etats-Unis, mais pour l'instant ils n'arrivaient pas à savoir qui et où.

— Ça va prendre combien de temps de comparer les données des deux ordinateurs ? demanda-t-il.

— Encore une heure ou deux, répondit Perez. Peut-être plus. Les fichiers de Penny sont faciles à consulter, mais ceux de ZaZa sont endommagés.

— Espérons qu'il ne se passera rien d'ici là. Les deux meurtres ont été orchestrés par la même personne, j'en suis persuadé. Vous aussi, je suppose ?

Il supposait bien.

— Pas de nouveaux détails ? insista Jordain.

— On les aurait pêchés où, ces nouveaux détails ? s'énerva Perez. Tu sais bien qu'on n'a rien à se mettre sous la dent.

— Et si on avait affaire à un plagiaire, dans le cas des deux dernières ?

Perez secoua la tête.

— Rien n'a filtré jusqu'à la presse, vous êtes sûrs ? insista Jordain. Personne d'autre que nous ne sait que le lubrifiant de Debra contenait un poison ?

— Personne d'autre que nous, non.

— Très bien. Ça signifie donc que quelqu'un cherche à atteindre ces femmes pour une raison précise. Vous avez une idée ?

Butler termina d'un trait sa canette de soda, bâilla, puis ferma les yeux une seconde. En les ouvrant, elle vérifia l'heure. Bientôt 23 h 30. Elle s'étonna que Jordain n'ait même pas l'air fatigué. Il paraissait parfaitement réveillé et prêt à démarrer une réunion de synthèse.

Ils le surnommaient « Inspecteur Détails ». Il s'agissait d'une boutade, mais pas seulement, car il était minutieux jusqu'à l'obsession. Ce petit travers faisait de lui un fin limier. Des détails apparemment insignifiants s'avéraient souvent décisifs pour faire avancer une enquête. Jordain était un homme très perspicace. Avec lui, tout paraissait facile, naturel. Il était infatigable et déterminé. Juste aussi. Il avait du cœur. Il savait naviguer entre la raison et la compassion, sans se laisser dominer ni par l'une ni par l'autre.

Perez était intelligent, Butler le respectait, mais elle ne lui trouvait pas l'envergure de Jordain. L'opinion de Jordain comptait beaucoup pour elle et pour ses collègues. Quand il vous disait que vous aviez fait du bon boulot, ça ne vous laissait pas indifférent.

Elle ne put retenir un second bâillement.

— Tu devrais peut-être rentrer chez toi, Butler, proposa Jordain. Tu es là depuis combien de temps ?

— Peu importe depuis combien de temps je suis là, répondit-elle fermement. Les ordinateurs nous livreront peut-être des noms dans quelques heures. Si vous pouvez attendre, je le peux aussi.

MARDI

plus que dix jours

37.

Quinze minutes après le coup de fil du médecin, Jordain et Perez s'arrêtaient devant l'hôpital. Le Dr Fred Klein qui les attendait au sixième étage leur annonça que la vie de Tania n'était plus en danger et qu'elle s'en sortirait sans séquelles. Il leur accorda dix minutes d'entretien.

Jordain s'installa dans le fauteuil près du lit de Tania. Elle dormait encore. Elle était pâle, mais elle respirait calmement. Cinq minutes passèrent. Puis cinq autres. Quand elle ouvrit les yeux, il vit qu'ils étaient grands et bleus, de la couleur d'un océan en furie. Elle entrouvrit ses lèvres gercées et décolorées, mais il ne sortit de sa bouche qu'un faible murmure. Il n'entendit pas bien, mais il eut l'impression qu'elle lui avait demandé qui il était.

Elle était vraiment belle. Jordain comprenait aisément pourquoi des milliers d'hommes avaient régulièrement allumé leur ordinateur pour la voir nue…

Ses pensées ne prenaient pas une direction convenable et il en eut honte. Il se dépêcha de se présenter, histoire de se remettre dans la peau de l'inspecteur de police. Puis il entama la conversation, en douceur.

— Savez-vous où vous êtes ? demanda-t-il.

Elle acquiesça.

— Je sais…

Elle toussa.

— Je me suis déjà réveillée tout à l'heure…

Elle parcourut la pièce du regard en clignant à plusieurs reprises des paupières. Elle paraissait angoissée.

— Ma mère… ?

— Elle est en bas, avec mon partenaire, l'inspecteur Perez. Elle ne va pas tarder à revenir. Je lui ai dit que je veillais sur vous en attendant. Elle n'a pas quitté votre chambre depuis samedi soir, vous savez.

Tania hocha la tête et s'humecta les lèvres.

— Vous voulez un peu d'eau ? proposa Jordain.

Elle hocha de nouveau la tête et il lui servit un peu d'eau provenant de la cruche en plastique posée sur la table de nuit — de ces cruches que l'on trouve dans tous les hôpitaux et qu'il connaissait bien. Combien de fois s'était-il trouvé dans cette position ? Combien de fois avait-il réconforté une victime avant de débuter l'interrogatoire ? Il lui déplaisait de perturber Tania en l'obligeant à se replonger dans l'événement traumatique qu'elle venait de vivre. Mais il n'avait pas le choix.

Perez entra pendant que Tania buvait lentement.

Jordain le lui présenta et elle l'accueillit d'un bonjour qui paraissait un peu plus affermi que tout à l'heure. Mais ses yeux cherchèrent anxieusement derrière Perez.

— Ma mère ? demanda-t-elle.

— Je l'ai convaincue de prendre un petit déjeuner. Elle mange une bouillie d'avoine. Elle nous rejoindra dans une quinzaine de minutes.

Tania acquiesça en silence.

— Nous voudrions vous poser quelques questions, commença

Perez. Nous tâcherons d'être brefs et de ne pas trop vous fatiguer. Ça ira ?

— Je crois, oui. Mais je veux d'abord que vous me disiez comment va ZaZa. J'ai demandé à l'infirmière, mais elle ne voyait pas de qui je parlais.

Perez jeta un regard en coin à Jordain. Un regard qui signifiait qu'il ne voulait pas se charger de lui annoncer la mauvaise nouvelle.

Jordain hocha imperceptiblement le menton. Merde. Oui, il allait le faire, mais c'était d'autant plus délicat qu'il n'avait aucune idée des liens qui unissaient les deux jeunes filles et donc de l'impact que la nouvelle aurait sur Tania. Il avait espéré que sa mère l'aurait mise au courant. En apprenant à Tania la mort de sa camarade, il risquait de provoquer un choc. Choc qui la mettrait hors d'état de répondre à leurs questions pendant peut-être plusieurs jours... Ils avaient cruellement besoin de renseignements, mais pas au point de mentir à cette pauvre fille.

Son hésitation avait suffi à Tania. Elle avait déjà compris.

— Elle ne s'en est pas sortie, c'est ça ?

— Non, je suis désolé.

— Je m'en doutais. Mais qu'est-ce qui nous est arrivé ? On dirait un mauvais film...

Elle se tut et ferma les yeux. Des larmes roulèrent sur ses joues, mais elle conserva son calme.

— Elle est morte à cause de ce truc qui m'a rendue malade, c'est bien ça ?

— Oui, fit Jordain.

— Vous savez ce que c'était ?

— Pas encore. Nous pratiquons des analyses. Vous devez tout nous raconter depuis le début. D'accord ?

Tania aurait bien voulu, mais ses sanglots l'empêchaient de parler.

38.

Ce jour-là, je n'ai quitté mon cabinet qu'à l'heure de rejoindre mes lycéens de Park East School. J'avais regardé par la fenêtre cinq minutes avant de sortir et il ne neigeait pas, mais quand j'ai mis le nez dehors les flocons tourbillonnaient. Je n'avais plus le temps de remonter chercher mon parapluie sans risquer d'arriver en retard. A pied, j'allais être trempée. Un taxi, il ne fallait pas rêver…

Je me suis précipitée à l'intérieur et j'ai pris un des parapluies de secours qu'Allison mettait à notre disposition dans un pot, près de son bureau. Elle était au téléphone et me disait au revoir d'un geste de la main, quand j'ai vu Blythe descendre l'escalier en enroulant son écharpe autour de sa tête.

— Il fait un temps de chien, ai-je dit en lui tenant la porte.

— Ce n'est pas vraiment nouveau, a-t-elle répondu.

Elle allait aussi dans le centre, nous avons pris ensemble la direction de Park Avenue et nous avons décidé de partager un taxi, si nous en trouvions un. Nous nous serrions sous le petit parapluie pliant, tout en essuyant du revers de la main les flocons de neige qui nous aveuglaient. Le vent venait de l'est et j'ai dû changer l'inclinaison du parapluie pour ne pas qu'il s'envole. Mais il ne servait pas à grand-chose…

Les trottoirs étaient recouverts d'une neige blanche et fraîche qui se déposait sur les couches précédentes à moitié gelées. Nous avions du mal à marcher. Blythe a heurté un monticule de glace. Je l'ai retenue de justesse par le bras pour l'empêcher de glisser.

— C'est incroyable les risques qu'on peut prendre rien qu'en allant au bout de la rue, a-t-elle dit en riant.

Puis elle m'a remerciée.

Nous avons eu de la chance. Quelques minutes plus tard un taxi s'est arrêté devant un immeuble de la 67e Rue et une jeune maman en est sortie avec un bébé dans les bras.

Une fois à l'intérieur, j'ai annoncé à Blythe que je m'arrêtais à la 88e Rue. Elle allait jusqu'à la CIIIe Avenue et je descendais donc avant elle.

— L'hôpital Mont Sinai ? me suis-je étonnée. Tout va bien ?

J'avais eu un pincement au creux de l'estomac en entendant l'adresse. Il n'y avait rien d'autre dans le coin.

— Je vais voir la fille qui travaillait sur le web, celle qui a été empoisonnée samedi soir. Je ne crois pas que je puisse faire grand-chose pour elle, mais je tenais à lui rendre visite. Elle a peut-être besoin de se confier.

— Vous la connaissez ?

— Non. Pas personnellement, mais… Je me sens solidaire.

Le taxi était chauffé et je portais un lourd manteau et des gants épais, mais j'ai frissonné. En dépit de son diplôme en psychologie, de son excellent potentiel en tant que thérapeute, et de son désir de réussir dans ce métier, Blythe ne parvenait toujours pas à prendre un peu de distance.

Pendant le trajet, je lui ai expliqué où je me rendais et je lui ai résumé en deux mots le motif de mes séances dans ce lycée.

— J'espère que vous aiderez ces jeunes gens, a-t-elle dit d'un ton sincère.

— Moi aussi, je l'espère.

— On dirait que vous en doutez.

Je me suis demandé si Blythe possédait un sixième sens ou si ma voix me trahissait à ce point.

— Ces gamins sont dans un carcan. Je m'efforce de l'entamer petit à petit, mais je n'ai pas la sensation de progresser avec eux. Je n'arrive pas à les atteindre.

— Je n'avais encore jamais réfléchi à cette question..., commença Blythe d'un ton rêveur. Mais... Comment ferais-je si un homme vient me consulter parce qu'il souffre d'une addiction aux sites pornographiques ?

— Vous le comprendrez sûrement mieux qu'une autre. Et peut-être aussi vous montrerez-vous plus indulgente.

Elle a ri.

— En ce qui concerne l'indulgence et la compassion, je crois que mon problème serait plutôt d'en manifester un peu trop.

— Vous êtes trop dure avec vous-même. Cela ne fait que quelques mois que vous suivez des patients. Vous apprendrez à gérer vos émotions, je vous assure. Je vous aiderai. C'est à ça que sert un superviseur.

Elle m'a lancé un drôle de regard qui m'a rappelé celui de Dulcie.

Nous avons tous besoin de nous raccrocher à quelqu'un. D'une personne qui nous apporte des réponses. Et, quand cette personne disparaît de notre vie, le moindre changement nous fait l'effet d'une menace — nous devenons les filles perdues de la série de ma mère. C'est ce qui m'est arrivé quand elle est morte. Blythe aussi était une fille perdue. Je le savais, j'étais bien placée pour reconnaître les symptômes. A un moment de son existence, Blythe avait perdu son point d'ancrage. Il fallait que nous abordions ce sujet, mais au cours d'une séance, pas sur la banquette arrière d'un taxi surchauffé.

Au carrefour de la 87e Rue, la voiture a dû attendre à un feu. Comme je devais sortir au prochain pâté de maisons, j'ai fouillé dans mon sac pour chercher mon portefeuille et j'ai pris un billet de dix dollars que j'ai tendu à Blythe.

— Tenez, ai-je dit.

— Non, je paierai.

— Il n'y a pas de raison. D'autant plus qu'il s'agit pour moi d'un trajet professionnel qui passera dans mes frais.

J'ai fourré le billet dans sa main. Le feu est passé au vert et le conducteur s'est arrêté quelques mètres plus loin. J'ai mis la main sur la poignée de la portière et je me suis tournée vers Blythe.

— Merci, a-t-elle dit.

— Il n'y a vraiment pas de quoi.

— Je ne parle pas du taxi, mais de vos encouragements. Après vous avoir vue, je me sens toujours mieux. J'ai la sensation que ça va marcher.

Elle a eu ce sourire épanoui qui me touchait tant.

Je suis restée quelques secondes debout sous la neige pour

la regarder partir. Les flocons se posaient délicatement sur mes cheveux et mes joues. Tandis que je suivais des yeux le taxi qui s'éloignait, Blythe s'est retournée pour me faire signe de la main et, l'espace d'un instant, j'ai songé que, oui, l'espoir pouvait tout arranger. Pour elle et pour mes lycéens.

39.

— J'étais *online* et je naviguais d'un site à l'autre, un peu au hasard, a commencé Barry.

Il s'est tu brusquement.

Nous respections dans ce groupe une règle qui ne souffrait aucune exception : celui qui avait visité un site pornographique ne s'exposait ni à être dénoncé ni à un sermon, mais il s'engageait à en parler franchement devant moi et ses camarades. Et, comme la participation à nos séances protégeait ces adolescents d'une expulsion provisoire ou définitive, je crois pouvoir affirmer qu'ils jouaient le jeu.

J'ai attendu, sans quitter Barry des yeux, en m'efforçant de conserver une attitude neutre.

— Mais un copain m'a envoyé un message instantané pour me prévenir que ces deux nanas avaient un comportement bizarre et je suis allé sur leur page pour voir ce qu'il en était. Je croyais qu'il parlait d'un scénario pervers.

— Vous avez regardé ça combien de temps ? ai-je demandé.

Il a baissé les yeux.

— Pas longtemps. Je me suis senti mal.

— Senti mal ?

— Oui, comme si j'allais vomir.

Il avait l'air gêné.

— Et pourquoi donc ?

— Parce qu'elles souffraient. C'était épouvantable.

Sa remarque montrait qu'il avait été touché par ce qui s'était passé et donc qu'il avait brusquement pris conscience du fait que ces femmes étaient des êtres de chair et de sang. Je me suis demandé comment l'amener à le formuler clairement.

— Comment pouvez-vous savoir qu'elles avaient un problème ?

— On voyait qu'il ne s'agissait pas d'une mise en scène. Je ne peux pas vous l'expliquer. C'était évident.

— Et tu es resté devant ton ordinateur ! s'est exclamée Jodi. C'est vraiment dégueulasse. Combien de temps ?

Il a haussé les épaules.

— Tu as fait quelque chose ? a-t-elle insisté.

— Tu me demandes quoi, là ? Si j'ai pris mon pied ?

— Non. Je te demande si tu as appelé la police ou un truc dans le genre.

Il a secoué la tête.

— J'ai attendu. En espérant que quelqu'un réagirait.

— Et tu as regardé ça sans bouger le petit doigt ? a demandé Ellen.

Sa voix n'exprimait pas la colère, comme celle de Jodi, plutôt l'incrédulité.

— Ouais.

— Tu crois que l'une des filles a tenté de tuer l'autre ? a repris Ellen en malmenant un bouton de sa veste.

— Arrête un peu, intervint Amanda. C'est boiteux, comme hypothèse.

Personne n'a osé la contredire. J'ai observé son visage. Elle paraissait bouleversée. J'ai attendu qu'elle poursuive, mais elle est restée muette.

— Pourquoi boiteux ? ai-je demandé au bout d'un moment.

— Elles étaient amies, a répondu Amanda d'une toute petite voix que j'ai eu du mal à entendre.

Elle avait l'air sûre de ce qu'elle disait. Et sincèrement triste.

— Amanda, vous aussi avez vu ces filles samedi soir ?

Elle a secoué la tête.

— Et d'autres filles qui travaillaient à deux ?

Elle n'a pas répondu.

J'étais de plus en plus persuadée qu'Amanda avait grandement besoin d'aide.

— D'après vous à quoi pensent ces femmes, pendant leurs ébats *online* ? ai-je demandé.

— A rien de particulier. Ce sont des putes, elles aiment ça, elles ne pensent à rien, elles prennent du plaisir, a proposé Hugh.

Il a haussé les épaules.

Amanda a tressailli.

— Vous étiez-vous déjà posé la question, Hugh ? ai-je insisté.

— Quelle question ? Au sujet de ces femmes ?

J'ai acquiescé.

— Merde. Mais j'en sais rien, moi.

— Je voudrais que vous y réfléchissiez. Que nous y réfléchissions tous. Dites-moi la première chose qui vous passe par la tête. Pourquoi ces femmes s'exhibent-elles sur internet, d'après vous ?

— Elles ont besoin qu'on s'intéresse à elles, a dit Barry avec un petit sourire en coin.

— Il s'agissait peut-être d'un suicide, a murmuré Amanda.

Elle n'a pas levé la tête, elle a gardé les yeux baissés vers ses bottes — des bottes en daim aux épaisses semelles de caoutchouc, comme en portaient la plupart des filles de son âge. Ma fille avait pratiquement les mêmes. C'était la grande mode dans les écoles de Manhattan.

Timothy lui a jeté un regard inquiet.

— Pourquoi tu penses à ça ? a-t-il demandé.

— Parfois on en arrive à un point où la seule façon de s'en sortir est de passer de l'autre côté, a-t-elle répondu.

Au ton et au timbre de sa voix, j'ai jugé que son niveau de stress était très élevé. Tout le monde a senti qu'il se passait quelque chose, ils étaient tous en attente. Je devais absolument la pousser à poursuivre.

— Amanda… Il vous arrive d'avoir envie de passer de l'autre côté ?

Elle a haussé les épaules.

Je me suis penchée en avant.

— Que faites-vous quand vous ressentez cette envie ?

— Je peins, je sculpte, je dessine…

J'ai acquiescé.

— Moi aussi, quand je suis déprimée, je sculpte. Je ne saurais pas dire pourquoi, mais ça marche bien, ça aide. Vous ne trouvez pas ?

Elle me fixait intensément. Il restait encore tant de non-dits, j'avais encore tant de chemin à parcourir pour atteindre cette enfant perdue.

— Ouais. Dans un sens…

— Amanda, pourquoi ces filles auraient eu envie de se suicider, d'après vous ?

— Au début, je pense qu'elles devaient apprécier que les hommes les regardent. Parce qu'elles voulaient qu'on s'intéresse à elles, comme l'a fait remarquer Barry.

De nouveau, elle avait baissé les yeux vers ses bottes.

— Et ensuite ? ai-je encouragé.

Ils étaient tous suspendus à ses lèvres. Le thème de notre conversation ne laissait personne indifférent.

— Elles mettaient en scène la fantaisie érotique qui excite les mecs plus que tout. Deux nanas faisant l'amour… Sauf que… Il ne s'agissait pas seulement…

Sa voix s'est brisée. Elle a gardé les yeux baissés, mais ses poings se sont fermés.

— Au début, elles n'y ont probablement pas pris de plaisir. Ce n'était pas le but de la manœuvre. Et puis… A force de se caresser, de mimer la tendresse, la douceur…

Hugh a émis un petit sifflement. Barry lui a fait écho.

Amanda n'a pas apprécié. Elle a fait la grimace.

Timothy a toisé les deux autres garçons d'un air agacé.

— Fermez vos gueules a-t-il dit.

J'ai été surprise. Il était vraiment ému.

J'ai suivi des yeux une larme d'Amanda qui roulait sur sa joue et allait s'écraser sur son jean. Une autre. Elle n'a rien fait pour les essuyer.

Timothy s'est levé. Il a traversé le cercle et s'est s'agenouillé devant Amanda, les mains posées sur les accoudoirs de son fauteuil, pour lui murmurer quelque chose que je n'ai pas entendu. Je crois que les autres n'ont pas entendu non plus. Elle n'a rien répondu, mais une autre larme a coulé, cette fois sur la main de Timothy. Il l'a regardée, mais il n'y a pas touché.

— Amanda ?

La séance était terminée et ils étaient tous en train d'ouvrir leurs casiers pour récupérer leurs affaires. Amanda s'est tournée vers moi et a échangé quelques mots avec Jodi avant de me rejoindre.

— Je voulais vous donner ceci, ai-je dit en lui tendant ma carte.

Elle ne l'a pas prise.

— Vous l'aviez laissée sur votre siège, la première fois que je vous l'ai donnée, il y a trois semaines. Tout le monde en a une, sauf vous.

— Ouais. Et alors ?

— On ne sait jamais. Rien ne vous oblige à m'appeler, mais si vous refusez ma carte vous ne vous laissez pas le choix.

Elle la contemplait fixement. J'étais sûre qu'elle avait besoin de parler d'un problème précis, mais qu'elle redoutait de se confier à moi.

— J'ai promis que ce qui se disait dans cette pièce n'en sortirait pas. Je tiens mes promesses. Ça fait partie de ma déontologie.

— Ouais.

— Pourquoi ne me faites-vous pas confiance ?

— Ce n'est pas le problème.

— Quel est le problème, dans ce cas ?

Elle a haussé les épaules.

J'ai tenté ma chance.

— J'aimerais vraiment voir vos sculptures, ai-je dit.

Elle a acquiescé et a paru réfléchir.

— Pourquoi ? a-t-elle enfin demandé.

— Je m'intéresse beaucoup à l'art. Je sculpte moi aussi, à mes moments perdus, je vous l'ai dit. Pratiquer un art permet d'exprimer ce qu'on ne peut traduire par des mots.

— Oui. Comme la photographie.

J'ai approuvé.

— Vous faites de la photo ?

— Oui. Et je réalise des courts-métrages.

Le couloir était silencieux. Les voix et les pas s'étaient éloignés. Ses mots ont résonné, pas comme un écho, plutôt comme des notes de piano dont l'écho meurt lentement après qu'on ait lâché les touches.

— Des courts-métrages ?

Elle a eu un mouvement de recul. Elle avait l'air effrayée.

— Amanda ? Que se passe-t-il ?

Elle a secoué la tête.

— Je ne veux pas vous brusquer si vous ne vous sentez pas prête, ai-je repris. Mais je tiens à ce que vous preniez cette carte. Quelque chose vous tracasse, je le vois bien. Quelque chose qui vous paraît insurmontable. Rien n'est insurmontable.

— Comment le savez-vous ?

J'ai souri. J'aurais voulu la prendre dans mes bras, mais ça m'était interdit.

— Parce que je suis formée pour ça, Amanda. Je peux vous aider à mettre de l'ordre dans vos problèmes. Pas forcément à les faire disparaître, ni même à empêcher qu'ils vous fassent souffrir. Mais vous aider à les tenir à distance, pour qu'ils ne vous dominent plus.

Elle a changé d'attitude et j'ai senti qu'elle remettait son bouclier, qu'elle faisait machine arrière.

— Ouais. Vous êtes censée aider les garçons à contrôler leur addiction à internet, mais je constate qu'ils y retournent. Vous ne leur servez à rien.

— C'est un peu tôt pour l'affirmer. Venir à bout d'une dépendance prend beaucoup de temps.

— Amanda ?

C'était la voix d'Ellen. Elle attendait au bout du couloir.

— Tu viens ou quoi ?

— Je dois y aller, m'a dit Amanda.

Je lui ai de nouveau tendu la carte.

— Prenez-la, ai-je insisté.

Elle l'a contemplée en silence pendant quelques secondes.

— Plus on garde un secret et plus il prend de l'importance, ai-je ajouté.

J'ai allongé le bras. La carte la touchait presque. Dans la pénombre du couloir, elle faisait une tache de lumière.

— Amanda ? a répété Ellen.

Amanda s'est tournée et, sans me regarder, elle a pris la carte d'un geste négligent, comme si cela lui était égal.

Mais ça ne lui était pas égal. Je le savais.

40.

Ma mère possédait un globe neigeux qu'elle conservait sur la vieille coiffeuse de notre minable appartement du centre-ville. A l'intérieur, il y avait un chapiteau de théâtre sur lequel était inscrit « Les filles perdues », avec son nom à elle, en pointillé, dessiné par ce qui ressemblait à de petites ampoules jaunes.

Aujourd'hui ce globe est sur ma coiffeuse, au milieu des bouteilles de parfum et des photos encadrées. Dulcie l'a toujours adoré et elle aime le secouer pour regarder les flocons retomber doucement sur le théâtre.

J'en avais commandé un pour elle, presque identique, à part que c'était son nom et le titre de la pièce qu'elle jouait en ce moment qui figuraient au fronton du chapiteau. Je l'avais avec moi parce que je comptais le lui offrir ce soir-là, après la représentation. Quand le taxi a freiné devant le théâtre, les flocons du globe ont remué. Je tenais dans ma main, en miniature, l'exacte réplique de la scène que j'observais au-dehors.

Pour la première fois depuis des heures, j'ai oublié mes adolescents de Park East et j'ai cessé de ressasser l'idée que Timothy et Amanda partageaient un secret trop lourd pour leurs frêles épaules.

Les portes de la salle étaient fermées. Harold, l'huissier,

m'a ouvert en souriant et je me suis faufilée discrètement à l'intérieur.

Je me suis placée derrière la dernière rangée de sièges et, comme toujours, ça m'a fait un drôle d'effet de voir ma fille sous les feux de la rampe, jouer dans un vrai théâtre, à Broadway, pas dans un spectacle amateur — de ceux qui clôturent les stages d'été —, mais en professionnelle, devant un public qui changeait tous les soirs.

J'étais fière d'elle, bien sûr, d'autant plus qu'on applaudissait avec ferveur la chanson qu'elle venait de terminer. Mais l'angoisse qui me tenaillait les côtes était bien ancrée. Dulcie était si jeune. Si vulnérable… J'ai continué à suivre le spectacle. Plus le temps passait, moins je reconnaissais ma petite Dulcie. Je la percevais comme un être indépendant, autant que les adolescents que j'avais rencontrés tout à l'heure et qui gardaient au fond d'eux des secrets dont leurs parents et leurs professeurs ne soupçonnaient même pas l'existence.

Est-ce que Dulcie avait aussi des secrets ?

Je l'ignorais. Je me suis souvenue que moi aussi j'avais eu mes secrets auxquels personne n'avait eu accès. Pas même mon père, pas même Nina.

Mais ça ne m'aidait pas à accepter que ma fille puisse me cacher quelque chose. A treize ans, il s'agissait probablement encore de cachotteries sans importance, mais qui l'éloignaient tout de même de moi. Et ça me faisait mal. Elle avait atteint cet âge où l'abîme entre nous commençait à se creuser. Je savais, pour l'avoir assez répété à mes patients, à quel point il est important d'apprendre à aimer son enfant pour ce qu'il est, de ne pas se sentir déçu par l'adulte qu'il devient peu à peu — tout en restant présent, à l'écoute. Aujourd'hui je devais appliquer ces beaux principes avec ma fille et c'était plus difficile que je ne l'avais imaginé.

L'orchestre a entamé les premières notes du morceau final. Dulcie est allée se mettre en place. Elle a chanté la première strophe, puis elle a repris son souffle. Sa voix, liquide comme de l'or, a rempli la salle. Une voix profonde, pure, dont le timbre se fondait dans les sonorités de l'orchestre, tout en s'en détachant. Elle a encore chanté quelques strophes seule, puis le chœur s'est joint à elle.

A la fin, les notes et les voix se sont tues. Elles ont résonné dans la salle quelques secondes, avant de s'évanouir. Il y a eu un silence recueilli, brisé par les applaudissements. J'ai applaudi, moi aussi, surprise de me sentir plus émue que je n'aurais cru, plus impliquée dans l'intensité du moment que je n'y étais préparée.

J'aurais dû me réjouir du bonheur de Dulcie. Je lisais dans ses yeux que d'être sur cette scène, devant ces inconnus qui l'acclamaient, la comblait plus que tout. Ce regard-là, je ne le lui avais jamais vu. Et ça ne me plaisait pas.

Je savais que j'avais tort. Que je devais cesser de comparer ma fille et ma mère. Ma mère était morte depuis trente ans. Ma fille était jeune et bien vivante.

Je ne devais pas redouter le succès de Dulcie, lui en vouloir de sa passion sous prétexte que j'avais peur, sous prétexte que le théâtre m'avait déjà fait souffrir une fois, à travers ma mère.

Mitch disait que je surprotégeais notre fille et Nina était du même avis. Pourtant, le matin au réveil, lorsque mon esprit était encore embrumé, dans mon demi-sommeil je m'inventais un dialogue avec ma mère. Un dialogue où elle me donnait raison. Elle aussi trouvait Dulcie bien jeune pour débuter une carrière. Elle me conseillait de la protéger des dangers dont personne n'avait su la protéger, elle.

J'ai attendu que les spectateurs sortent et j'ai descendu l'allée centrale pour traverser le plateau et rejoindre les coulisses. J'ai frappé à la porte de la loge de Dulcie et j'ai attendu. Pas de réponse.

J'ai frappé de nouveau.

Je me suis dit qu'elle ne m'entendrait pas si elle était en train de prendre sa douche, alors j'ai ouvert. Je l'ai aussitôt regretté. Elle n'était plus une enfant, je n'avais pas le droit de faire irruption dans sa loge.

— Dulcie… Je suis désolée, j'ai frappé, mais…

Je me suis tue. La pièce était vide.

J'ai donc frappé à la porte de la salle de bains. Une fois. Deux fois. Toujours rien. Etrange. Même quand Dulcie était furieuse contre moi, elle me répondait. D'une voix dure, en prenant un ton d'adulte, mais elle me répondait.

J'ai appuyé sur la poignée. Ça n'était pas fermé à clé. Et la salle de bains était vide aussi.

Elle traînait sans doute dans la loge d'une amie. D'habitude, elle filait directement dans la sienne, comme tous les gamins qui jouaient dans la pièce. Ils étaient tous pressés de rentrer chez eux, affamés, épuisés par cette longue journée de travail. Ils ne s'attardaient pas au théâtre. Mais bon…

Au bout de quelques minutes, j'ai commencé à trouver qu'elle mettait vraiment trop de temps à arriver, alors je suis partie à sa recherche. La voiture devait attendre devant le théâtre, comme tous les soirs. J'ai pensé au chauffeur qui s'impatientait probablement derrière son volant. Il commençait à se faire tard, il avait dû pas mal neiger depuis que j'étais arrivée tout à l'heure, et Broadway devait être encombré par les embouteillages des sorties de spectacles.

J'ai demandé à tous les gens que je croisais. Personne n'avait vu Dulcie depuis le dernier rappel.

J'ai fini par tomber sur Raul, le metteur en scène. Il était au téléphone, devant l'entrée des artistes. Je me suis postée devant lui, il a compris que je voulais lui parler et il a écourté sa conversation.

— Quelque chose ne va pas ? m'a-t-il demandé.

— Vous n'avez pas vu Dulcie ? J'ai fouillé tout le théâtre, elle n'est nulle part.

— Et dans la voiture ?

Quelle idiote… Il avait probablement raison. Sauf contrordre, elle me rejoignait dehors. Elle ne pouvait pas se douter que j'avais assisté à la fin du spectacle et que j'avais brusquement décidé de la rejoindre. Je suis repartie chercher mon manteau que j'avais laissé dans la loge. Dulcie attendait sûrement dans la berline et elle aussi devait s'inquiéter de mon absence.

41.

Mais la berline noire n'était pas à sa place habituelle.

Je l'ai cherchée du regard.

Introuvable.

La panique a commencé à me gagner.

Je me suis mise à courir sous la neige, j'ai fait vingt mètres dans un sens, puis demi-tour et vingt mètres dans l'autre. Rien.

Là, j'ai eu une décharge d'adrénaline. Mon cœur s'est mis à battre follement, je suis restée immobile, figée dans le froid, en essayant de rassembler mes esprits pour décider de ce que je devais faire en premier. Et puis j'ai pensé au téléphone. Bien sûr… J'ai composé le numéro du portable de Dulcie et, pendant que ça sonnait, je l'imaginais déjà qui me répondait. Elle se moquerait de moi en m'appelant Dr Souci et elle me dirait où elle était.

— Bonjour…

— Dulcie, mais où…

J'ai stoppé net parce qu'elle continuait à parler. J'écoutais sa messagerie vocale.

— Dulcie ? Où es-tu, bon sang ? Appelle-moi, je suis très inquiète. Raul ne t'a pas vue partir et je…

Je me suis tue. C'était absurde de vociférer dans le vide… Et s'il lui était arrivé quelque chose ? Si…

Je n'arrivais plus à aligner deux idées correctes. Le vent soufflait, la neige m'aveuglait. Je n'avais pas fermé mon manteau et je commençais à frissonner.

Que devais-je faire ?

Dulcie était assez grande pour rentrer seule à la maison dans la voiture qui l'attendait tous les soirs. Mais Mitch et moi nous préférions l'accompagner. Ce trajet nous permettait de parler avec elle de sa journée et de l'aider à rétablir le contact avec la réalité, à abandonner son personnage. Quand nous ne venions pas — et c'était exceptionnel —, elle en était prévenue. Ce matin, je lui avais bien précisé que je serais là.

Je contemplais fixement mon téléphone et ses lumières bleues et vertes qui scintillaient dans la nuit.

Appelle le 911 et dis…

Non. Il y avait mieux à faire. J'ai composé le numéro de portable de Noah. Il a décroché tout de suite, il m'a écoutée et il m'a demandé le nom de la société de voituriers.

— Ne quitte pas, a-t-il dit.

J'ai entendu qu'il passait un autre appel, depuis un poste fixe. Puis il est revenu pour m'annoncer que la société se renseignait auprès du chauffeur.

Je me suis sentie aussi stupide qu'inquiète. Comment n'y avais-je pas pensé ?

— Morgan, elle va bien. On m'assure qu'il vient de la déposer chez elle.

Je suis restée muette quelques secondes. Le soulagement me coupait le souffle. Puis je l'ai remercié, je lui ai dit que je le rappellerais plus tard et j'ai composé le numéro de mon appartement.

Je n'ai obtenu qu'un répondeur, mais cette fois ça m'a mise en colère. Elle boudait encore à cause de cette histoire de série télévisée.

— Rappelle-moi tout de suite, ai-je crié.

La neige recouvrait peu à peu les enseignes au néon des publicités et des théâtres. Les voitures roulaient au pas, comme si leurs conducteurs hésitaient à avancer. Le silence était descendu sur la ville. Les tempêtes d'hiver faisaient taire Manhattan.

J'ai enfilé mes gants et je suis partie vers l'ouest, en espérant trouver un taxi ou un bus — le téléphone toujours en main.

Au coin de la rue, je suis passée devant un sans-abri qui s'était recroquevillé sous l'auvent d'un théâtre dont l'entrée était bloquée par des planches. La neige dissimulait une partie de la devanture, mais le vent qui soufflait mettait à nu une jambe et un pied chaussé d'un escarpin rouge. En d'autres circonstances, je me serais arrêtée pour tenter de convaincre cet homme de se réfugier au chaud, mais ce soir-là j'avais hâte de rentrer et j'ai à peine ralenti.

J'avais déjà parcouru cinq pâtés de maisons et toujours pas de nouvelles de Dulcie. Je me suis engouffrée dans l'entrée d'un restaurant chinois bondé, j'ai secoué mes cheveux couverts de neige et j'ai appelé le portier de notre immeuble.

— Bonsoir, Doc, a-t-il répondu. J'espère que vous n'êtes pas trop loin. Il fait très mauvais.

— Ne vous en faites pas, je ne suis pas loin. Ecoutez, Gus, j'essaye de joindre Dulcie et elle ne répond pas. Vous l'avez vue arriver ?

— Non, Doc.

— Vous êtes là depuis quand ?

— 18 heures.

— Mais le chauffeur de la voiture du théâtre assure l'avoir déposée ici après la représentation.

Gus m'a répondu quelque chose que j'ai à peine entendu. Je lui ai dit au revoir et merci, et j'ai raccroché. Et puis j'ai aussitôt composé le numéro de Mitch.

Ma fille était rentrée chez elle. C'était ce que Noah avait dit.

Mais Dulcie avait deux chez-elle.

J'étais décidément la reine des idiotes…

— Mitch, c'est moi. Dulcie est chez toi ?

— Oui. Elle ne t'avait pas dit qu'elle revenait ici à partir de ce soir ?

— Non.

Les patrons du restaurant m'ont regardée d'un drôle d'air et je me suis rendu compte que j'avais hurlé dans le téléphone.

— Elle a quitté le théâtre sans même m'en avertir, ai-je repris plus calmement. Tu ne peux pas t'imaginer à quel point je me suis fait du souci. J'ai été jusqu'à appeler la police… Qu'est-ce qui lui prend, merde ? C'est à cause de sa fichue série télévisée ?

— Je crois que tu ferais mieux de venir en discuter ici, m'a-t-il répondu.

— Dis-moi d'abord si elle va bien.

— Elle va bien. Mais ce serait souhaitable que tu…

— Je serai là dès que possible, ai-je coupé. Mais il n'y a pas de taxis. Je suis à pied.

Et j'ai raccroché.

Deux jeunes amoureux s'étaient arrêtés, le visage levé vers le ciel. La neige tombait sur eux, mais ils ne bougeaient pas. Ils paraissaient surpris de la violence de la tempête.

Moi aussi j'étais surprise par la violence de la tempête. De celle qui se préparait à secouer ma famille.

42.

— C'est impossible, vous devez faire erreur, fit Alan Leightman au portier qui l'avait appelé par l'Interphone.

— Désolé, monsieur le juge, mais j'ai leurs badges sous les yeux.

— O.K. Jimmy. Envoyez-les-moi.

Il sortit dans le couloir pour attendre l'arrivée de l'ascenseur. Alan Leightman était juge à la Cour suprême de New York. La police n'avait pas pour habitude de débarquer chez lui à 23 heures sans l'avoir appelé auparavant.

Tout en suivant les numéros des étages qui affichaient la progression des deux inspecteurs, Alan Leightman réfléchissait à ce qui avait bien pu les amener ici à une heure pareille.

On avait dû relâcher quelqu'un qu'il avait condamné et ils venaient le mettre en garde contre une éventuelle vengeance. Il les remercierait en leur assurant qu'il ne risquait rien. Son appartement de la Ve Avenue était bien gardé. Son bureau aussi. Depuis le 11 septembre, la ville ne plaisantait pas avec la sécurité des fonctionnaires officiels.

La porte de l'ascenseur s'ouvrit et deux hommes apparurent. Leurs manteaux étaient couverts de neige. Alan les salua du menton tandis qu'ils piétinaient pour secouer les semelles de leurs bottes. Il les reconnut, leur souhaita la bienvenue et les fit entrer chez lui.

Chez lui c'était grandiose et il en était fier. Il aimait faire entrer des gens pour le plaisir d'observer leur réaction. Son appartement dominait New York et les grandes fenêtres du salon donnaient sur Central Park. La nuit, la vue était magnifique, saisissante. Les lumières des milliers d'appartements de l'autre côté du parc, dans West Side, brillaient comme autant d'étoiles.

Leightman conduisit les inspecteurs dans le salon. Ils s'installèrent côte à côte sur le canapé et il prit un fauteuil en face d'eux. Une petite table basse couverte de journaux et de livres reliés les séparait.

— Voulez-vous quelque chose à boire ? Un café ? Un cigare ?

— Oui, je veux bien un café, répondit Perez tout en frottant ses mains pour les réchauffer.

Leightman acquiesça et se tourna vers Jordain.

— Et vous, inspecteur ?

— Un café, oui, volontiers. Si ça ne vous dérange pas trop.

— Pas du tout. J'espère que vous ne venez pas m'annoncer une trop mauvaise nouvelle, plaisanta Alan avec un petit rire.

— J'ai bien peur que si, monsieur le juge.

43.

En attendant que Leightman revienne avec le café, Jordain admira la bibliothèque en noyer qui occupait deux pans de murs.

— Tu crois qu'il y a combien de livres ? demanda Perez qui avait suivi son regard.

— Plus que tu n'en liras dans toute ta vie, mon pote, répondit Jordain.

Perez lui jeta un regard en coin.

— D'accord, fit Jordain. Disons trois mille de plus que ce que tu pourrais lire.

— Parce que tu estimes que je pourais en lire combien ?

— Une bonne dizaine.

Cette fois, Perez souligna son œillade assassine d'un haussement de sourcils. Il était célèbre pour ses regards qui en disaient long. Jordain eut un rire silencieux.

— Celui-là, je l'ai mérité, commenta-t-il.

Le juge entra avec un plateau en argent et Jordain reconnut un Georg Jensen, avec le motif gland qui avait fait fureur cinquante ans plus tôt. Les cuillères à thé, à sucre, et le service à café étaient aussi signés Georg Jensen. Il ne fut pas surpris. Dans un appartement comme celui du juge, ce luxe ne détonnait pas.

— Il est un peu tard pour une visite de politesse, fit remarquer le juge. Je suppose que ce qui vous amène ne souffrait pas de délai.

— Ce qui nous amène ne souffrait pas de délai, en effet, répondit Jordain en prenant sa tasse en porcelaine de Chine. Et j'ajouterai qu'il s'agit d'une démarche extrêmement délicate et qui ne nous réjouit pas.

Il porta lentement la tasse à ses lèvres et goûta le liquide fumant, tout en observant la réaction de Leightman. Celui-ci ne détourna pas les yeux. Il paraissait intrigué, mais pas gêné, ni inquiet.

— Juge Leightman, pourriez-vous nous confirmer que votre adresse e-mail est bien bob205@standard.com ? demanda Jordain.

Leightman hésita. Cette adresse lui servait uniquement à s'inscrire sur des sites pornographiques. Comment ces inspecteurs en avaient-ils eu connaissance ? Il n'avait pas envie de répondre tout de suite. Il se demanda si la police était techniquement capable de prouver que cette adresse était la sienne. Et comment ces deux inspecteurs interpréteraient une tentative de leur dissimuler la vérité.

Mieux valait ne pas prendre le risque de leur mentir.

— Il s'agit de l'une de mes adresses, en effet, répondit-il enfin.

Jordain et Perez se retinrent d'échanger un regard. Un muscle de la mâchoire de Jordain tressaillit et Perez acquiesça imperceptiblement.

— Vous avez envoyé récemment un e-mail à une jeune femme dont le pseudo est Penny et un autre à une certaine ZaZa. Nous les avons retrouvés sur leurs ordinateurs.

Tout en parlant, Jordain ne cessait de guetter les réactions du juge pour tenter de les décrypter. A présent, il paraissait embarrassé.

— Moi, j'ai envoyé des e-mails à ces femmes ?

Avant qu'ils puissent répondre, Leightman se leva pour se diriger vers le portable argenté posé sur son bureau. Il abaissa lentement l'écran.

— Oui, répondit Jordain d'un ton ferme et sans appel.

Le juge les contempla d'un air dédaigneux. Il ne restait plus rien de l'homme chaleureux qui les avait accueillis.

— Que voulez-vous ? dit-il.

— Vous connaissez ces femmes ? enchaîna Perez du tac au tac.

Il avait décidé de prendre le relais.

— Pourquoi débarquez-vous chez moi en pleine nuit pour me poser ces questions ? insista Leightman.

— Parce que ces deux femmes sont mortes, que nous enquêtons sur les circonstances de leur décès et que nous avons trouvé sur leur ordinateur deux e-mails de vous, rétorqua tranquillement Perez.

— Et alors ? Elles ont dû en recevoir bien d'autres…

— Oui, mais le contenu des messages est plus que compromettant. Il désigne l'auteur comme notre suspect numéro un.

Le juge ouvrit et ferma la bouche comme un poisson hors de l'eau. Puis il se reprit.

— On essaye de me piéger, se défendit-il. Vous avez une idée du nombre de personnes qui connaissent mon adresse e-mail ? Ce serait plutôt de ce côté-là qu'il faudrait chercher. Je vous remercie d'être venus m'en parler directement, mais je n'ai rien à voir avec ça.

— Juge Leightman…, intervint Jordain. Nous gagnerions beaucoup de temps et vous éviteriez pas mal d'ennuis en nous disant tout de suite la vérité…

— Veuillez sortir, interrompit Leightman. Jamais de ma vie je ne me suis senti aussi insulté. Comment osez-vous venir jusque chez moi pour m'interroger d'une façon aussi cavalière ? Vous savez bien qu'on peut trafiquer n'importe quoi avec l'informatique.

Leightman se retenait de crier, il avait baissé la voix, mais le ton était plein de fureur.

— Nous allons devoir emporter votre appareil, fit tranquillement Jordain.

— Certainement pas. Je ne vous laisserai pas violer ma vie privée. Vous êtes sur une mauvaise piste et je n'ai pas l'intention d'en faire les frais. A présent, sortez. Vous pourrez appeler mon bureau dès demain matin, ma secrétaire vous mettra en contact avec mon avocat. C'est à lui que vous vous adresserez dorénavant pour la suite de cette farce grotesque.

— Je regrette, monsieur le juge. Vraiment, croyez que je le regrette… Mais nous sommes en possession d'un mandat de perquisition. Et nous ne partirons pas sans votre ordinateur.

Les yeux du juge n'étaient plus qu'une mince fente, comme sa bouche. Une veine battait à son cou. Rien de tout cela n'échappa à Jordain.

Il en eut l'estomac noué. Leightman avait une réputation de juge intègre. Il n'éprouvait aucun plaisir à l'humilier.

— Je veux voir ce mandat de perquisition, fit le juge d'une voix ferme.

Perez se leva et traversa la pièce pour le lui apporter.

Leightman en prit connaissance, lentement, comme s'il n'avait jamais lu un document judiciaire.

— C'est Larry Rosen qui a signé, commenta-t-il avec un rire amer. Il a dû adorer. Très bien. Vous pouvez m'arrêter et me mettre derrière les barreaux, en sachant qu'il vous faudra ensuite en assumer les conséquences. Mais je ne vous laisserai pas partir avec mon ordinateur, peu importe le papier que vous avez en main.

Il se servait de sa position pour refuser d'obtempérer. Jordain et Perez avaient envisagé cette éventualité.

Cette réaction plaidait en faveur de sa culpabilité. Donc, ils n'avaient pas le choix, ils devaient insister pour réquisitionner cet ordinateur, sinon le juge pouvait aisément effacer les dossiers compromettants, voire détruire son disque dur pendant la nuit. Pas question de prendre ce risque. Deux femmes étaient déjà mortes. Une troisième était toujours à l'hôpital. Le seul point commun entre ces trois femmes était un e-mail envoyé depuis l'ordinateur d'Alan Leightman. Et cet e-mail leur demandait d'utiliser des cadeaux qui les avaient tuées.

Jordain fit un signe de tête à Perez qui avança résolument vers le bureau. Leightman fit lui aussi un pas en avant. Les deux hommes étaient de la même corpulence. Jordain vit le moment où ils allaient se battre. Il se précipita pour s'interposer avant que ça dégénère et menotta le juge par surprise, sans lui laisser le temps de réagir. Celui-ci sursauta et baissa les yeux vers ses mains. Une expression horrifiée se peignit sur son visage.

— Mais qu'est-ce que… ?

— Je n'ai aucune envie d'en arriver là, monsieur le juge,

mais je n'hésiterai pas à vous arrêter si vous tentez de nous empêcher de réquisitionner votre ordinateur.

Jordain songea aux corps sans vie des victimes, aux souffrances qu'elles avaient endurées avant de mourir. A Tania qui gisait toujours sur son lit d'hôpital.

Le front du juge se couvrit de gouttelettes de sueur.

— Très bien, murmura-t-il. Prenez-le. Mais vous êtes prévenus, inspecteurs, j'aurai votre peau. Et à présent ôtez-moi tout de suite ces menottes.

Pendant que Perez débranchait l'ordinateur et le rangeait dans une mallette, Jordain fouilla dans sa poche pour sortir les clés des menottes.

Au même moment, ils entendirent la porte d'entrée s'ouvrir et se refermer. Presque aussitôt, Kira Rushkoff apparut sur le seuil.

Elle contemplait la scène sans un mot, avec une expression étrangement calme.

44.

— Dulcie, ta mère a raison. Tu lui dois une explication. Et tu m'en dois une à moi aussi. J'ignorais que tu ne l'avais pas prévenue de ce changement de programme.

Dulcie a toisé son père d'un regard plein de mépris — un regard d'adulte, un regard déçu et qui l'accusait de trahison. Pour une fois, il ne prenait pas sa défense…

Elle était assise sur le grand canapé blanc du salon de Mitch, les bras croisés, le menton fier. Il était près d'elle et moi, l'ennemie, en face d'eux.

Depuis dix minutes, elle évitait de s'adresser directement à moi.

Ignorer l'adversaire, c'était une tactique de ma mère. Dulcie en avait hérité. Ce comportement m'avait toujours hérissée, je ne l'avais certainement pas reproduit. Elle ne le tenait pas de moi.

Pourquoi était-il inscrit à son répertoire ? J'étais surprise chaque fois que je constatais à quel point elle ressemblait à sa grand-mère morte dix-huit ans avant sa naissance. Son port de tête, la manière dont elle relevait fièrement son menton pointu, le geste négligent qu'elle avait pour rejeter ses cheveux en arrière, ses yeux écarquillés, cette attitude insolente qui contrastait avec la douceur de son visage… Tout chez elle me rappelait ma mère en cet instant.

Quelquefois, cela me réconfortait de penser que quelque chose de ma mère vivait encore à travers elle. Mais d'autres fois, comme ce soir-là, cela me rendait furieuse. Depuis que j'avais franchi la porte de l'appartement de Mitch, j'étouffais littéralement de rage — une rage alimentée par les vingt minutes de panique durant lesquelles j'avais cru Dulcie disparue, enlevée, morte… J'avais envie de crier, de la secouer, de lui expliquer à quel point c'était affreux d'avoir l'impression que votre cœur va exploser sous la pression de l'angoisse.

— Papa, je veux m'installer ici, a dit Dulcie d'une voix ferme.

— Même si tu restes ici, tu ne feras pas cette série télévisée, ai-je rétorqué. Ton père est d'accord avec moi sur ce point. N'est-ce pas, Mitch ?

— Absolument.

— Je le sais, a-t-elle répondu en se tournant vers son père, comme si je n'existais pas. Ce n'est pas à cause de la série télévisée que je viens chez toi, c'est parce que tu me comprends. Tu ne veux pas que je passe cette audition, mais ce n'est pas à cause de tes problèmes personnels. Maman…

— Adresse-toi aussi à ta mère, Dulcie, pas uniquement à moi, a fait Mitch qui commençait à élever la voix. Avant de poursuivre cette discussion, je tiens à ce que tu t'excuses auprès d'elle. Tout de suite.

Elle l'a défié du regard, mais il ne s'est pas laissé impressionner et c'est elle qui a baissé les yeux.

— Je suis désolée, a-t-elle enfin murmuré d'une toute petite voix, sans me regarder.

— Dulcie, tu n'as pas idée de ce qui va t'arriver si tu ne te tournes pas tout de suite vers ta mère pour t'excuser à haute et intelligible voix, a prévenu Mitch.

Elle a obéi lentement, à regret, en s'arrangeant pour fixer un point vers le côté droit de mon visage. J'ai préféré faire celle qui n'avait rien vu. Pour ne pas ajouter de l'huile sur le feu.

D'une voix dénuée de toute émotion, comme si elle auditionnait pour un rôle qu'elle n'avait pas envie d'obtenir, elle a récité :

— Maman, je suis désolée, j'aurais dû te prévenir. Mais ça ne change rien au fait que j'ai décidé de vivre avec papa. Tu veux gérer ma vie en fonction de problèmes qui ne me concernent pas. Je ne le supporte plus.

Je me suis levée. Je connaissais Dulcie, je connaissais Mitch. Je me connaissais. Le problème ne serait pas résolu ce soir. Il nous faudrait du temps.

— Mitch, je pourrais te voir seul ? ai-je demandé.

J'avais besoin de lui parler en aparté, mais je tenais aussi à montrer à Dulcie qu'elle n'avait aucune chance de nous diviser, quoi qu'elle fasse.

Nous sommes sortis du salon et il m'a entraînée dans sa chambre. Un choix pour le moins étrange, car nous aurions pu aller dans la cuisine, par exemple, mais sur le moment ça ne m'a pas choquée.

Mitch a choisi le fauteuil rembourré placé devant la fenêtre et moi le bord du lit, face à lui. Le couvre-lit matelassé était doux et moelleux et j'y ai enfoncé mes doigts. Je me sentais soudain submergée par le besoin irrésistible et totalement inattendu de m'allonger sur ce matelas et de me glisser sous les draps pour m'endormir. Pour que nous passions de nouveau tous les trois la nuit sous le même toit. Je ne m'étais pas attendue à ce qu'une telle idée me traverse l'esprit. Qu'est-ce qui me prenait ?

— Je pense que tu ne dois surtout pas l'obliger à te suivre, a dit Mitch.

Les quatre coussins du lit semblaient m'appeler.

Je me suis tournée vers mon ex-mari. A quarante-deux ans, Mitch avait des cheveux noirs et épais, et un sourire d'adolescent avec des fossettes. Il avait moins changé que moi. Les dures années que nous avions traversées l'avaient sans doute moins affecté. Je l'ai revu à l'hôpital, le jour de mon accouchement, tenant Dulcie dans ses grandes mains. Les larmes coulaient sur ses joues et il ne cessait de secouer la tête en me demandant de regarder notre enfant.

— Je croyais que cette question ne se poserait plus, ai-je rétorqué.

— Moi aussi, a-t-il soupiré.

— Il faut croire que nous n'avons pas fait du très bon travail. Elle remet ça, c'est catastrophique. Il va falloir trouver une solution. Elle ne peut tout de même pas menacer de s'enfuir chaque fois que je lui refuse quelque chose.

— Je sais. Mais pas ce soir. Tu es épuisée, sur les nerfs… Et elle aussi.

— J'ai eu peur, Mitch. La dernière fois, elle a refusé de rentrer avec moi, mais je la savais en sécurité. Aujourd'hui, quand j'ai vu que je ne la trouvais pas dans le théâtre… A aucun moment je n'ai songé que… J'ai cru…

J'ai été surprise que mes larmes se mettent à couler. Je pleurais rarement. Mais, là, j'avais été secouée.

Il s'est levé pour venir s'asseoir près de moi, sur le lit. Puis il m'a attirée à lui et m'a caressé les cheveux. Pendant quelques minutes, il m'a consolée, comme lorsque nous étions mari et femme. Notre couple avait rencontré des difficultés, mais nous avions toujours eu de l'affection l'un pour l'autre et nos problèmes n'avaient jamais entamé notre amitié.

J'ai pleuré le temps de me vider de mon trop-plein d'angoisse et de peur, puis je me suis redressée et j'ai essuyé mes larmes.

— Morgan, tu vois régulièrement Noah Jordain ?

La question m'a déconcertée.

— Oui. Pourquoi ?

— Je crois que ça pourrait avoir un rapport avec l'attitude de Dulcie.

Sa remarque m'a laissée perplexe quelques minutes.

— Ça me déplaît de le reconnaître, ai-je répondu. Mais il me semble que la première fois qu'elle a menacé de s'installer chez toi correspond à la période où je me suis réconciliée avec Noah.

— Plus votre relation dure et plus elle pense que nous n'avons aucune chance de nous réconcilier et de revivre ensemble.

— Tu crois qu'elle fait ça pour nous obliger à nous voir ? Pour te mettre en position de me réconforter ? Pour nous rapprocher ?

— C'est toi la thérapeute, pas moi.

— Tu ne te débrouilles pas trop mal, pour un amateur.

C'était une vieille blague entre nous. Quand il s'agit de sa propre famille, un thérapeute n'est jamais très perspicace et Mitch avait souvent compris avant moi ce qui se passait entre nous.

Il m'a contemplée avec une expression que je n'avais pas vue depuis bien longtemps.

Quand Mitch avait envie de faire l'amour, les traits de son visage s'affaissaient et ses paupières devenaient lourdes. Je l'avais souvent taquiné en prétendant qu'il s'agissait d'une mimique parfaitement étudiée, tout en sachant que c'était faux, bien sûr. J'observais régulièrement cette expression de concupiscence chez mes patients, quand ils évoquaient leurs relations sexuelles, mais je ne pensais pas avoir l'occasion de la découvrir de nouveau sur le visage de mon ex-mari. Il a allongé le bras vers moi, pour me masser la nuque, là où il savait que mes tensions se nichaient. Il massait très bien. Aussi bien qu'autrefois. J'ai laissé ma tête s'affaisser en avant, pour qu'il me caresse et détende mes muscles noués. Et puis j'ai senti ses lèvres sur la peau qu'il venait de réchauffer et j'ai reconnu les effluves familiers de son eau de toilette ambrée.

Pendant quelques minutes je n'ai plus bougé. J'étais sous le charme des souvenirs, dans un autre temps, plus facile, avant l'adolescence de Dulcie, avant que Mitch m'annonce qu'il attendait plus d'une vie de couple, avant que notre famille se déchire.

Mais je me suis redressée et j'ai repoussé sa main.

— Qu'est-ce qui te prend ? ai-je dit.

— Je te trouve différente, a-t-il murmuré.

Puis il a fait la grimace.

— Je suis très maladroit. Je sais que le moment est mal choisi, mais… Depuis quelque temps, il m'arrive de penser que nous nous sommes peut-être séparés un peu trop vite.

— Mitch… Je t'en prie… Pas ça.

Je me suis levée.

— Nous ne nous sommes pas séparés trop vite. Nous avons mis un an. Et c'est toi qui l'as voulu. Tu ne peux pas brusquement changer d'avis maintenant que…

Il a pris ma main.

— Nous pourrions au moins envisager d'en discuter.

— Notre fille nous manipule, Mitch. Tu es en train de tomber dans le panneau.

— Je sais. Mais j'avais déjà songé à une réconciliation. Nous devrions essayer…

— Non, pas maintenant. Nous avons d'abord un problème à résoudre. Ma fille refuse de m'adresser la parole et ce soir elle s'est quasiment enfuie de chez moi.

— Tu exagères…

— Non, Mitch, je n'exagère pas. Elle s'est enfuie. Ou du moins ça revient au même. Il faut que nous parlions de Dulcie et de son désir d'auditionner pour des séries télévisées, que nous réfléchissions à la manière de lui expliquer pourquoi nous ne voulons pas, pourquoi ça ne lui ferait aucun bien. Et toi tu voudrais qu'on règle en même temps nos problèmes de couple ? Nous avons eu des mois pour y réfléchir, avant le divorce. Et nous ne l'avons pas fait.

Je m'efforçais de ne pas crier, au prix d'un gros effort.

— Mais notre réconciliation résoudrait peut-être le problème de Dulcie. Tu as changé, Morgan. Je pense que ça pourrait coller entre nous. Et Dulcie serait si heureuse qu'elle arrêterait ses frasques. Crois-moi, je suis encore plus étonné que toi de ce que je te propose. Je ne m'attendais pas à te désirer de nouveau… Et pourtant…

Pourquoi Mitch mettait-il notre couple sur le tapis maintenant, en plein milieu d'un cauchemar, en pleine nuit ? Je n'avais pas envie d'écouter le raisonnement tortueux de mon ex-mari, mais j'étais effondrée à l'idée de quitter cet appartement en laissant Dulcie derrière moi. Elle m'avait tellement manqué la dernière fois. Et puis elle n'avait que treize ans. Je n'étais pas préparée à me séparer d'elle.

Est-ce que Mitch avait raison ? Est-ce qu'il y avait une chance pour que ça marche entre nous ?

J'étais plus que tentée par la perspective de revivre en famille. J'aurais tout fait pour ça…

Tout ?

Même oublier Noah ?

Noah auquel je ne pouvais penser sans un mélange de joie et d'appréhension. Noah qui me bousculait et me comprenait mieux que personne, mieux que Mitch ne m'avait jamais comprise. Etais-je capable d'abandonner Noah pour voir de nouveau le sourire de Dulcie et vivre avec elle le temps qu'elle devienne une adulte ?

Est-ce que Noah pèserait encore dans la balance si je retrouvais ma famille, si je pouvais rendre le sourire à ma fille ?

45.

Amanda était seule chez elle. Son père était parti en voyage d'affaires, comme très souvent, elle ne savait même pas où. Sa mère assistait à la réunion hebdomadaire de son club de lecture. Elle n'était pas repassée par la maison avant de s'y rendre. Elle avait appelé Amanda à 19 heures pour s'assurer qu'elle était bien rentrée et qu'elle avait trouvé le repas préparé par la femme de ménage.

Amanda avait répondu qu'elle n'avait pas faim, qu'elle souffrait d'un mal de gorge et qu'elle couvait probablement quelque chose. Il s'agissait d'un demi-mensonge. Elle n'avait pas mal à la gorge, mais elle ne se sentait pas bien. A cause de Penny, de ZaZa, de Tania.

Ça avait dû se voir pendant la séance… Le Dr Snow avait tenu à lui parler en aparté et à lui confier sa carte de visite, comme si elle avait compris qu'elle n'était plus que doute et peur.

Amanda contemplait fixement l'écran de son ordinateur. Elle avait les mains posées sur le clavier, mais elle hésitait à cliquer sur l'icône internet. Dès qu'elle se connectait, son estomac se nouait. Quelquefois, la crampe passait au bout de quelques secondes, mais d'autres fois elle durait au point de l'obliger à s'allonger. Ce soir, elle avait eu envie d'appeler le Dr Snow pour lui parler de ça. Elle s'était retenue au dernier moment. Pourtant… Elle lui aurait demandé pendant combien de temps encore elle souffrirait de l'absence de Simone. Pendant combien de temps elle penserait à elle quand elle refaisait les gestes qui avaient servi autrefois à communiquer avec elle.

Autrefois… Quand Amanda entrait sur le site de chat et qu'un message instantané apparaissait : *Kes k tu fè ?*

Elles dialoguaient en faisant leur devoir, en parlant au téléphone, en regardant la télévision. Elles maintenaient le contact en permanence.

Lorsqu'elle se connecta enfin et que la fenêtre de messages instantanés s'ouvrit, elle fut presque surprise de ne pas lire le nom de Simone.

Les mains d'Amanda étaient moites et elles tremblèrent en tapant l'adresse URL. Elle n'eut pas besoin de réfléchir, ses doigts la connaissaient par cœur.

Elle retint sa respiration. Elle n'avait pas visité ce site depuis la mort de Simone. Simone l'avait quittée depuis des mois, mais elle lui manquait toujours autant. Ouvrir cette page lui faisait mal, mais elle avait quelque chose à vérifier. Si elle décidait de se confier au Dr Snow, elle devait être sûre de ce qu'elle avançait.

La page s'afficha dans le silence et Amanda vit apparaître un damier des photos. Comment faire pour retrouver les deux autres filles ? Elle ne se souvenait pas de leurs pseudos. Simone et elle avaient cliqué au hasard, en choisissant des New-Yorkaises. Ce qu'elles avaient vu les avait fait rire. Parfois aussi ça les avait écœurées. Certains passages les avaient un peu excitées, elles se l'étaient avoué. Ensuite elles avaient éteint l'appareil pour parler de Timothy et de Hugh, et aussi des autres garçons qui passaient leur temps devant ces images et leur préféreraient des femmes virtuelles. Elles avaient fini par aboutir dans une boutique Victoria's Secret pour se procurer des dessous affriolants. Ensuite elles s'étaient placées devant la webcam qu'Amanda avait achetée pour l'occasion avec ses économies et elles s'étaient regardées, pour voir si elles étaient aussi belles que les filles qui s'exhibaient sur internet.

Hélas, non. Elles ne leur arrivaient pas à la cheville.

Au début, elles s'étaient connectées uniquement par curiosité. Histoire de savoir ce qui plaisait tant aux garçons. Après tout, ce n'était pas une affaire…

Amanda argumentait toute seule. Elle tentait de justifier ce qu'elles avaient fait, comme si elle s'était trouvée sur le banc des accusés, devant un tribunal.

Pourtant, il n'y avait pas de tribunal.

Elle tenta d'imaginer ce qu'elle ressentirait en expliquant tout au Dr Snow. Mais elle n'en était pas là. D'abord, vérifier que…

Elle se mit à passer en revue les filles de New York. Mais tous les pseudos lui paraissaient familiers. Elle se souvint avoir visité des douzaines de sites avec Simone, après avoir découvert que les garçons surfaient sur le Net, un soir, lorsque Les, son frère, les avaient entraînées chez Hugh.

Quand Simone et Amanda étaient entrées dans la chambre de Hugh, elles avaient trouvé la lumière éteinte et trois garçons collés devant l'ordinateur. L'écran éclairait leurs visages. Elles avaient instinctivement compris qu'elles n'avaient rien à faire là, mais elles avaient eu envie de rester. Les garçons ne les avaient pas remarquées. Ils étaient trop occupés par les deux filles qui faisaient l'amour dans un bain plein de bulles.

« Quelles putes ! s'était exclamé Hugh d'une voix qui avait donné la chair de poule à Amanda. Je donnerais n'importe quoi pour prendre la place de la savonnette qu'elles se passent entre les cuisses.

— Putain ! Et moi pour sentir leurs jambes s'enrouler autour de moi », avait ajouté Barry.

Amanda avait seize ans, elle avait déjà vu des gens en train de baiser. Quand on a un frère de dix ans plus âgé que vous, on est au courant de tout, on ne s'étonne plus de rien. Ses parents l'avaient abreuvée de sermons en lui faisant promettre de ne jamais donner son vrai nom sur internet s'il lui arrivait de chatter avec des inconnus et elle les avait entendus se disputer avec Les au sujet de ce qu'il regardait sur le web. Elle était tombée de temps en temps, par inadvertance, sur des sites tendancieux, mais elle n'avait jamais été tentée de s'arrêter sur un spectacle aussi dégoûtant que celui qui passionnait tant les garçons ce soir-là.

Timothy avait été le seul à les remarquer, à leur parler, à leur accorder un peu d'attention. Ensuite, il était venu à l'enterrement de Simone et il était resté près d'Amanda. Ça ne voulait pas dire qu'il était amoureux d'elle, bien sûr. Mais c'était tout de même agréable et très gentil de sa part.

Au bout d'un moment Amanda avait quitté la chambre de Hugh et Simone l'avait suivie. Mais quelques mois plus tard Simone était venue passer la nuit chez elle et elle avait demandé à Les de leur donner l'adresse du site. Il avait d'abord refusé. Mais quand Simone lui avait proposé de lui tailler une pipe en échange du renseignement il avait dit oui.

Amanda avait attendu dans sa chambre que ça se passe. Dans un état second…

« Pourquoi as-tu fait ça ? avait-elle demandé à Simone quand celle-ci l'avait rejointe.

— Parce qu'il me plaît, avait répondu Simone d'une voix blanche. Je croyais lui plaire aussi, mais il n'a pas quitté son écran des yeux pendant que… C'était ça, le pire. »

Ensuite, elles n'avaient plus eu qu'une idée en tête : découvrir ce que ces femmes avaient de particulier, comprendre pourquoi elles ne pouvaient rivaliser avec elles.

Amanda s'en voulut. Ressasser tout ça ne servait à rien d'autre qu'à la faire pleurer. Elle ne s'était pas connectée pour pleurer, mais pour mener son enquête, pour vérifier que ce qu'elle avait fait avec Simone n'avait aucun rapport avec les victimes dont parlaient les journaux.

Elle l'espérait…

46.

Mon répondeur clignotait quand je suis rentrée ce soir-là. J'ai jeté mon manteau sur le canapé et je me suis penchée pour écouter les messages. Je n'en ai pas eu le temps, le téléphone a sonné.

— Allô ?

— Dulcie est couchée, a fait la voix de Mitch. Nous pouvons parler tranquillement.

— Elle t'a dit quelque chose ? ai-je demandé tout en ôtant mon écharpe et en marchant vers la cuisine.

Il y avait une bouteille de vin dans le réfrigérateur. Je m'en suis servi un verre.

— Non. Elle m'a juste demandé d'aller chercher ses affaires dans ton appartement. J'ai refusé. J'ai exigé qu'elle arrange ça avec toi.

— Je n'ai pas l'intention de l'obliger à quoi que ce soit. J'ai besoin de temps pour réfléchir. Je dois trouver un moyen de renouer le contact avec elle.

— J'aimerais que tu en profites pour réfléchir aussi à nous deux.

— D'accord.

— C'est tout ce que tu trouves à me répondre ? D'accord ?

— Oui, c'est tout. Je suis à bout. J'en veux à Dulcie. Je ne peux pas penser à autre chose ce soir.

J'étouffais dans cet appartement. Je suis allée jusqu'à la fenêtre du salon, j'ai posé mon verre sur le sol et j'ai ouvert en grand. Une bouffée d'air glacée est entrée, je l'ai respirée à pleins poumons.

— Qu'est-ce que c'est que ce bruit ?

— Je viens d'ouvrir la fenêtre.

— Mais il gèle, dehors, Morgan.

— Dehors, mais pas chez moi. J'avais laissé le chauffage à fond, c'est une étuve. Mitch, je suis fatiguée. Laisse-moi, je t'en prie, nous en discuterons demain.

Après avoir raccroché, je me suis installée sur le canapé. Pourquoi avais-je dit « Laisse-moi, je t'en prie… », et pas « Je te laisse » ?

Mais ce n'était pas le moment de me laisser perturber par Mitch.

Il fallait que je réfléchisse à l'attitude que j'allais adopter avec Dulcie.

Comment lui faire comprendre que je m'efforçais d'agir pour son bien ?

Le voyant de mon répondeur clignotait toujours. Les messages… Je n'en avais pas pris connaissance. Je me suis penchée de nouveau vers la machine. Quinze appels ! Il ne pouvait s'agir que d'un patient en crise. J'ai appuyé sur le bouton « Messages ».

« Morgan ? Tu es rentrée ? »

C'était la voix de Noah, douce et calme, avec juste une pointe d'inquiétude.

« Je suis encore au commissariat. Rappelle-moi quand tu seras chez toi. »

J'ai été tentée de décrocher et de le rappeler sur-le-champ, mais le message suivant a enchaîné. La voix était si forte qu'elle m'a fait sursauter.

« Dr Snow, c'est Bob. Rappelez-moi le plus vite possible. »

Il avait tenté de me joindre une première fois à 23 h 40.

Les treize messages suivants étaient aussi de lui, espacés seulement de quelques minutes. Sa voix était de plus en plus angoissée.

Je les ai tous écoutés, jusqu'au dernier.

« Merde, où êtes-vous ? Il faut que vous m'aidiez. J'ai besoin de vous voir. De toute urgence. Il m'arrive une chose terrible. Une chose qui va m'obliger à vous dire qui je suis. »

47.

A une heure du matin, Yasmine fit descendre les stores pour se soustraire au regard des voisins, de l'autre côté de la cour. La nuit, on voyait aisément ce qui se passait dans les appartements. En face, tout était éteint et les braves gens dormaient, mais quelqu'un pouvait se réveiller et l'épier sans qu'elle s'en doute.

Une fois cette précaution prise, elle se dirigea vers la table sur laquelle elle avait étalé ce dont elle avait besoin. Son pouls s'accéléra. Elle se réjouissait d'avance et cela allégeait un peu cette insupportable angoisse qui ne cessait d'empirer et qu'elle allait bientôt chasser d'un simple coup de rasoir.

Elle dénuda son torse, fit descendre les bretelles de son soutien-gorge et contempla les cicatrices sur ses seins. Elle fut tentée de commencer par entailler les croûtes de la précédente séance. Mais non, ça ne suffirait pas, elle avait besoin d'un bon coup de jus. Elle avait passé une journée de merde.

Elle alluma la webcam.

Assise sur le sol, elle sortit une lame neuve de son emballage et sourit à son reflet. Elle était seule dans son appartement, mais on la regardait et ça comptait. Etre regardée signifiait être payée pour quelque chose qu'elle aurait fait de toute façon. Absolument génial…

Et facile.

Facile ? Tu es dingue ?

Rien n'est facile.

Mais c'est tout de même facile. Plus facile que tout le reste.

Comparé à ce qu'elle vivait, c'était du gâteau.

Les voix dans sa tête ne s'arrêtaient jamais. Elles lui répétaient à longueur de journée qu'elle était nulle, qu'elle foirait tout. Quelquefois, une autre voix — une autre voix venue de très loin, du passé — venait y ajouter sa litanie habituelle : *Lève-toi, range ce bordel, donne à manger à ton petit frère, arrête-toi à l'épicerie pour acheter ce qu'il faut pour dîner et n'oublie pas la bière de ton père.* La bière de ton père. La bière de ton père. Le propriétaire de l'épicerie les connaissait et il lui vendait de l'alcool même si elle n'avait pas l'âge de sortir de sa boutique avec un pack de six. La bière, c'était le plus important, pour qu'il se noie dans l'alcool et qu'il commence à donner des ordres : *Allonge-toi et ouvre la bouche, salope.*

Quand elle refusait, il la frappait. Sur la joue, avec le dos de la main. Avec sa ceinture. Encore et encore.

Il lui semblait parfois plus facile de faire ce qu'il demandait que de supporter les coups. D'autres fois elle préférait qu'il la batte, parce que les coups lui permettaient d'oublier l'autre douleur, la vraie. Celle qui était à l'intérieur et accompagnait les cris de douleur de sa mère, celle qui se perdait dans ce cauchemar où l'alcool dictait sa loi.

Elle ne se souvenait plus du jour où elle avait commencé à se mutiler avec des lames de rasoir. Ni comment cette idée lui était venue. Sans doute avait-elle lu un truc là-dessus *online.* Sans doute… Cela faisait si longtemps. La petite lame sembla cligner de l'œil dans sa direction quand elle l'éleva lentement à hauteur de son visage.

Dès qu'elle sentirait la morsure aiguë de la lame, les voix s'arrêteraient. Elle oublierait tous ses soucis. Son angoisse s'envolerait.

Surtout ce soir. Ce soir elle avait envie de s'appliquer. Ce soir c'était différent.

Parce qu'il la regarderait.

Il lui avait même envoyé un cadeau.

Et elle lui avait promis de l'utiliser quand elle en aurait terminé avec son rituel.

Personne ne s'était jamais intéressé à elle au point de songer à lui procurer de quoi soigner ses plaies.

Mais lui était doux et sensible. Ça se sentait. Il lui avait dit qu'il comprenait pourquoi elle éprouvait le besoin de se taillader la peau. Il lui avait écrit qu'elle était belle et sexy. Il lui avait écrit que ça l'excitait terriblement de savoir qu'elle prenait son pied comme ça, mais aussi que ça lui faisait de la peine. Il lui avait demandé de louer une boîte postale pour lui faire parvenir le cadeau qu'il lui réservait. Elle avait attendu quelques jours et le cadeau était arrivé, comme promis.

Sais-tu que tes seins durcissent dès que tu commences à les entailler ? Sais-tu que ta chatte dégouline, qu'elle coule comme une fontaine quand tu donnes le dernier coup de rasoir ?

Qu'est-ce que tu ressens ?

Est-ce que tu jouis vraiment, pour de bon ?

Chaque fois ?

Dis-le-moi, je t'en prie. J'ai besoin de comprendre. Et besoin aussi de t'apporter un peu de réconfort. S'il te plaît, sers-toi de mes pansements. Je les ai enduits d'un baume rare. La couleur est un peu surprenante, mais ça ne doit pas t'inquiéter. Tu guériras plus vite et tu n'auras pas de cicatrices. Je ne veux plus que tu abîmes ta belle peau si blanche.

Ce soir-là, Yasmine était transportée. Chaque coup de rasoir lui faisait l'effet d'une drogue. La lame traçait une ligne mince, presque invisible, puis le sang venait. Elle se plaça face à la webcam et sourit à cet œil fixe et anonyme. Le sang coulait en rigoles sur ses jambes. Jusqu'à terre. Elle s'envola. Elle oublia tout.

— C'est pour toi, dit-elle tout haut en s'adressant à la webcam.

Puis elle éleva la lame avant de donner un coup sec sur son sein.

Et un autre. Encore un autre.

Enfin, quand elle eut terminé, quand la douleur de ses plaies eut remplacé l'autre, celle qui était à l'intérieur, les yeux de Yasmine se posèrent sur les pansements et elle se souvint de sa promesse.

Elle allongea lentement le bras.

MERCREDI

plus que neuf jours

48.

Jordain referma le dossier contenant les candidatures des experts psychiatres. Pas un seul ne lui paraissait à la hauteur. Il connaissait bien quelqu'un qui aurait convenu. Une femme capable de suivre les circonvolutions de l'esprit humain. Mais il ne pouvait pas travailler avec Morgan. De plus, elle n'accepterait jamais de quitter le Butterfly Institute pour collaborer avec la police.

— Inspecteur ?

L'agent Butler se tenait dans l'embrasure de la porte, une liasse de papiers à la main. La veille, il lui avait confié l'ordinateur de Leightman en demandant que les experts y travaillent vingt-quatre heures sur vingt-quatre, mais il ne s'était pas attendu à la voir revenir si vite.

— Tu veux du café ? demanda-t-il tout en remplissant de nouveau sa propre tasse.

Elle secoua la tête. Elle n'en prenait jamais, mais il s'obstinait tout de même à lui en proposer.

— Leightman est bien un client de Global Communication. Et d'une douzaine d'autres sites. Il a l'air sérieusement accro. Il utilise toujours le même pseudo, bob205, et…

— A-t-on retrouvé sur son disque dur les e-mails envoyés aux victimes ? coupa Jordain.

— Non. Mais il a pu les effacer. Les experts cherchent. Ça peut prendre encore quelques heures.

— Il dit peut-être la vérité, après tout…, murmura Jordain. Il est possible que quelqu'un veuille lui faire porter le chapeau.

— Ne t'en fais pas. Qu'il soit coupable ou innocent, on va trouver.

— Il faudrait mieux trouver vite. N'oublie pas que ce type est un juge.

— Tu n'as pas besoin de me le rappeler…

Elle hésita.

— Quoi ?

— On a trouvé quelque chose qui devrait tout de même t'intéresser.

— Je n'aime pas le son de ta voix…

Elle secoua la tête.

— Tu vas encore moins apprécier ce que je vais te dire.

— C'est bon. Assez de précautions. De quoi s'agit-il ?

— Le juge Leightman est un patient du Dr Snow. Ils ont échangé des e-mails pour les rendez-vous.

— Merde !

Il se tut quelques instants. Il réfléchissait. Ça n'était pas vraiment une bonne nouvelle, mais d'un autre côté… Il entrevoyait du coup une porte de sortie.

— Récemment ?

— Récemment, oui. Et régulièrement. Le dernier remonte à la semaine dernière. Certains datent de plusieurs mois.

— Merci. Tiens-moi au courant de ce que vous découvrez, ou de ce que vous ne découvrez pas, ajouta-t-il en lui faisant signe qu'elle pouvait y aller.

Il se renversa contre le dossier de son fauteuil et contempla les affreuses dalles isolantes du plafond. Il détestait ces petits carrés blancs et leur surface piquetée comme du bois vermoulu.

Merde, Morgan…

Il n'allait plus pouvoir la regarder dans les yeux sans avoir envie de lui parler du juge.

Et ça n'allait pas faciliter leurs rapports.

Son poing s'abattit sur son bureau, si violemment qu'il en eut mal au poignet.

49.

Quand je suis arrivée à l'institut à 7 h 30, j'ai utilisé ma clé pour entrer. Allison commençait sa journée de travail à 8 heures et ceux qui acceptaient de recevoir des patients avant son arrivée devaient ouvrir eux-mêmes.

D'habitude je n'ai pas peur du noir et du silence, mais ce jour-là je me sentais nerveuse et ça m'a donné le frisson de me trouver seule dans ce grand bâtiment, avec mes pas qui résonnaient sur le sol de marbre.

J'ai allumé les lumières à mesure que j'avançais et déverrouillé la porte donnant accès à l'escalier. Les ombres s'estompaient peu à peu. Le décor a repris son apparence de tous les jours.

J'ai remarqué qu'il faisait froid. Personne n'avait encore réchauffé l'atmosphère.

Je n'avais dormi que quatre heures, j'étais partie ce matin sur les chapeaux de roues, en avalant mon café de travers tout en m'habillant, mais la décharge d'adrénaline que j'avais ressentie en entrant dans ces locaux vides m'avait rechargée. Je ne sentais pas la fatigue et mes soucis tourbillonnaient dans ma tête à vitesse grand V.

Je me suis assise devant mon bureau, j'ai jeté un coup d'œil à ma montre et j'ai décroché le téléphone.

Il m'a répondu dès la première sonnerie.

— Bob, je suis là.

— J'attends dans le garage depuis un quart d'heure.

— Je vous ai ouvert la porte. Montez.

Aussitôt installé sur le divan, il s'est mis à déverser un torrent de paroles. Ça a duré dix bonnes minutes durant lesquelles je suis restée silencieuse en essayant de lui dissimuler ma surprise. Le premier choc a été d'apprendre qu'il était le juge Alan Leightman. Suivi d'un deuxième quand j'ai compris que cela signifiait qu'il était aussi l'époux de Kira Rushkoff.

Sa femme était donc cette avocate spécialiste des procédures relevant du premier amendement. Je l'avais vue à la télévision, debout sur les marches du tribunal, imposante, impérieuse, regardant droit vers la caméra et argumentant avec passion au sujet du procès opposant Stella Dobson à un pornographe. Un vent violent dérangeait ses cheveux qui lui masquaient en partie le visage, mais elle ne prenait pas la peine de les écarter. Je n'avais pas eu le temps de remarquer si elle était jolie, grande ou petite, ni de me faire une idée sur son âge, mais j'avais été subjuguée par son discours plein de ferveur lorsqu'elle expliquait que la victoire de son client était celle du respect de la Constitution.

Et j'apprenais que mon patient, un homme qui souffrait d'une addiction à la pornographie sur internet, était le mari de cette femme-là ? J'ai compris soudain qu'il m'avait toujours manqué une donnée essentielle pour comprendre son problème. J'allais devoir reconsidérer la signification de tout ce qu'il m'avait dit à la lumière de cette nouvelle information pour le moins révélatrice.

— Ensuite l'inspecteur Perez…

— Pardon ?

— Je disais que l'inspecteur Perez m'a brandi sous le nez un mandat de perquisition.

— Les inspecteurs s'étaient déplacés à deux ?

— Oui. Il y avait l'inspecteur Jordain et l'inspecteur Perez. Je les avais déjà rencontrés dans ma salle d'audience. Vous vous rendez compte ? C'est une catastrophe. Oh… Et ce n'est pas tout. Kira a débarqué au beau milieu de ce charmant tableau. Elle m'a vu menottes aux mains.

— Ils vous ont menotté ?

J'avais du mal à suivre. Il parlait de l'homme que j'aimais et j'étais distraite. Je me suis demandé si j'allais devoir abandonner mon patient à cause de Noah… Non. Nous n'en étions pas là.

— Oui. Ils m'ont passé les menottes parce que je refusais de leur remettre mon ordinateur.

Sa voix s'est brisée.

— Kira s'est enfermée dans notre chambre.

J'ai fait un effort pour me concentrer sur lui, sur son visage, sur son regard. Il n'avait visiblement pas dormi de la nuit et des cernes bleutés soulignaient ses yeux. Les rides de son front étaient plus marquées que jamais.

— Alan, vous vous sentez bien ?

— Je n'ai rien fait d'illégal, vous le savez, n'est-ce pas ?

— Oui.

— Comment peuvent-ils me croire impliqué dans ces crimes affreux ?

— Ils vous soupçonnent sérieusement ? En s'appuyant sur quoi ?

— Ils prétendent que j'aurais envoyé des e-mails à deux des victimes.

— Le site permet d'écrire aux femmes ?

— Oui.

Il soutenait mon regard, il ne se mordait pas les lèvres, il n'éprouvait pas non plus le besoin de les humecter ou de les dissimuler derrière sa bouche. Il n'avait pas l'attitude de quelqu'un qui ment.

— Avez-vous envoyé ces messages, Bob ? Enfin, Alan…

Il allait me falloir du temps pour m'habituer à son véritable prénom.

— Bien sûr que non. Je suis allé sur leur page, c'est vrai. Mais un e-mail… Vous me voyez en train de leur envoyer un e-mail ?

Il a eu un petit rire moqueur.

— Vous n'avez donc rien envoyé ? ai-je insisté d'un ton surpris. Mais la police…

— Quelqu'un veut me piéger. C'est évident. Quelqu'un qui s'apprête probablement à me faire chanter. Adam, mon avocat, s'est entretenu cette nuit avec l'un des inspecteurs : on a retrouvé sur les ordinateurs des deux victimes des messages de moi, avec l'adresse que j'utilise pour accéder aux sites pornographiques. Cette adresse est la seule qu'elles ont en commun et le contenu des messages serait plus que compromettant.

— C'est-à-dire ?

Il a secoué la tête.

— Ils ne l'ont pas dit à mon avocat. Et, comme je ne les ai pas écrits, je ne peux pas savoir ce qu'ils contenaient.

— S'ils ne retrouvent pas ces messages sur votre ordinateur, votre avocat va vous tirer d'affaire, ne vous en faites pas.

Il a de nouveau secoué la tête. Cette fois il avait l'air furieux.

— Je n'ai pas peur d'être inculpé puisque je n'ai rien fait. Mais j'ai plusieurs comptes sur des sites porno. J'ai effectivement visité les pages de ces filles. Ça va se savoir. C'est une catastrophe. Quand le public apprendra que je souffre d'une addiction et que je viens chez vous pour me faire soigner…

— Personne n'en saura rien.

— Mon ordinateur est en possession de la police, Dr Snow. Et nous avons échangé des messages.

— Ce qui se dit dans ce cabinet est soumis au secret professionnel.

De la sueur perlait à sa lèvre supérieure. Il ressemblait à un homme sujet au vertige et qui se trouve au sommet de l'Empire State Building.

— J'ai besoin que vous m'expliquiez clairement ce qui entre selon vous dans le cadre du secret professionnel, a-t-il dit. Que répondrez-vous s'ils vous demandent si je suis votre patient ?

— Je ne leur répondrai pas. Je serais tenue de collaborer avec la police si je vous jugeais dangereux. Ce n'est pas le cas.

Le vent s'était levé et des flocons gelés venaient cogner contre les carreaux. Je me suis tournée pour les regarder. J'avais taillé le jardin de mon petit balcon et, pour le protéger des rigueurs de l'hiver, je l'avais enveloppé dans de la toile. Avec l'épaisse couche de neige, l'ensemble avait pris une forme abstraite, d'une couleur blanc bleuté. Je ne reconnaissais plus mes plantations. La météo avait prévu une tempête dans la matinée, mais elle avait visiblement quelques heures d'avance.

— S'ils obtiennent un mandat…

— Réfléchissez, Alan… Vous connaissez mieux que personne les procédures. Ils ne peuvent pas m'obliger à leur révéler quoi que ce soit. Tout ce que vous me confiez est protégé par le secret professionnel, je vous le répète.

Il a enfoui son visage dans ses mains et est resté immobile pendant quelques minutes.

J'étais sincère.

L'homme que j'avais en face de moi n'était pas un meurtrier. Il était perturbé, certes, mais il n'avait pas le profil d'un psychopathe. Il souffrait d'une addiction aux sites pornographiques et il avait des problèmes dans sa vie de couple, il doutait de lui, il était déchiré entre ses désirs et son éducation, il oscillait entre des comportements régis par la logique ou par la passion. Ses difficultés avaient de graves répercussions sur son état mental, mais son agressivité n'était dirigée que vers lui-même, pas vers les femmes. Je savais qu'il n'avait pas tué ces pauvres filles.

C'était tout simplement impossible.

— Alan, vous avez compris que je vous crois quand vous m'assurez être innocent ?

Je tenais à ce qu'Alan sache que mon cabinet était toujours un endroit sûr pour lui. Sa femme avait violé sa vie privée, la police avait violé son domicile, emporté son ordinateur — et surtout elle l'avait contraint à me révéler son identité alors qu'il tenait par-dessus tout à me la dissimuler.

Il m'a répondu au bout de quelques minutes. Il avait toujours le visage dans les mains et sa voix me parvenait de loin.

— Oui, a-t-il dit.

— Personne ne peut entrer ici pour prendre votre dossier.

Il a hoché la tête.

— Personne.

Il s'est détendu, à peine, mais ça ne m'a pas échappé.

— Vous pouvez me parler aujourd'hui comme vous me parliez la semaine dernière, quand vous n'étiez que Bob. Pour moi, rien n'a changé. Et pour vous ? Vous vous sentez différent depuis que je sais qui vous êtes ?

— Non. Je ne suis pas différent. Et j'ai toujours autant honte de moi. Ce que je fais est répugnant et pourtant je ne peux pas m'empêcher de le faire. La seule chose qui compte vraiment pour moi est ce que je ressens quand je m'installe devant mon ordinateur, devant une fille qui me regarde droit dans les yeux en s'activant pour moi. A ce moment-là, j'oublie Kira, j'oublie mon travail, mes dossiers, les procès en cours. Je ne pense plus aux verdicts que j'ai rendus, je ne me demande plus si j'ai bien tranché. Quand je suis assis dans le noir, tout ça n'existe plus.

— A quels procès pensez-vous, quand vous dites ça, Alan ?

— A quels procès ?

J'ai répété sa phrase.

— Je ne faisais pas allusion à un procès en particulier. Nous avons tous pris au cours de notre vie des décisions qui, avec le recul, nous paraissent inappropriées, a-t-il expliqué. Nous ne sommes pas infaillibles. Notre jugement est soumis à toutes sortes d'influences. Ça ne vous est jamais arrivé, docteur, de vous tromper au sujet d'un patient ?

Bien sûr que ça m'était arrivé, mais nous ne parlions pas de moi et je n'allais pas le laisser retourner la situation.

— En quoi les jugements que vous avez rendus ont un rapport avec ce qui vous arrive ?

— Je ne vais pas laisser un inspecteur trop zélé me tourner

en ridicule. Vous avez une idée de ce qui va se passer si tout ça venait à se savoir ?

Il n'avait pas répondu à ma question.

— Oui, Alan, j'en ai une idée. Mais ce que je vous demande, c'est…

Il m'a coupé la parole.

— Vous n'avez toujours pas compris pourquoi je tenais à vous voir, n'est-ce pas ?

— Vous êtes mon patient et vous aviez besoin d'une séance pour…

Il m'a de nouveau interrompue.

— Non, je n'avais pas besoin d'une séance. Je suis venu pour que vous me promettiez de ne pas parler de moi à la police.

J'ai été surprise par l'intensité du ton et du regard. Ses yeux me transperçaient. J'ai eu l'impression qu'il n'aurait pas hésité à me menacer si j'avais hésité. Qu'est-ce qui lui prenait ?

On a frappé à la porte.

Il a sursauté et s'est retourné.

— Qui est-ce ? ai-je demandé.

— Terry Meziac.

— Entrez, ai-je dit.

La porte s'est ouverte sur le jeune homme qui venait chaque mois m'apporter mes honoraires et vérifier qu'il n'y avait pas de micros dans la pièce. Il était le chauffeur de Leightman, et aussi, je suppose, son garde du corps. Il n'a pas dit un mot, il a regardé le juge d'un œil interrogateur. Celui-ci a consulté sa montre.

— Je dois vous quitter, docteur Snow, a-t-il dit. Mais nous avons un accord, n'est-ce pas ?

— Nous avons toujours eu un accord. Rien n'a changé.

50.

La troisième victime habitait un petit studio qu'elle louait dans un vieil immeuble, sur la 110e Rue, dans Park Avenue.

— Pourquoi ça nous a pris tant de temps de la localiser, cette fois ? demanda Jordain tandis qu'ils grimpaient l'escalier en essayant de ne pas prêter attention à la crasse et à la puanteur.

— La scarification, ça n'est pas très prisé et il était tard. Donc, nous avons eu moins d'appels que les premières fois.

Le premier signalement avait été enregistré par un opérateur à Miami, à 2 heures du matin, et ce n'était qu'au bout du quinzième, passé en Géorgie, à 10 h 30, que la police de New York avait été prévenue.

— Merde… Tous les flics du pays sont au courant, maintenant. Ils auraient dû réagir au premier coup de fil. Nous aurions peut-être pu la sauver.

— Noah, ça n'était pas aussi évident que les autres fois. Elle avait fini de jouer avec ses lames de rasoir et plaçait des pansements sur ses blessures. Puis elle s'est installée de nouveau face à la caméra et elle a recommencé à s'automutiler. D'après les témoignages, ça a duré environ dix à quinze minutes. Les rares mecs qui étaient là ne savaient pas si elle allait refaire tout son numéro ou quoi. L'un d'eux a avoué être resté en ligne parce qu'il lui trouvait quelque chose de fascinant. Ensuite, elle a donné des signes de malaise.

Le studio se trouvait au deuxième étage. Jordain alla regarder par la fenêtre qui donnait sur un autre immeuble. Une femme vêtue d'une vieille robe tablier à l'imprimé fleuri les observait depuis chez elle.

— Je peux baisser les stores ? demanda-t-il aux experts qui s'affairaient autour du corps.

— Bien sûr, répondit une des femmes.

Mais elle eut l'air agacée quand il défit le cordon qui les retenait.

Il fit mine de n'avoir rien remarqué et rejoignit Perez près du corps.

Yasmine était une jeune fille d'une pâleur et d'une minceur extrêmes. Ses longs cheveux noirs déployés autour de son visage ressemblaient à des ailes de corbeau. Elle avait une peau lumineuse et lisse.

Mais ses seins étaient couverts de cicatrices et de coupures, certaines encore fraîches et croûteuses, d'autres visiblement anciennes et réduites à une mince ligne presque invisible. Jordain songea qu'il contemplait les hiéroglyphes de son histoire. De l'histoire de sa souffrance.

— Je ne comprends pas, commenta Perez. Je sais que des gens prennent du plaisir à se mutiler… Mais ceux qui regardent, que cherchent-ils ?

Jordain soupira. Lui aussi avait parfois du mal à supporter cet étalage de perversité et de violence. Quand il essayait de se représenter l'esprit de l'assassin, il imaginait un grouillement de vers écœurants qui s'entredévoraient.

— On a trouvé quelque chose ! s'exclama l'un des experts.

Jordain et Perez se précipitèrent aussitôt vers la poubelle que fouillait l'agent Keller.

Sa main protégée par un gant en latex brandissait une boîte de pansements, accompagnée d'une carte, de celles que l'on glisse généralement dans les bouquets de fleurs.

« Je veux t'aider à panser tes blessures », disait le message qui semblait avoir été imprimé à partir d'un ordinateur.

— Avec un peu de chance, on va pouvoir tirer des renseignements de ce truc-là.

— A condition que le type soit un idiot, commenta Perez en secouant la tête.

La preuve qui permettait d'identifier le coupable se trouvait rarement là où on l'attendait.

Ils ne tardèrent pas à quitter l'appartement pour rejoindre le centre-ville. Pendant le trajet, Jordain dut supporter, en même temps que les embouteillages, le sermon du lieutenant qui l'appelait pour le prévenir qu'il avait intérêt à avancer sur cette affaire, c'est-à-dire à prouver la culpabilité de Leightman. Des gens haut placés s'étaient émus de leur intrusion chez le juge. Si elle était justifiée, tant mieux. Sinon ils risquaient de le payer cher.

Arrivé au commissariat, Jordain s'arrêta devant le bureau de Butler.

— C'est pour toi, fit-il en déposant l'ordinateur de Yasmine au milieu de la paperasse. Tu sais ce que tu dois chercher, n'est-ce pas ?

— La même chose que d'habitude, je suppose, répondit-elle.

— Si tu trouves, nous allons avoir besoin de la protection du Seigneur. Et si tu ne trouves pas aussi.

Il prit ensuite la direction de son bureau, tout en sortant de sa poche trois cachets d'aspirine qu'il avala sans même un verre d'eau. Le manque de sommeil lui donnait des maux de tête. Mais il y survivrait. C'était peut-être ça le plus terrible. Certains jours, il aurait préféré ne pas être là. Pour ne pas voir ces atrocités.

Le juge Leightman.

Voilà donc ce qui inquiétait tant ses supérieurs.

Il avait respecté la procédure légale et s'était présenté chez le juge avec un mandat en bonne et due forme, mais on lui en voulait tout de même de s'en être pris à l'un des hommes les plus respectés de la ville plutôt qu'à un citoyen ordinaire.

Certains considéraient qu'il était inacceptable de s'attaquer à un juge. On avait trouvé dans l'ordinateur de Leightman des e-mails demandant aux victimes d'utiliser les accessoires qui les avaient tuées, mais ça ne leur paraissait sans doute pas suffisant.

Il trouva Perez en train d'épingler des listes et des photographies sur le panneau de liège.

— Il est possible que quelqu'un en veuille à Leightman, fit Perez. Quelqu'un qui serait au courant de son petit travers. J'ai du mal à imaginer le type qui nous a reçus hier dans son beau bureau en train de commettre ces crimes. Et encore moins à croire qu'il aurait osé s'attaquer à une quatrième femme en sachant qu'on le soupçonnait.

— S'il est complètement cinglé, c'est peut-être plus fort que lui.

— Possible.

— En tout cas, rien ne doit transpirer au niveau des médias tant que nous ne sommes pas sûrs de notre fait. Sinon on va nous faire courir nus à travers les rues de New York, avec du goudron et des plumes.

Lorsque Butler passa la tête à la porte une demi-heure plus tard pour leur annoncer qu'elle avait trouvé un e-mail d'Alan Leightman dans la boîtes à lettres de Yasmine, ils ne furent pas vraiment surpris.

— Et le contenu ? demanda Perez. Même genre que pour ZaZa et Penny ?

Elle acquiesça.

— Et il a utilisé la même adresse ?

Elle acquiesça de nouveau.

— Les experts en informatique n'ont toujours pas trouvé trace de messages effacés dans la machine de Leightman ? intervint Jordain.

— Non. Des traces prouvant qu'il a régulièrement visité les pages de ces filles, oui, mais pas de messages.

— Merde ! s'exclama Jordain en tapant du poing sur son bureau.

Il baissa les yeux sur son bloc-notes jaune.

— Tu sais ce que je ne comprends pas ? D'abord, pourquoi uniquement des New-Yorkaises ? Il ne peut pas s'agir d'une coïncidence. Et pourquoi des filles de Global ? Vous croyez que l'assassin pourrait chercher à atteindre la compagnie à travers elles ?

Perez secoua la tête.

— C'est une bonne question, que tu poses là. Si seulement nous pouvions entrer en contact avec l'un des responsables de cette société…

Il soupira.

— Nous en sommes déjà à la quatrième victime. Il me paraît indispensable de prévenir les employées de Global, ajouta-t-il.

— Il faudrait pour ça que les dirigeants acceptent de collaborer.

— On pourrait charger quelqu'un de se connecter sur le site pour envoyer un message personnel à chacune des filles. Je ne vois pas d'autre moyen.

— Moi non plus. Je me charge d'obtenir l'aval du lieutenant. Même si ça doit semer la panique. De toute façon, c'est ça ou la presse.

— Il y a autre chose…, fit Butler. Une complication…

Jordain laissa échapper un grognement.

— Une complication… Vas-y… J'adore les complications.

— Nous avons trouvé dans l'ordinateur de Leightman un e-mail destiné à l'un de ses collègues, à son bureau, quelques minutes après celui qu'il a envoyé à ZaZa.

Elle tendit deux feuilles imprimées à Jordain.

— Et alors ? Qu'est-ce que ça signifie ?

— Ça signifie qu'il était chez lui au moment où il écrivait à ZaZa. Et probablement *online.*

— Bon sang, pourquoi est-ce qu'on ne trouve pas ses empreintes sur le tube de lubrifiant ? Ça arrangerait drôlement nos affaires. Et, tant qu'on y est, il faudrait aussi qu'on puisse lui coller un mobile… Nous n'avons toujours pas d'expert psychiatre. J'attends le Dr Schoenfeld qui doit venir nous dépanner pendant quelques jours.

— Je suis désolée, murmura Butler.

— Désolée de quoi ? Tu n'y es pour rien.

Jordain prit le temps de l'observer. Elle avait les yeux cernés et un regard tourmenté. Son histoire personnelle l'avait menée jusqu'à la criminelle, sûrement, mais il ignorait par quels détours car elle n'avait jamais abordé le sujet et il n'avait pas cherché à savoir.

— Je veux que tu rentres chez toi plus tôt, aujourd'hui. Mange. Dors. Repose-toi.

— D'accord..., dit-elle d'un ton réticent.

— Mais ?

Elle lui sourit et l'expression de son visage s'adoucit.

— Il ne t'est jamais venu à l'esprit que ça pouvait agacer les gens que tu lises dans leurs pensées ?

Perez rit. Le téléphone sonna et il décrocha. Pendant qu'il parlait, Jordain et Butler poursuivirent leur conversation.

— Tu marques un point, fit Jordain. Mais tu pensais bien à quelque chose de précis, non ? Quelque chose qui te tracasse.

— Plusieurs choses, en fait. Je me pose une foule de questions. Pourquoi ces femmes ? On dirait que l'assassin suit un plan. Pourquoi s'arranger pour qu'elles manipulent elles-mêmes ce qui doit les tuer ? La personne qui fait ça veut les regarder mourir. Pourquoi ?

Jordain sourit et poussa vers Butler son bloc-notes jaune de façon à ce qu'elle puisse lire. A peu de choses près, ce qu'il avait écrit correspondait aux interrogations qu'elle venait d'énumérer.

— Il ne te reste plus qu'à trouver les réponses, agent Butler, et tu peux prendre ma place. Je serais ravi et fier de travailler sous tes ordres.

Elle se leva.

— Ouais, tu parles. Je ne crois pas que tu serais fier de travailler avec qui que ce soit. Tu es du genre à mener la barque. Dans tous les domaines.

— Tu me connais mal, répondit-il.

Il pensait à Morgan. Avec elle, il ne menait rien du tout. Elle donnait le ton à leur relation et lui imposait un rythme beaucoup trop lent à son goût. Et chaque fois qu'il s'apprêtait à donner une accélération une affaire venait se mettre en travers. Comme celle-ci. Une fois de plus, leurs obligations professionnelles allaient semer la pagaille dans leur couple. Une situation qu'ils avaient déjà connue et qu'ils géraient très mal. Pourtant, il ne pouvait pas y échapper. Il avait l'intention de voir Morgan ce soir et de lui parler d'Alan Leightman.

Il devait absolument la mettre en garde. Elle était peut-être en danger.

51.

Mon cours de cuisine débutait à 19 heures et je suis arrivée juste à temps. L'immeuble sur Houston Street était éclairé et brillait sous la neige qui tombait encore. Qui n'avait pas cessé de tomber. On aurait dit qu'il neigeait depuis toujours.

Je suis entrée dans l'institut, j'ai enlevé mon manteau et je me suis dépêchée de rejoindre le groupe qui m'attendait sûrement pour commencer.

Jamais je ne me serais inscrite à un cours de cuisine si Dulcie n'avait pas joué à Broadway jusqu'à 22 h 15 cinq soirs par semaine. J'avais décidé d'en profiter pour améliorer mes connaissances culinaires. Dieu sait à quel point j'en avais besoin.

— Ce soir, nous allons apprendre à confectionner une sauce qui vous servira pour de nombreux plats, a annoncé Sarah Neery, notre professeur.

Dès qu'elle a commencé à parler d'un roux de béchamel, j'ai décroché. Finalement, je ne me comportais pas mieux à ce cours qu'à la maison. Au bout de trois semaines, je commençais à comprendre que cuisiner ne m'intéressait pas. Ce qui m'intéressait, c'était de manger.

J'ai fait fondre le beurre, puis j'ai rajouté progressivement la farine en remuant vigoureusement. Remuer, remuer…

Mon roux a pris une couleur or. Pas mal. Puis il est passé à un ton caramel. Lequel a foncé. J'ai remué plus vite. Zut. Et voilà, je l'avais brûlé !

— Morgan, vous êtes allée trop loin, a fait remarquer le professeur. Essayez de nouveau. Et cette fois arrêtez-vous entre le doré et le brun clair.

Brun clair, doré, brûlé ? Combien de temps fallait-il pour que ça passe d'une étape à l'autre ? Je n'arrivais pas à trouver le bon moment pour retirer ma casserole du feu.

A la fin du cours, Noah m'attendait dans sa voiture, devant l'immeuble.

— J'ai fait brûler du beurre fondu, ai-je annoncé en m'asseyant sur le siège du passager. Et pas qu'une fois. Deux. Enfin, ce n'était pas que du beurre, c'était un roux.

Il a allongé le bras pour essuyer la neige sur mes joues, puis il s'est penché pour déposer un baiser sur mes lèvres.

— Tu es gelée, a-t-il dit.

Il m'a prise dans ses bras et m'a embrassée encore. Pendant quelques secondes, j'ai tout oublié.

— Je ne suis plus gelée, ai-je murmuré quand nous nous sommes séparés.

— Puisque tu as brûlé ton roux, tu dois avoir faim. Je n'ai pas encore mangé et je crois avoir des crevettes créoles dans le réfrigérateur.

— Je préfère dîner dehors, si tu veux bien. Quelque part dans le coin, ça m'irait.

Il m'a jeté un drôle de regard, mais il ne m'a pas demandé pourquoi je cherchais à éviter un tête-à-tête chez lui. J'ignore ce que j'aurais répondu s'il l'avait fait, mais j'avais besoin d'un endroit neutre. Je craignais que le nom d'Alan Leigthman ne vienne sur le tapis — ce qui ne manquerait pas de me mettre en difficulté. Au moins, dans un restaurant, je pouvais me lever et me réfugier dans les toilettes, le temps de faire diversion.

Cinq minutes plus tard, nous étions confortablement installés dans le box d'un petit restaurant à l'ambiance feutrée, nommé Lucky Strike. Noah savait que c'était l'un de mes préférés. Il s'agissait d'une brasserie française où l'on servait des frites délicieuses qui n'avaient rien à envier à celles que l'on mange à Paris.

Nous avons commandé deux cocktails gin vodka qu'on nous a apportés aussitôt. Noah a levé son verre pour porter un toast silencieux.

— Il faut que je te parle, a-t-il dit après que nous avons bu la première gorgée. Au sujet d'Alan Leightman.

Je n'ai pas répondu et j'ai croisé les doigts pour que mon visage reste de marbre.

— Qui ?

— Tu es très forte pour ça, Morgan, mais inutile de faire l'innocente. Leightman est ton patient. Nous en avons la preuve. Je voulais simplement te parler de lui. Tu n'as pas besoin de dire quoi que ce soit. Je te demande juste d'écouter. Cet homme est peut-être un assassin. Nous ne possédons pas encore suffisamment d'éléments pour l'arrêter, mais je me fais beaucoup de souci pour toi.

J'ai caressé du bout de l'index la tige de mon verre à pied.

— J'apprécie beaucoup ta sollicitude, mais je ne me sens pas du tout en danger.

— J'ai déjà entendu ça.

J'ai fait la grimace. En effet, il m'était déjà arrivé de me tromper et il était bien placé pour le savoir.

— Je me doutais que tu ne résisterais pas au plaisir de me le rappeler, ai-je murmuré.

— Oh, je deviens prévisible ?

— Seulement dans ce cas précis.

— Trêve de plaisanterie, je m'inquiète pour de bon, Morgan. Cet homme est très puissant… Si tu sais quelque chose qui pourrait nous aider à le confondre…

— Je n'ai pas le droit d'avoir cette conversation avec toi. Je ne devrais même pas être assise à cette table. Je ne peux pas te répondre, Noah.

— Bien sûr que tu le peux. Non seulement tu le peux, mais tu le dois. Tu dois m'écouter et m'aider à sauver ta peau.

— Tu ne crois pas que tu dramatises ?

— Non, Morgan. Non. Je ne dramatise pas. Et si tu ne prends pas mes avertissements au sérieux je vais m'adresser à Nina.

J'ai ri.

— Oh ! Comme si j'étais une vilaine petite fille ! Mais tu choisis mal ton interlocutrice. Nina est la dernière personne qui te donnerait raison.

— Tu n'es pas une vilaine petite fille, mais une femme têtue et imprudente.

La tension commençait à monter. Depuis que nous nous connaissions — huit mois —, nous avions rencontré déjà deux fois ce problème et nous savions tous les deux que nous nous en tirions plutôt mal.

— Ethique professionnelle… Déontologie… Je connais la chanson…, a dit Noah. Nous avons tous les deux des principes et une mince ligne à ne pas franchir. Et nous nous respectons mutuellement parce que nous respectons cette frontière. Mais il y a toujours un moment où elle se dresse entre nous. Chaque fois, c'est pareil.

Il était furieux. Contre lui, contre moi, contre nous.

J'ai entendu un léger soupir qui sortait de ma poitrine.

— J'espérais que nous ne nous trouverions plus jamais dans cette situation, ai-je murmuré.

— Moi aussi.

Le serveur est venu prendre la commande et nous avons choisi sans même avoir à consulter le menu : moules, frites, vin blanc. Pour tous les deux.

Quand le serveur s'est éloigné, j'ai inspiré profondément avant de me lancer.

— Dulcie ne veut plus vivre chez moi, de nouveau…

Un éclair de tristesse et de compassion est passé dans son regard et ça m'a émue plus que je ne m'y attendais.

— Elle a décidé que j'étais le diable incarné. Mitch pense que ça n'est pas seulement à cause de l'audition, qu'elle veut me punir pour le divorce…

— Mais ce n'est pas toi qui as voulu divorcer…

— Je sais. Seulement c'est plus facile pour elle de m'en rendre responsable que de s'en prendre à son père.

J'ai bu lentement une gorgée.

— Mitch dit que nous devrions essayer de nouveau. Il est persuadé que…

— Essayer de nouveau ? Tu veux dire, vous deux, en tant que couple ?

J'ai acquiescé.

Je le connaissais bien. Il attendait que je dise quelque chose. Par exemple que je trouvais cette idée stupide.

Au début j'avais jugé la proposition de Mitch saugrenue. Et puis j'avais réfléchi. Après tout… S'il avait raison ? Nous devions peut-être à Dulcie de tenter une réconciliation.

Noah a plongé les doigts dans son verre pour pêcher une olive.

— Et donc, puisque je suis un brave garçon, je suppose qu'on attend de moi que je comprenne et que je m'efface en te souhaitant bien du bonheur, a-t-il dit d'une voix pleine d'aigreur.

— Noah…

L'expression de son visage m'a lacéré le cœur. J'en avais pour plusieurs jours à m'en remettre. Peut-être même plusieurs semaines. Et peut-être ne m'en remettrais-je jamais. Je n'avais pas le droit de m'infliger ce supplice.

— Noah…

— Non, ne me coupe plus la parole. Laisse-moi dire ce que j'ai à dire, ensuite ce sera ton tour. Nous allons nous comporter comme des gens civilisés et délicats, même si en ce moment j'ai surtout envie de me lever de mon siège et de te secouer jusqu'à remettre ton cerveau en place. Pourrais-tu donc, toi qui as toujours un commentaire pertinent sur le bout de la langue et qui prétends décider de tout, te taire le temps que je m'explique ?

Il ne comprenait pas. Il fallait que je me justifie avant que…

Le serveur est arrivé avec nos plats. Les noires coquilles luisantes dans leur bouillon odorant auraient dû me mettre en appétit, mais je n'avais brusquement plus faim du tout.

Noah, lui, a happé une moule avec avidité. Il tenait mieux le coup que moi.

— Je n'ai pas l'intention de revenir en arrière, Noah, ai-je protesté.

— En arrière avec qui ? Avec moi ou avec Mitch ?

Je ne voulais faire de mal à personne. Ni briser mes promesses. Je ne voulais pas que ma fille devienne une étrangère pour moi. Elle me manquait tant… Quand je rentrais chez moi le soir, mes yeux souffraient de ne pas la voir, mes bras de ne pas la serrer.

J'ai essayé de manger quelques moules. Et puis j'ai abandonné.

Noah avait déjà bien entamé son assiette quand il l'a brusquement repoussée. Il a bu lentement une longue rasade de vin et il s'est adossé à son siège.

— Je n'arrive pas à croire que nous en soyons de nouveau à ce point de non-retour. Et pourtant nous y sommes. Je suis un homme sensible, Morgan… Je comprends que le départ de Dulcie te torture et que tu ferais n'importe quoi pour qu'elle revienne. Je n'ose pas te dire que le fait de te rabibocher avec ton ex-mari ne facilitera pas tes relations avec ta fille. Parce que je n'en sais rien. Après tout, c'est possible. C'est possible.

Il a vidé son verre et il a fait signe au serveur d'en apporter deux autres, sans remarquer que je n'avais pas encore terminé le premier.

J'allais répondre, mais il m'a arrêtée d'un geste.

— Je n'en ai plus pour longtemps, alors j'apprécierais vraiment que tu me laisses aller jusqu'au bout.

Je n'avais pas envie qu'il poursuive. Je détestais le voir

souffrir. Mais tout cela me paraissait si compliqué. Il y avait entre nous sur cette table plus de questions que de fourchettes et de couteaux.

— Dommage que tu ne puisses pas te voir en ce moment, Morgan. Tu souffres, c'est l'évidence. Et moi aussi je souffre. Mais tu sais quoi ? Je vais essayer de simplifier les choses pour tout le monde.

Il a eu un sourire mauvais.

— Fais ce que tu crois devoir faire, mais ne t'imagine pas que je vais gober que tu agis uniquement pour le bien de ta fille. Elle a treize ans, elle a besoin de se révolter, d'argumenter, de réclamer ce que tu lui refuses. C'est un rite de passage pour toutes les deux. Tu le sais parfaitement, merde ! Tu es psychothérapeute. Et, parce que tu es psychothérapeute, tu sais aussi que retourner avec Mitch est le chemin de moindre résistance, le plus facile.

J'avais tout gâché. Comme ce stupide roux. J'avais laissé passer la bonne consistance, la bonne couleur, et maintenant tout était bon à jeter.

J'ai tendu le bras pour chercher à tâtons mon sac que j'avais posé par terre. J'étais aveuglée par les larmes. J'avais envie de serrer Noah contre moi et de lui dire à quel point il comptait dans ma vie. Mais ce n'est pas ce que j'ai fait.

— Tu ne comprends pas mes raisons, ai-je dit. Ton interprétation n'a aucun sens.

Du coin de l'œil, j'ai remarqué que le couple installé près de nous tendait l'oreille pour écouter. Mais il était trop tard pour s'en inquiéter.

— Non, a fait Noah en secouant la tête. J'ai raison. Je sais que ça te déplaît d'entendre ça de ma bouche, mais je suis assis en face de toi, je suis fou de toi et je suis aussi le pauvre type qui va se faire avoir dans l'histoire. Tu fais le mauvais choix. Tu te trompes à mon sujet, au sujet de Dulcie, au sujet de Mitch. Tout le monde va en pâtir. Et toi la première.

52.

J'ai trouvé mon appartement vide. Trop vide. Et aussi glacial. J'ai compris pourquoi en entrant dans le salon. En partant ce matin, j'étais tellement pressée de me rendre à mon rendez-vous avec Alan Leightman que j'avais oublié que la fenêtre était entrouverte depuis la veille au soir. Un petit tas de neige s'était accumulé devant l'embrasure au cours de la journée.

Ce tas de neige a été la goutte d'eau qui fait déborder le vase. J'ai fermé la fenêtre et donné des coups de pied dans le monticule froid et humide, ce qui a eu pour effet d'augmenter les dégâts. J'étais furieuse. La neige n'avait pas à entrer chez moi.

Je me suis agenouillée et j'ai frotté le tapis avec mes mains pour la faire fondre. J'avais les doigts gelés.

Ensuite j'ai pris un bain et je suis allée dans la cuisine me préparer un thé que j'ai bu sur le canapé du salon. Le téléphone était à portée de ma main, je l'ai machinalement décroché et j'ai composé le numéro de Mitch pour parler à Dulcie. Mais je me suis ravisée avant la première sonnerie et j'ai raccroché pour composer cette fois le numéro de Nina. Elle n'était pas chez elle et je n'ai pas eu le courage de laisser un message.

Dans la maison silencieuse, les mots de Noah continuaient à résonner dans mon crâne. Je n'avais pas envie de réfléchir à ce qu'il m'avait dit. Il ne me connaissait pas aussi bien qu'il le croyait. Il ne savait pas de quoi il parlait. J'avais été mariée près de quatorze ans avec Mitch et j'avais vécu heureuse avec lui. Avec lui et Dulcie. Ça pouvait recommencer. Et Dulcie aurait de nouveau une famille, comme dans les histoires qui finissent bien.

D'ailleurs ce n'était pas une fin, mais un nouveau départ.

Alors pourquoi me sentais-je en deuil ?

JEUDI

plus que huit jours

53.

Mon amour,

J'ai allumé un cierge de plus, pour une morte de plus, pour le nouveau pas que je viens de faire vers une juste rétribution, pour un acte de plus vers la promesse que je t'ai faite. Il ne reste plus que huit jours. Dans huit jours j'en aurai terminé avec ce petit jeu, terminé avec le sang et la vengeance. Mais ça ne te fera pas revenir.

Je suis fatiguée. Fatiguée de prendre des précautions et d'effacer mes traces. Ça me demande beaucoup d'efforts, de réflexion, de concentration. Je dois gérer une foule de détails.

Quand je pense à ces hommes derrière leur écran qui regardent ces femmes qui ne sont pas des femmes. Ils me font pitié, à jouir devant leur ordinateur. Les adolescents qui vivent leur première expérience sexuelle sur le web me paraissent encore plus pathétiques. Je les plains de connaître le sexe uniquement à travers des créatures qui ondulent et murmurent à distance, hors d'atteinte, à peines réelles. Ce sont des années cruciales pour eux, celles où ils deviennent des adultes. Et on les aveugle avec des poitrines et des vagins, sans jamais rien leur demander en échange. Pas un mot, pas une attention, pas de tendresse, rien qu'un numéro de carte de crédit.

Tout le monde est démuni. Les thérapeutes, les hommes de lois, les professeurs, les parents… Ils ne savent plus quoi faire. Ils sont perdus parce qu'ils ont devant eux une génération en pleine mutation, la première ayant accès vingt-quatre heures sur vingt-quatre à la satisfaction immédiate de ses désirs.

Plus je regarde ce que tu as regardé, plus ma quête me paraît importante, sacrée même, et plus je me rends compte que ce que j'accomplis est nécessaire. Il faut brûler tout ça sur le bûcher jusqu'à ce qu'il n'en reste rien. Rien qui puisse emporter les faibles vers la tentation et la luxure. Rien qui puisse les appâter, les séduire. Celles qui donnent le mauvais exemple doivent aller en enfer, là où se trouve leur place.

Lorsque j'ai observé cette fille avec ses lames de rasoir, lorsqu'elle s'entaillait et que le sang affleurait, si vite, à la surface, j'ai eu peur. J'ai eu peur parce que je savais que tu l'avais observée aussi. Elle a porté quatorze coups. Quelle horreur, ces quatorze fines traînées rouges sur sa peau blanche…

Son ordinateur ne s'est pas éteint avant la fin, comme celui des autres, et tout le monde a pu voir qu'elle n'a pas réagi quand le poison a commencé à faire effet. On aurait dit qu'elle ne comprenait pas ce qui se passait. Elle n'a pas tenté de téléphoner ou d'appeler à l'aide.

Mais je n'ai pas eu pitié. Cette fille-là avait une âme noire et elle aurait voulu noircir la terre entière.

Je ne pardonne pas aux sorcières noires. Et pas seulement parce que c'est leur faute si tu m'as quittée. Ce n'est pas le plus affreux. Le plus affreux c'est qu'à cause d'elles tu as cru que je n'étais plus à tes côtés. A cause d'elles tu n'étais plus à mes côtés.

Bientôt elles auront ce qu'elles méritent. Je te l'ai promis. Je tiendrai ma promesse.

Pour toi. Je le fais pour toi.

54.

Alan Leightman prenait son petit déjeuner avec sa femme. Il la regardait touiller son café sans un mot. Le sucre était dissous depuis longtemps, mais elle continuait à faire tourner sa cuillère. Des larmes silencieuses coulaient sur ses joues. Il aurait voulu se lever, les essuyer. Effacer son chagrin.

Autrefois, Kira pleurait rarement. Il pouvait compter sur les doigts d'une seule main les événements qui lui avaient arraché des larmes : la mort de son père, sa fausse couche. Et encore, juste pendant quelques minutes. Kira était une femme stoïque. Elle ne s'apitoyait pas sur elle-même. Son emploi du temps ne lui laissait pas le loisir de s'appesantir sur ses chagrins. Elle avait une Constitution à défendre. Et elle la défendait, jour après jour, depuis des années. Il était fier d'elle. Ou plutôt il l'avait été.

Mais depuis qu'elle avait perdu le procès de sa vie privée et qu'elle se gavait d'antidépresseurs, son humeur en avait pris un coup. Elle passait des pleurs à la colère sans transition. Ce matin, elle avait commencé avec la colère et maintenant elle pleurait. On avait l'impression qu'elle avait peur de quelque chose. Sauf que le mot « peur » ne collait pas avec son personnage.

Alan eut l'impression qu'elle allait vraiment très mal et il se demanda si les médicaments n'y étaient pas pour quelque chose. Il ne pouvait plus quitter des yeux cette cuillère qui raclait inlassablement le fond de la tasse. Kira avait besoin d'aide. D'une aide qu'il ne se sentait pas capable de lui apporter. Pourtant, il ne pouvait pas la laisser tomber. Il était responsable de ce qui lui arrivait.

— Qu'est-ce que tu vas faire, aujourd'hui ? demanda-t-elle.

Le temps pour la cuillère d'accomplir une révolution de plus. Alan était fasciné par cette tige argentée qui scintillait sous la lumière du plafonnier.

— Il faut que je me cherche un avocat à la hauteur. Si les choses vont plus loin, Adam ne s'en sortira pas. Je dois aussi engager un génie de l'informatique pour trouver comment on a pu débiter ma carte de crédit et accéder à ce site en utilisant mon pseudo et…

— Ça va être difficile, coupa-t-elle sans cesser de remuer son café.

— Pardon ?

— Ça va être difficile, répéta-t-elle.

— Tu as l'air de dire qu'il s'agit d'une cause perdue et que ça ne vaut même pas le coup d'essayer.

— Ah bon, j'ai dit que c'était une cause perdue ?

La cuillère tournait toujours.

— Tu ne l'as pas dit, mais le ton était sans équivoque.

— Tu ne t'imagines tout de même pas que je vais te soutenir dans cette affaire ?

Elle lâcha enfin sa cuillère et il faillit crier de soulagement. Elle but une gorgée de son café et fit la grimace.

— Il est presque froid, se plaignit-elle.

Elle se leva et vida sa tasse dans l'évier.

Elle remit de l'eau dans la bouilloire et resta debout près de la cuisinière, à regarder les flammes lécher l'émail blanc.

— Peu importe qui tu engages. Ton avocat arrivera peut-être à te tirer de ce guêpier, mais tu n'en sortiras pas blanc comme neige.

— Je te vois sourire à travers tes larmes, Kira. On dirait que cette idée te réjouit.

— Tu penses que je me réjouis qu'on te traîne dans la boue ? Que ça m'amuse de savoir que tout le monde va rire à mes dépens ? Que je suis heureuse que les gens apprennent que notre mariage n'est qu'une imposture ? Non, Alan, je n'en suis pas heureuse, je ne me réjouis pas, je n'ai pas envie d'en rire. Pourquoi a-t-il fallu que tu ailles sur ces sites, Alan ? Pourquoi ?

Elle s'était mise à crier.

— Si tu avais pris le temps de réfléchir, ne fût-ce que cinq minutes, tu te serais rendu compte que tu ne pouvais pas m'infliger pire humiliation.

Elle secoua la tête et posa son index sur le métal brûlant de la bouilloire.

Elle grimaça de douleur, mais ne retira pas son doigt.

— Mais qu'est-ce que tu fais ? cria Alan.

Il se leva d'un bond et attrapa la main de Kira pour arrêter ce supplice.

Elle se débattit.

— Laisse-moi tranquille, gronda-t-elle.

Il recula.

Elle sourit et se retourna lentement vers la bouilloire pour la toucher, cette fois du bout de son annulaire.

De nouveau, il intervint et tenta de l'éloigner de la cuisinière. Elle lutta avec lui en martelant son torse de coups de poing qu'il sentit à peine. Elle se comportait d'une manière incohérente. Il s'était attendu à de la colère, à des pleurs, mais pas à ça, pas à cette crise de folie.

— Ote tes sales pattes de moi. Je t'interdis de me toucher. Tu ne m'aimes plus. Tu ne t'intéresses qu'à ces femmes. Tu me dégoûtes.

Sa voix avait changé. Elle était haut perchée, avec des accents hystériques.

Il abandonna la partie.

Elle se redressa de toute sa hauteur. Elle s'était sûrement brûlée, mais elle ne paraissait pas en souffrir.

Il eut envie de lui dire qu'il l'aimait. Qu'il n'avait jamais cessé de l'aimer. Que ce qu'il faisait *online* n'avait rien à voir avec leur amour. Mais ça n'aurait rien changé.

— Kira… J'aimerais t'aider, faire quelque chose pour toi…

— Toi, m'aider… ?

Elle laissa échapper une sorte de gloussement. Alan sursauta. Ce ricanement de petite fille sortant de la gorge d'une adulte en furie faisait froid dans le dos.

— Je m'en sortirai, Alan. C'est toi qui aurais besoin d'aide. Ça m'étonnerait qu'ils découvrent que quelqu'un d'autre que toi a utilisé ton compte sur ces sites. Par contre, ils vont prouver que tu t'es connecté depuis ton ordinateur et ça suffira peut-être à les convaincre que tu es responsable de la mort de ces femmes. La presse est déchaînée, Alan. On ne parle que de ces meurtres et les journalistes sont à l'affût du moindre détail salace. Quand ils apprendront que tu es compromis dans cette affaire, ils vont te tomber dessus, tu peux en être certain. De toute façon, ta carrière est foutue.

— Je n'ai rien à voir avec la mort de ces femmes, tu le sais, n'est-ce pas ?

Il se rendit compte qu'il la suppliait. Elle avait toujours été à ses côtés. Il ne voulait pas qu'elle l'abandonne maintenant.

— Kira, tu ne me crois tout de même pas capable d'une chose pareille ?

Mais elle n'eut pas la réaction qu'il attendait. Elle se contenta de le toiser avec froideur. Il en fut à la fois surpris et horrifié.

— Kira, tu penses que je les ai tuées ?

— Bien sûr que non.

Il se détendit un peu.

— Je possède une information susceptible de te disculper. Seulement, voilà, suprême ironie, je suis ta femme. Même si j'apporte une preuve de ton innocence, ça n'aura aucune valeur.

Et elle sortit de la pièce, en le laissant seul dans la cuisine avec la bouilloire qui sifflait.

55.

Blythe avait apporté deux cappuccinos et deux gros biscuits marbrés, ce qui nous a obligées à nous installer autour de mon bureau. Tout en buvant et en grignotant, j'ai songé qu'elle tentait de faire diversion, d'éviter de s'allonger sur le divan.

— Vous n'aviez pas envie de venir aujourd'hui, n'est-ce pas ? ai-je demandé.

— Pourquoi dites-vous ça ? s'est défendue Blythe avec ce sourire mystérieux qui n'appartenait qu'à elle.

Quand elle souriait, les commissures de ses lèvres s'étiraient en même temps que ses paupières se fermaient. Sans doute s'agissait-il d'une mimique remontant à son enfance, à la période où son regard étrange lui avait valu les moqueries de ses camarades. Elle cherchait inconsciemment à attirer l'attention sur sa bouche et à la détourner de ses yeux.

— Je me trompe ? ai-je insisté.

— Je n'en sais trop rien, mais qu'est-ce qui… ?

Elle a contemplé les tasses et les gâteaux d'un air songeur. Puis elle a souri de nouveau. Elle venait de comprendre.

— Vous m'impressionnez, dit-elle.

— Simple question d'entraînement. Vous ferez bientôt aussi bien que moi.

— Je traverse une nouvelle période de doute. Je ne suis pas certaine de devenir un jour une bonne thérapeute.

— Oui ? Et pour quelle raison ?

Elle a secoué la tête.

— Je suppose que vous n'avez pas l'intention de me donner votre avis sur la question.

— Non, en effet. Même si je pensais avoir la bonne réponse, ce qui n'est pas le cas, c'est à vous d'y réfléchir et vous le savez. Mais je peux vous aider à trouver. Il s'est passé récemment quelque chose de particulier qui vous a amenée à douter ?

— Je pense que la mort des filles du web y est pour quelque chose.

J'ai acquiescé.

— Et quoi d'autre ?

— Ça ne vous suffit pas ?

— Vous avez cessé de travailler sur le web depuis des mois. Vous ne devriez pas vous sentir concernée.

Elle s'est tue. Puis elle a levé les yeux vers moi. Je n'avais pas l'intention de lui mâcher le travail. Elle devait le faire seule. Et elle l'a fait.

— C'est la perspective de rencontrer Stella Dobson pour en parler. Je suppose que ça ravive mes souvenirs.

Je n'ai pas eu besoin de lui dire qu'elle avait raison.

— J'ai toujours admiré cette femme, docteur Snow. Elle a fait une grève de la faim pendant trois semaines pour protester contre un jugement de l'Alabama qui voulait empêcher une adolescente d'avorter sans la permission de ses parents. Quand tout le monde a cessé de s'intéresser aux droits de la femme, elle a élevé la voix. Je suis très émue de la rencontrer… Même si c'est sous un faux nom et avec un déguisement.

Elle s'est arrêtée et m'a regardée.

— Comment savoir si on prend ou non la bonne décision, quand on n'est pas sûr de ses motivations ?

— Vous voulez dire avec un patient ?

— Non. Je parle de ma vie personnelle. Quand il s'agit d'un patient, je détecte aisément les comportements d'autodestruction, mais pour moi je suis perdue.

Elle s'est penchée en avant et a posé son menton sur ses mains. Elle attendait ma réaction. C'était touchant. Mon commentaire avait sûrement de l'importance pour elle, mais je n'étais pas totalement dupe. Il s'agissait encore d'une vieille attitude visant à détourner l'attention de ses yeux.

— C'est un exercice difficile que de décrypter nos motivations inconscientes.

— Mais il doit y avoir un moyen de prendre du recul, tout de même ? Comment devient-on son propre thérapeute ?

J'ai secoué la tête. Je n'en savais rien. Je me posais moi-même la question.

— On ne peut pas. C'est pourquoi la plupart des thérapeutes suivent eux-mêmes une thérapie.

— Mais je ne veux pas être en thérapie toute ma vie.

— Vous ne serez pas en thérapie toute votre vie, rassurez-vous. Une thérapie en début de carrière est indispensable, mais elle se termine un jour. Simplement, nous y revenons de temps en temps, pour des réajustements, quand nos problèmes refont surface.

Elle avait l'air d'enregistrer soigneusement ce que je disais. Elle hochait légèrement la tête, en m'étudiant avec ses insondables yeux verts.

— J'ai dit à Stella Dobson que j'acceptais son interview. Je crois que je suis surtout motivée par la curiosité. Et peut-être aussi suis-je un peu flattée. C'est stupide, non ? Je suis fière qu'elle s'intéresse au plus grand secret de ma vie. Mais en même temps je suis gênée. J'ai peur de son jugement. Qu'est-ce qu'une féministe peut penser d'une femme qui aime s'exhiber comme un objet devant les hommes ?

— D'après vous ?

— Que je souffre d'un besoin maladif d'attirer l'attention. Que c'est un des maux de notre société. Que celles qui réagissent comme moi aggravent le phénomène. Que je donne le mauvais exemple.

— Vous seriez d'accord avec elle ?

— Je n'en sais rien. C'est vrai que j'aime attirer l'attention. Quand j'étais devant ma webcam, j'aimais l'idée que des milliers de mains invisibles me caressaient. Que des milliers de paires d'yeux me dévoraient.

— Cela vous donnait un sentiment de toute-puissance ?

Elle a hoché la tête.

— Oui. Vous n'imaginez pas à quel point. Faire trembler de désir des hommes qui ne peuvent pas vous toucher…

— Poursuivez…

Elle a hésité. Puis elle a inspiré profondément.

— C'est fou de savoir que le simple fait de vous regarder va les faire bander et les mener jusqu'à la jouissance. Vous vous sentez terriblement sexy…

Elle a de nouveau hésité.

— Allez-y, ai-je encouragé.

— Parfois… Il m'est arrivé de me masturber après avoir éteint ma webcam parce que j'étais trop excitée. Et… J'ai eu des orgasmes intenses. Plus intenses que ceux que me donnaient mes amants.

Elle avait baissé la voix. Sa peau translucide avait pris une teinte rosée, mais ses yeux étincelaient.

— Ensuite je recevais mon chèque. Lorsque je le trouvais dans ma boîte aux lettres, j'éprouvais une sorte de dégoût.

— Pourquoi ?

— Ça changeait tout.

— C'est-à-dire ?

— Je le ressentais comme une souillure.

— Et vous craignez aussi que cette interview souille vos souvenirs ?

— Oui, a-t-elle avoué. Mais j'ai besoin de l'argent. Depuis que j'ai arrêté le web, j'ai du mal à joindre les deux bouts. J'ai même demandé à Nina si elle pouvait me confier d'autres patients. Stella Dobson m'offre cinq cents dollars.

— Je vais intervenir auprès de Nina, pour les patients que vous réclamez. Je pourrai peut-être la convaincre.

— Ce serait formidable…

— Ça vous aiderait à prendre une décision pour l'interview ?

— Je pense que je la ferai de toute façon. Je suis trop excitée à l'idée de rencontrer Stella, de lui parler, d'apporter ma contribution au livre qu'elle est en train d'écrire. Et je crois que c'est aussi une autre manière pour moi de m'exhiber. Il va falloir que je travaille sérieusement sur ce besoin de me montrer. Et aussi sur la place de l'argent dans tout ça.

Elle a rejeté ses cheveux en arrière, tout en poussant un gros soupir.

— J'ai rêvé que je me trouvais de nouveau devant ma webcam.

Quand je me suis réveillée et que je me suis rendu compte qu'il ne s'agissait que d'un rêve, ça m'a déprimée. Ce travail m'apportait quelque chose qui me manque terriblement.

Ses yeux se sont remplis de larmes, mais elle a conservé un visage impassible. Elle faisait visiblement un effort pour se maîtriser. Pour finir, elle a éclaté de rire.

— C'est tout de même dingue… Je dois être la seule femme au monde qui se lamente parce qu'elle sait qu'elle ne travaillera plus sur le web. J'espère que je ne vais pas me mettre à pleurer vendredi prochain devant Stella Dobson.

— Vous la rencontrez vendredi prochain ?

— Oui. Stella Dobson, vous vous rendez compte ?

Elle paraissait de nouveau surexcitée.

— C'est mon héroïne… Et elle va m'interviewer.

VENDREDI

plus que sept jours

56.

Les parents d'Amanda avaient mis un temps fou à libérer les lieux. Pour commencer, son père était rentré en retard du bureau. Ensuite il s'était disputé avec sa mère au sujet d'une facture qui venait d'arriver, celle d'un canapé qui équivalait, selon lui, au salaire mensuel d'un Américain moyen. Elle lui avait rétorqué que ce n'était pas son problème parce qu'elle payait avec son argent à elle.

Amanda s'était arrangée pour ne pas entendre. Ils ne cessaient de se prendre le bec au sujet de l'argent. Ils ressassaient toujours la même rengaine. Sa mère dépensait trop. Ça agaçait son père. Il aurait suffi que l'un d'eux fasse l'effort de changer pour que ça s'arrête, mais, apparemment, c'était beaucoup leur demander. Sa mère était styliste et ses créations se vendaient bien. Lui était dans les affaires, avec un poste à responsabilité. Le prix d'un canapé n'aurait pas dû les perturber, ils avaient les moyens de refaire la décoration de leur maison tous les deux ans, ce dont sa mère ne se privait pas. Amanda avait obtenu qu'on ne touche pas à sa chambre. Son père lui avait donné raison. Il disait qu'elle avait besoin de son sanctuaire.

Mais elle n'avait pas de sanctuaire. Son père se trompait, il ne comprenait rien. Cette histoire de sanctuaire, c'était un fantasme d'adulte qui croit savoir ce qu'est la vie d'une jeune fille de dix-sept ans. Il avait oublié. Pourtant il n'avait que quarante-quatre ans. Quand oubliait-on ?

Amanda s'était promis de ne jamais oublier, de se souvenir toujours de ce vaste paysage gris et désert, de ces jours mornes qui n'en finissaient plus, de sa souffrance, du fardeau de l'école où elle s'ennuyait trop.

Seules les disciplines artistiques l'intéressaient. Elle aurait aimé se consacrer uniquement à la sculpture, à la peinture, à la photographie, au cinéma. Le cinéma avait sa préférence. S'asseoir dans une salle sombre, se détendre complètement, s'enfoncer dans le fauteuil, oublier tout ce qui était derrière la porte, oublier le réel et ne plus penser qu'à ce qui se passait à l'écran et qui était beaucoup plus passionnant que la réalité…

Amanda réalisait des courts-métrages. Ces films représentaient pour elle une sorte de journal intime visuel qu'elle seule pouvait déchiffrer et qu'elle conservait sur son ordinateur. Simone avait beaucoup tourné pour elle et elle était la seule à savoir. Elle ne montrait rien. A personne. Elle avait fait une exception. Une seule. Et ça avait été une grave erreur. Le Dr Snow avait dit que plus on gardait un secret et plus il prenait de l'importance, mais dans ce cas précis elle se trompait. Ce film-là avait pris de l'importance quand il n'avait plus été un secret.

En tournant au coin de la rue, Amanda enroula son écharpe noire autour de son cou. Dehors, il faisait un froid de loup. Un de ses gants était troué et elle sentait l'air glacial lui mordre la peau à cet endroit. Il neigeait encore, mais à peine.

— Et si tu te trompais ? demanda Timothy tandis qu'ils prenaient la direction de Park Avenue.

— Je ne me trompe pas.

— Ça va nous attirer des ennuis. Et nous en avons assez comme ça. Je parle pour Barry, Hugh et moi.

— C'est plus important que vos ennuis, rétorqua Amanda.

En même temps que ses mots, un petit nuage blanc sortit de sa bouche. Elle le regarda se dissoudre dans l'air ambiant.

Ils continuèrent à marcher en silence. Un peu plus loin, un monticule de neige leur barra le chemin.

— Putain, toute cette neige ! s'exclama Timothy. C'est à peine croyable.

Il avança en passant sur le monticule et Amanda le suivit en mettant ses pas dans les traces qu'il laissait.

— Ça fait deux semaines que ça tombe tous les jours, répondit-elle.

Son écharpe avait glissé et elle la rajusta tout en continuant à avancer péniblement. C'était une écharpe en cachemire, un cadeau de sa mère pour son anniversaire. Elle la portait tout le temps. Pas parce qu'elle avait froid, mais parce qu'elle se sentait protégée quand elle se couvrait le cou. Parfois elle la remontait au niveau de sa bouche. Si elle avait pu, elle aurait dissimulé tout son visage. De longues mèches de cheveux lui couvraient le front, jusqu'aux sourcils, et elle portait depuis peu des lunettes teintées qu'elle avait chipées dans le tiroir de sa mère. Elle avait effacé le ridicule C en lettres dorées sur les branches en le recouvrant avec de la peinture noire. Sa mère ne s'en était même pas aperçue. Elle ne remarquait pas grand-chose quand il s'agissait d'Amanda.

Ils remontèrent la 77e Rue jusqu'à la Ve Avenue, puis prirent vers le nord pour rejoindre Central Park.

Il était 20 heures, mais, entre ceux qui passaient par là pour rentrer chez eux d'un pas pressé, ceux qui promenaient leur chien, et les couples qui flânaient bras dessus bras dessous, il y avait encore du monde dans les allées principales.

— C'est bizarre, tu ne trouves pas, tout ces gens dehors par un froid pareil ? fit remarquer Timothy.

Amanda regarda autour d'elle. La lune était pleine, il neigeait toujours. Le paysage était blanc, il scintillait. Elle avait l'impression de marcher dans un rêve. Celui de quelqu'un d'autre.

Plus ils s'enfonçaient dans le parc, moins ils croisaient de promeneurs. Au bout de quelques minutes, ils furent seuls. Il n'y eut plus que le silence et le bruit de leurs pas qui crissaient dans la neige. Ils tournèrent à droite, puis filèrent tout droit. Ils connaissaient leur chemin et ils n'hésitèrent pas. Ce parc était leur terrain de jeu habituel, ils y avaient grandi, ils s'y étaient promenés en poussette, ils avaient joué dans les bacs à sable, ils avaient passé des après-midi entières à visiter le zoo. Ils y étaient venus aussi avec l'école, en hiver pour patiner et en été pour jouer au base-ball. Plus vieux, ils s'y étaient réfugiés pour échapper à la surveillance de leurs parents et s'étaient installés près des étangs et des fontaines pour fumer en cachette avec leurs amis.

— Je n'ai jamais traversé le parc à une heure aussi tardive, fit remarquer Amanda avec une pointe d'angoisse dans la voix.

Timothy haussa les épaules.

— C'est bien éclairé, dit-il.

— Mais des gens se font régulièrement agresser. Je l'ai lu dans les journaux.

Timothy acquiesça.

— Oui, mais ces gens-là traînaient seuls et nous sommes deux.

Ils durent faire encore quelques pas pour atteindre le sommet d'une petite colline. Le lac où les enfants et les passionnés de maquettes venaient faire naviguer leurs bateaux était gelé. Le manteau blanc et poudreux qui recouvrait les arbres et les buissons brillait sous la lune. Le ciel de velours rappela brusquement à Amanda une robe qu'elle portait petite fille.

— Viens, Amanda. Récupérons ce truc et fichons le camp d'ici.

— Tu es nerveux, toi aussi, on dirait.

Elle ne put s'empêcher de sourire. C'était étrange d'avoir envie de sourire en de pareilles circonstances.

— Je ne suis pas nerveux, j'ai froid.

— Et moi j'ai peur. Peur de ce qui pourrait arriver à la seule qui est encore en vie.

Ils portaient tous les deux des gants épais, mais elle sentit sa main quand il prit la sienne. Elle avait déjà taillé plusieurs fois des pipes à des garçons, mais jamais aucun d'eux ne lui avait pris la main.

Ils apercevaient déjà la grande statue en bronze de Hans Christian Andersen. Sa tête était saupoudrée de neige et les pages du livre de contes posé sur ses genoux disparaissaient sous une épaisse couche blanche.

Enfants, ils s'étaient assis au pied de cette statue pour écouter leur professeur lire des histoires qui finissaient toujours bien.

Ils s'approchèrent lentement.

Andersen était installé sur un socle en bronze, posé lui-même sur un piédestal de blocs de pierres blanches. Entre la troisième et la quatrième pierre, sur la droite, il y avait une petite fissure. Timothy l'avait découverte quand il était enfant, un jour où il s'était éloigné du groupe de ses camarades, lassé de les regarder manœuvrer leurs stupides bateaux téléguidés.

— Timothy ?

Amanda le contemplait fixement avec des yeux écarquillés. Elle avait les joues rougies par le froid. Quand il voyait son visage enfantin, il pensait rarement à la vidéo. Pour lui, elle était comme n'importe quelle autre fille. Enfin, la plupart du temps…

Il tira de sa poche son couteau de l'armée, déplia la lime à ongles et la glissa dans l'interstice entre les pierres. Quand il sentit une résistance, il retira lentement la lime. La tranche d'une pochette transparente de CD apparut. Il passa un doigt pour achever de la sortir.

Il posa le disque à plat dans sa main. La lune se reflétait sur sa surface — pleine, ronde, argentée. Amanda ne pouvait détacher le regard de ce simple disque. Il paraissait tellement inoffensif…

LUNDI

plus que quatre jours

57.

Alan Leightman était assis sur le divan. Je lui avais offert du café. J'avais du mal à m'habituer à son nouveau nom et il m'arrivait encore de l'appeler Bob. Il avait enroulé ses doigts, ceux de la main droite d'abord, puis ceux de la gauche, autour de la tasse, comme s'il voulait les réchauffer. Pourtant son café avait dû refroidir depuis longtemps. Il avait sans doute besoin de s'imaginer qu'il pouvait encore en tirer un peu de chaleur et de réconfort.

— Elle n'arrêtait pas de faire tourner cette cuillère.

— Et ça vous dérangeait ?

— Tout me dérangeait dans son comportement. Ma femme… Cette femme brillante avec laquelle j'avais vécu pendant si longtemps était devenue une sorte de zombie, de camée. Et elle ne cherchait pas à dissimuler la haine que je lui inspirais.

— Vous n'avez pas fini de me raconter ce qui s'est passé dans la cuisine, ai-je fait remarquer.

Je tenais à ce qu'il aille au bout de son histoire.

— Comme son café était froid, elle l'a jeté dans l'évier et a mis de l'eau à bouillir. Mais quand la bouilloire a commencé à siffler elle a fait un truc vraiment bizarre… Elle a allongé le bras pour la toucher.

— Comment ça la toucher ? Pour voir si c'était chaud ?

— Oui, mais elle savait que c'était chaud puisque ça sifflait. Elle s'est brûlée volontairement. Deux fois de suite. Pourquoi ? Ensuite elle a dit qu'elle savait quelque chose qui pouvait m'aider à me disculper…

Il s'est interrompu pour se frotter le visage d'un air las.

— Mais elle a ajouté que ça ne servirait à rien qu'elle en parle, que personne ne la croirait. Et elle avait raison. Tout le monde penserait qu'elle ment pour me protéger.

Il a secoué la tête.

— Elle me punit pour ce que je lui ai fait. Et je le mérite.

— Vous le méritez ?

Il a acquiescé. Je lisais l'angoisse dans son regard.

— Alan, si vous le désirez, je peux parler à…

— Non.

Il s'était levé d'un bond.

— Ne parlez à personne de tout ça, vous m'entendez ? Je vous l'interdis. Et surtout pas à la police.

— Je ne pensais pas à la police. Asseyez-vous et calmez-vous, je vous en prie. Je voulais vous proposer de vous recevoir avec Kira.

Il s'est laissé retomber sur le divan.

— Je n'ai pas écrit à ces femmes. Et je ne les ai pas tuées non plus.

— Je n'en doute pas.

Je le lui avais déjà dit, je n'avais pas changé d'opinion.

— Docteur Snow, comment interprétez-vous le comportement autodestructeur de ma femme ?

— Elle voulait sans doute se punir. Peut-être aussi que la douleur physique l'aidait à oublier sa souffrance psychique.

Il a acquiescé en pressant l'une contre l'autre ses mains

posées sur ses genoux. Il a croisé les jambes, puis les a décroisées. Son regard ne cessait de circuler dans la pièce, comme s'il s'attendait à trouver dans un recoin ou sur les rayonnages de la bibliothèque, dissimulées derrière un livre, les réponses aux questions qu'il se posait

— Elle se sent responsable de mon addiction, c'est ça ?

— C'est possible.

Il est resté songeur un long moment, à hocher la tête en silence.

— Elle se croit responsable de tout. Même du respect du premier amendement…

Il était en train de passer un cap difficile, je le sentais. Et, cette fois, il ne faisait pas machine arrière. Il a eu un regard douloureux, puis il a fermé les yeux. Quand il les a rouverts, à l'éclat qui les animait, j'ai compris que quelque chose venait de changer dans sa perception de la situation.

— Alan, que se passe-t-il ?

— Vous croyez que ses sautes d'humeur et son comportement incohérent pourraient être dus aux médicaments qu'elle prend ?

— Oui, c'est possible. Il arrive que les médicaments produisent un effet contraire à celui qu'on en attend. Certains patients traités pour un état dépressif sombrent parfois dans une dépression encore plus grave. Elle vous autoriserait à appeler son médecin et… ?

— Est-ce que ces patients peuvent devenir violents ? Vraiment violents ? Se mettre à délirer ?

— Oui.

Il a baissé les yeux vers ses mains. Son alliance brillait. Il l'a cachée.

— C'est à cause de moi qu'elle prend ces cachets.

— Non. Je ne suis pas d'accord.

Mais il ne m'écoutait plus.

— Alan, ça va ?

Il me regardait sans me voir. Il n'était plus avec moi, dans ce cabinet. J'ai attendu quelques minutes. Il a ouvert sa bouche, mais aucun son n'en est sorti. Puis il a secoué la tête comme s'il menait avec lui-même une conversation silencieuse.

— J'ai pris une décision, a-t-il annoncé.

J'ai attendu la suite.

Il s'est raclé la gorge. J'ai acquiescé, en signe d'encouragement.

— En sortant d'ici, j'irai tout droit au commissariat.

— Pourquoi faire ?

— Je vous ai menti. J'ai menti à Kira, à vous, à la police. J'ai tué ces femmes… Je crois que je ferais mieux de l'avouer tout de suite.

Je ne connaissais son vrai nom que depuis quelques jours, mais j'avais cerné depuis longtemps les grands traits de sa personnalité.

— Alan, vous n'avez tué personne, ai-je protesté.

Son expression était dénuée de toute émotion. Je ne lisais sur son visage que la résolution.

— Oui, je les ai tuées, a-t-il insisté. Et je tiens à me rendre. Je vous demande de ne pas vous mêler de ça, de ne pas dire à la police que vous ne me croyez pas capable de meurtre.

— Nous avons déjà abordé ce sujet. Je ne peux parler de ce qui se passe ici.

— Vous n'avez pas le devoir de prévenir les autorités si vous me jugez dangereux ?

— Je ne comprends pas… Vous vous prétendez coupable pour que j'aille trouver la police ?

— Non. C'est tout le contraire. Je vous interdis le moindre contact avec la police. C'est bien clair ? Seule Kira est au courant pour ma thérapie. Personne d'autre. Ne dites rien à qui que ce soit. Nous sommes d'accord ?

— Alan, pourquoi faites-vous ça ?

— Docteur Snow, vous devez cesser de poser des questions. Vous comprenez ?

Il me contemplait fixement et, l'espace d'un instant, il m'a fait peur.

— Oui.

Il avait un regard implacable.

— Ce que je vous ai confié ne sortira pas de ce cabinet ? a-t-il insisté.

J'ai remarqué sa mâchoire crispée et un tendon qui saillait au niveau de son cou.

— Exactement. Mais je crois que nous devrions discuter de votre décision avant qu'il soit trop tard pour reculer.

— Je n'ai pas le temps. Je dois partir. Mais avant je vais vous demander un service. J'aimerais que vous appeliez le médecin de ma femme pour lui demander de la soutenir dans ce moment difficile. Si vous n'arrivez pas à le joindre, allez la voir, je vous en prie. Vous acceptez ? Je ne veux pas qu'elle soit seule et qu'elle apprenne la nouvelle par un flash d'informations.

Il s'exprimait très clairement, mais je le sentais absent, ailleurs.

— Alan, écoutez-moi, je vous en prie. Vous payez pour rester dans ce cabinet pendant quarante-cinq minutes et il nous reste encore du temps. Laissez-moi vous aider. Je suis persuadée que vous n'avez tué personne. Je ne vous crois même pas capable de vous suicider. Vous êtes quelqu'un de solide. En dépit de vos problèmes sexuels et de votre addiction à internet, vous tenez à protéger votre carrière et votre couple. Pensez à votre femme. Elle va être abattue quand elle apprendra la nouvelle. Vous ne pouvez pas lui faire ça.

Il a cligné des paupières, plusieurs fois. Signe que ce dernier argument avait porté.

— Ce n'est pas contre elle que je le fais.

— Non, en effet. Vous cherchez à la protéger.

Il a paru surpris d'être percé à jour.

— Alan, c'est bien ça, n'est-ce pas ?

Il a ébauché un sourire, vite réprimé.

— La protéger ? Qu'entendez-vous par là ? Je ne comprends pas où vous voulez en venir, docteur Snow. De quoi devrais-je la protéger ?

— Alan, je vous en prie, dites-moi ce qui vous arrive.

— J'aurais voulu poursuivre ma thérapie avec vous, Morgan. Vous m'auriez sûrement permis d'évoluer.

Il ne m'avait encore jamais appelée par mon prénom.

Il s'est levé.

J'ai regretté de ne pas pouvoir l'enfermer avec moi dans ce cabinet pour l'obliger à me dire pourquoi il prenait cette décision extrême. Mais je n'en avais ni le droit ni le pouvoir.

— Si vous avez besoin de moi, je viendrai. Où que vous soyez. Vous avez entendu ? Vous avez le droit de recevoir votre thérapeute en prison, ne l'oubliez pas.

Il a hoché la tête et il a tendu le bras pour me serrer la main. Sa peau était sèche et froide, mais sa poigne vigoureuse.

Le juge Alan Leightman n'était pas un assassin, j'en étais absolument certaine. Mais j'avais eu tort d'affirmer qu'il n'était pas capable de se suicider. Bien sûr qu'il en était capable. Il commettait en ce moment même un acte suicidaire, sous mes yeux, et j'étais impuissante à l'en empêcher.

Il m'a tourné le dos et il est sorti. Je l'ai suivi pour le regarder descendre l'escalier en colimaçon. C'était la première fois qu'il quittait le Butterfly Institute par la porte principale.

58.

Noah Jordain et Mark Perez interrogeaient un gamin interpellé pour viol. Un gamin beaucoup trop jeune pour avoir fait ce dont on l'accusait. Et ils le savaient.

— Tu étais avec Juan, n'est-ce pas ? demanda Perez.

Juan était probablement le coupable, mais celui-là, impossible de le faire craquer

— J'étais seul. Je vous l'ai déjà dit, merde !

— Adresse-toi à nous correctement, gueula Perez. Même si tu nous l'as déjà dit vingt fois, tu réponds poliment quand on te repose la question. Compris ?

La tête de Butler apparut dans l'entrebâillement de la porte. Jordain leva les yeux vers elle.

— J'aurais besoin de vous deux pendant quelques minutes, dit-elle.

Jordain s'accroupit devant le gamin. Perez jouait le rôle du mauvais flic, il avait donc endossé celui du bon.

— Ecoute-moi. Tu n'as que onze ans. Si tu nous dis ce qui s'est réellement passé hier soir et que tu nous donnes le nom du copain que tu protèges, tu ne seras pas inquiété. Mais si tu persistes à te taire, tu grandiras en prison.

Il se tut, puis reprit d'une voix glaciale :

— Tu ne verras pas une seule fille pendant des années. Réfléchis. On te laisse tranquille un petit moment.

Il sortit de la pièce avec Perez et ils rejoignirent Butler qui les attendait dans le couloir.

— Qu'est-ce qui se passe ? demanda-t-il.

— Je préfère vous le montrer plutôt que de vous l'expliquer, répondit-elle en les entraînant dans le couloir.

— Tu veux nous mettre l'eau à la bouche, taquina Jordain.

Elle ne répondit pas et continua à avancer sans même se retourner.

— Tu as quelque chose à propos des filles du web ? demanda Jordain.

— Ça se pourrait.

Il en avait assez de piétiner dans cette affaire. Ils soupçonnaient Leightman, mais ils n'avaient pas de quoi l'arrêter. Quelques e-mails, c'était loin de suffire et ça ne tiendrait pas la route devant un tribunal. Sans compter que ça puait le traquenard. Si le juge avait voulu joindre ces femmes par internet pour leur envoyer des cadeaux empoisonnés, il aurait pris la précaution d'utiliser une nouvelle adresse en brouillant les pistes pour qu'on ne puisse pas remonter jusqu'à lui. Donc, la question était maintenant de savoir qui cherchait à le mettre dans le bain. Il aurait dû se révolter et désigner des coupables potentiels. Jordain se demandait si on le faisait chanter. Il avait peut-être un squelette dans son placard. Mais comment le prouver ?

Butler leur ouvrit cérémonieusement une porte, tout en surveillant leur réaction.

— Je suis venu vous dire qui a tué ces trois femmes, annonça posément le juge quand ils furent installés. Mais j'ai besoin de votre parole d'honneur que vous ne chercherez pas à en savoir plus.

— Nous ne marchandons pas pour obtenir des informations, riposta Jordain.

— Ne vous foutez pas de moi, inspecteur. Marchander, vous ne faites que ça. Je vous dis ce que j'ai à vous dire. Et ensuite vous ne tirerez plus rien de moi. Que ça vous plaise ou non. Pour la suite, vous passerez par mon avocat.

— Vous êtes venu de votre plein gré, répondit froidement Jordain que ce petit jeu exaspérait. Personne ne vous a convoqué. Crachez le morceau ou bien partez.

— Très bien. Je suis coupable du meurtre de ces trois femmes. Et maintenant je ne parlerai plus qu'en présence de mon avocat.

59.

Nina est passée me dire bonsoir avant de partir. Un seul regard lui a suffi pour s'apercevoir que je n'étais pas dans mon assiette. Elle m'a demandé ce qui n'allait pas et s'est assise quelques minutes pour m'écouter. Ensuite elle m'a proposé de sortir boire un verre.

D'habitude, nous allions à pied au Bemelman's Bar du Carlyle, une promenade agréable qui durait une dizaine de minutes. Mais ce jour-là les étroits trottoirs couverts de neige n'étaient pas très engageants. Nous avons remonté nos cols de manteaux et nous sommes entrées dans le bistrot français qui se trouvait à quelques mètres à peine de l'institut.

Il faisait moins dix degrés et le vent glacial qui nous enveloppait aggravait encore la situation. Tout le monde en avait marre du froid et s'en plaignait tout haut en permanence. Le soir, aux informations, ils diffusaient une chronique pour donner des conseils sur la meilleure façon de l'affronter et de s'en protéger. La plupart de mes patients étaient plus déprimés que de coutume. Il y avait une épidémie de désordres affectifs saisonniers.

Le serveur est venu prendre la commande. Nina a demandé une vodka tonic avec du citron et moi un cocktail gin et vermouth, puis notre conversation s'est tout naturellement centrée sur Alan. Je lui ai expliqué à quel point je jugeais ses aveux grotesques. Il ne pouvait pas être un assassin.

— Il va avoir besoin d'aide, mais tu vas passer le relais à quelqu'un d'autre, a dit Nina. Tu ne peux plus t'occuper de lui.

— Et pourquoi donc ?

— Tu n'as pas une petite idée ?

— A cause de Noah ?

— Oui.

— J'aurais dû me douter que tu me le conseillerais…

Le serveur est revenu avec nos boissons. Nina guettait ma réaction. Je savais ce qu'elle pensait.

— Je ne vois plus Noah, ai-je objecté.

Le serveur est passé une deuxième fois pour déposer sur notre table un bol d'olives vertes et noires luisantes d'huile. J'en ai pris une.

— Tu ne le vois plus ? s'est étonnée Nina. Depuis quand ?

Je lui ai raconté que Dulcie s'était de nouveau réfugiée chez son père, que Mitch m'avait proposé de tenter une réconciliation et que je m'étais disputée avec Noah. Je me suis efforcée d'aller jusqu'au bout en me montrant objective et sans me laisser démonter, mais ce n'était pas facile car l'expression de Nina en disait long. Ce qu'elle entendait ne lui faisait pas plaisir.

— Retourner avec Mitch pour résoudre le conflit avec Dulcie. Morgan, c'est une idée parfaitement saugrenue. Je suis persuadée que tu n'y crois pas une seconde.

Elle s'est adossée à son siège et a lentement retroussé les poignets de son pull cachemire d'un marron chaud.

— Pourquoi pas ? J'aimais Mitch et ce n'est pas moi qui ai voulu divorcer.

— En effet. Mais vous avez quand même divorcé. Et depuis tu as rencontré un autre homme.

Elle m'a pris la main.

— Qu'est-ce qui t'arrive, Morgan ?

J'ai haussé les épaules.

— Est-ce que tu sais au moins de quoi tu as peur ?

— Je n'ai pas peur, ai-je protesté d'une voix faible.

— Bien sûr que si, tu as peur.

— Tu vas m'obliger à prendre le chemin le plus difficile.

— Je ne t'oblige jamais à rien.

J'ai ri.

— Non, mais tu ne lâches pas le morceau quand tu juges que je choisis la facilité.

J'ai bu une autre gorgée de mon cocktail. Je n'avais pas remarqué jusque-là à quel point il était frais et délicieux.

— Morgan, sais-tu pourquoi tu envisages de retourner vivre avec Mitch ?

— Parce qu'il était mon mari et que nous avons été heureux ensemble. Et aussi parce que c'est mieux pour notre fille.

Elle a secoué la tête.

— Tu as une autre interprétation, ai-je murmuré. Je t'écoute.

— Tu es intelligente. Tu vas trouver toute seule.

— Je veux donner une chance à Mitch. Je veux retrouver ma fille.

— Bien sûr que tu veux retrouver ta fille. Mais je crois aussi que tu as peur de t'engager avec Noah. Ou plutôt, pour dire les choses crûment, tu as peur de le décevoir, peur d'être déçue. Tu préfères fuir plutôt que d'affronter la réalité.

J'ai bu plusieurs gorgées d'affilée pour me calmer. Il valait mieux que je me taise, le temps de me sentir capable de m'exprimer posément, sans crier.

— Pourquoi n'oses-tu pas manifester clairement ta colère contre moi ? a murmuré Nina en se penchant par-dessus la table.

— Il s'agit avant tout de Dulcie, dans cette histoire. Tu as l'air de l'oublier, ai-je rétorqué

— D'accord, parlons de Dulcie. Elle se révolte contre toi… Et après ? C'est parfaitement normal à son âge et c'est même sain. Tu le sais.

— Je le sais, mais j'ai du mal à l'admettre.

— Très bien. Voilà un excellent point de départ. L'adolescence est une période difficile. Dulcie doit s'opposer à toi pour grandir, c'est dans l'ordre des choses. C'est une étape nécessaire à sa maturation, la dernière avant l'âge adulte, et elle doit la vivre. Quand on ne peut pas se révolter contre sa mère… Morgan, tu en as souffert, tu sais que ça laisse des traces. Ta fille a besoin de s'affirmer. Rien de ce que tu feras ou ne feras pas avec Mitch n'y changera quoi que ce soit. Tu refuses l'inéluctable. C'est malsain.

J'ai regardé ma montre. Nina a froncé les sourcils.

— C'est ça. Dis-moi qu'il est tard et que tu dois partir. Quel courage ! Je te félicite.

Elle m'a contemplée fixement.

— Ne t'inquiète pas, a-t-elle ajouté. Je vais demander l'addition.

Elle a fait signe au serveur et a sorti son portefeuille pour prendre sa carte de paiement. J'ai entrevu au passage une photographie de Dulcie et moi qu'elle conservait précieusement.

Personne ne me connaissait aussi bien que Nina, pas même mon père. Elle avait raison, je ne m'étais jamais révoltée. J'avais été une adolescente timide et inhibée, obéissante, soucieuse de plaire aux adultes. Professionnellement, j'avais marché sur les traces de Nina en allant dans les mêmes universités qu'elle et en choisissant le même métier. Je m'étais mariée tard, avec un homme que mon père connaissait et appréciait. Et pendant tout ce temps-là je ne m'étais jamais demandé pourquoi tout était si simple pour moi et si compliqué pour mes amis du même âge.

Le résultat de tant de docilité, c'était que j'avais du mal à savoir ce que je désirais réellement, aussi bien émotionnellement que physiquement. J'avais abordé ce problème au cours de ma thérapie, mais sans vraiment le résoudre. J'avais enfoui mes sentiments tellement profondément que je n'avais plus le courage de creuser pour les mettre à jour.

Seul l'amour que je ressentais pour Dulcie s'était imposé à moi avec une sorte d'évidence. Dès que j'avais tenu mon bébé dans mes bras, j'avais compris à quel point je l'aimais. Elle était une des rares personnes que je n'avais pas de mal à approcher et j'étais presque en symbiose avec elle. Lorsqu'elle était bébé, je me réveillais la nuit avant même d'entendre ses pleurs. Plus tard, je souffrais quand elle souffrait. Ce n'était pas surprenant, plutôt inévitable, parce que toute mon attention avait toujours été centrée sur elle.

Et voilà que Dulcie prenait ses distances… Je me sentais coupée d'elle.

Nina et moi sommes sorties dans la rue. Le vent enroulait nos manteaux autour de nos jambes et nous poussait. De petits morceaux glacés venaient battre mon visage. La tempête était revenue. Il ne tombait plus ces légers flocons plats qui transforment le paysage en une scène hivernale douce et feutrée, nous subissions une attaque de petites boules glacées. Le temps de parcourir la portion de rue qui nous séparait de Madison Avenue et mes joues me brûlaient déjà. J'ai pris Nina par le bras pour l'aider à traverser. J'avais peur qu'elle glisse sur le verglas caché sous la récente couche de neige.

Nous avons pris vers le nord, marché encore un peu, et puis j'ai remarqué un taxi qui déchargeait une femme. Au même moment, mon attention a été attirée par un homme qui paraissait nous observer depuis le trottoir d'en face. Il se tenait sous un réverbère et j'ai cru reconnaître Terry Meziac, le chauffeur et supposé garde du corps d'Alan.

Que faisait-il ici ?

J'ai frissonné, mais pas de froid. Ce que je savais sur Leightman me mettait en danger, Noah m'avait prévenue, mais je ne l'avais pas pris au sérieux.

La neige tombait toujours. Il faisait nuit.

Ce n'était peut-être pas Meziac, après tout.

J'ai fait un effort pour détourner mon regard de cet homme et me concentrer sur le taxi qui allait nous passer sous le nez. J'ai crié « Taxi », en accélérant le pas. C'est là que j'ai glissé.

J'ai eu le réflexe de lâcher le bras de Nina pour ne pas

l'entraîner dans ma chute et je suis tombée en avant. Ma main droite a touché le sol en premier, j'ai senti la glace sous ma paume, mes jambes se plier, le froid m'envelopper. Un froid dur et piquant. Impitoyable.

60.

Quatre heures plus tard, je quittais l'hôpital Lenox Hill avec Nina. Je m'étais démis le poignet droit et fracturé un os. J'en suis sortie plâtrée du coude à la main. Seuls mes doigts dépassaient.

— Morgan ? Viens, ma chérie. Allons-y.

— Où sommes-nous ?

J'étais assommée par les médicaments. Où étais-je ? J'ai regardé autour de moi. Dans un taxi. Devant l'immeuble de pierre de la 56e Rue où habitait Nina, de l'autre côté d'East River.

— Tu passes la nuit chez moi, a-t-elle dit.

Elle m'a soutenue pour traverser et entrer dans l'immeuble.

Elle m'a installée dans la chambre où j'avais passé tant de nuits enfant et m'a apporté une tasse de thé bien chaude, avec du lait et du miel — un breuvage qu'elle réservait aux malades et aux blessés.

La douce saveur du lait et du miel, rehaussée par celle du thé, légèrement amère, avait pour moi le goût du réconfort et de la tendresse. Je l'offrais à ma fille quand elle ne se sentait pas bien et elle buvait lentement, pour faire durer le plaisir, comme moi en ce moment.

MARDI

plus que trois jours

61.

J'avais flotté dans un sommeil agité par un rêve embrouillé où je me trouvais devant un échiquier géant. Noah était debout au milieu du damier, il tenait un pion rouge et un pion noir et me demandait si j'étais prête à démarrer la partie.

J'étais encore dans les vapes à cause des médicaments, j'avais mal à la tête, mon poignet me lançait.

Je me suis assise et j'ai regardé le pyjama que je portais. Je ne me souvenais pas m'être déshabillée, Nina avait dû m'aider. Je me suis levée doucement. Ma tête tournait, je suis allée lentement jusqu'aux toilettes.

Se débrouiller avec une seule main s'est révélé plus difficile que je ne l'aurais cru. J'ai eu du mal à défaire les boutons du pantalon de pyjama. Et encore plus à les remettre en place.

J'en avais pour six semaines. Ça allait être long.

J'ai trouvé Nina assise à la table de sa cuisine, devant une petite fenêtre qui donnait sur un jardin d'hiver.

— Tu dois souffrir, m'a-t-elle dit quand elle m'a vue. Assieds-toi. Je vais t'apporter du jus de fruits et tes cachets.

— Ça va, ai-je dit en manipulant maladroitement une chaise. Ce n'est pas si terrible que ça.

— Tu ne vas pas jouer les héroïnes, j'espère.

Elle a posé un verre de jus d'orange devant moi et deux

comprimés dans une soucoupe. J'ai allongé instinctivement le bras droit, mais la douleur m'a arrêtée. J'ai fait la grimace, j'ai reposé mon bras sur mon genou et j'ai inspiré profondément.

— Où est ton écharpe ? a demandé Nina.

— J'ai oublié de la mettre.

— Je reviens. En attendant, prends ces cachets.

Elle est revenue avec un magnifique foulard Hermès, noir, avec des pavots cuivre imprimés. Elle me l'a noué en bandoulière.

— L'hôpital m'a donné une écharpe, ai-je protesté.

— Elle est hideuse.

— Nina, tu es folle.

Je trouvais scandaleux d'utiliser un foulard aussi cher pour soutenir mon bras. Je craignais de l'abîmer.

— Mais non. Je l'ai bien choisi et il te va à merveille.

J'ai terminé mon jus de fruits. Je n'avais pas touché aux cachets. Nina a jeté un coup d'œil désapprobateur vers l'assiette où ils attendaient encore.

— Il va falloir que je les écrase dans ta nourriture ? a-t-elle grondé.

— Je n'en ai pas besoin.

— Bien sûr que si.

J'ai secoué la tête.

— Tu es la créature la plus têtue que je connaisse. Tu souffres, oui ou non ?

— C'est supportable.

— Morgan, tu ne risques pas de développer une dépendance aux calmants. Tu ne vas en prendre que pendant quelques jours.

— Si tu as deux antalgiques costauds, j'accepte de les avaler.

Nous avions déjà eu ce genre de discussions. A mon sujet. Au sujet de Dulcie. Ma mère s'était gavée de calmants, d'excitants et de décontractants musculaires qu'elle avalait avec de la vodka. Je l'avais vue faire. Ça m'avait traumatisée et je nourrissais une profonde aversion pour les médicaments.

Nina est partie à 8 heures pour se rendre à l'institut et elle n'a pas eu à insister beaucoup pour que j'accepte de passer la journée au lit — elle se chargerait d'annuler mes rendez-vous. J'ai dormi une bonne partie de la matinée, je me suis réveillée vers midi pour manger la soupe et le sandwich qu'elle m'avait préparés le matin. J'ai passé l'après-midi à regarder des vieux films à la télévision, en évitant soigneusement les flashes d'informations qui parlaient de la confession du juge Alan Leightman.

J'avais pas mal de soucis, mais la douleur qui ne me lâchait pas m'obligeait à les mettre de côté. Elle était arrivée à point pour m'accorder un peu de répit.

62.

Le juge Leightman étant derrière les barreaux, Jordain et Perez passèrent la matinée à écluser leur paperasse en retard. A l'heure du déjeuner, Perez fila chez le dentiste — un rendez-vous urgent qu'il avait déjà annulé plusieurs fois. Jordain travaillait toujours, assis à son bureau, lorsque Ken Fisher, l'un des experts en informatique, vint lui annoncer qu'il avait du nouveau.

— Les e-mails de bob205 reçus par les victimes émanaient d'un ordinateur de l'université de New York, expliqua-t-il.

— C'est logique. Leightman y donne des cours. On sait maintenant pourquoi nous n'avons rien trouvé sur son ordinateur personnel.

— Ecoute, Noah, je ne vais pas t'apprendre ton boulot, mais il y a des trucs qui ne collent pas.

— Je t'écoute.

— Tu ne vas pas apprécier. Tu te souviens qu'on a trouvé un message envoyé par Leightman depuis chez lui, quasiment à la même heure que celui destiné à Debra Kamel ?

— Fais-moi plaisir, explique-moi ce que ça signifie.

— Ça signifie que Leightman ne pouvait pas se trouver chez lui et à l'université en même temps. Je suis désolé de te compliquer la tâche.

— Ne sois pas désolé. Kira Rushkoff a pu envoyer un message en utilisant le compte et l'ordinateur de son mari. C'est possible, n'est-ce pas ?

— Oui, bien sûr.

— Et l'inverse est possible aussi. Elle a pu envoyer un message depuis l'université, pendant que lui était à la maison.

Fisher acquiesça.

— Vous pouvez trouver de quel ordinateur de l'université venait l'e-mail ?

— Bien sûr. Je m'en occupe.

Il fit volte-face et se trouva nez à nez avec Perez qui revenait.

— Butler vient de me dire que Kira Rushkoff est à l'hôpital Bellevue, lança-t-il. Elle a entendu ça à la télévision. Il semblerait que la femme du juge ait craqué.

63.

Les agents Davis et Lynds escortèrent Alan Leightman à l'hôpital Bellevue. Ils grimpèrent avec lui jusqu'à l'étage où se trouvait la chambre de sa femme. Ils allaient l'accompagner à l'intérieur, mais il réclama l'autorisation de la voir seul.

Davis hésita. Après tout... Ils ne risquaient pas grand-chose en accédant à sa requête. Il n'y avait qu'une entrée, une infirmière veillait sur la malade, Leightman était menotté. Ils pouvaient le surveiller à travers la vitre ménagée dans la porte. Et s'ils avaient envie de savoir ce qui s'était dit dans cette chambre ils pouvaient toujours le demander à l'infirmière.

— Très bien, fit Davis. Mais nous ne bougeons pas d'ici.

Une fois dans la chambre, Alan demeura un instant immobile devant le lit, à contempler Kira sous perfusion. Elle paraissait ravagée. On aurait dit que ses forces l'avaient abandonnée. Elle avait les yeux ouverts, mais elle ne le regardait pas et ne disait pas un mot. Elle n'avait pas répondu quand il l'avait appelée en entrant. Il sentit ses genoux se dérober et dut se retenir au montant du lit pour ne pas tomber. Il attendit un peu, le temps de se reprendre, puis il demanda à l'infirmière si elle voulait bien le laisser s'entretenir avec sa femme en tête à tête.

Elle haussa les épaules, se leva lentement, étira ses jambes ankylosées et sortit sans un mot. Il la suivit des yeux. Quand elle eut refermé la porte derrière elle, il vit que l'un des policiers s'approchait pour coller son nez à la vitre. Leightman haussa les épaules. Ce flic pouvait regarder tant qu'il voulait. Du moment qu'il n'entendait pas…

Il alla s'asseoir près de Kira et prit sa main gauche, celle du bras auquel était accrochée la perfusion. Il y enfouit son visage puis embrassa tendrement le creux de la paume. Il se demandait comment cette femme, *sa* femme, avait pu commettre de telles atrocités.

— Kira ? murmura-t-il.

Elle ne répondit pas.

Pourquoi Kira ?

Il savait pourquoi. A cause de lui. Parce qu'il n'avait pas pu s'empêcher de visiter des sites pornographiques sur internet. Parce qu'il n'avait pas tenu compte de sa souffrance quand il l'abandonnait la nuit pour allumer son ordinateur.

Il allongea le bras pour lui caresser les cheveux et murmura son nom, mais il n'obtint aucune réaction.

Qui devait-on blâmer quand un enfant commettait un crime ? L'enfant, sans doute. Mais aussi ses parents. Bien sûr, il n'était pas le père de Kira, mais il se sentait tout de même coupable. Evaluer la part de responsabilité de deux parties opposées, il connaissait, il était juge.

La justice et l'équité étaient au centre de sa vie. Et aujourd'hui, pour que justice soit faite, il devait accepter la sentence qu'il méritait. Il contemplait sa femme gisant sur ce lit d'hôpital, avec la sensation d'être assis sur le banc des accusés de leur procès. Elle avait été l'instrument du crime, certes, mais lui en était l'instigateur. Il lui avait fait du mal. Il était plus coupable qu'elle.

Il sentit des larmes lui piquer les yeux et les essuya subrepticement. Il purgerait sa peine, oui, mais ça ne leur rendrait pas le bonheur.

— Kira, mon amour, tu m'entends ?

Silence.

— Kira, je t'en supplie, insista-t-il d'une voix brisée.

Elle tourna enfin vers lui un regard voilé par l'effet des médicaments.

— Tu es à l'hôpital, mais tu vas t'en sortir, tu m'entends ?

Il fallait qu'elle l'entende. Il fallait qu'elle comprenne ce qu'il avait à lui dire.

— Kira, tu m'entends, n'est-ce pas ? répéta-t-il.

Elle acquiesça en silence.

— Ne t'inquiète pas. Je n'en parlerai jamais à personne. Je t'aime, Kira. Si tu savais comme je regrette. Comme je m'en veux. Personne ne saura jamais ce que tu as fait. De toute façon, c'est moi le vrai fautif. Tu as réagi comme tu as pu à ce que je t'ai imposé. Tu ne mérites pas d'être punie.

Elle lui lança un regard apeuré. Il remarqua ses joues creuses. Sans rouge à lèvres, sa bouche lui parut fine et sèche.

— Tu ne peux pas…, murmura-t-elle d'une voix faible.

Il se pencha en avant, difficilement à cause des menottes, et déposa un baiser sur son front.

— Il faut que tu te rétablisses. Ne pense qu'à ça. Et quand tu rentreras à la maison n'oublie pas de détruire tout ce qui pourrait servir de preuve contre toi. Fais disparaître tout ce qui t'implique dans cette affaire, de près ou de loin. En principe, ils ne devraient pas chercher de ton côté, mais on ne sait jamais. Tu as compris ?

Elle ouvrit la bouche pour dire quelque chose, mais il n'en sortit qu'un sanglot.

64.

Amanda décida de sécher le cours de 16 h 30 — le cours d'arts plastiques, celui qu'elle préférait. Elle quitta l'école et alla attendre un bus en direction de la Ve Avenue. Tout le monde se foutait qu'elle rate un cours d'arts plastiques. Elle terminait le lycée et elle avait déjà rempli et envoyé son dossier pour l'université. Ce dernier trimestre n'était qu'une formalité.

Durant le trajet, elle se sentait nerveuse et faillit descendre à deux reprises. Et si le Dr Snow ne tenait pas parole et allait tout raconter à ses parents ? Ou à la directrice du lycée ? Elle ne voulait pas risquer de gâcher ses chances pour l'année prochaine. La conseillère d'orientation était capable d'écrire à Brown et à Cornell — les deux universités qu'elle briguait — pour les prévenir.

Comment savoir… Tout était possible.

Elle commencerait donc par faire promettre au Dr Snow de ne parler de ça à personne. Elle promettrait, ça oui, mais pouvait-on se fier à elle ? Timothy assurait que oui. Il disait que certains garçons du groupe lui avaient déjà confié des trucs vraiment dégueulasses et qu'elle avait gardé ça pour elle.

Elle regretta de ne pas avoir appelé avant de venir… On

ne se présentait pas sans prévenir au cabinet d'une thérapeute. Mais elle avait eu peur que le Dr Snow veuille savoir pourquoi elle désirait la voir. Elle ne voulait pas s'expliquer par téléphone.

Amanda tourna à l'angle de la 66e Rue, parcourut la Ve Avenue en direction de Madison, puis passa devant plusieurs pâtés de maisons avant de trouver une grande porte en fer forgé avec une petite plaque de bronze indiquant Butterfly Institute.

Elle poussa le battant, mais il ne s'ouvrit pas.

Elle avisa alors l'Interphone et appuya sur le bouton.

Qu'allait-elle répondre si on lui demandait qui elle était ? Devait-elle donner son véritable nom ? Nom de famille, prénom, ou les deux ? Est-ce que le Dr Snow saurait de qui il s'agissait si elle ne mentionnait que son prénom ?

Elle commençait à paniquer, lorsqu'elle entendit un déclic et une voix de femme.

— Amanda, annonça-t-elle. Pour le Dr Snow.

— Entrez.

A l'intérieur, Amanda contempla les hauts plafonds, le lustre en cristal qui diffusait une douce lumière sur les murs couleur pêche et les fauteuils en cuir bronze. Cet endroit ne ressemblait pas à un centre de sexologie.

Pourtant, elle ne s'était pas trompée…

— Puis-je vous aider ?

Elle avança jusqu'au comptoir de la réceptionniste en tirant si fort sur les lanières de son sac à dos qu'elle les sentit s'enfoncer dans sa chair.

— Je voudrais voir le Dr Snow, murmura-t-elle timidement.

— Votre nom ne figure pas sur son carnet de rendez-vous, répondit la femme.

Amanda secoua la tête.

— Je n'avais pas rendez-vous, répondit-elle.

— C'est que… Le Dr Snow est absente aujourd'hui. Elle est souffrante, elle a eu un accident.

Mais Amanda n'entendit pas les explications de la femme. Après le mot « absente », elle n'avait plus rien écouté. Elle était désespérée. Elle n'était pas sûre de trouver le courage de repasser un autre jour. Ses yeux se remplirent de larmes. Merde, elle n'allait tout de même pas pleurer devant cette nana tirée à quatre épingles.

— Elle sera là à partir de demain, poursuivit la femme. Vous voulez prendre rendez-vous ?

Amanda songea à déposer ce fichu CD en demandant à cette femme de le remettre au Dr Snow. Mais c'était risqué. Elle pouvait être tentée de le regarder et comprendre de quoi il retournait.

— Un rendez-vous pour quand ? demanda-t-elle.

— Elle aurait de la place jeudi à 16 h 30. Ça vous conviendrait ?

Amanda hocha la tête en silence. Oui.

Jeudi… C'était loin. Elle fut tentée de préciser qu'il s'agissait d'une urgence, mais elle avait peur d'ouvrir la bouche, peur de prononcer le mot « Non », peur de se dégonfler, de tout fiche par terre. Elle avait fait assez de bêtises comme ça. Elle devait absolument confier ce CD au Dr Snow. Le Dr Snow saurait quoi faire. Il le fallait. Il y avait eu assez de victimes comme ça. En espérant qu'il ne se passerait rien d'ici jeudi. Non, tout de même pas.

Elle frissonna.

— Tout va bien ? s'inquiéta la réceptionniste.

— Pas vraiment, répondit Amanda.

Elle ne laissa pas à cette femme le temps de lui demander ce qui lui arrivait. Elle lui tourna le dos et prit la fuite.

65.

J'ai quitté l'appartement de Nina en fin d'après-midi et j'ai pris un taxi pour rentrer chez moi. Le moindre mouvement me coûtait et j'étais épuisée. Aussitôt arrivée, j'ai laissé tomber mon sac, j'ai posé mon manteau sur le dossier d'une chaise et je me suis affalée sur le canapé.

La pièce était paisible et silencieuse et elle sentait un peu l'air chaud qui sortait des radiateurs. Je me suis relevée pour allumer une bougie parfumée — j'en avais tout un stock, je les utilisais pour me débarrasser des odeurs gênantes. Mais je n'ai pas réussi à frotter correctement une allumette avec une seule main.

Quand Mitch a sonné à la porte quarante minutes plus tard, j'étais toujours dans le salon et je tentais d'oublier la douleur lancinante qui battait à mon poignet. Ça m'a fait un drôle d'effet de lui ouvrir de la main gauche.

Il m'a embrassée, tendrement, doucement, sur les lèvres. J'ai senti sur sa bouche le froid qu'il apportait avec lui et j'ai frissonné.

— Ça te fait encore mal ? a-t-il demandé en regardant le bras plâtré que je portais en écharpe.

— Oui, mais je supporte.

— Je parie que tu as poussé le stoïcisme jusqu'à refuser de prendre quoi que ce soit de plus fort que de l'aspirine.

La remarque aurait pu me paraître touchante, mais elle m'a heurtée comme une insulte.

— Je vais bien, ai-je insisté.

Il a haussé les épaules comme pour dire qu'il avait déjà entendu ça. Il l'avait déjà entendu, en effet. J'ai inspiré profondément. C'était normal. Du moins au début. Nous allions devoir surmonter le fait que nous nous connaissions trop bien, inventer une nouvelle manière d'être ensemble.

— Tu veux boire quelque chose ? ai-je demandé.

— Je vais me servir. Va t'asseoir.

Je l'ai laissé nous préparer des boissons — un scotch sec pour lui et un club soda pour moi. Je ne voulais pas mélanger l'alcool avec les médicaments. Il a apporté nos verres jusqu'au canapé et il m'a tendu le mien tout en buvant une gorgée du sien.

— Comment va Dulcie ? ai-je demandé.

— Elle campe sur ses positions.

— Comme moi.

— Je sais, a-t-il dit avec un sourire attristé.

— J'espère que tu n'es pas venu ici pour jouer les ambassadeurs et me convaincre de céder ? Si c'est le cas, tu perds ton temps.

Mitch était très séduisant et ça aurait dû me troubler de me trouver seule avec lui. Mais ici, dans ce salon qui avait été notre salon, c'était impossible. Quand il m'avait embrassée en arrivant, je n'avais rien ressenti de spécial. Je venais de me casser le poignet, j'avais mal, il était tout naturel que je ne sois pas d'humeur à flirter. Mais tout de même. Rien. Pas même un petit battement de cœur. En reconnaissant son eau de toilette, j'avais même eu un mouvement de recul, comme si ce souvenir me dérangeait.

— Je ne viens pas en ambassadeur, a-t-il protesté.

— Mitch, elle ne possède pas encore les outils pour détecter les dangers qui l'environnent.

— Tu me fais un procès d'intention, Morgan. Je viens de te dire que je ne tenterai pas de te convaincre du contraire.

— Tu as raison. Je suis désolée. Sincèrement désolée. Je suis mal parce qu'elle n'est pas là. Et furieuse de me trouver une fois de plus dans la position de celle qui dit non, de la méchante.

— Ça va s'arranger, a-t-il assuré en souriant. Tu veux qu'on aille manger quelque chose dehors ?

Non je ne voulais pas. Ce que je voulais, c'était voir Noah. Je voulais qu'il soit là, pour lui parler et m'asseoir dans la cuisine pendant qu'il nous préparait un bon petit plat.

Merde ! Je devais cesser de penser à Noah. J'avais dit à Nina que c'était fini, que je ne le voyais plus.

— Oui, bonne idée, ai-je répondu.

— Tu as une préférence ?

— Non, ça m'est égal, je te laisse choisir.

— Morgan, dis-moi où tu veux aller, ce n'est tout de même pas compliqué.

Il a eu l'air agacé. Ça aussi ça m'a rappelé quelque chose. Ce fardeau sur mes épaules, cet étau qui me serrait la poitrine… J'ai reconnu les signes. J'avais oublié ces tensions permanentes entre nous.

Nous n'avions pas divorcé uniquement parce qu'il le souhaitait. Au fond, je n'étais plus heureuse avec lui depuis longtemps, même si j'avais décidé de ne pas le voir, de me cacher derrière ma fille et mon travail.

— Mitch… J'ai mal au poignet et je suis dans les vapes à cause des cachets. Je crois qu'il vaut mieux que je reste ici et que je dorme.

Je me suis levée pour le raccompagner jusqu'à la porte. Avant de partir, il s'est penché vers moi pour déposer un baiser sur mon front.

— Appelle-moi demain. Et je t'en prie, Morgan, ne sois pas si bornée. Prends quelque chose de sérieux pour la douleur.

Mais quand la porte s'est refermée derrière lui, quand je me suis de nouveau retrouvée seule, je me suis aperçue que je ne souffrais pas tant que ça et que je n'étais pas fatiguée au point d'aller me coucher tout de suite.

66.

Je voulais me déshabiller, mais c'était trop difficile avec une seule main et j'ai préféré remettre cette épreuve à plus tard. J'ai tout de même réussi à enfiler une robe de chambre et je suis allée dans la cuisine pour boire un peu d'eau. Mais impossible d'appuyer sur le levier du distributeur tout en tenant le verre. J'ai abandonné et je me suis contentée de l'eau du robinet.

Avec le verre dans ma main gauche — décidément, je ne m'y habituais pas —, j'ai traversé le couloir pour rejoindre ma chambre. Au passage, je n'ai pas pu m'empêcher de m'arrêter devant celle de Dulcie.

Elle me manquait. Je ne regrettais pas l'adolescente vindicative qui posait sur moi son regard froid et dur, mais la petite fille qui venait autrefois se blottir dans mes bras et posait la tête sur mon épaule pour s'endormir sur mes genoux.

La vue de son lit d'enfant avait quelque chose de réconfortant. J'ai posé mon verre d'eau sur sa table de nuit, je me suis allongée et j'ai allumé son poste de télévision. Je cherchais une chaîne qui diffusait des nouvelles. Je voulais savoir s'il y avait du nouveau pour Alan.

Le présentateur a parlé d'un attentat à la bombe au Moyen-Orient et ensuite d'un avion disparu au-dessus des montagnes

Rocheuses. Puis, comme je m'y attendais, une photographie d'Alan Leightman a rempli l'écran. J'y étais préparée pourtant, mais le fait de lire le bandeau qui allait dévaster la vie de mon patient, là, dans la chambre de ma fille, avec mon poignet qui me lançait… Je ne sais pas… Je me suis mise à pleurer sur cet homme qui avait consacré sa vie à la justice et qui ne méritait pas ça. Même s'il s'en sortait, sa réputation était fichue. Il ne s'en remettrait jamais.

J'ai décroché le téléphone dans l'intention d'appeler Noah. Pas pour lui dire qu'il me manquait, ni lui annoncer que je m'étais blessée ou que j'avais changé d'avis à propos de Mitch, mais pour lui faire savoir qu'il se trompait sur toute la ligne. Alan n'avait tué personne. J'en étais absolument certaine. Et ça signifiait qu'un dangereux assassin était toujours en liberté.

J'avais déjà composé le numéro, j'entendais la première sonnerie.

Et si Noah me demandait comment je savais, qu'est-ce que j'allais lui répondre ? Alan m'avait interdit de parler de lui à la police.

Deuxième sonnerie.

Alan avait insisté pour que je garde le silence. Il m'avait même menacée à mots couverts. Je me suis souvenue de l'homme sous le réverbère, juste avant que je tombe. J'avais cru reconnaître Terry Meziac, le garde du corps d'Alan.

— Allô ?

Finalement, au dernier moment, j'ai changé d'avis. J'ai expliqué à Noah comment je m'étais cassé le poignet.

— Tu pleures ? m'a-t-il demandé.

J'ai hoché la tête, mais il ne pouvait pas me voir. Je m'apprêtais à répondre quand il a ajouté :

— Pas question de te laisser pleurer toute seule dans ton coin. J'arrive tout de suite. Tu veux que je t'apporte quelque chose ? Tu as mangé ?

Mes sanglots ont redoublé.

67.

Un autre homme serait arrivé avec une soupe de nouilles au poulet provenant d'un de ces traiteurs bon marché que l'on trouve partout dans Upper East Side. Pas Noah. Il a apporté un litre de bouillon créole avec de gros morceaux de viande tendre et de fines tranches de gombos, le tout flottant dans une sauce tomate épicée. J'en ai eu les larmes aux yeux, d'émotion cette fois.

Nous nous sommes installés dans la cuisine et il a rempli deux grands bols pendant que je répondais à ses questions. Je lui ai raconté ma mésaventure en passant sous silence ce qui me tracassait vraiment — à savoir que j'avais aperçu Terry Meziac dans la rue et que j'avais eu l'impression qu'il me suivait. Je n'ai rien dit non plus au sujet des menaces voilées d'Alan Leightman, ni de la difficulté que j'avais à faire le lien entre le Bob que je connaissais et l'homme qui paniquait à l'idée que je puisse révéler qu'il était mon patient, celui qui m'avait interdit d'intervenir en sa faveur auprès de la police.

Noah m'avait mise en garde contre Leightman. Il m'avait mise en garde tout court. Même si Leightman était innocent, j'étais en danger. Il était en thérapie avec moi, j'étais la mieux placée pour le défendre, je représentais donc une menace pour le meurtrier qui chercherait à me faire taire.

Il m'est brusquement venu à l'esprit qu'Alan exigeait peut-être mon silence pour me protéger…

— Tu souffres beaucoup ? m'a demandé Noah.

— Non.

— Je ne te crois pas.

— Vraiment, je t'assure. C'était bien pire ce matin. J'ai pris des antalgiques.

— Ceux de ton ordonnance ?

— Non. Mais ça va tout de même.

— D'accord. Mais si tu as besoin de quelque chose de plus fort tu l'as sous la main ?

J'ai acquiescé.

Nous sommes restés silencieux quelques minutes.

— Il faut que je te dise quelque chose au sujet d'Alan Leightman, ai-je enfin lâché. Je ne peux pas entrer dans les détails et tu dois me promettre de ne pas me poser de questions. Ça te va ?

— Il faut bien que ça m'aille…

— Alan Leightman n'a pas pu tuer ces femmes.

— Tu en es persuadée, je l'avais déjà compris. Mais je te rappelle qu'il a avoué. Et nous avons la preuve qu'il est allé sur les pages internet de ces femmes.

— Ça ne prouve pas qu'il les a tuées, n'est-ce pas ?

Il m'a gratifiée d'un gentil sourire.

— Aucun thérapeute n'aime reconnaître qu'il a sous-estimé la dangerosité d'un patient. Mais tu n'es responsable de rien. Tout le monde peut se tromper.

— Merde. Merde pour tes airs supérieurs. Pour commencer, je ne t'ai pas dit qu'il était mon patient.

— Je ne prends pas des airs supérieurs. Et tu sais que j'ai

raison. Tu n'as pas envie que cet homme soit le coupable parce que ça signifierait que tu as laissé passer quelque chose. Je sais ce que tu ressens. Je te comprends.

J'ai contemplé mon bol vide. J'aurais été bien incapable de cuisiner un plat aussi délicieux.

Comment faire pour expliquer à Noah que la personnalité d'Alan ne cadrait pas avec ces quatre meurtres pervers ? Je ne pouvais pas le convaincre sans lui dire clairement qu'il était mon patient. Mais j'avais promis à Alan de me taire.

Peut-être aussi avais-je peur de lui. Surtout depuis que j'avais vu — ou cru voir — Terry Meziac.

Non. Alan était incapable de me faire du mal, même pour protéger son secret. J'avais travaillé avec lui depuis suffisamment longtemps pour le savoir. Cela l'excitait de mettre sa réputation en danger en visitant des sites pornographiques, mais en même temps il en avait honte. Les femmes qu'il choisissait *online* ne présentaient aucun intérêt pour lui, il n'avait pas cherché à communiquer avec elles, à les rencontrer. Il ne lui serait pas venu à l'idée de les agresser. Il ne les percevait pas comme ses bourreaux et, même si ça avait été le cas, il était suffisamment intelligent pour savoir que se débarrasser de quelques femmes ne changerait rien à son addiction, qu'il lui suffirait de cliquer plus haut ou plus bas, ou de taper une autre adresse, pour retomber dans le piège. Il avait besoin de sa dose, exactement comme un drogué de sa piqûre, mais son obsession ne s'accompagnait pas d'impulsions violentes.

Noah s'est levé, il a pris nos bols et a rallumé sous la casserole.

— Quand j'avais dix-neuf ans, je me suis soûlé et j'ai

bousillé la voiture de mon père, a-t-il dit. Ma mère n'arrivait pas à le croire.

— Tu perds ton temps.

— Pardon ?

— Je vois parfaitement où tu veux en venir. Ta mère ne te croyait pas capable de conduire en ayant bu et pourtant tu l'as fait. Je ne crois pas Leightman capable de tuer et pourtant il l'a fait… Mais je ne suis pas la mère de Leightman, je suis son médecin.

Il n'a pas répondu et ne m'a pas imposé la suite de son histoire. Il a pris une très jolie louche qu'il n'avait pas utilisée tout à l'heure et il a de nouveau rempli nos bols qu'il a apportés sur la table. Un fumet piquant s'élevait du bouillon chaud.

— Mange, dit-il. Ne te fatigue pas. Tu restes sur tes positions, moi sur les miennes. Tes arguments ne me convaincront pas. Rien de ce que tu pourrais dire ne me fera changer d'avis.

— Rien ? ai-je insisté après avoir avalé une pleine cuillerée.

— Il y aurait bien des arguments que j'accepterais d'entendre, mais je pense que tu veux les garder pour toi.

Ça m'a donné à réfléchir. De toute façon, je n'avais que des impressions à lui confier, rien de tangible, aucun fait. Juste ma conviction intime en tant que thérapeute.

Alan avait des tendances destructrices, mais il les retournait contre lui. Il avait dédié sa vie à la justice pour protéger les victimes et les innocents. Il n'était pas un assassin.

Il avait avoué pour protéger quelqu'un. Mais qui ?

J'ai avalé une deuxième cuillerée. Au moins, pendant que je mangeais, je n'étais pas tentée de parler.

— Si tu sais quelque chose de précis, tu devrais me le dire, a repris Noah.

Du gombo, vite.

— Morgan ?

Très bien… Après tout, je pouvais peut-être le mettre sur la voie sans trahir le secret professionnel.

— Pourquoi ces quatre filles-là, Noah ? Et pourquoi en utilisant du poison ? Pourquoi aurait-il pris de tels risques ? Et s'il l'a fait pourquoi avouer ? Qu'est-ce que ça lui apporte ? Cette affaire soulève des milliers de questions. Vous avez des réponses ?

— Pas encore, mais on en aura. Et quant à savoir pourquoi il a avoué je m'en fiche complètement. De toute façon, même s'il ne s'était pas livré à la police, nous possédons maintenant suffisamment d'éléments pour l'inculper.

— C'est possible. Mais ce n'est pas lui.

Sans m'en rendre compte, j'avais baissé le nez et je contemplais mon bol vide.

— Tu en veux encore ? a demandé Noah.

J'ai secoué la tête.

— Pas trois bols, tout de même, ai-je dit en riant.

— Comment as-tu fait pour tomber et te casser la main ?

— Pas la main, le poignet. J'ai glissé sur une plaque de verglas en voulant aider Nina à traverser.

— J'ai entendu dire que les hôpitaux de New York ont enregistré plus de fractures au cours des trois dernières semaines que durant les deux dernières années réunies. Tu es sûre que tu ne souffres pas trop ?

— Certaine. Hier, ça me lançait, mais aujourd'hui je n'ai plus qu'une douleur sourde à laquelle je me suis habituée.

— On peut s'habituer à la douleur, bien sûr, mais quel intérêt ?

— On n'a parfois pas le choix.

Je comprenais très bien où il voulait en venir et lui comprenait que j'avais compris. Il s'est levé et a entrepris de débarrasser la table. J'ai eu la sensation que c'était un luxe de l'avoir près de moi pour m'aider.

— Tu veux une infusion ? a-t-il proposé. J'aurais bien préparé du café, mais il est tard et tu as besoin de dormir.

— Merci. Une infusion, oui, ce sera parfait.

Il a rempli la bouilloire. Puis il s'est occupé des tasses, des sachets de camomille et il a coupé un citron.

— Miel ?

— Oui.

J'avais dû répondre sur un drôle de ton parce que sa main est restée suspendue dans les airs et il m'a regardée droit dans les yeux.

— Tu passes un sale moment, a-t-il commenté.

J'ai acquiescé.

— Toi aussi, non ? ai-je dit.

Il a acquiescé aussi.

Nous ressemblions à ces figurines qui dodelinent de la tête sur les tableaux de bord des voitures.

Je me suis levée.

— Laisse-moi. Je peux au moins te servir une infusion, ai-je protesté en l'obligeant à s'éloigner de la cuisinière.

Il m'a regardée sortir deux sachets et les mettre dans les tasses, puis rajouter une cuillerée de miel — tout ça d'une seule main. La bouilloire s'est mise à siffler.

C'était périlleux, mais je m'en suis bien tirée. J'ai réussi à verser l'eau et à presser le citron. Je n'avais plus qu'à lui tendre sa tasse.

— Je suis désolée pour l'autre soir, ai-je murmuré. Je ne voulais pas te blesser. Ça n'avait rien à voir avec toi, en fait. Notre relation n'est pas remise en question. Je sais que je vais devoir trouver une solution avec Dulcie, mais pas en passant par une réconciliation avec Mitch.

Il a souri.

— Voilà une bonne parole. Au moins, à ce sujet-là, tu as l'esprit clair.

Il m'a tendu la main.

— Tu vas prendre ta tasse et me suivre. Je vais te mettre au lit, remonter les couvertures jusque sous ton nez et allumer la télévision pour que tu puisses regarder un vieux film.

68.

J'étais debout devant mon lit et Noah me déshabillait, lentement, avec délicatesse. Il n'y avait dans ses gestes aucune invite sexuelle, juste de la tendresse. Il a fait passer mon pull par-dessus ma tête, puis il a lissé mes cheveux ébouriffés. Sa main si douce produisait sur moi l'effet apaisant d'une berceuse.

— Où est ta chemise de nuit ? a-t-il demandé.

J'ai montré du doigt la salle de bains.

— Derrière la porte, ai-je dit en ôtant mes chaussures.

Il est revenu avec et l'a posée sur le bord du lit. Il a défait les boutons et la fermeture Eclair de mon jean. J'ai voulu le faire descendre avec mon unique main valide, mais Noah m'en a empêchée et à la fin il a soutenu mon bras gauche au niveau du coude pour que je dégage mes pieds. J'allais protester, mais, au moment où j'ouvrais la bouche, il s'est agenouillé devant moi pour m'enlever mes chaussettes. Finalement, ça n'était pas si désagréable.

Ensuite il a défait mon soutien-gorge et m'a aidée à le faire passer par-dessus l'écharpe qui soutenait mon bras et que j'ai fait glisser avec ma main gauche. Durant toute cette opération, il ne m'a même pas effleurée, mais je sentais son souffle sur ma nuque et le tissu rêche de son jean contre mes jambes nues lorsqu'il se collait à moi par inadvertance.

Il n'y avait plus qu'à enfiler la chemise de nuit. Il m'a aidée aussi, en passant l'encolure autour de ma tête et en me tenant la manche pendant que j'y entrais lentement mon bras malade.

— A présent, au lit, a-t-il dit en replaçant l'écharpe.

Il m'a bordée, puis il s'est emparé de la commande à distance pour allumer la télévision et chercher une chaîne.

— Parfait, a-t-il murmuré au bout d'un instant.

Je ne savais même pas ce qu'il avait choisi.

Mais il avait bien choisi.

Vacances romaines, avec Audrey Hepburn et Gregory Peck. Le film idéal pour accompagner une nuit où tout paraissait compliqué et sans solution.

— Avant que je m'endorme, pourrais-tu me passer le téléphone ? Il faut absolument que j'appelle Dulcie, il est temps de redresser la situation.

— Tu comptes t'y prendre comment ?

— Je vais lui expliquer ce que je ressens à propos de…

— Puis-je te faire une suggestion ?

— Essaye toujours.

— Dis-lui simplement qu'elle te manque et que tu viendras la chercher dimanche soir au théâtre pour la ramener chez toi.

— Ce n'est peut-être pas le meilleur moyen de…

— Morgan, cesse de prendre des gants et de tergiverser avec elle. Un peu de fermeté lui ferait le plus grand bien. Tu es sa mère et elle doit t'obéir, un point c'est tout. Vas-y, appelle.

Son conseil était plein de bon sens. Il ne passait pas son temps à se torturer avec des interprétations psychologiques sur le pourquoi et le comment des choses. Il n'avait peut-être pas tort. J'étais la mère de Dulcie et elle devait accepter les règles que je lui imposais.

J'ai composé le numéro.

Il s'est levé et s'est posté devant la fenêtre, tout en m'écoutant, je suppose, et j'ai regardé ses épaules et son dos en attendant que Dulcie réponde.

Elle m'a demandé comment j'allais. Bien, j'ai répondu que j'allais bien. Je ne voulais pas lui annoncer mon accident par téléphone. Mitch pouvait s'en charger, ou bien j'attendrais de la voir. Nous avons parlé pendant quelques minutes de la représentation de la soirée. Elle n'a pas fait allusion à l'audition pour la série télévisée. Elle s'est montrée un peu distante, mais elle a accepté de revenir à la maison sans rechigner.

— Je suis épuisée, ai-je dit à Noah en raccrochant.

— Je m'en doute.

Il est venu éteindre la lampe de la table de nuit, puis il a pris la commande à distance et l'a programmée pour que la télé s'éteigne à l'heure où finirait le film. Ensuite il a remonté les couvertures jusqu'à mon menton.

— Il est temps de dormir, chérie, a-t-il murmuré.

— Tu rentres chez toi ?

— Non. Je vais m'installer dans le salon. Ton canapé est plus confortable que bien des lits. Je serai très bien.

— Mais non, c'est stupide. Pourquoi ne… ?

— Chut. Je ne voudrais pas t'écraser le poignet en dormant. Ne t'en fais pas pour moi. Dors. Et pas d'affreuse sonnerie pour te réveiller, je m'en chargerai. Tu n'as qu'à me dire à quelle heure tu veux te lever.

J'ai fermé les yeux en écoutant les dialogues du film. Mon

poignet me gênait toujours, juste assez pour que je ne l'oublie pas, et j'ai eu du mal à trouver une position confortable avec mon plâtre. Mais je crois que ça faisait longtemps que je ne m'étais pas endormie aussi vite.

MERCREDI

plus que deux jours

69.

Je me suis réveillée au son d'une musique de jazz inspirée du blues qui convenait parfaitement à une matinée hivernale. J'ai d'abord cru qu'il s'agissait d'un disque, puis j'ai compris que Noah jouait sur le piano droit qui avait appartenu à ma grand-mère et à ma mère. Il ne s'agissait pas d'un instrument de valeur, mais j'y tenais.

Je suis restée au chaud sous mes couvertures à l'écouter et à me laisser bercer, tout en songeant qu'il avait dormi sur le canapé du salon. Pour moi. J'en ai été attendrie.

Il est allé jusqu'au bout de son morceau, puis il est venu me rejoindre.

— Bonjour, a-t-il lancé joyeusement en apportant une tasse de café qui dégageait un arôme puissant.

Je l'ai trouvé beaucoup plus fort que celui que je préparais d'habitude. Le café, c'était ce que je faisais de mieux, mais Noah me battait tout de même à plates coutures.

Pendant que je buvais, il m'a fait couler un bain. Il voulait m'aider à me déshabiller pour y entrer, mais j'ai protesté.

— Je peux me débrouiller.

— Très bien. Si tu as besoin de moi, crie.

J'ai fait passer ma chemise de nuit par-dessus ma tête, j'ai dégagé avec précaution mon bras droit et je suis entrée lentement dans la baignoire en prenant soin de ne pas tremper mon plâtre que j'ai posé sur le rebord. Je venais juste de m'installer, quand j'ai entendu frapper à la porte.

— Oui ?

— Je peux entrer ?

— Bien sûr.

— Si tu es d'accord, je vais te laver les cheveux. Se shampouiner d'une seule main, ce n'est pas commode.

Il avait raison. Je me suis redressée un peu pour me pencher en avant et j'ai fermé les yeux.

Il m'a massé le crâne. C'était vraiment délicieux d'être plongée dans ce bain parfumé, avec cet homme qui s'occupait de moi. Je me suis dit que je n'aurais jamais la force de travailler après ça… Ensuite il a pris un gant de toilette et m'a lavée avec mon savon gel au citron et à la lavande. Ses gestes étaient doux, précautionneux et sans ambiguïté.

— Je te laisse une serviette à portée de la main, a-t-il dit. Sauf si tu me demandes de rester.

J'ai hésité.

— Je veux bien, oui. Je me sens un peu faible, j'ai peur de perdre l'équilibre.

Il a jeté la serviette sur ses épaules et m'a tendu la main. Dès que je suis sortie de l'eau, il m'a enveloppée pour me sécher.

Jamais je ne m'étais sentie aussi chouchoutée.

Il a pris ensuite une serviette propre sur les étagères, pour éponger l'eau qui gouttait de mes cheveux.

Il faisait chaud et humide dans cette salle de bains, ça sentait bon, les mains de Noah étaient douces et tièdes, grandes, expertes. Ma mère avait dû accomplir autrefois les mêmes gestes, mais ce souvenir ne m'était pas accessible. Et puis ma mère était une femme… Noah était protecteur et bienveillant comme une mère, mais il était un homme, mon amant. Et cet amant se trouvait torse nu dans ma salle de bains et moi nue sous ma serviette.

Il a pris ensuite le sèche-cheveux.

— C'est bon, a-t-il dit au bout de quelques minutes en me guidant hors de la salle de bains comme si j'étais l'invitée et lui l'hôte. Maintenant, il faut t'habiller. Ensuite je te servirai ton petit déjeuner.

Je l'ai suivi dans mon dressing et il m'a ôté la serviette. Là, il m'a regardée avec intensité. Il n'a pas eu l'air de se rendre compte qu'il me dévorait des yeux, ni de l'effet que ça produisait sur moi. Il s'est aussitôt mis à farfouiller dans mes tiroirs dont il a sorti un soutien-gorge noir et une culotte en dentelle.

Il a entrepris de m'habiller. Passer le bras droit, le gauche, ajuster les bretelles, les bonnets, nouer les crochets d'attache, il s'est occupé de tout. J'ai laissé échapper un long soupir. Je me suis demandé à quoi il pensait et s'il s'était aperçu que j'avais la chair de poule.

Il s'est penché et a soulevé mon pied droit, puis mon pied gauche, pour les glisser dans la culotte qu'il a remontée, à deux mains, en la tenant par la ceinture, le long de mes mollets, de mes genoux, de mes cuisses.

J'ai roulé des hanches, à peine, malgré moi.

Il cherchait de nouveau dans mes vêtements alors que j'aurais voulu qu'il continue. J'ai dû attendre qu'il choisisse un gilet en cachemire gris sombre qu'il m'a enfilé en l'ajustant à mes bras et à mon buste avec une caresse, si délicatement que je n'aurais pas su dire si c'était le contact de ses doigts ou celui de la laine qui me faisait frissonner. Il l'a boutonné et s'est de nouveau détourné vers les étagères d'où il a extirpé un pantalon de flanelle gris. J'ai pris appui sur ses épaules pour le passer. Il a fait remonter la fermeture Eclair.

J'étais prête. Et debout face à lui dans mon petit dressing. J'avais toujours les cheveux humides. Ses mains étaient posées sur ma taille. Et il n'y avait plus un centimètre entre nous. Nous étions enlacés. Il a écrasé sa bouche contre la mienne et j'ai passé ma main valide derrière sa nuque pour m'accrocher à lui.

Ses mains ont repris le chemin qu'elles venaient de parcourir, cette fois avec avidité, sans retenue, pressant mes seins, caressant mon dos, se glissant entre mes cuisses, me titillant sous le tissu de flanelle.

Parfois le désir prend le dessus sur tout le reste. Il arrête le temps et la pensée. Le corps répond de lui-même, sans qu'on le dirige. Plus rien ne compte que le toucher, la sensation, ces ailes de papillon qui battent dans la cage thoracique.

Et puis, lentement, il m'a ôté mes vêtements, un par un. Il a commencé par le pantalon comme s'il voulait reprendre le parcours à l'envers. Puis il s'est agenouillé et j'ai cru qu'il allait m'enlever ma culotte, mais il a simplement enfoui sa tête entre mes jambes en soufflant une haleine chaude sur mon sexe à travers la dentelle. J'ai réagi en poussant en avant vers lui.

Je haletais. Je n'arrivais plus à remplir mes poumons. Je n'obtenais pas assez vite ce que je désirais. Et en même temps j'aurais voulu que cette approche dure toujours.

Il est passé ensuite à mon gilet, dont il a défait les boutons et dont il m'a débarrassée avec d'infinies précautions, surtout quand il a fallu dégager le bras en écharpe.

Pendant qu'il s'attaquait à mon soutien-gorge, j'ai réussi

tant bien que mal à venir à bout de la braguette de son jean, d'une seule main.

Nous nous sommes enfin retrouvés nus, peau contre peau.

— Tu dois comprendre que…, a-t-il murmuré tout en m'embrassant la nuque, puis l'oreille. Tu dois accepter de ressentir autre chose que de la douleur.

Je ne me souviens pas avoir répondu.

Les mots étaient devenus inutiles parce que j'avais bien d'autres façons de lui faire comprendre qu'il avait raison, que j'étais d'accord — avec mes lèvres, mes doigts, en ouvrant mes cuisses pour lui.

Nous étions allongés sur le sol, je sentais son sexe dur contre mon ventre et ses doigts qui m'excitaient. Il attendait que je réclame ce que je voulais. Alors j'ai réclamé. J'ai enroulé mes jambes autour de sa taille et j'ai glissé sous lui pour me placer à la bonne hauteur.

J'ai mordu la chair souple de son lobe et ma langue a léché l'intérieur de son oreille. Il m'a embrassée, puis il s'est écarté.

— C'est pour toi, a-t-il murmuré.

Il m'a fait l'amour, avec tout son corps. Et le mien qui lui répondait, et son odeur qui m'enveloppait — un mélange de romarin et de menthe —, et ses cheveux qui me frôlaient les seins, et la tiédeur de son souffle sur mon cou… Il n'y avait plus que nous deux dans la pièce. Pour une fois, mes patients et leurs problèmes n'ont pas réussi à nous déranger. Le bateau était complet, nous ne prenions pas d'autres passagers. Nous avons voyagé jusqu'au moment où j'ai crié. Il m'a répondu par un unique soupir qui m'a fait l'effet d'une caresse, aussi douce que celle de ses mains.

Ce jour-là, dans cette pièce à peine assez grande pour nous contenir, j'ai oublié que c'était le matin, qu'il faisait froid, que des gens attendaient que je résolve leurs problèmes, que des fantômes me guettaient derrière la porte close. Noah était là, avec moi. Je ne pensais plus à rien

70.

Mon amour,

Mon œuvre est presque achevée. Je croyais que cela m'apporterait un peu de joie. Ne fût-ce que parce que tout s'est déroulé selon mes plans. C'est fait, bien fait et personne ne me soupçonne. Je devrais ressentir quelque chose, n'est-ce pas ? Au moins le plaisir de l'accomplissement ou la satisfaction d'avoir si aisément trompé la police.

Mais à l'intérieur je ne trouve rien d'autre que ce trou béant, avec, tout au fond, un animal sauvage et affamé, la mâchoire ouverte, prêt à avaler tout ce qu'on lui jette. Il plante ses dents acérées dans chaque morceau de chair que je lui offre et pourtant il n'est jamais rassasié.

Pourquoi ne veut-il pas me laisser tranquille ? Que dois-je faire de plus pour prouver que je t'aime ?

Je t'ai donné tant d'amour… Et je t'en donne encore. Oui. Ne proteste pas. Je m'arracherais les entrailles et je les dévorerais sous tes yeux s'il le fallait, si tu l'exigeais comme preuve de mon amour pour toi.

Je ne veux rien, je n'attends rien. Tout ce qui m'importe, c'est que tu comprennes que je t'aime.

Il ne reste plus que deux jours avant ton anniversaire. Il y a dix-huit ans, je n'aurais jamais imaginé que l'amour possédait un tel pouvoir. Sa force m'impressionne.

Quand je suis allongée dans mon lit la nuit et que je pense à toi, je suis horrifiée à l'idée que tu as tant souffert. Je me sens coupable. Tu n'as pas su voir ce que tu possédais, ce que tu étais, le monde qui s'ouvrait devant toi. C'est sûrement ma faute. Et c'est ma faute aussi si je ne me suis doutée de rien.

Ces femmes qui ne sont pas des femmes au sens où on l'entend habituellement n'ont ni esprit ni âme. Elles n'ont qu'un corps. Un corps qu'elles utilisent pour exciter des yeux invisibles, sans songer au mal qu'elles font, aux autres, à celles qui en pâtissent.

Et tout le monde s'en fiche, personne ne les tient pour responsables de rien, parce que rien de ce qu'elles font n'est illégal ou immoral — et si ça l'est on fait semblant de ne pas le voir.

Tu aurais dû être épargnée, entre toutes. Parce que je me bats depuis toujours contre ce mal qui ronge notre société.

Et pourtant tu en as été la victime et ça me donne le droit de réclamer réparation en ton nom. Il ne me suffit pas que ces femmes meurent. Il faut que ça se sache. Il n'en reste plus qu'une. Celle-là, je vais la savourer plus que les autres parce qu'une fois que j'aurai rayé son nom je pourrai enfin brûler la liste, la regarder se transformer en cendre, puis en poussière. Et ce sera la fin. Enfin.

Tout ça, je le fais pour toi.

JEUDI

plus qu'un jour

71.

Quand je suis sortie de chez moi le lendemain matin, il faisait encore nuit. Une fois de plus, la météo avait annoncé une journée sans soleil. Dehors, la couche de neige s'était épaissie sur les toits, les arbres, les bouches d'incendie et les voitures. Un tapis blanc dissimulait les passages piétons. Les détails du paysage étaient enterrés depuis longtemps. On ne les distinguait plus à travers les couches de neige.

Exactement comme on ne pouvait pas voir ce que cachait le mensonge d'Alan Leightman…

Le médecin de Kira m'attendait dans le hall de l'hôpital. Il m'a serré la main — la gauche. Il m'a brièvement informée de l'état de sa patiente et nous sommes montés ensemble à l'étage.

Alan m'avait donné l'autorisation de parler à Kira. Il m'avait même priée de l'aider à affronter la situation si je n'arrivais pas à joindre son médecin.

Je n'avais donc pas l'impression d'enfreindre mon éthique. Je répondais à la demande d'Alan, en allant, peut-être, un peu plus loin. Il fallait absolument que je parle à Kira. Elle m'aiderait à comprendre ce qui se passait.

Kira était une grande femme aux épaules carrées, mais quand je l'ai vue dans ce fauteuil d'hôpital je l'ai trouvée ratatinée, amenuisée. Je m'attendais à voir la personne séduisante, calme et lisse, que présentaient les médias, mais ses cheveux étaient sales et emmêlés, sa chemise de nuit froissée et tachée, le vernis de ses ongles s'écaillait. Elle ne cessait de regarder partout, d'un œil vague.

Au fond, ça n'était pas vraiment surprenant. Elle avait beau être une grande avocate, je la savais fragile. Une mince frontière la séparait des filles perdues.

— Comment vous sentez-vous ? ai-je demandé.

Elle a haussé les épaules.

— Je vous remercie d'avoir accepté de me parler, ai-je ajouté.

— Ne me remerciez pas trop vite. Je ne suis pas certaine de répondre à vos questions. J'en veux énormément à Alan.

— Je comprends très bien et…

— Pourquoi teniez-vous tant à me voir ? a-t-elle coupé.

Elle a pris une grande paille en plastique, verte, qu'elle s'est mise à secouer lentement d'avant en arrière. Pendant quelques secondes j'ai contemplé en silence ce mouvement de balancier.

— Pour vous demander si vous saviez pourquoi votre mari a avoué des meurtres qu'il n'avait pas commis.

— Comment pouvez-vous affirmer qu'il ne les a pas commis ? a-t-elle rétorqué en pinçant l'extrémité de la paille.

— Il est mon patient depuis longtemps et je suis persuadée qu'il est incapable de tuer. J'ai longuement réfléchi à ses motivations et je ne peux m'empêcher de penser qu'il connaît ou pense connaître le coupable, et qu'il essaye de le protéger.

— Quel noble geste, ne trouvez-vous pas ? a-t-elle répondu d'un ton sarcastique.

Puis elle a éclaté en sanglots.

J'ai jeté un coup d'œil au Dr Harris. Il m'a fait signe de la tête qu'il me donnait l'autorisation de poursuivre. Il n'est pas intervenu.

Elle était passée de l'abattement à l'amertume. Et maintenant j'avais droit aux larmes. Ça ne m'a pas surprise. Je n'ignorais pas à quel point elle avait souffert de l'addiction d'Alan qu'elle considérait comme une trahison.

— Vous êtes furieuse et je le comprends, ai-je dit. Alan vous a humiliée. Il a foulé aux pieds toutes ses promesses.

Elle a paru se détendre un peu, mais elle s'est mordu la lèvre inférieure, comme si elle se retenait de me répondre. Quelques secondes ont passé. Puis elle a poussé un soupir et elle a repris, toujours sur un ton d'ironie mordante.

— Ça lui fait les pieds d'être en prison. Le grand juge Leightman derrière les barreaux…

— Vous avez du mérite d'avoir supporté si longtemps cette horrible situation. C'est très douloureux de vivre avec un homme qui s'intéresse à des femmes virtuelles et se détourne de vous.

— Oui. Affreux.

— Je m'en doute.

Elle m'a dévisagée fixement, sans se donner la peine d'essuyer les larmes qui roulaient sur ses joues.

— Il ne s'est pas rendu compte que pendant tout ce temps-là, moi, je n'avais pas cessé de l'aimer. J'aurais dû le lui dire. J'aurais dû me jeter dans ses bras. J'aurais dû appeler à l'aide beaucoup plus tôt.

Elle a poussé un soupir.

— Il ne devrait pas se trouver en prison, a-t-elle murmuré. Je veux qu'il paye pour ce qu'il a fait, mais pas à ce point-là.

— Pourtant, il s'est livré à la police. Vous savez pourquoi ?

Elle a acquiescé

— Pourquoi ?

Elle n'a pas répondu.

— Kira… Est-ce que votre mari a avoué parce qu'il vous croit coupable ? Pour vous protéger ?

Elle a baissé les yeux vers la tasse qu'elle tenait à la main et a remué sa paille. J'ai attendu sa réponse.

Au bout de cinq minutes, j'ai compris que je ne tirerais plus rien d'elle et je suis partie.

Dans l'ascenseur, je me débattais pour enfiler mon gant, quand mon téléphone a sonné. C'était Allison qui m'annonçait qu'un patient venait de se décommander et que je pouvais arriver plus tard à l'institut.

Une fois dans le hall du rez-de-chaussée, je me suis aperçue que je n'avais plus mon gant. Je suis retournée sur mes pas pour le chercher.

C'est là que je l'ai vu. Terry Meziac. A quelques mètres de moi. J'en ai eu la chair de poule et je me suis arrêtée net. Me suivait-il ? Pas sûr… Il était peut-être là pour veiller sur Kira, après tout. Alan était en prison, il avait pu lui ordonner de protéger sa femme.

J'ai retrouvé mon gant devant la porte de l'ascenseur. Je me suis penchée pour le ramasser. Quand je me suis redressée Terry Meziac avait disparu. J'ai fait un tour dans le hall, mais je ne l'ai plus vu.

J'ai tenté de me rassurer. Bien sûr qu'il était là pour Kira. Il était le garde du corps des Leightman, après tout.

Un garde du corps avec un casier judiciaire, Noah me l'avait dit.

Je suis sortie pour chercher un taxi.

Après avoir donné l'adresse au chauffeur, je me suis retournée pour regarder par le pare-brise pendant que la voiture filait. Mais il n'y avait rien à voir.

72.

— J'espérais que Kira m'apprendrait quelque chose de précis. Mais je me suis trompée.

— Tu as cru qu'elle avouerait avoir tué ces femmes et que ça te permettrait de faire libérer ton patient, a répondu Nina. Tu es persuadée qu'il n'est pas coupable et qu'il protège quelqu'un. Et si c'est le cas il est logique de penser que ce quelqu'un est sa femme.

J'avais rejoint Nina dans son cabinet. Il faisait trop froid pour sortir et elle nous avait commandé des sandwichs au pain de seigle pour le déjeuner. Elle avait déjà terminé le sien, mais moi j'avais à peine mordu dans le mien.

— Ça fait quarante ans que j'étudie la psychologie, mais je n'ai pas beaucoup avancé dans ma compréhension de l'amour, a-t-elle repris. Nous sommes les pathétiques victimes de nos émotions.

Je n'avais pas la moindre envie de philosopher. J'aurais voulu qu'elle m'aide à trouver un moyen de parler de Kira à la police sans bafouer mes règles de déontologie.

— Comment va ton poignet ? m'a-t-elle demandé.

J'ai baissé les yeux vers mon plâtre. Il était encore blanc. Mais il n'allait pas tarder à noircir, comme la neige des trottoirs.

— Ça va, ai-je répondu.

— Tu as toujours mal ?

— Un peu. Mais ça n'a pas d'importance.

— Ça en a. Pour moi. Tu souffres et je me sens impuissante à te soulager.

— Oh… On dirait une parabole. Continue…

— Si je pouvais prendre ta douleur en charge, Morgan, je n'hésiterais pas. Tu ressens la même chose pour Dulcie quand elle se blesse. Pour ta fille, c'est normal. Mais quand il s'agit de tes patients, non.

— Je ne peux pas rester indifférente devant un homme qui s'accuse de ce qu'il n'a pas fait pour protéger une femme. Une femme qui est peut-être innocente, ce qui signifierait que le coupable court toujours.

— Quel est la problématique d'Alan, Morgan ?

— Je ne suis pas une débutante. Ça fait des années que je pratique le métier de thérapeute. Je n'ai pas besoin que tu supervises mon travail.

— Ne le prends pas comme ça… Je te demande juste de jouer le jeu.

— Il a des problèmes sexuels. Sa femme est un être de chair et de sang. Gérer une relation avec elle oblige Alan à gérer des sentiments. Ça lui fait peur. Il se défend en allant chercher la satisfaction sexuelle ailleurs. Elle supporte très mal qu'il la délaisse. En réaction, elle surinvestit sa vie professionnelle. Le fait d'être une avocate célèbre et de gagner beaucoup d'argent représente pour elle autant une gratification qu'une excuse. Elle se fait croire qu'il ne l'apprécie pas autant qu'elle le voudrait parce qu'elle n'est pas assez dépendante de lui, parce qu'elle réussit trop bien. Elle se noie dans le travail. Il passe son temps sur internet. Les femmes des sites pornographiques permettent à Alan de satisfaire ses besoins sexuels sans avoir à s'impliquer émotionnellement et aussi sans avoir l'impression de tromper vraiment Kira. Je m'en sors bien ?

Le téléphone de Nina a sonné et je n'ai pas eu besoin de consulter l'heure à la pendule murale pour comprendre que c'était Allison qui lui annonçait que son premier patient de l'après-midi était arrivé.

— J'essaye de t'aider, m'a-t-elle dit après avoir raccroché.

— Je sais.

Je l'ai quittée avec la sensation qu'elle ne pouvait pas grand-chose pour moi. Ce n'est qu'en m'asseyant devant mon bureau que j'ai compris où elle avait voulu en venir.

Je m'étais identifiée à Alan. J'avais la sensation que si je parvenais à le sauver j'échapperais moi aussi au paysage froid et glacial dans lequel je m'étais réfugiée pour me protéger. Que je trouverais enfin le soleil.

73.

Alan était détenu dans une cellule de la prison de Tombs, dans Lower Manhattan. J'y avais déjà rendu visite à des patients et j'avais toujours trouvé inhumain d'enfermer des gens dans cet endroit lugubre. Mais dans le cas du juge Leightman c'était injuste en plus d'inhumain. J'ai eu le cœur serré en le regardant s'approcher.

— Vous n'avez rien à faire ici, ai-je dit quand il s'est assis en face de moi dans le parloir. Vous, un juge de la Cour suprême…

— Juge ou pas, je suis un assassin, Morgan, ne l'oubliez pas, a-t-il répondu en évitant mon regard. Je mérite ma punition.

Cette fois il m'avait regardée droit dans les yeux. Il ne pensait pas avoir droit à mon indulgence. Il se considérait comme un être dépravé.

— C'est très gentil à vous de vous être déplacée jusqu'ici, mais vous ne devriez pas vous sentir responsable de ce qui m'arrive.

— Je n'en suis pas si sûre… Mon travail était de vous aider à voir plus clair en vous-même. De vous donner les outils pour combattre votre addiction. J'ai visiblement échoué.

Sinon vous ne vous seriez pas accusé de meurtres que vous n'avez pas commis.

De nouveau, il a détourné le regard.

— Vous vous trompez, a-t-il dit. J'ai vraiment commis ces meurtres.

— Vous ne me convaincrez pas. J'ai rencontré Kira.

— Vous lui avez rendu visite ? Je vous en remercie. Comment va-t-elle ?

Il manifestait soudain un réel intérêt à ma présence. Il était inquiet pour sa femme.

— Je n'en sais rien, Alan. Je ne la connais pas. Mais elle m'a paru assez perturbée.

— Je voudrais que vous la preniez en charge. Que vous deveniez sa thérapeute.

— C'est impossible. Vous êtes toujours mon patient. Je ne peux pas soigner votre femme. Sans compter qu'elle a déjà un excellent médecin.

— Vous croyez qu'il est à la hauteur ?

— Alan, personne ne peut être à la hauteur dans une situation pareille. Votre femme sait que vous êtes innocent. Et elle se sent coupable parce qu'elle sait aussi que vous vous êtes livré à la police pour la protéger.

Il s'est littéralement figé sur place.

— La protéger ? Comment ça ?

Il était soudain très nerveux. Il s'est agité sur sa chaise et a vérifié que personne n'était suffisamment près pour nous entendre.

— Elle voulait vous punir, ai-je poursuivi. Vous obliger à prendre conscience que votre addiction la rendait folle. Vous culpabiliser. Mais de là à en conclure qu'elle a tué ces femmes… Vous vous trompez peut-être, Alan. Vous avez réfléchi à ça ?

Il a ouvert la bouche pour répondre, puis il l'a refermée. J'avais déjà vu Alan traverser des moments difficiles au cours de sa thérapie. Je l'avais vu en colère, honteux, mais jamais abattu comme aujourd'hui. Dans ses yeux, je ne lisais plus que le désespoir.

— Alan, pourquoi refusez-vous d'aborder cette question avec moi ?

— Si Kira… Si…

Il avait du mal à s'exprimer. Il cherchait ses mots.

— Quoi qu'elle ait… Tout est… Tout est ma faute. Je ne vous en dirai pas plus. Ne me posez plus de questions. Ne *lui* posez plus de questions. J'ai fait ce qui s'imposait, Morgan. Croyez-le.

— Vous savoir en prison rend votre femme malade.

Il a hoché la tête.

— Quelle femme ne serait pas malade à l'idée que son mari est un assassin ?

— Ce n'est pas ce que je voulais dire. Ne faites pas semblant de ne pas comprendre.

Un peu plus loin dans le parloir quelqu'un a ricané en lâchant une bordée d'injures. Nous nous sommes tus.

— Dire que j'ai envoyé des hommes ici, a murmuré Leightman.

Je l'ai regardé droit dans les yeux.

— Alan, vous n'êtes pas à votre place dans cette prison.

— Qu'est-ce que vous en savez ? a-t-il rétorqué. Oui, je suis à ma place. Je suis à ma place parce qu'on a trouvé sur mon ordinateur des preuves accablantes. Des messages que j'aurais envoyés à ces femmes pour leur demander d'utiliser des gadgets empoisonnés. Et si ce n'est pas moi qui ai envoyé ces messages, docteur Snow, qui a pu le faire, à part ma femme ? Qui d'autre qu'elle savait que j'allais sur ces sites ? Qui connaissait le pseudo des femmes que j'avais choisies ?

— Mais si vous vous trompiez ? Si ce n'était pas elle ? Si elle ne cherchait pas à vous détromper pour vous punir ? Si…

— Ecoutez, docteur Snow, a-t-il interrompu d'une voix basse et précipitée. Kira a visité ces sites en mon absence et on a envoyé des e-mails aux victimes depuis mon ordinateur. C'est vous qui faites semblant de ne pas comprendre.

J'ai ignoré sa dernière remarque et le ton sarcastique. Il était sous pression, je lui pardonnais.

— Alan, avez-vous pensé que la police ne cherche plus le coupable depuis que vous avez avoué ? Si votre femme n'a pas commis ces meurtres et vous non plus, cela signifie que l'assassin court toujours. Je sais très bien que je vous demande de prendre un gros risque. Mais si j'avais raison, après tout ? Si l'assassin recommençait ? Vous auriez du sang sur les mains, Alan. Vous, un juge, vous seriez responsable d'un meurtre. Vous pourriez vivre avec ça ?

Il a secoué la tête.

— Et si vous vous trompiez ? a-t-il rétorqué. Si Kira était vraiment coupable ? Vous croyez qu'elle serait capable d'assumer un procès ? Je pense, moi, que ça compromettrait sérieusement son équilibre mental. Elle a tant sacrifié pour devenir Me Kira Rushkoff.

Sa voix est devenue suppliante.

— Sa réputation, sa carrière, c'est tout ce qui lui reste.

Ses yeux se sont posés sur mon plâtre et il a paru surpris. Il ne l'avait pas remarqué jusque-là.

— Qu'est-ce qui vous est arrivé ? a-t-il demandé.

J'ai haussé les épaules.

— J'ai glissé, ai-je simplement répondu.

— Une fracture ?

J'ai acquiescé.

— Ne vous en faites pas. Ça s'arrange bien, en général. Vous en avez pour cinq ou six semaines…, a-t-il ajouté en regardant dans le vide.

J'ai compris qu'il pensait à lui. Où serait-il dans six semaines ?

— Vous ne pouvez pas parler de tout ça à la police, a-t-il repris. Vous le comprenez, n'est-ce pas ? Même si vous êtes sûre de vous. Je ne vous le permettrais pas. Ne m'obligez pas à vous le prouver. Vous voyez ce que je veux dire ?

— Vous me menacez, Alan ? Vous essayez de me faire peur ?

— Je vous demande de garder pour vous le fruit de vos élucubrations. Et je vous menace, oui, s'il le faut.

— Avez-vous demandé à Terry Meziac de me surveiller ?

Il n'a pas répondu. Comme sa femme tout à l'heure.

J'avais envie de pleurer et de crier. De rage et de frustration.

— Je n'ai jamais eu l'intention de me confier à qui que ce soit sans votre accord, Alan. Vous n'aviez pas besoin de faire pression sur moi.

Il a souri. Je crois que je n'avais jamais vu un sourire aussi triste et désabusé.

— Rappelez votre chien de garde, Alan. Je ne vous dérangerai plus. Débrouillez-vous tout seul.

74.

Pendant tout le trajet jusqu'au Butterfly Institute, j'ai résisté à l'envie de regarder par-dessus mon épaule pour vérifier qu'on ne me suivait pas. Je ne me suis même pas retournée avant de franchir la porte d'entrée. Même si Terry Meziac était derrière moi, il ne cherchait pas à me faire du mal, juste à m'effrayer. Et on ne pouvait plus m'effrayer. Plus maintenant.

J'avais pris froid et j'avais mal à la gorge. J'avais envie de rentrer chez moi pour me mettre au lit, mais j'ai dû me contenter d'une pastille et d'un thé. Et j'ai commencé à recevoir mes patients. C'était le tour de Blythe quand Allison m'a appelée.

— J'ai oublié de vous prévenir que Blythe avait annulé. J'ai mis quelqu'un d'autre à la place. Une jeune fille qui avait l'air pressée. Elle est là. Elle monte.

Quelques minutes plus tard, j'ai eu la surprise de voir Amanda apparaître à la porte. Son corps frêle était enveloppé dans un long manteau noir, ses bottes en daim étaient trempées, ses cheveux couverts de neige, ses joues rougies de froid. Elle s'était arrêtée sur le seuil, comme si elle ne pouvait se résoudre à le franchir.

— Vous pouvez entrer, ai-je dit. Je suis ravie de vous voir.

Elle a fait un timide pas en avant en laissant derrière elle une petite flaque.

Une fois à l'intérieur, elle s'est figée de nouveau en serrant son sac à dos contre sa poitrine, comme si elle attendait que je me lève pour l'accueillir.

— Enlevez votre manteau, ai-je dit. Il fait chaud.

Elle a avancé lentement. On aurait dit qu'elle marchait sur des œufs. Elle a tout de même fini par arriver jusqu'au canapé. Elle a enlevé son manteau et s'est assise. Tout ça sans lâcher son sac.

— Vous ne direz à personne que je suis venue jusqu'ici, n'est-ce pas ? Pas même à l'école ?

— Non. Vous n'avez pas à vous inquiéter.

Mais elle ne s'est pas détendue pour autant.

— Dois-je vous payer ?

— Nous verrons cela plus tard, d'accord ?

Elle a acquiescé.

— C'est plus difficile que vous ne l'imaginiez, ai-je dit gentiment.

De nouveau, elle m'a répondu d'un signe de tête.

— A quoi vous attendiez-vous ? ai-je insisté.

— J'espérais que vous sauriez, rien qu'en me voyant. Que je n'aurais pas besoin de vous expliquer.

J'ai ri.

— Vous n'êtes sûrement pas la première. Tous mes patients voudraient que je puisse lire dans leurs pensées, pour ne pas avoir à faire l'effort de s'exprimer. Malheureusement, ou heureusement, je ne possède pas ce pouvoir. Par contre, je vous promets de vous écouter sans vous juger.

— Je sais.

Il ne me restait plus qu'à attendre qu'elle se décide. Elle n'avait pas jeté un seul regard autour d'elle et elle n'avait toujours pas lâché son sac. Une minute s'est écoulée. Puis une autre. Elle a commencé à tripoter la languette de la fermeture Eclair de son gilet qu'elle a fait descendre et monter de quelques centimètres, plusieurs fois.

J'étais tentée de la pousser à se lancer, mais je ne voulais pas la bousculer. Pas maintenant qu'elle avait fait le plus difficile.

Elle s'est tout de même décidée.

— C'est vraiment compliqué, docteur Snow. Personne n'est au courant et…

Elle a froncé les sourcils.

— Enfin, si… Il y a tout de même des gens qui savent, mais…

— Vos parents font partie de ceux qui savent ?

Elle a secoué la tête. Avec vigueur.

— Très bien. Ne vous inquiétez pas. Je ne leur dirai rien.

Elle ne m'écoutait plus. Elle regardait fixement un papillon d'un bleu iridescent piégé dans un rectangle de verre. Un cadeau de Nina. Je l'avais accroché au mur.

— C'est bizarre, a-t-elle murmuré.

— Qu'est-ce qui est bizarre ?

— Que vous ayez dans votre cabinet un papillon comme celui-ci.

— Pourquoi ?

— Vous aimez les papillons ?

J'ai acquiescé. Du coup, elle s'est intéressée à la décoration, en s'arrêtant sur la gravure accrochée au mur et sur le presse-papiers posé sur mon bureau. Son visage a pris une expression torturée. Puis elle s'est levée et, sans explication, elle a pris son manteau en grommelant quelques mots inintelligibles, avant de quitter la pièce en courant.

75.

Après coup, quand on veut bien s'arrêter pour prendre le temps d'y réfléchir, on trouve toujours une justification à nos actes, mais ce jour-là, quand j'ai décidé de suivre Amanda, je ne me suis pas demandé ce qui me motivait. Je sais à présent que je l'avais sentie tellement perturbée que j'ai eu peur pour elle. Elle était si jeune… Elle n'avait que quelques années de plus que ma fille et j'avais la sensation que je devais la protéger. Si je prenais soin d'Amanda, quelqu'un, ailleurs, une autre fois, prendrait soin de Dulcie le jour où elle serait en détresse. Sans doute aussi avais-je été impressionnée par l'expression horrifiée qui s'était peinte sur le visage de cette enfant quand elle avait découvert ce papillon dans son piège de verre, dans mon cabinet. Pourquoi avait-elle réagi si violemment ? Elle avait fait la démarche de se déplacer pour me parler de quelque chose de précis, et ensuite elle avait pris la fuite.

Quand je suis sortie de l'institut, elle tournait déjà au coin de la rue, en direction de la Ve Avenue. Je me suis dépêchée, pour ne pas la perdre de vue, oubliant mon plâtre et les conseils du médecin qui m'avait recommandé de me méfier plus que jamais des trottoirs glissants.

— Amanda !

Elle a fait volte-face. Quand elle m'a reconnue, elle a fait mine de traverser, pour me fuir, mais le feu est passé au rouge pour les piétons et elle s'est trouvée coincée.

Je l'ai rejointe en quelques enjambées et j'ai posé sur son épaule une main légère, mais ferme.

— Je peux faire un bout de chemin avec vous ? ai-je demandé.

— Si vous voulez.

Nous avons attendu que le feu change de nouveau, puis nous avons marché dans Madison Avenue, vers l'ouest, sans échanger un mot. Nous sommes passées devant le magasin de disques Rita Ford, l'un des endroits préférés de Dulcie. Amanda claquait des dents et je n'aurais pas su dire si c'était d'émotion ou de froid. Elle n'avait pas pris le temps de boutonner son manteau, elle ne portait pas de gants et elle était tête nue.

Au bout de quelques mètres, comme nous passions devant la porte d'une synagogue, je lui ai proposé d'entrer.

— Venez, ai-je dit. Vous vous réchaufferez un peu. Nous nous installerons tranquillement, sans même parler. Je vous tiendrai compagnie en silence.

Elle m'a suivie. Nous étions dans une petite entrée.

— Vous connaissez cet endroit ? ai-je demandé.

— J'y étudie la Torah le dimanche, a-t-elle répondu.

Nous avons pris sur la gauche, passé une deuxième porte, nous étions maintenant dans le temple lui-même.

— Comme moi autrefois, ai-je dit.

Je n'ai pas ajouté que ma fille fréquentait elle aussi l'endroit. J'avais envie de mettre Amanda à l'aise, bien sûr, mais je ne voulais pas qu'elle pense à moi en tant que mère, seulement qu'elle me perçoive comme une personne à laquelle elle pouvait se confier. Je devais conserver la neutralité du thérapeute.

Le temple occupait l'équivalent d'un pâté de maisons. Un superbe vitrail laissait entrer une douce lumière rouge et bleu. Je me suis installée sur un banc près de l'autel et j'ai levé les yeux vers les portes dorées qui protégeaient la Torah. Amanda a pris place près de moi.

J'ai espéré que l'atmosphère calme et recueillie de l'endroit apaiserait Amanda.

Nous étions là depuis quelques minutes quand les sonorités d'un orgue ont résonné dans la salle. J'ai reconnu du Beethoven, plutôt bien joué. Amanda s'est détendue.

— C'est agréable, ce calme et ce silence, n'est-ce pas ? ai-je dit.

Elle a acquiescé tout en triturant la fermeture Eclair de son sac à dos qu'elle serrait de nouveau contre sa poitrine.

— Il y a quelque chose là-dedans que vous aimeriez me montrer ? ai-je demandé.

J'ai pris soin de parler doucement, pour ne pas la heurter, en laissant mes mots se mêler à la musique. Elle n'a pas répondu. J'avais l'impression de m'adresser à une enfant de trois ans qu'il fallait amadouer.

— Pourquoi ne le sortez-vous pas, Amanda ?

Elle m'a regardée et j'ai ébauché un sourire qui se voulait rassurant. Finalement, elle a ouvert le sac et en a sorti une pochette de CD, en plastique. Elle l'a tenue à deux mains, comme un objet précieux.

— Vous savez qui est Simone ? a-t-elle murmuré.

— Non.

— Les garçons ne vous ont pas parlé d'elle ? a-t-elle insisté d'un ton incrédule.

— Non. C'est une de vos amies ?

— *C'était* ma meilleure amie.

— C'était ?

Elle a poussé un soupir en se mordant la lèvre.

— Elle est morte. Ils ont dit que c'était une overdose.

Elle s'est tassée sur son siège, comme si le poids de ce mot était trop lourd à porter.

— Quelle genre d'overdose ?

— Cachets et vodka. Mais… Nous ne nous droguions pas.

— Quand est-elle morte ?

— En juin dernier. Et pas d'une overdose. Enfin si, mais… Ce n'était pas un accident.

Autant elle avait hésité à se lancer, autant elle paraissait maintenant désireuse et pressée d'aller jusqu'au bout de sa confession. Elle parlait vite et j'avais du mal à l'entendre avec la musique.

— Que voulez-vous dire par là ?

— Depuis un an, elle était très déprimée. Désespérée. Elle m'avait dit qu'elle le ferait. Elle savait même déjà ce qu'elle écrirait dans le mot qu'elle avait l'intention de laisser. La veille, j'en avais parlé avec elle en essayant de l'en dissuader. Je lui ai proposé de l'aider à trouver quelqu'un à qui elle pourrait parler. Elle a accepté. Le soir, j'ai appelé Robin qui m'a donné le numéro de téléphone d'une psy. J'ai pris tout de suite rendez-vous avec elle, elle devait même me faire un prix — cinquante dollars —, j'avais largement de quoi payer avec mes économies. J'ai aussitôt rappelé Simone pour le lui dire. Il n'était que 19 heures. Elle m'a paru beaucoup plus calme et elle m'a assuré qu'elle se sentait mieux et qu'elle m'accompagnerait chez cette femme.

Amanda s'était mise à pleurer et j'ai eu envie de la prendre dans mes bras. Je n'avais pas à la materner, mais il m'était pénible de rester à distance et de continuer à lui poser des questions, quand elle avait tant besoin qu'on la cajole, qu'on l'aide, qu'on soulage sa douleur.

— Qu'est-ce qui rendait Simone malheureuse, Amanda ?

Elle a baissé les yeux vers l'objet qu'elle tenait à la main.

— Ça. Ce que nous avions fait. Tout le monde l'a vu. Sa mère l'a vu. Simone avait tellement honte.

— Elle avait honte devant vos camarades ?

— Non, devant sa mère. Elle aurait voulu que… Elle aurait voulu que sa mère comprenne et…

Elle caressait distraitement la tranche de la pochette.

— Vous voulez me confier ce disque pour que je le regarde ?

Elle a acquiescé, mais elle ne me l'a pas tendu.

— Oui… Mais… Je dois d'abord vous expliquer…

Elle a pris une profonde inspiration, comme quelqu'un qui s'apprête à plonger sous l'eau, puis elle s'est lancée, sans retenue, vite, si vite que j'avais l'impression que ses mots défilaient à l'allure d'un paysage que l'on contemple par la fenêtre d'un train lancé à pleine vitesse.

— On voulait montrer aux garçons qu'on pouvait faire aussi bien que ces filles, celles d'internet. Je sais me servir d'une caméra, j'ai l'habitude de tourner de petits courts-métrages. On avait décidé de les observer, pour les copier, vous voyez ce que je veux dire, et ensuite envoyer le film aux garçons. Pour qu'ils voient de quoi on était capables et qu'ils s'intéressent à nous. Simone aimait Timothy. Elle voulait… Elle aurait voulu sortir avec lui. Et moi… Enfin, ça n'a pas d'importance. Il fallait bien qu'on aille d'abord sur les sites, n'est-ce pas ? La première fois, on a trouvé ça dégueulasse. Mais ensuite c'est devenu plus facile et même ça… ça nous a plu. Et puis quand…

Elle a éclaté en sanglots et je l'ai laissée pleurer. J'ai regardé tressauter ses épaules quelques minutes, puis je les ai caressées doucement.

— Il nous a fallu du temps pour être vraiment à l'aise. Au début, on avait même du mal à se mettre nues devant la caméra. Et ça nous faisait un drôle d'effet de nous caresser. On était gênées. Ensuite on a commencé à se prendre au jeu…

Elle a poussé un énorme soupir.

— On aimait ça et on ne comprenait pas pourquoi. C'était déroutant.

Elle s'est tue. J'ai pensé qu'elle était allée au bout de son histoire, celle de deux gamines qui jouent aux lesbiennes.

— Vous avez découvert que deux personnes pouvaient se donner du plaisir. Qu'il suffit de s'ouvrir et de se laisser aller pour que les caresses soient agréables. Peu importe avec qui.

Amanda m'avait écoutée avec attention. Puis elle a acquiescé.

— On se demandait si cela signifiait que nous étions lesbiennes.

Elle n'était plus dans un état second. Elle s'exprimait posément.

— Aucun garçon ne nous avait jamais touchées de cette manière. On les avait sucés, mais c'est tout. Ce que nous faisions toutes les deux était nouveau pour nous et nous avons vraiment apprécié. Ça ne voulait rien dire, n'est-ce pas ?

— Non, ma chérie.

Le mot m'avait échappé. C'était une entorse à la règle, mais peu importait. Un peu de tendresse ne pouvait pas faire de mal à Amanda.

— Le fait que vous ayez éprouvé du plaisir entre filles ne veut pas dire que vous étiez lesbiennes. La sexualité est un champ complexe, surtout pour qui commence à peine à l'explorer. Simone ne s'est pas suicidée parce qu'elle craignait d'être homosexuelle, n'est-ce pas ?

Tout de même, nous vivions à New York, au XXIe siècle… L'homosexualité n'était plus taboue à ce point-là.

— Non, non. Bien sûr que non. Mais ça a compliqué la situation, c'est certain. Nous avons commencé à faire l'amour sans la caméra, juste pour nous, soi-disant pour nous entraîner. Et puis Simone a vu la fille qui se tailladait les seins. Moi, ça m'a terrifiée… Les garçons ne s'intéressaient pas à ce genre de prestations, mais Simone était fascinée. Mais ce n'était pas si grave que ça, au fond… Je veux dire, le fait qu'elle ait envie de regarder ça, pour elle-même, pas pour intéresser les garçons. Juste regarder.

— Amanda, je ne vous suis plus très bien. De quoi parlez-vous ?

Elle a fermé les yeux.

— Vous devez d'abord me promettre de garder pour vous ce que je vais vous dire. Dans l'école, personne n'a su qu'il s'agissait de moi et de Simone. Et vous ne devez pas montrer le disque à nos professeurs. Timothy est le seul à être au courant.

— D'accord.

— Vous me donnez votre parole ?

Je l'ai regardée droit dans les yeux.

— Oui, je vous le jure, ai-je déclaré d'un ton solennel.

— Nous… Nous avons imité les filles du web et nous avons transmis une copie du film à Timothy sans préciser d'où ça venait. Il l'a passée à Hugh et à Barry. Ils ne pouvaient pas nous reconnaître, nous portions des masques. Nous voulions qu'ils nous désirent et ensuite leur dire que c'était nous. Mais nous n'en avons pas eu le temps parce que des bruits ont commencé à courir. Hugh et Barry avaient fait circuler le document en l'envoyant par e-mail à tout un tas de copains, lesquels l'avaient eux-mêmes envoyé à d'autres. Au bout d'un moment, je crois bien que tous les types de l'école l'avaient vu et on ne parlait plus que de ça. Ils voulaient tous savoir qui pouvaient bien être ces deux nanas. C'était un vrai cauchemar. Finalement quelqu'un l'a même chargé sur un ordinateur de l'école…

Elle a cligné des paupières pour refouler ses larmes. Elle ne voulait pas pleurer, elle avait encore trop à dire.

— Timothy a été viré pour deux semaines. Avec d'autres. La directrice a même menacé de les exclure définitivement s'ils ne révélaient pas l'identité des deux filles. Mais ils ne pouvaient pas, bien entendu, puisqu'ils ne savaient rien. Du moins à ce moment-là.

— Et ensuite ?

— Nous avons cru que l'histoire s'arrêterait là et nous étions soulagées. Mais la mère de Simone a trouvé le dossier sur son ordinateur. Elle a reconnu sa fille et ça l'a rendue folle. Elle ne la laissait plus du tout sortir, sauf pour aller en cours. Et encore, elle l'accompagnait et elle venait la chercher. Elle lui a confisqué son téléphone portable, elle a supprimé sa connexion internet. Elle lui a rendu la vie impossible. Elle a été jusqu'à la menacer de la dénoncer à la directrice si elle ne lui disait pas le nom de l'autre fille. Mais Simone n'a pas cédé au chantage.

Sa mère était de plus en plus furieuse. Elle disait que ce que nous avions fait était très grave et elle le vivait comme un acte dirigé contre elle. Dirigé contre elle, c'était ce qu'elle disait. Comme si Simone l'avait fait exprès pour l'humilier… Elle ne cessait de répéter qu'elle était humiliée et que nous étions lamentables. Tous les parents auraient mal réagi, mais de là à se sentir visée… Nous n'avions pas fait ça contre qui que ce soit, mais pour que les garçons de l'école s'intéressent à nous. A nous. Et pas à ces filles virtuelles. On voulait qu'ils sachent qu'on était capables de les exciter.

Elle a ravalé un sanglot. Elle avait conservé le même débit accéléré et ininterrompu, comme si elle éprouvait le besoin d'évacuer ce poison qui lui rongeait les entrailles.

— Docteur Snow, vous avez entendu parler des filles du web ? Celles qu'on a assassinées ?

— Oui.

— Les filles choisies par l'assassin… Ce sont celles qui nous ont servi de modèles. Elles disparaissent dans l'ordre où nous les avons imitées dans notre film. Il n'en reste plus qu'une en vie. La cinquième.

76.

Amanda avait terminé. Elle m'a tendu le CD et je l'ai pris. Mais elle ne l'a pas lâché tout de suite.

— Promettez-moi de ne le montrer à personne, a-t-elle insisté.

— Pour sauver la cinquième fille, je vais devoir le montrer à la police, ai-je dit doucement.

— Leur en parler ne suffira pas ?

— Ça m'étonnerait. Vous m'autorisez à le leur remettre ?

Elle a secoué la tête.

— Mes parents ne savent rien, a-t-elle murmuré.

— Donnez-le-moi, je vous promets de ne rien en faire pour l'instant. Je vous laisse la nuit pour réfléchir. Demain matin, je vous appellerai et nous verrons ce que vous avez décidé. Ne vous en faites pas, je n'agirai pas sans votre permission.

Elle continuait à secouer la tête.

— Si vous remettez ce disque à la police, je suis fichue. Tout le monde saura que c'est moi. Mes parents réagiront très mal…

L'orgue s'est arrêté de jouer et les dernières notes ont résonné encore un peu. Ensuite, dans le silence, je n'ai plus entendu que le souffle précipité de la respiration d'Amanda.

— Tout est notre faute, a-t-elle repris d'un ton désespéré.

Si nous n'avions pas tourné ce film, si nous ne l'avions pas montré aux garçons, Simone ne serait pas morte et ces pauvres filles non plus.

— Vous n'êtes pas responsable, ai-je protesté. Vous ne vouliez faire de mal à personne.

— Sans doute. Mais le résultat est là…

Elle a entendu avant moi les pas qui s'approchaient et elle s'est levée précipitamment. En quelques secondes, elle était déjà à la porte. J'ai attrapé mon manteau et je l'ai rejointe. Elle m'avait laissé le disque. Je le tenais à la main.

— Attendez-moi, ai-je dit.

— Qui est là ? a résonné une voix d'homme derrière moi.

Je n'ai pas répondu. J'essayais de rattraper Amanda.

— Je peux vous aider ? a-t-il crié.

77.

Je venais de passer quarante-cinq minutes avec Amanda et j'avais juste le temps de filer au Butterfly Institute pour recevoir mon prochain patient qui n'allait pas tarder à arriver. Je n'ai pas eu le loisir de réfléchir à ce qu'impliquait la confession d'Amanda, ni à ce que je devais en faire. J'ai été vaguement tentée d'appeler Noah sur-le-champ pour tout lui raconter. Mais je n'étais pas certaine d'en avoir le droit.

Il n'est pas facile de se résoudre à accomplir un acte discutable, même pour une bonne cause. J'étais déchirée entre deux obligations contradictoires : celle de respecter le secret que m'avait confié Amanda et celle de sauver la vie d'un être humain si c'était en mon pouvoir.

J'ai enchaîné les patients jusqu'à 19 heures. Après ma dernière consultation, j'ai avalé une vitamine C en espérant que ça m'aiderait à couper mon mal de gorge, j'ai préparé un thé bien chaud et j'ai inséré le CD d'Amanda dans mon ordinateur.

Le Butterfly Institute était silencieux, mais pas vide. Deux thérapeutes animaient des sessions de groupe et Nina recevait des patients jusqu'à 21 heures. J'ai fermé ma porte et je me suis installée à mon bureau. J'ai mis quelques minutes avant de me décider à cliquer sur l'icône du CD.

Je ne dirais pas que je savais tout de la pornographie, mais il s'agissait d'un domaine que j'avais étudié au cours de ma formation et j'étais loin d'être ignorante. Un sexologue doit s'intéresser à ce qui stimule ses patients, à toutes les formes de perversions que l'imagination humaine est capable d'inventer. Mais avant le CD d'Amanda la pornographie ne m'avait jamais arraché des larmes. Ça m'a broyé le cœur de penser que deux gamines avaient été jusque-là pour attirer l'attention des garçons de leur âge.

Le film était divisé en quatre parties, identifiées par un chiffre romain qui apparaissait en rouge sur fond noir.

Ça commençait avec Simone. Du moins j'ai pensé qu'il s'agissait de Simone à cause des cheveux blonds. Amanda avait des cheveux noirs, presque aussi foncés que ceux de Dulcie. Je ne voyais pas son visage parce qu'elle portait un masque en satin rouge. Elle avait les mains entre les jambes et elle se servait d'un gode.

Puis ça a été Amanda, avec un masque identique, mais bleu. Elle aussi utilisait un gode.

J'ai eu une étrange et désagréable impression de déjà-vu. Pourquoi ?

Les masques…

J'ai arrêté le CD.

Nina disait toujours qu'elle ne croyait pas aux coïncidences. Mais ça… C'était impensable. D'autres femmes que Blythe portaient des masques sur le web, sûrement. Je me suis promis de vérifier plus tard. Et puis le masque de Blythe était particulier, en forme de papillon. Ceux-ci étaient très simples, sans aucune fioriture.

J'ai appuyé de nouveau sur le bouton « Marche ».

La deuxième partie montrait deux filles qui s'embrassaient

lentement, avec beaucoup de sensualité. Il m'était pénible de regarder ce spectacle quand je savais que les deux protagonistes n'avaient que quelques années de plus que ma fille. Elles avaient commencé pour exciter des garçons de leur âge, puis elles s'étaient prises au jeu.

Dans la scène suivante, elles se massaient avec de l'huile — les jambes, le dos, les parties intimes. J'ai nettement perçu qu'elles ne savaient plus trop où elles en étaient l'une par rapport à l'autre.

La différence était très nette avec la première partie, où elles paraissaient empruntées — un peu comme Dulcie quand elle avait six ans et qu'elle jouait à la dame avec mes talons hauts, mon rouge à lèvres et mes bijoux. Là, leurs gestes étaient plus adultes, plus authentiques. Elles avaient oublié la caméra et les garçons auxquels ce film était destiné. Ces gamines avides de sexe et d'attention, qui avaient fait des fellations, mais qu'on n'avait jamais embrassées, découvraient la tendresse dans l'acte sexuel.

J'étais gênée. Je me sentais voyeuse.

J'envahissais leur vie privée en observant leur intimité. Bien sûr, le document avait circulé sur internet et il avait été sali par le regard de nombreux lycéens, mais ça ne me déculpabilisait pas. Au contraire, c'était d'autant plus poignant. Surtout lorsqu'on pensait que Simone s'était suicidée.

Ces deux enfants s'étaient aimées.

Sur l'écran, elles continuaient à se caresser, leurs peaux huilées brillaient. Une main a glissé sur un sein. Leurs doigts se sont enlacés. Un pied s'est cambré contre une hanche. Une tête s'est penchée sur un ventre. Des cheveux ont frôlé un visage. Simone a gémi contre la poitrine d'Amanda. Elle avait un orgasme.

La troisième partie montrait Simone se tailladant. La lame de rasoir a scintillé devant la caméra avant de s'abattre sur son sein. Les deux premières fois, elle a raté son coup, elle n'a pas réussi à entamer la chair, comme si elle avait hésité au dernier moment.

Elle a levé vers ses spectateurs un visage impassible, presque inhumain. Mais sa bouche qui tremblait trahissait son émotion.

J'ai appuyé sur le bouton « Stop ». Je n'en pouvais plus.

J'avais soigné pas mal de filles perdues. J'avais pu en sauver quelques-unes.

Je me suis juré que ma fille ne deviendrait jamais une fille perdue.

J'ai pensé à la mère de Simone et à ce qu'elle aurait voulu pour sa fille.

Et à celle d'Amanda.

Il restait deux filles perdues à sauver : Amanda et la quatrième femme qui leur avait servi de modèle pour tourner leur film.

J'ai remis le CD en route. Je devais aller jusqu'au bout pour tenter d'identifier cette quatrième femme.

J'ai vu apparaître Simone. Elle portait un masque en forme de papillon. Elle s'est mise à parler, en minaudant et en jouant avec les boutons de la chemise d'homme qu'elle portait avec un jean.

« Vous êtes là, n'est-ce pas ? Vous attendez que je me déshabille pour vous. Que je vous montre mes seins et ma chatte. Je sais que vous crevez d'envie de les voir. De me voir nue, les jambes écartées. Les jambes écartées pour votre bite. Vous allez devoir attendre un peu. Je vais me déshabiller, je vais faire tout ce que vous aimez, mais il va falloir vous montrer patient. »

Elle a défait un bouton, puis un autre. On apercevait maintenant son soutien-gorge bleu lavande.

« Vous vous tripotez ? Vous bandez ? Moi aussi j'aimerais voir, vous savez. J'aimerais voir votre queue bien dure. Me pencher sur elle et la sucer. »

Elle a eu un sourire las. Celui d'une prostituée avertie et désabusée. Je connaissais ce sourire pour l'avoir observé sur le visage des femmes auxquelles je rendais visite en prison. Des femmes qui savaient ce que c'était que de donner, toujours donner, sans rien recevoir en échange.

Simone n'avait pas pu élaborer un tel scénario. Elle avait dû le copier sur celui de la femme qui portait le masque en forme de papillon.

Etait-ce à cela que Blythe ressemblait *online* ?

Il fallait absolument que je l'appelle. Il y avait probablement d'autres femmes papillons, mais je ne pouvais pas prendre de risques. Il n'était pas question non plus que je dise à Blythe que je savais comment elle procédait sur le web. J'avais l'intention de lui demander de me parler de son personnage pour voir s'il correspondait à celui du film.

Amanda a rejoint Simone pour se déshabiller elle aussi. Mais je n'avais pas besoin d'aller plus loin. Elle m'avait dit qu'elles s'étaient inspirées de quatre filles. L'une utilisait un gode, les deux lesbiennes se servaient d'une huile de massage, la troisième se scarifiait les seins. Il en restait une.

Celle qui faisait un strip-tease et portait un masque papillon.

J'ai jeté à la poubelle l'icône du disque que j'ai ensuite éjecté de l'ordinateur.

Lorsque j'avais remonté la Ve Avenue avec Amanda pour l'aider à chercher un taxi, je lui avais demandé pourquoi elle n'avait pas détruit cette pièce à conviction.

« C'était tout ce qui me restait de Simone, m'avait-elle répondu. Timothy m'a aidée à le cacher dans un endroit sûr. »

Elle s'était mise à pleurer.

« Je ne pouvais pas conserver ce film sur mon ordinateur, c'était trop dangereux. Mais j'avais besoin de savoir qu'il existait toujours, que je pouvais le voir. »

A présent je serrais moi aussi ce CD contre ma poitrine, comme Amanda tout à l'heure, avec précaution, presque avec tendresse.

J'ai ouvert mon carnet d'adresses pour chercher le numéro de téléphone de Blythe. Je n'ai obtenu que le répondeur et j'ai laissé un message.

Je ne lui ai pas dit que c'était urgent.

Parce que je n'étais sûre de rien.

Je n'aurais pas dû prendre ce risque.

78.

Je n'ai pas trouvé Nina dans son cabinet. La lumière était éteinte et la porte fermée. J'avais cru pourtant qu'elle recevait jusqu'à 21 heures… J'ai essayé de l'appeler chez elle, puis sur son portable, mais elle n'a pas décroché. L'angoisse au ventre, j'ai dû me résoudre à quitter le Butterfly Institute.

Les lampadaires de la rue éclairaient la couche neigeuse d'une douce lumière. Je me suis arrêtée quelques minutes sur les marches du perron. L'air glacé me faisait du bien. Je l'ai respiré à fond pour débarrasser mes poumons de l'air vicié des pièces surchauffées en hiver. J'ai été tentée de me retourner pour vérifier que je n'étais pas suivie. Mais je me suis retenue. Je refusais de céder à la paranoïa.

Je suis allée jusqu'au bout de la rue. Arrivée au coin, j'ai hésité. Que faire ? Rentrer chez moi ? Appeler de nouveau Nina ? Essayer Noah ?

Noah, non. Tant que je n'avais rien décidé pour ce CD, je ne devais ni le voir ni lui parler. Je craignais de ne pas pouvoir garder pour moi ce que je venais de découvrir. Il lui suffirait probablement d'un regard pour se douter que je lui dissimulais quelque chose. Je savais qu'il faudrait tout de même que je me confie à la police, mais je voulais d'abord que Nina m'aide à trouver un moyen de le faire sans compromettre ou impliquer Amanda.

J'ai hélé le premier taxi libre qui passait et je lui ai donné l'adresse du théâtre. Dulcie devait revenir après le week-end, mais j'avais besoin de la voir plus tôt.

Je me suis glissée dans le fond de la salle pour regarder la fin du spectacle. Le livret de *The Secret Garden* paraissait naïf et plutôt fleur bleue au premier abord. J'avais toujours pensé qu'une enfant ne pouvait en déceler le sens caché qui ne m'échappait pas en tant qu'adulte et encore moins en tant que thérapeute.

Mais ce soir-là je me suis demandé si Dulcie avait compris la métaphore représentée par ce jardin en friche, envahi par les mauvaises herbes et caché derrière de hauts murs recouverts de lierre. Percevait-elle intuitivement qu'il représentait un sexe féminin ? Un sexe auquel personne ne s'intéressait.

Dulcie se tenait au milieu du jardin qu'elle montrait pour la première fois au jeune homme de l'histoire. Son visage resplendissait de joie — une joie qui n'était pas la sienne, mais celle du personnage qu'elle jouait. Une fois de plus, je me suis étonnée qu'elle entre si aisément dans la peau de Mary Lennox. La métamorphose était impressionnante.

Je n'ai pas pu m'empêcher de penser à Simone et à Amanda, à leur métamorphose à elles.

Le public a applaudi. Dulcie était rayonnante.

L'indifférence des garçons de leur âge avait poussé deux jeunes filles à jouer aux lesbiennes.

Après les applaudissements, Dulcie a poursuivi.

J'ai songé que je devais à tout prix la protéger. Pour qu'il ne lui arrive jamais ce qui était arrivé à Amanda et Simone.

Dans le petit bouquet de roses que j'avais acheté avant de venir, à l'épicerie du coin de la rue, j'ai glissé un mot pour lui dire que j'étais passée, que j'étais fière d'elle, qu'elle avait très bien chanté, que j'étais folle de joie à l'idée de la voir dimanche, qu'elle me manquait.

79.

Dulcie m'a appelée sur mon portable à 22 h 30. Elle était avec Mitch, dans la limousine du théâtre. Elle tenait à me remercier pour les fleurs.

— Maman ?

— Oui, mon amour ?

— Tu vas bien ?

— Oui, pourquoi cette question ?

— Je ne sais pas. J'ai l'impression que tu as des soucis. Un peu comme toi quand tu sens que j'ai un problème. Tu vois ce que je veux dire ?

J'ai acquiescé.

— Oui, mon cœur. Je vois très bien.

— Tu es sûre que ça va ?

J'ai décidé de ne pas attendre le week-end pour lui parler de mon poignet. Quand j'ai eu terminé, je l'ai entendue pousser un soupir.

— C'est vraiment bizarre, j'avais justement une vague douleur au poignet et je ne comprenais pas d'où ça venait.

— Oh, ma chérie. Tu as dû être effrayée…

— Oui. Un peu. Mais c'est intéressant, non ? C'était la même chose entre toi et ta mère ? Je suis sûre qu'il s'agit d'une sorte de sixième sens dont nous avons hérité.

— Peut-être, ai-je répondu.

Je me suis mordu la lèvre inférieure en attendant la suite.

— On est arrivés, maman. Je t'appelle demain. J'espère que tu vas vite te rétablir.

Elle a raccroché, je n'ai même pas eu le temps de lui souhaiter bonne nuit.

Je suis entrée dans mon appartement et j'ai écouté mes messages avant même d'ôter mon manteau. J'espérais entendre Blythe et Nina, mais je n'avais reçu qu'un coup de fil, de Noah, qui me demandait de me manifester. J'aurais bien voulu, mais je n'avais pas confiance en moi et j'ai préféré m'abstenir.

Comme je n'avais rien à faire, je suis allée dans mon coin atelier. J'avais plus que jamais besoin de tailler, de me perdre dans le rythme du maillet frappant les ciseaux. Mais on ne peut pas sculpter avec une seule main.

J'ai fait pivoter le socle.

Il se détachait du bloc une forme assez grossière et pleine de défauts. Autrefois, j'avais souffert de mon manque de talent, mais plus maintenant. J'avais accepté mes limites, tout en continuant à pratiquer le seul exercice qui me permettait d'échapper aux voix qui me poursuivaient, celles de mes patients parlant de leurs fantasmes, de leurs perversions, de leurs peines, de leurs manques, de leurs espoirs déçus.

J'ai fini par me rabattre sur la télévision que j'ai regardée distraitement.

Enfin, à minuit passé, Nina a appelé.

Elle avait assisté à un concert, au centre Lincoln, puis elle avait dîné avec des amis. J'ai essayé de deviner à sa voix si elle était en état de m'écouter à cette heure tardive. J'avais besoin d'aide, mais je ne voulais pas abuser. Comme elle paraissait pleine d'énergie, c'est avec soulagement que je lui ai raconté la visite d'Amanda et ce que j'avais découvert sur le CD qu'elle m'avait confié cet après-midi.

— Simone ? s'est étonnée Nina. Tu connais le nom de famille de cette Simone ?

— Alexander, je crois. Pourquoi ?

— Tu as ce disque avec toi ?

— Oui. Je ne voulais pas le laisser dans mon cabinet.

— J'arrive dans quinze minutes.

— Nina. Il est très tard.

— Il faut que je le voie, Morgan. Je dois vérifier quelque chose. Tu ne sais pas qui est la mère de cette Simone, n'est-ce pas ?

En effet, je l'ignorais.

80.

En arrivant chez moi, Nina n'a pas perdu de temps. Elle n'a pas enlevé son manteau, ni posé son sac dans l'entrée. Elle avait des bottes pleines de neiges et elle a laissé des traces de pas sur le carrelage et sur le tapis du salon, jusqu'à l'ordinateur devant lequel elle s'est installée.

— Mets-le en route, a-t-elle demandé.

J'ai appuyé sur le bouton « Marche » et elle s'est penchée en avant pour regarder. Avec son manteau et son sac.

Simone est apparue à l'écran avec son masque papillon rouge. Un petit cri a échappé à Nina. Je l'ai regardée.

Elle avait le front plissé.

— Qu'y a-t-il ? ai-je demandé.

Elle n'a pas répondu. Elle ne quittait plus l'écran des yeux. A la fin de la deuxième partie, elle s'est tournée vers moi.

— Tu peux arrêter ça, a-t-elle dit d'une voix brisée. J'en ai vu assez.

Je me suis agenouillée près d'elle et j'ai passé mon bras valide autour de ses épaules. J'avais rarement de tels gestes envers Nina. Nous nous embrassions pour nous dire bonjour, il nous arrivait de nous prendre le bras ou la main, mais nous n'avions pas besoin de contacts physiques pour nous manifester notre affection. J'ai senti son parfum épicé. Elle tremblait.

— Simone Alexander est la fille de Stella Dobson, Morgan. Elle est morte d'une overdose, au mois de juin dernier.

— D'après Amanda, il ne s'agissait pas précisément d'une overdose. Plutôt d'un suicide.

Et soudain j'ai pensé à Blythe. Ce n'était sûrement pas une coïncidence si Stella Dobson avait demandé à la rencontrer, soi-disant pour le livre qu'elle était en train d'écrire. Un livre sur les femmes et la pornographie.

— Blythe…, ai-je murmuré.

Nina avait compris en même temps que moi.

— Elle est en danger, a-t-elle dit. Et Stella aussi. Il faut absolument les joindre.

Je n'avais pas envie de contredire Nina à propos de Stella Dobson. Stella était une héroïne du féminisme qui comptait beaucoup pour une femme de l'âge de Nina.

Mais j'ai tout de même fait une tentative.

— Comment sais-tu que ce n'est pas Stella qui…

Elle a secoué la tête.

— Tu déranges. Stella est équilibrée, brillante, passionnée. N'oublie pas qu'elle a dédié sa vie à la cause des femmes. Nous devons absolument la mettre en garde.

81.

Pendant que je préparais un café en essayant de me concentrer sur les proportions de marc et d'eau, Nina a appelé Stella. Il était près de 2 heures du matin, mais Stella n'a pas répondu. Ça ne m'a pas étonnée. Beaucoup de gens ne répondent pas la nuit. Mon propre téléphone avait sonné deux fois, j'avais vérifié l'identité de l'appelant — Noah — et je n'avais pas décroché.

Nina a laissé un message en demandant à sa vieille amie de la rappeler dès que possible. Elle lui a donné son numéro de portable même si, comme elle me l'a dit en raccrochant, Stella l'avait déjà.

Je lui ai servi un café.

— Il faut prévenir la police, ai-je dit.

— Non. Il n'en est pas question. Nous n'avons pas le droit et tu le sais.

J'ai soupiré.

Nina ne plaisantait pas quand on évoquait une éventuelle collaboration avec la police. Il s'agissait pour elle d'une barrière à ne pas franchir, ou plutôt d'un obstacle, double, voire triple, avec rivière. Nous avions déjà eu cette discussion nombre de fois.

Aussi, je répugnais à remettre ça sur le tapis. Pas cette nuit. Pas à 2 heures du matin.

Mais il le fallait bien.

— Nina, trois femmes sont mortes. Une quatrième est toujours à l'hôpital. Comment peux-tu exiger que je garde le silence ?

Elle a eu un geste agacé de la main.

— Amanda est ta patiente. Tu ne peux pas appeler Noah.

— Il faut pourtant bien faire quelque chose.

— Oui. A condition de ne parler ni d'Amanda ni du CD.

— Si on ne leur donne pas le CD, ils n'auront rien pour avancer.

J'avais mal à la gorge, j'étais enrhumée, épuisée. Mais je n'arrivais pas à me résoudre à abandonner. Il devait exister un moyen d'agir en évitant la fameuse frontière taboue.

— Et si nous parvenions à convaincre Stella d'aller trouver la police pour parler de ce CD ?

— Oui. C'est une option. Quand nous la verrons, nous lui expliquerons ce qui se passe et nous lui conseillerons de tout raconter à la police. Le compromis me paraît acceptable. Ça te va ?

Il me paraissait acceptable, en effet. Mais je me trompais.

VENDREDI

dernier jour

82.

Noah Jordain n'avait pratiquement pas fermé l'œil de la nuit. La veille, il avait appelé Morgan à 22 h 45 et elle n'avait pas décroché. Il avait envoyé chez elle une voiture de patrouille qui tournait dans son quartier. Ses collègues avaient demandé au portier de vérifier par l'Interphone que le Dr Snow était bien là et qu'elle n'avait pas de problèmes. Morgan était une thérapeute consciencieuse qui n'oubliait jamais d'écouter ses messages en rentrant chez elle, au cas où un patient aurait eu besoin d'aide. Donc, elle ne l'avait pas rappelé parce qu'elle l'évitait. Mais pourquoi ?

Cette question l'avait empêché de dormir. Il commençait à se lasser de cette fuite perpétuelle et des problèmes que leurs posaient leurs métiers respectifs. Zut, à la fin ! Si elle ne lui faisait pas confiance, ce n'était pas la peine d'insister. Il pouvait supporter une séparation.

Il se rendit à son club de gym où il s'entraîna jusqu'à épuisement, puis il prit le métro pour le centre-ville. La station la plus proche le laissait à trois pâtés de maisons du commissariat. Il parcourut le chemin en trébuchant dans la neige et en donnant quelques coups de pied de-ci, de-là.

On aurait pu croire qu'il était tout simplement excédé par ce temps pourri, comme les millions de New-Yorkais qui n'en pouvaient plus de porter de grosses bottes et d'escalader des monticules glissants en plein milieu des trottoirs. Mais sa mauvaise humeur n'avait rien à voir avec la neige. Il était contrarié que Morgan ait refusé de lui parler, mais, au-delà de sa déception personnelle, ce silence le confortait dans l'idée qu'elle aurait pu lui dire pourquoi Leightman n'était pas l'assassin.

Merde ! Mais que savait-elle donc ? Au diable sa déontologie. Il avait besoin des informations qu'elle détenait.

Arrivé à son bureau, il écouta son répondeur tout en consultant ses mails. Il y avait tout un tas de raisons pour qu'une femme refuse de décrocher quand un homme l'appelait. Mais, dans le cas de Morgan, il était à peu près certain qu'elle craignait de déraper et de se laisser aller à des confidences.

Il était furieux. Il ne voulait plus la revoir.

Il prit le carnet de notes dans lequel il avait consigné tout ce qui concernait l'affaire des meurtres du Net. Il devait forcément y avoir là-dedans quelque chose qui lui avait échappé. Un petit détail qui ferait la différence.

Les poisons utilisés — mêlés au lubrifiant, à l'huile de massage et aux pansements — ne permettraient pas de remonter jusqu'à l'assassin. L'atropine du lubrifiant pouvait provenir de n'importe quel flacon de gouttes pour les yeux, la nicotine des pansements avait pu être extraite d'une simple cigarette ou de plantes, le cyanure de l'huile de massage était utilisé par des douzaines de professions, des bijoutiers aux jardiniers, et on en trouvait dans de nombreux produits vendus dans le commerce.

Pas la peine de chercher de ce côté-là.

Les accessoires mortels avaient été retrouvés dans les

appartements des victimes, mais ils avaient eu beau fouiller, ils n'avaient pas réussi à mettre la main sur les boîtes ou les enveloppes qui avaient servi à les envoyer. Dommage… Cela signifiait probablement que les cadeaux étaient parvenus aux victimes plusieurs jours, voire plusieurs semaines, avant qu'elles les utilisent.

Tania, la seule fille qui avait survécu, ignorait totalement comment sa partenaire s'était procuré l'huile incriminée. ZaZa lui avait simplement dit qu'il s'agissait d'un cadeau d'un admirateur. La plupart des filles possédaient des boîtes postales, comme le leur conseillait Global Communications. Les clients aimaient envoyer des petits présents ou des photos. Ça faisait partie du jeu et ça aidait à faire marcher les affaires. Il arrivait même que certains d'entre eux offrent des bijoux de prix aux femmes qui leur plaisaient.

Butler s'encadra dans la porte.

— Jordain ? Tu es occupé ?

— Que se passe-t-il ?

— Je viens juste d'avoir un appel. Il n'y a rien sur l'ordinateur de l'université de New York attribué à Leightman. Ce n'est pas de là que les e-mails ont été envoyés aux victimes.

— Qu'est-ce que ça signifie ? Fisher m'avait dit…

— Les e-mails provenaient d'un ordinateur de la bibliothèque, interrompit Butler.

— Donc Leightman a utilisé un ordinateur de la bibliothèque.

— Possible. Mais quelqu'un d'autre a très bien pu envoyer un e-mail en son nom en se servant de son mot de passe.

83.

Mon amour,

Joyeux anniversaire !

Quelle ironie, tu ne trouves pas, d'utiliser le mot joyeux ? Il ne s'agit pas vraiment d'un joyeux anniversaire, mais nous serons bientôt réunies et nous connaîtrons de nouveau le bonheur. Ou du moins une certaine forme de bonheur : la paix.

Bientôt j'en aurai fini de distribuer des châtiments. Te venger, mon amour, voilà tout ce qui compte désormais pour moi.

Je ferme les yeux et je nous revois. Il y a longtemps. Avant tout ça. Avant la fin.

C'était un jour, sur une plage, il y a quatre ou cinq ans. Il faisait chaud et tu t'étais étendue au soleil pour te sécher. Je suis partie nager et quand je suis sortie de l'eau je suis venue me secouer au-dessus de toi. Tu as ri.

J'ai gardé à l'esprit l'image de tes yeux plissés, de ta main en visière, des gouttelettes qui ressemblaient à des particules de cristal sur tes bras et sur tes jambes. A de la lumière liquide. Liquide comme ton rire.

Je me suis agenouillée près de toi pour t'embrasser et tu as protesté, parce que mes cheveux trempés te chatouillaient.

Mais tu riais toujours et tu as passé tes bras autour de mon cou.

Je ne peux pas me souvenir de toutes les fois où je t'ai serrée contre moi, où tu m'as serrée contre toi. Il doit y en avoir des milliers, pourtant. Comment ai-je pu les oublier ? Je maudis celles qui m'obligent à fouiller dans mes souvenirs pour retrouver la merveilleuse sensation de t'avoir tout contre moi. Je les maudis. Qu'elles aillent en enfer.

En enfer les sorcières, les putains qui s'exhibent, qui clignent de l'œil, qui murmurent et entraînent les hommes avec elles, plus loin, toujours plus loin et plus profond dans le vice.

Elles traversent les limbes pour tisser leur toile, ces monstres. Autrefois, je les défendais, je voulais les aider. Mais j'ai changé de tactique. Je sais maintenant qu'il faut se débarrasser d'elles. Maintenant que tu n'es plus là, je n'ai plus peur de rien. Plus rien ne compte.

Mais ce sera tout de même un soulagement d'en avoir fini avec tout ça et de cesser de souffrir de ton absence. De ne plus lutter contre ce trou béant dans ma poitrine. Il fait si mal que j'ai l'impression qu'on m'a ouverte au scalpel, comme si ton absence ne suffisait pas à justifier ma douleur. Un scalpel qui m'a entamé la chair pour extraire goutte à goutte tout ce que j'ai cherché à accomplir au cours de ma vie, transformant mon œuvre en une gigantesque farce cosmique.

Tu m'as écrit que ce n'était pas toi que j'aimais. Juste l'image que j'avais de toi. Tu te trompes. Tu te trompes. Je t'aime plus que tout. Je suis capable de tuer pour te prouver combien je t'aime.

Je dois maintenant me doucher et m'habiller. Je vais chercher ton gâteau d'anniversaire. Un gâteau aux fraises et à la crème fouettée. Un gâteau dans lequel je planterai, non pas dix-huit bougies pour tes dix-huit ans, mais une. Une seule bougie pour l'année que je viens de passer sans toi.

C'est pour toi que je le fais.

84.

A 10 h 10, Nina a profité d'une pause entre deux patients pour passer la tête à ma porte.

— Tu as des nouvelles de Blythe ? m'a-t-elle demandé.

— Non, ai-je répondu en haussant les épaules. Mais je n'en tire aucune conclusion. Blythe a vingt-cinq ans et certainement des milliers de bonnes raisons pour ne pas avoir écouté ses messages depuis hier soir. Je l'ai rappelée ce matin pour insister, mais toujours rien.

— Stella vient juste de m'appeler. Elle est d'accord pour me rencontrer. Elle a dit qu'elle serait ravie de me voir. Je ne lui ai pas encore parlé de toi. Je ne sais pas très bien comment lui présenter la chose.

— Quand dois-tu la rencontrer ?

— A 13 h 30.

— Où ?

— A l'angle de VIIIe Avenue et de la 44e Rue.

— C'est tout près du théâtre de Dulcie.

Elle a acquiescé.

— Stella y possède un immeuble en copropriété. Je crois qu'il a été récemment rénové. Du moins, je l'ai toujours entendue dire qu'il allait être entièrement rénové. Elle voulait y installer des bureaux, il me semble.

85.

— Je suis heureuse que vous soyez venue.

Blythe sourit en tendant la main. La paume de Stella Dobson était glacée. Pas étonnant, il faisait incroyablement froid dans cette pièce. On gelait. Mais pourquoi lui avoir donné rendez-vous dans cet endroit lugubre ?

Stella Dobson lui désigna un fauteuil éclairé par un plafonnier qui jetait sur lui une lumière diffuse, un peu étrange, comme un halo, et dessinait de longues ombres sur le mur.

Il avait l'air confortable. Blythe s'y installa.

Elle attendait cette rencontre avec Stella Dobson depuis des semaines. Elle allait devoir parler de ce qu'elle avait fait, expliquer pourquoi elle l'avait fait et ce que ça signifiait pour elle, mais elle se sentait prête. Sa thérapie avec Morgan l'aidait beaucoup. Un jour, bientôt, elle pourrait laisser cette expérience derrière elle. Peut-être même que la discussion d'aujourd'hui lui permettrait de prendre déjà un peu de distance.

— Vous êtes bien installée ?

— Oui. Mais il fait très froid. Vous n'avez pas froid ?

— Un peu. Je sais qu'il fait froid. Je suis désolée. Je viens de mettre le chauffage. Ça ira mieux dans quelques minutes.

Stella alla chercher une table roulante qui attendait près de la scène, sur le côté. Les roues grincèrent.

Blythe ne fut pas étonnée de voir un ordinateur. Après tout, il s'agissait d'une interview. Elle avait cru que Stella enregistrerait leur conversation, mais si elle préférait prendre des notes, c'était aussi bien.

Il s'agissait d'un petit portable titanium. Un appareil récent et coûteux. Blythe remarqua la caméra vidéo accrochée en haut de l'écran, parce qu'elle avait la même. Même marque, même modèle.

— Quelle coïncidence ! s'exclama-t-elle.

— Quoi donc ?

— La caméra. C'est la même que la mienne.

Stella sourit.

— Je vais vous filmer, expliqua-t-elle tout en allumant l'ordinateur. J'ai l'intention de mettre en ligne des passages de mes interviews quand le livre sortira. Ça ne vous dérange pas ?

— Pas du tout.

— Très bien. Je m'en doutais. Vous avez l'habitude.

Elle sourit, de nouveau.

— J'espère que vous serez d'accord pour porter ceci…

Elle plongea la main dans un sac en plastique. Blythe ne distingua tout d'abord qu'une forme colorée, mais elle comprit aussitôt de quoi il s'agissait. Elle avait reconnu les plumes bleu cobalt aux reflets mauve et lavande.

— C'est mon masque, murmura-t-elle d'une voix émue.

Elle était partagée entre la gêne et le plaisir.

— Pas votre masque, non, mais un masque identique. Vous acceptez de le mettre ?

86.

Perez et Jordain avaient été reçus par Mme Johanson, l'employée numéro cinquante et des poussières de la bibliothèque de l'université de New York. Elle leur expliquait depuis une demi-heure qu'ils lui demandaient l'impossible. La bibliothèque possédait plus de cinquante terminaux d'ordinateurs et n'importe quel étudiant ou professeur pouvait les utiliser. Il venait même des visiteurs, qui, munis d'une carte attestant qu'ils appartenaient à un autre établissement de l'enseignement supérieur, avaient accès aux documents et au matériel. Il fallait ajouter à cela une douzaine d'espaces de travail individualisés où l'on pouvait brancher un ordinateur portable. D'autre part, on devait impérativement montrer patte blanche pour entrer dans ce saint des saints, mais il n'y avait rien à signer et pas forcément de traces de votre passage si vous ne réclamiez pas de documents.

— Pour résumer, n'importe qui a pu utiliser l'un de vos terminaux aux dates concernées et il n'y a aucun moyen de savoir qui ? fit Jordain.

Mme Johanson acquiesça et ses boucles châtaines se balancèrent. Elle portait un pull col roulé crème et un pantalon de velours chocolat, avec de lourdes bottes de neige qui donnaient une base solide à sa silhouette par ailleurs gracile.

— Je regrette, répondit-elle.

Elle paraissait sincèrement désolée.

— Vous n'y êtes pour rien, répondit Jordain en souriant.

— Merci de votre aide, ajouta Perez.

Ils descendirent au rez-de-chaussée et traversèrent un haut et vaste espace ouvert. Jordain trouva que l'architecture n'était pas adaptée à un lieu d'étude. Une bibliothèque devait offrir de petits recoins protégés, permettre de travailler en s'isolant, dans le silence.

— Regarde autour de toi, fit soudain Perez.

— Je regarde, oui, pourquoi ?

— Tu viendrais ici, toi, pour te connecter à des sites pornographiques ? Pas génial, pour prendre son pied, je trouve...

— Non, en effet.

— Nous sommes d'accord. Donc, la personne qui a envoyé ces e-mails est venue ici pour bûcher ou pour chercher des documents. L'e-mail n'était pas le but de sa visite.

Quelques minutes plus tard, ils étaient de retour dans le bureau de Mme Johanson.

— Désolé de vous déranger de nouveau, s'excusa Jordain.

— Vous ne me dérangez pas, répondit-elle en souriant. Vous avez oublié quelque chose ?

— Non, mais nous avons une dernière question, intervint Perez. Pourrions-nous consulter la liste des documents réclamés pendant la période qui nous intéresse ?

— Nous ne sommes sûrs de rien, mais nous pensons que

celui ou celle qui a envoyé l'e-mail a aussi utilisé les services de la bibliothèque, expliqua Jordain.

— Si vous n'avez pas jeté le mandat que vous m'avez montré tout à l'heure, je vous montre tout ce que vous voulez. Suivez-moi.

87.

Blythe ne quittait pas Stella des yeux. Elle n'en revenait pas d'avoir devant elle cette légende vivante, cette féministe qui s'était battue sans relâche pour les droits de la femme, qui avait failli mourir de faim pour défendre ses idées et avait depuis la réputation de ne reculer devant aucun sacrifice pour les causes qu'elle défendait. Elle s'en était prise récemment à Global Communications en s'infiltrant dans leur serveur pour proposer un travail moins dégradant aux employées de la société. Blythe avait reçu plusieurs fois des lettres d'elle par le passé, comme d'autres. Stella avait aidé plusieurs de ses amies. Malheureusement, Global lui avait fait un procès et elle avait dû s'arrêter. Mais l'épisode avait encore grandi sa réputation.

Blythe était donc prête à accepter tout ce que cette femme lui demanderait — y compris de faire l'interview en portant son masque. Mais elle trouvait tout de même l'idée bizarre. Quand elle ajusta le masque, les plumes lui chatouillèrent les oreilles, le satin caressa sa peau. Son cœur battit et elle eut un frisson au creux du ventre. Cette réaction lui fit peur. Elle avait l'impression de faire un bond en arrière dans le temps. Elle se sentait comme un fumeur qui tient une cigarette dans sa main en sachant qu'il ne doit pas l'allumer parce qu'il ne veut pas revivre de nouveau l'épreuve de s'arrêter.

— J'espérais que vous accepteriez, fit soudain Stella. Je me doutais un peu que ça ne vous gênerait pas de redevenir une Vénus derrière un masque, pressée d'écarter ses jambes et de montrer à son public tout ce qu'il réclame.

Blythe ne connaissait pas assez Stella pour en être certaine, mais il lui sembla déceler une pointe de mépris dans sa voix. Pourtant, cette femme n'avait aucune raison de lui manifester de l'hostilité. Un peu inquiète, tout de même, elle la dévisagea. Stella avait la bouche sèche, les yeux enfoncés dans les orbites, des auréoles de sueur sur son chemisier rouge. Quelque chose clochait…

Morgan lui avait dit une fois qu'elle possédait un instinct très sûr auquel elle devait se fier. Que cela l'aiderait à comprendre ses patients.

Stella sortit une Thermos et deux gobelets en papier d'un sac en plastique.

— J'ai apporté du chocolat chaud, dit-elle. Il fait si froid dans ce théâtre, j'ai pensé que ça nous aiderait à nous réchauffer.

Elle servit Blythe.

Non, tout allait bien. Son imagination lui jouait des tours. Ce théâtre sinistre lui donnait la chair de poule. Mais le chocolat était délicieux.

Stella alluma la caméra, puis elle s'installa en face de Blythe et l'interview démarra.

Elle commença par le plus facile, sans doute pour mettre son interlocutrice à l'aise. Quand avait-elle débuté à Global ? Combien d'heures travaillait-elle par semaine ? Combien gagnait-elle ?

Blythe répondit de bonne grâce à ces trois premières questions, puis elle bâilla.

— Je suis désolée, s'excusa-t-elle.

Stella sourit.

— Avez-vous réfléchi à l'impact de vos exhibitions sur de très jeunes garçons ? Notamment sur ceux qui n'ont pas encore eu de relations sexuelles ?

— Si cela avait un impact ? Oui. Certainement. Je les excitais et je leur donnais du plaisir. Ça ne pouvait leur faire que du bien.

— Vous pensiez vraiment poursuivre un noble but ?

La pointe de mépris était revenue.

— Je ne suis pas certaine d'avoir compris votre question, s'étonna Blythe.

Elle commençait à s'effondrer dans son fauteuil. Elle se sentait de plus en plus lasse.

— Vous leur rendiez les choses tellement faciles. Avec vous ils n'avaient qu'à s'allonger et attendre d'avoir une érection. Vous mettiez leurs fantasmes en scène. Ils n'avaient pas besoin de penser à autre chose qu'à leur plaisir, vous n'étiez même pas réelle, vous n'aviez pas de sentiments. Vous comprenez, maintenant, vous comprenez le mal que ça leur faisait ?

Blythe ne savait pas quoi répondre. Elle avait abordé ces problèmes avec Morgan, mais Morgan était sa thérapeute. Elle n'était pas sûre de vouloir aller aussi loin dans ses confidences avec Stella. Surtout si ça devait être publié.

— Je ne pensais pas parler de ça avec vous, balbutia-t-elle… Je croyais que vous vous intéressiez surtout à l'aspect financier de la question.

Sa propre voix lui paraissait brusquement très faible.

Stella se leva pour aller se placer derrière le fauteuil de Blythe. Blythe voulut se tourner pour la suivre des yeux, mais son corps fonctionnait au ralenti. Elle sentit les bras de Stella lui entourer la taille, attraper ses mains et les tirer vers l'arrière. Mais elle n'eut pas le temps de réagir.

88.

— J'ai dit à Stella que j'avais besoin de son aide et elle m'a répondu que oui, qu'elle était prête à me rendre service. Mais elle n'avait pas l'air dans son état normal, pour autant que j'aie pu en juger par téléphone. Tu devrais peut-être m'attendre dans l'entrée. Je préfère la voir d'abord seule pour lui expliquer qui tu es et pourquoi tu m'as accompagnée. Je ne suis pas tranquille. Maintenant que j'y réfléchis, elle était plutôt stressée l'autre jour, à l'enterrement. J'aurais dû l'appeler pour prendre de ses nouvelles.

Nous étions coincées dans les embouteillages de la 49e Rue. Quelque part devant nous, un conducteur actionnait rageusement son klaxon, ce qui avait pour unique effet d'aggraver la nuisance sonore. Je sentais ma mâchoire se crisper et j'ai essayé de me détendre. J'avais de plus en plus mal à la gorge. J'ai avalé une pastille.

— Tu ne peux pas prendre soin de la terre entière, ai-je répondu à Nina en souriant.

Mon problème était de vouloir sauver le monde, celui de Nina de répondre présente chaque fois que ses amis avaient besoin d'elle.

— Elle traverse une très mauvaise période. Elle a perdu le

procès contre Global. Ensuite il y a eu la mort de Simone. Tout cela l'a terriblement affectée.

— Le procès, c'est vrai… Tu savais que c'est la femme de Leightman qui a défendu Global ?

Elle a froncé les sourcils.

— Oui. C'était vraiment affreux. Stella était dévastée. J'ai dîné avec elle une semaine après le verdict. Elle avait le sentiment que ce procès avait réduit à néant les efforts de toute une vie. Ça a été un coup dur, pour elle. Et à peine un mois plus tard sa fille mourait.

— Comment a-t-elle fait pour survivre ? ai-je murmuré en essayant de ne pas penser à Dulcie.

— Je me demande si elle a vraiment survécu, a répondu Nina.

Le trafic s'est débloqué et le conducteur au klaxon a filé. Cinq minutes plus tard nous nous arrêtions devant un immeuble que j'ai aussitôt reconnu.

— Que faisons-nous ici ? me suis-je étonnée.

Nous étions devant le Playpen, le théâtre abandonné, tout près de celui où Dulcie jouait tous les soirs. Depuis qu'Alan m'en avait parlé, je ne pouvais m'empêcher de le regarder chaque fois que je passais devant, en me demandant pourquoi il était toujours debout. Il me paraissait sinistre. Il se dressait comme le mémorial d'un New York dont personne n'avait envie de se souvenir.

Nina venait de payer le chauffeur. Elle attendait sa monnaie.

— Cet endroit appartient à Stella et à un groupe de féministes qui l'ont acheté avec elle. Elle avait prévu de le transformer en centre d'accueil pour les prostituées. Les gens du quartier ont protesté et la presse en a beaucoup parlé à l'époque. Mais quand elle m'a dit qu'elle me donnait rendez-vous ici j'ai cru que le problème était résolu et que le bâtiment était rénové. Pourtant, on dirait bien que non.

Je suis sortie lentement de la voiture, en zigzaguant entre les monceaux de neige sale. C'est à ce moment-là que je me suis rendu compte qu'il ne neigeait plus depuis douze heures. Le ciel était encore couvert, mais le gros de la tempête était passé. Enfin… je l'espérais.

Nina m'a rejointe sur le trottoir. Nous nous sommes arrêtées un instant pour contempler le grand auvent et son enseigne au néon représentant la silhouette aguicheuse d'une femme à la poitrine plantureuse dont les jambes croisées dessinaient le P de Playpen. Plusieurs ampoules étaient grillées, mais on voyait tout de même que cette femme avait des cheveux blonds, des lèvres rouges, des bras rosés et de gros seins, roses eux aussi. J'imaginais aisément à quoi elle avait pu ressembler autrefois, quand elle brillait de tous ses feux, avec ses couleurs chatoyantes qui devaient attirer de loin les hommes.

Nina a ouvert la porte principale.

Le hall d'entrée n'était pas éclairé et, quand la porte s'est refermée derrière nous, nous nous sommes pratiquement retrouvées dans le noir. Ça sentait le renfermé et aussi autre chose que je n'ai pas pu identifier avec mon nez bouché.

J'ai entendu roucouler un pigeon au-dessus de nos têtes. Bien sûr, les oiseaux avaient trouvé refuge à l'intérieur. Les rats aussi, probablement.

Mes yeux ont mis quelques minutes à s'habituer à la pénombre et puis j'ai remarqué un rai de lumière qui filtrait de dessous une porte à doubles battants, près de ce qui avait dû être autrefois le comptoir où l'on vendait des bonbons et des sucreries. C'était là aussi qu'Alan avait acheté ses films et ses magazines porno quand il était adolescent. Je sentais presque la présence des hommes qui étaient entrés tête basse, craignant d'être vus dans ce lieu de perdition, avalant leur salive, honteux, se jurant de ne plus revenir, tout en sachant qu'ils se mentaient.

— J'en ai pour deux minutes à lui expliquer que je ne suis pas venue seule. Je reviens tout de suite. D'accord ?

J'ai acquiescé.

Elle a ouvert l'un des battants de la double porte qui a laissé passer une lumière faible et tremblotante. Et puis elle a disparu à l'intérieur.

89.

Il fallut plus d'une heure aux inspecteurs Perez et Jordain pour consulter la liste de ceux qui avaient réclamé un document ou un livre durant les trois jours qui les intéressaient.

Ils cherchaient le nom d'Alan, ou celui de sa femme. Et aussi n'importe quel autre nom qui serait apparu trois fois de suite.

— J'en ai un qui me paraît familier, fit soudain Perez. Mais je ne sais pas pourquoi.

Il se tourna vers Jordain. Il savait que celui-ci était déjà en train de chercher à quoi pouvait correspondre ce nom. On pouvait compter sur lui pour trouver. Son cerveau fonctionnait comme un ordinateur. Il ne possédait pas une intuition très développée, mais son étrange capacité à engranger les informations et à les mettre en relation compensait largement ce manque.

— Il me semble que ça a un rapport avec Kira Rushkoff, la femme de Leightman, murmura-t-il en fronçant les sourcils. Laisse-moi réfléchir.

Perez attendit, confiant.

— Ça y est ! s'écria Jordain au bout de trente secondes. Un procès de droit civil. L'année dernière. Tous les journaux en parlaient. Un piratage de site porno. Merde, Perez, mais c'était

Global. Les femmes qui travaillaient pour cette société avaient reçu des e-mails leur expliquant qu'elles étaient exploitées et qu'elles devaient se révolter. Rushkoff défendait le pourri qui possédait…

Il se tut brusquement. Son visage exprimait à la fois la joie et la tristesse.

— Putain, marmonna-t-il.

— Quoi ?

— Il faut trouver Stella Dobson. Tout de suite.

— Pourquoi ?

Mais Jordain courait déjà. Il sortit de la bibliothèque sans boutonner son manteau. Dehors, la température était bien en dessous de zéro, mais il ne s'en aperçut même pas.

90.

J'ai glissé ma botte dans l'embrasure pour empêcher la porte de se refermer complètement et j'ai essayé de voir ce qui se passait à l'intérieur. Par la mince fente, je n'apercevais que le dos de Nina, quelques fauteuils de théâtre, un carré du vieux plancher de bois et les bords d'un tapis usé.

— Stella ? Que se passe-t-il ?

La voix de Nina m'a paru altérée. Il se passait quelque chose d'anormal.

— Tout va bien, a répondu une autre voix de femme. Tout va bien.

Le ton était cassant.

De longues ombres noires vacillaient sur le mur, à droite de Nina.

— Je suis très touchée que tu m'aies appelée *aujourd'hui*, fit la femme en insistant sur le mot aujourd'hui.

— Aujourd'hui ? Pourquoi ?

— Je croyais que tu savais.

Nina ne répondit pas tout de suite. Elle était probablement en train d'essayer de chercher ce qu'il pouvait bien y avoir de spécial ce jour-là.

— Oh, Stella..., fit-elle enfin. Je suis désolée. Aujourd'hui, Simone aurait dû fêter ses dix-huit ans.

— Ses dix-huit ans, oui… Regarde…

J'ai entendu un froissement de papier, puis Stella.

— J'ai apporté son gâteau préféré, a-t-elle dit. On va bientôt allumer la bougie. J'ai fait un vœu. Pour elle. Tu prendras bien une part de gâteau ? Tu assistais toujours à son anniversaire quand elle était petite. Tu es une amie. C'est bien que tu me serves de témoin aujourd'hui.

J'ai avancé mon pied de quelques centimètres pour entrebâiller un peu plus la porte, à peine. Mais qu'est-ce qui se passait là-dedans ?

— Oui, bien entendu. Je goûterai le gâteau. Mais tu devrais descendre du plateau, Stella, et venir t'asseoir près de moi. J'aimerais te parler. Nous devrions laisser…

— Je ne ressens pas le besoin de parler.

Brusquement, je ne me suis plus inquiétée des recommandations de Nina. Ni du fait qu'il fallait ménager Stella. On dit que le danger a une odeur. Je n'aurais pas su dire ce qui me chatouillait si bizarrement les narines, mais ça ne me disait rien de bon.

J'ai poussé la porte, très doucement, en m'efforçant de ne faire aucun bruit.

Elle a grincé. J'ai froncé les sourcils. J'étais tellement concentrée que j'entendais ma propre respiration. Ma mâchoire s'est mise à trembler et j'ai dû me mordre la joue pour empêcher mes dents de claquer. Je me suis penchée en avant et j'ai passé ma tête pour regarder à l'intérieur de la salle.

Nina était debout près d'une rangée de sièges, le visage levé vers la scène. Stella la regardait. Il faisait très sombre. Le plateau était éclairé par une unique ampoule nue qui diffusait une lumière feutrée.

Rien d'extraordinaire. Juste une femme malheureuse debout dans un vieux théâtre sombre.

Et puis Stella a fait un pas en avant et j'ai vu ce que sa silhouette m'avait dissimulé jusque-là.

91.

— Elle n'est pas chez elle et pas non plus à son bureau. Mais elle a un rendez-vous dans une heure et elle n'a pas appelé pour annuler, annonça Butler.

Ils avaient branché le téléphone de Perez sur le haut-parleur de la voiture, ils entendaient tous les deux.

— Tu as essayé son portable ?

— Sa secrétaire refuse de me le communiquer si je ne lui présente pas une assignation à comparaître. Tu veux que je m'en occupe ?

— On peut la trouver où, cette secrétaire ?

— Au bureau. Numéro 1, Washington Square.

— On est dans le coin. On y va. Dobson est prof de quoi, à l'université ?

Il faisait déjà demi-tour pour Washington Square.

— Tu ne sais pas qui est Stella Dobson ?

— Bien sûr que si. Une féministe qui fait souvent entendre sa voix. Je te demande simplement quelle matière elle enseigne.

— La sociologie. Elle est bien plus qu'une féministe qui fait entendre sa voix. Elle écrit et…

— Tu as déjà lu un de ses livres ? interrompit Perez.

— Tu me poses vraiment la question ou tu me cherches des crosses ? demanda Butler.

— Je te pose la question. Dépêche-toi de répondre au lieu de faire des simagrées. On a besoin d'en savoir le plus possible. Est-ce que tu pourrais nous dire s'il s'est récemment passé quelque chose de particulier dans sa vie ? Si elle aurait des raisons de vouloir se venger ?

— Sa fille est morte d'overdose en juin dernier.

— Il s'agissait d'une mort accidentelle ?

— D'après les rapports, oui. Mais ils se basaient sur les déclarations de Dobson. Quelques mois plus tôt, elle avait perdu un procès et avait dû payer une amende de six cent mille dollars.

— On est arrivé, prévint Perez. Il y a autre chose ?

Il avait pris le téléphone et continuait à parler tout en sortant de la voiture et en suivant Jordain qui descendait la rue en courant, vers le bureau de Stella Dobson.

— Je suis en train de lire... Attends... Oui... Merde... Dobson avait engagé un as de l'informatique pour pirater la banque de données de Global. Elle s'est procuré les adresses personnelles des filles qui travaillaient pour eux et leur a écrit pour les inciter à abandonner. Elle leur a même proposé de les aider à chercher du travail.

— On le sait. Reste près de ton téléphone. Je t'appelle si on a besoin de renforts.

— Perez... L'avocate qui a défendu Global était Kira Rushkoff, la femme de Leightman. Ça veut dire que...

Mais il avait déjà raccroché.

92.

Sur la petite table installée au milieu de la scène, Stella avait disposé un ordinateur et un gâteau d'anniversaire recouvert d'un glaçage et agrémenté de roses en sucre. Une unique bougie était plantée au milieu.

Assise dans un fauteuil, à quelques mètres en retrait de la table, Blythe avait les mains liées dans le dos, les chevilles attachées. Elle était bâillonnée et elle portait un masque bleu en forme de papillon.

— Qu'est-ce que Blythe fait ici ? a demandé Nina.

— Elle est invitée à la fête, comme toi.

— Elle connaissait Simone ?

— Non. Mais Simone la connaissait. Elle l'avait regardée *online*, avec son amie. C'est Blythe qui a perverti ces deux innocentes. Pendant que je m'évertuais à élever ma fille dans le droit chemin pour en faire un être solide et équilibré, elle s'enfermait dans sa chambre et apprenait sur internet à devenir une putain. Comme cette putain que tu vois là. Je l'aimais tant… Et voilà ce qu'elle a fait. Voilà ce que nous avons créé, Nina. Toi, moi, nous toutes… En dépit de nos efforts, de notre lutte, de nos protestations, de nos manifestations, nos filles sont prêtes à tout pour attirer l'attention des hommes. Elles n'hésitent pas à se rabaisser. Tu sais ce que la mienne a fait avec son amie ? Elles ont imité les putes d'internet, elles se sont filmées et elles ont fait circuler le fichier.

Tout en parlant, Stella avait avancé tout au bord du plateau, sans quitter Nina des yeux.

— Tu commets une grave erreur, a murmuré Nina d'une voix qui se voulait apaisante. Blythe n'est responsable de rien. Elle aussi est une victime. Elle a besoin d'aide. Viens t'asseoir près de moi. Nous chercherons ensemble un moyen d'aider ces femmes. Nous avons lutté notre vie durant, comme tu viens de le dire. Nous n'allons pas abandonner maintenant.

Elle a tendu la main vers Stella. Les accents passionnés et sincères de son discours m'ont coupé le souffle. Elle croyait vraiment que son amie accepterait de dialoguer avec elle. J'espérais qu'elle ne se trompait pas, mais j'avais peur. Peur pour elle et pour Blythe.

— Tu t'imagines qu'on peut encore faire quelque chose ? a rétorqué Stella avec un rire amer. Tu es bien naïve... Réfléchis... Qu'est-ce qui a changé depuis que nous avons commencé à nous battre ? Rien. La situation des femmes aurait même plutôt empiré. Elles sont plus serviles que jamais. Elles veulent à tout prix plaire aux hommes et eux se montrent de plus en plus grossiers. Ils se vautrent dans la pornographie. Ils cherchent des esclaves sexuelles.

Mon nez me chatouillait affreusement, mais si j'éternuais Stella s'apercevrait de ma présence. Je me suis retenue. C'était pénible et douloureux. Mais j'ai réussi.

— Ma fille s'est habillée comme une prostituée, Nina. Elle s'est exhibée devant une webcam en jouant aux lesbiennes avec son amie, tout ça pour exciter les garçons de son âge. Elles leur ont envoyé le film et tous les mâles du lycée l'ont vu. Tu te rends compte ? Le pire, c'est que Simone s'en fichait. Je crois même que ça lui plaisait, que ça l'excitait. Jamais je ne l'avais vue aussi heureuse. Elle croyait qu'ils la désiraient enfin. J'ai tenté de lui expliquer qu'ils ne désiraient que son corps. Ses seins, son vagin… Qu'elle n'était pour eux qu'un fantasme. Qu'ils ne songeaient pas à échanger quoi que ce soit avec elle. Que ça n'avait rien à voir avec le lien qui doit unir un homme et une femme, qu'ils avaient juste envie de la regarder se masturber.

Elle a poussé un soupir.

— Et tu sais ce qu'elle m'a écrit dans la lettre qu'elle m'a laissée ? Elle m'a accablée de reproches. Elle a dit que je ne l'aimais pas, que j'exigeais qu'elle corresponde à l'image que je me faisais de la jeune fille idéale, que pour moi une femme digne de ce nom devait être indépendante des hommes, élever seule ses enfants, vivre en célibataire. Elle était mon bébé, mon amour. Mais elle croyait que je ne l'aimais pas. A cause de ces putains, de ces sorcières qui ne sont que griffes et crocs, elle pensait que je la méprisais parce qu'elle ne partageait pas mes engagements. Quand j'ai vu ce film, Nina, j'ai éprouvé de la haine pour Simone. De la haine pour ma propre fille… Et puis j'ai compris qu'elle n'y était pour rien. Que je l'aimais comme on doit aimer son enfant, en désirant faire d'elle une femme qui se respecte, qui ne s'affame pas avec des régimes aberrants, qui peut sortir sans rouge à lèvres, qui ne choisit pas ses vêtements en fonction des hommes.

Durant cette longue harangue, j'ai eu le temps de remarquer qu'elle tenait un objet qu'elle ne cessait de faire passer d'une main à l'autre, fébrilement.

L'odeur que j'avais détectée dans l'entrée du théâtre était

encore plus présente à l'intérieur de la salle. Je n'arrivais toujours pas à l'identifier, sans doute à cause de mon nez bouché, mais ce n'était pas le moment de m'inquiéter de ce détail, je devais écouter Stella, veiller sur Nina et sur Blythe, trouver un moyen de les tirer de là.

— Ce que ces femmes font sur internet a de graves répercussions. Il fallait bien que quelqu'un réagisse. Tu me comprends, Nina ?

— Simone n'est pas morte d'une overdose, n'est-ce pas ? a demandé Nina.

— Ta question n'a aucun rapport avec ce que je t'explique. Je te parle de femmes qui ont appris à ma fille comment se comporter en pute.

Sa voix s'est brisée.

— Tu te rends compte que pendant que j'essayais de sauver des prostituées ma fille en devenait une ? Je ne pouvais pas rester sans réagir. C'est pour ça que j'ai engagé quelqu'un pour pirater le site de Global. Tout le monde a cru que je me battais pour la cause des femmes et que j'étais effondrée d'avoir perdu ce procès. Je n'avais pas perdu, j'avais gagné. C'est Rushkoff qui a perdu. J'ai découvert que son mari était abonné au site. Il utilisait un pseudonyme, mais je l'ai tout de même identifié avec sa carte de crédit. Ça a été un délice. J'ai tout de suite pensé à me servir de lui. A le mettre dans le bain. Pour faire d'une pierre deux coups.

Elle a éclaté d'un rire mauvais. On sentait que le moment qu'elle avait tant attendu approchait. Elle s'agitait de plus en plus. L'odeur était de plus en plus présente. Stella a reniflé l'air ostensiblement, puis elle a souri.

— Kira ignorait que son cher petit mari était un fidèle client de Global. Quelle ironie… Le juge Alan Leightman payait pour voir les putes qui détruisaient Simone. Il est en prison, tu le savais ? Il paye pour ce qu'il a fait. Pour ses péchés et ceux de sa femme. J'ai joué un bon tour à Kira, je suis fière de moi. Il s'est livré à la police, tu te rends compte ? Je n'en espérais pas tant.

— Tout ça ne te rendra pas Simone, a murmuré Nina.

— Je sais. Aussi, j'ai l'intention de la rejoindre. Je me présenterai devant elle avec la vengeance comme présent. Pour qu'elle me pardonne.

Je devais prévenir la police, mais sans faire de bruit… Comment m'y prendre ? J'hésitais à retourner dans le hall car je répugnais à quitter Nina et Blythe des yeux.

Mais appeler de là où j'étais signifiait composer le 911 sans pouvoir parler et la police ne pourrait pas me localiser. Il ne me restait donc plus qu'à refermer doucement la porte, mais pour cela il fallait que j'attende que Stella me tourne le dos.

— Stella, je comprends que tu sois bouleversée, a dit Nina. Mais Blythe n'est pas responsable du suicide de ta fille.

— Elle s'est humiliée pour ces garçons, mais ils ne se sont pas intéressés à elle pour autant. Le film a circulé, ils l'ont tous vu. Quand j'ai trouvé cet infâme document, j'ai essayé de le lui faire comprendre. Je voulais l'aider à se laver de tout ça. Mais… Mais… Elle refusait de m'entendre. Tout ce qui lui importait, c'était que l'un deux, celui qu'elle aimait, fourre sa queue dans sa bouche. Voilà tout ce qui comptait pour elle…

Elle était sur le point de craquer. Je le voyais à son regard.

— Ça suffit, a-t-elle murmuré. Je suis fatiguée de m'expliquer et de me justifier. J'ai fait ce qu'il fallait en punissant les filles qui ont perverti Simone. Leur mort, c'est mon cadeau d'anniversaire. Celle-ci est la dernière..., a-t-elle conclu en se tournant vers Blythe et en la désignant du menton.

— Il est temps maintenant de souhaiter un joyeux anniversaire à mon bébé. Tu veux chanter avec moi, Nina ? Chante. *Joyeux anniversaire...*

Elle avait la voix brisée, elle chantait faux.

Nina n'a pas ouvert la bouche.

— Tu dois chanter avec moi..., a insisté Stella.

J'avais déjà vu des gens craquer, perdre complètement le sens de la réalité. C'était un spectacle affreux et difficile à supporter. Stella paraissait maintenant folle de rage. Ses yeux brillaient comme des charbons ardents. L'objet qu'elle tenait à la main lui a échappé. Elle s'est baissée pour le ramasser.

Et j'ai vu de quoi il s'agissait.

Une boîte d'allumettes.

Bien sûr. Pour allumer la bougie du gâteau.

Je ne me souviens pas comment j'ai brusquement pris conscience de ce qui se passait. Les pièces du puzzle se sont assemblées d'elles-mêmes, en un éclair.

Brusquement, j'ai identifié l'odeur. Je n'avais plus le temps de réfléchir, plus le temps de mettre Nina en garde. Il fallait intervenir. Tout de suite.

Stella a lentement avancé le pied droit, puis le gauche. Elle était maintenant tout près de Blythe et de la table. J'ai vu trembler la main qui tenait la boîte et j'ai entendu le bruit des allumettes qui s'entrechoquaient. Fort. Très fort.

J'ai couru vers la scène et grimpé l'escalier qui montait sur le plateau. Du coin de l'œil, j'ai aperçu le visage de Nina, avec la bouche agrandie en un O étonné.

Stella avait déjà ouvert la boîte. Elle a sorti une allumette qui est tombée. Elle l'a regardée, elle s'est baissée, elle l'a prise, elle s'est redressée. Elle s'apprêtait à la frotter.

Mais j'arrivais déjà sur elle et je l'ai bousculée sans ménagement en lui arrachant la boîte des mains.

Elle ne m'a même pas regardée. Elle contemplait d'un air hébété les allumettes répandues au sol.

— Je dois le faire, a-t-elle dit d'un ton plaintif. C'est la dernière. Je l'ai promis à Simone. Laissez-moi tranquille.

Elle m'a repoussée avec une violence surprenante. Je ne m'y attendais pas, mais j'ai lutté de toutes mes forces pour conserver mon équilibre.

— Nina, ai-je hurlé. Le théâtre est saturé de gaz. Elle veut tout faire sauter. Sors. Appelle la police.

Stella a marché droit sur moi, toutes griffes dehors. Elle a visé mes yeux, mais je l'ai esquivée en baissant la tête. Elle m'a saisie par les cheveux et a tiré. Je me suis entendue hurler et j'ai balancé mon bras droit, sans réfléchir. Elle a pris mon plâtre en pleine figure. Quelque chose a craqué. Mon bras ? Le plâtre ? Stella a reculé en vacillant, la tête dans les mains. Elle criait. Le sang coulait entre ses doigts.

Nina nous avait déjà rejointes.

J'ai regardé de nouveau Stella et ses mains dégoulinantes de sang. J'ai compris que je l'avais mise hors d'état de nuire.

Pendant que Nina attachait les poignets de Stella avec mon écharpe d'hôpital, j'ai ôté à Blythe son bâillon. Elle a posé sur moi un regard vitreux, elle était visiblement droguée.

— Ça va aller, ai-je murmuré. C'est fini. Tenez le coup.

J'ai sorti maladroitement mon téléphone portable de mon sac et j'ai composé le 911 pour réclamer la police et une ambulance.

— Faites vite, ai-je supplié. Il y a avec nous une jeune femme qui a sûrement avalé du poison.

Je savais qu'il fallait donner le plus de renseignements possible pour augmenter les chances de sauver Blythe et j'ai décrit son état aussi précisément que je le pouvais. Après avoir raccroché, je me suis tournée vers Stella.

Elle était assise par terre, dans un coin du plateau, et se balançait d'avant en arrière, à un rythme régulier, comme si elle suivait une musique. Debout près d'elle, Nina la contemplait d'un air désespéré.

— Que lui avez-vous fait avaler ? ai-je demandé à Stella.

— Elle ne t'entend pas, Morgan, a dit Nina.

Je comprenais que Stella était dans un état second, mais je n'ai pas pu m'empêcher d'insister.

— Qu'avez-vous fait avaler à Blythe ? ai-je répété.

Stella a murmuré quelque chose d'une voix enrouée et je me suis penchée vers elle pour ne pas perdre une miette de ce qu'elle dirait.

— Joyeux anniversaire..., a-t-elle chantonné. Joyeux anniversaire.

— Qu'avez-vous donné à Blythe ?

Elle s'est tue et a penché la tête, comme si elle m'avait entendue. J'ai eu une bouffée d'espoir.

— Dommage pour le gâteau, a poursuivi Stella d'un ton morne. Ça aurait fait tellement plaisir à Simone si nous avions mangé le gâteau. Elle aurait été si contente de nous voir. Dommage pour le gâteau. Elle aurait été si contente...

Nina avait ouvert le sac de Stella pour le fouiller. Elle en a sorti une ordonnance.

— Des somnifères…, a-t-elle annoncé. J'espère que c'est tout ce qu'elle a donné à Blythe.

— Dommage pour le gâteau. Dommage…

La litanie de Stella a été interrompue par l'arrivée de la police. Les ambulanciers étaient juste derrière.

93.

Le dimanche, j'ai attendu Dulcie à la sortie du théâtre, comme prévu, après la représentation de 15 heures. Nous sommes restées silencieuses quand la voiture a démarré. Nous n'avions toujours pas réglé notre différend. Je savais par Mitch qu'elle songeait encore à cette série télévisée parce qu'ils n'avaient encore choisi personne pour le rôle principal.

Le conducteur roulait vers l'ouest. Lorsqu'il a tourné au coin de la VIIIe Avenue, il a dû s'arrêter au feu rouge, à quelques mètres du Playpen.

Là où, deux jours plus tôt, Stella avait failli tout faire sauter.

Blythe était déjà sortie de l'hôpital, elle se reposait chez ses parents. Stella lui avait fait avaler des calmants, mais à faible dose, juste assez pour l'assommer. La pauvre femme se trouvait en observation à l'hôpital psychiatrique. Elle n'en sortirait peut-être jamais.

Un frisson m'a secouée quand j'ai songé au danger auquel j'avais échappé dans ce théâtre. Je n'avais pas eu le temps d'y réfléchir, mais la présence de Dulcie m'en a fait prendre conscience.

Sur le moment, je n'avais pensé qu'à protéger Nina et Blythe.

Protéger… C'était toujours ce qui m'importait. Dulcie, mes patients…

Et autrefois ma mère.

Et moi ?

J'allais devoir travailler là-dessus, comme on disait dans notre jargon.

— Tu as envie de faire quelque chose de particulier, cet après-midi ? ai-je demandé à Dulcie.

Elle a haussé les épaules.

— Nina nous a invitées à patiner avec elle. Ça te dit ?

J'ai vu tout de suite que la suggestion la tentait. Elle a failli sourire, puis elle s'est souvenue qu'elle était censée me bouder.

— Pourquoi pas ? a-t-elle répondu d'un ton neutre.

Elle était vraiment une bonne actrice. Ça m'a rappelé ma mère et j'ai soupiré. Je ne pouvais vraiment rien faire contre ça.

Dans la patinoire de Central Park, la glace scintillait et des douzaines de patins argentés passaient devant mes yeux. Parmi eux il y avait ceux de Dulcie, elle avait les cheveux au vent, le regard brillant.

Je patinais avec Nina. Elle m'avait pris le bras parce qu'elle craignait que mon plâtre me déséquilibre. Je n'avais pas peur, mais j'appréciais le contact rassurant de sa main. J'avais un peu froid, mais j'ai continué. C'était bon de voir le corps agile de ma fille traverser la piste. Bon de sentir la chaleur de Nina. Et d'avancer lentement, en traçant de larges cercles le long de la rambarde, comme si ça ne devait jamais s'arrêter.

Après la patinoire, nous sommes allées chez Nina. Je me suis assise dans la cuisine pendant qu'elles faisaient fondre du chocolat. Quand il a eu la bonne consistance, elles ont rajouté du lait. Et j'ai bu un délicieux chocolat chaud, tel que Dulcie l'aimait.

Pendant que nous étions réunies autour de la table, à siroter notre épais et sirupeux élixir tout en grignotant des biscuits, Nina a questionné Dulcie au sujet de sa pièce. Je l'ai écoutée raconter ses plaisirs et ses frustrations. Je n'ai pas été étonnée qu'elle en profite pour dériver habilement sur le fait qu'elle avait envie de faire autre chose. Par exemple une série télévisée.

Elle m'a lancé un regard en coin, mais j'ai fait mine de ne pas l'avoir remarqué.

J'ai continué à boire en silence. Je n'avais pas l'intention de céder et je me demandais comment j'allais m'y prendre pour la convaincre de rester avec moi.

94.

Plus tard, dans la soirée, je suis entrée dans la chambre de Dulcie pour lui souhaiter bonne nuit. La porte était ouverte. Elle était au lit et regardait une rediffusion d'*Actor's Studio.*

Je me suis assise près d'elle et j'ai pris la commande à distance pour couper le son.

— Je sais que tu tiens beaucoup à cette audition, mais je n'ai pas l'intention de t'autoriser à la passer, même si ça nous rend très malheureuses toutes les deux. Je ne sais pas comment m'y prendre pour te faire entendre raison. Si tu étais l'une de mes patientes, ce serait beaucoup plus facile pour moi. Mais tu es ma fille. Et tout ce que je trouve à te dire, c'est que je ne veux pas que tu aies à affronter le stress d'une série télévisée.

— Ouais. Le Dr Péché sauve les pécheurs. Mais elle est incapable de sauver sa fille.

— Que veux-tu dire par « sauve les pécheurs » ?

J'étais habituée à ce qu'elle m'appelle Dr Péché, mais, là, elle allait plus loin que la taquinerie. Elle faisait allusion à quelque chose de précis.

Elle m'a avoué qu'elle avait fait le rapprochement entre ce qu'elle avait entendu à la télévision et ce que Mitch lui avait raconté de mon aventure au Playpen. Elle savait donc que j'avais sauvé la vie d'une femme qui avait travaillé pour des sites pornographiques sur internet.

Jusque-là, j'avais toujours évité de parler de mon travail à Dulcie. Je la trouvais trop jeune pour entendre certaines choses. Mais, après tout, elle n'avait que trois ans de moins que Simone et Amanda.

Alors je lui ai raconté l'histoire de ces deux amies qui cherchaient désespérément à attirer l'attention des garçons de leur âge, ce qu'elles avaient fait, le film qui avait circulé, le cauchemar qu'elles avaient vécu — au point que l'une d'elles s'était suicidée et que l'autre était maintenant en thérapie.

Quand j'ai eu terminé, j'ai écarté tendrement une mèche de cheveux noirs qui lui barrait le visage et j'ai plongé mon regard dans ses yeux si bleus.

— Je sais ce que tu désires, ai-je dit. Mais je ne peux pas te l'accorder pour le moment. Je dois te protéger. Bien sûr, je n'irai jamais jusqu'à t'enfermer à la maison, comme la mère de Simone. Je ne suis pas folle. Quand tu auras fini de jouer dans cette pièce, tu pourras envisager autre chose. Mais sache que je veux te garder encore près de moi quelques années, le temps que tu deviennes adulte. Je veux t'aider à grandir. Et j'aimerais que tu ne t'y opposes pas.

Elle m'avait laissée parler sans m'interrompre. Comme elle se taisait, j'ai eu un doute. J'avais peut-être eu tort de tant lui en dire au sujet d'Amanda et de Simone.

— Tu veux que je t'apporte un peu d'eau ? ai-je demandé.

— J'ai sommeil, maman, a-t-elle répondu en se blottissant sous les draps.

Elle paraissait minuscule, sous ce gros édredon.

Elle ne s'est pas jetée à mon cou pour me dire qu'elle m'aimait et qu'elle m'obéirait. Mais elle m'avait écoutée, elle acceptait un cessez-le-feu. Ça me suffisait pour le moment.

Tant qu'elle me laisserait m'asseoir près d'elle et qu'elle me prêterait une oreille attentive, je devais m'estimer heureuse. Tous les parents n'en obtenaient pas autant de leurs enfants.

99.

Quand je suis partie de chez moi le lundi matin, Dulcie dormait toujours. Avant de sortir, j'avais demandé à Mary, notre femme de ménage, de la persuader de prendre un peu plus qu'un jus de fruits pour son petit déjeuner. Pour une fois.

« Si elle vous voyait manger le matin, elle en ferait peut-être autant, avait-elle rétorqué en souriant. Elle cherche à vous ressembler en tout, vous ne le savez pas ? »

Les trottoirs étaient suffisamment dégagés pour que je me rende à pied au Butterfly Institute. Dehors, il faisait encore froid, mais j'ai trouvé l'air vivifiant.

Vingt minutes plus tard, j'étais assise devant mon bureau. Je venais d'avoir une longue conversation téléphonique avec Blythe. Elle pensait pouvoir reprendre bientôt le travail, mais elle avait réclamé quelques séances avec moi avant de s'y remettre. Je cherchais des plages horaires pour la recevoir quand Allison a passé la tête à ma porte.

— Alan Leightman est là. Il peut entrer ?

Il avait été libéré deux jours plus tôt, j'ai été surprise qu'il vienne si vite à sa séance du lundi.

Durant les cinq premières minutes, il m'a expliqué qu'il s'était installé à l'hôtel et qu'il avait proposé à Kira d'entreprendre une thérapie de couple.

— Je voudrais vivre une relation saine avec une femme. Je ne sais pas si c'est toujours possible avec elle après ce que nous venons de traverser, mais elle mérite que j'essaye. Vous vous souvenez de la fois où vous m'avez demandé de vous parler du premier corps nu de femme qui avait éveillé mon désir ? Je vous ai répondu que c'était derrière le box vitré d'un théâtre. Sans doute avez-vous compris alors que j'avais besoin de voir les femmes à travers une vitre pour les désirer. Celle du théâtre, celle de l'écran de mon ordinateur… Vous croyez que je vais pouvoir dépasser ça ?

Je l'ai encouragé. Oui, il le pouvait, mais je n'avais pas le droit de lui garantir qu'il y arriverait, parce que je n'en savais rien. Il fallait essayer.

A midi, j'ai enfilé mon manteau et je suis sortie. J'allais à l'hôtel Regency, au coin de la rue.

Le maître d'hôtel m'a conduite jusqu'à la table où Noah m'attendait déjà. Quand il m'a vue, il s'est levé. Il souriait. Je lui ai trouvé l'air fatigué, mais il n'avait pas le visage défait de quelqu'un qui n'a pas dormi de la nuit.

— Comment va ton poignet ? m'a-t-il demandé tout en me servant un verre de vin rouge pendant que je m'asseyais.

— Pas trop mal. Le médecin a dit que le coup que j'avais porté n'avait pas causé de dommages supplémentaires.

— Pas de dommages supplémentaires ? Tu as cassé le nez de cette femme. A deux endroits.

Nous avons parlé de Blythe, de Stella qui allait être inculpée de meurtre, des trois femmes mortes parce qu'une jeune fille n'avait pas répondu aux attentes de sa mère. J'ai remué sur mon siège, un peu gênée, en pensant à ce que j'attendais moi aussi de ma fille. Puis la conversation a tout naturellement dévié sur Dulcie et sur la façon dont elle se comportait avec moi depuis qu'elle était rentrée.

— Ça va aller, ne t'inquiète pas, m'a dit Noah d'un ton rassurant.

J'ai acquiescé. Je ne demandais qu'à le croire.

— Je sais que je ne peux pas contrôler sa vie, ai-je répondu. Je veux juste l'aider à trouver son chemin et faire en sorte qu'elle souffre le moins possible. Mais je n'y arriverai peut-être pas. Je m'y suis résignée d'avance. L'important, c'est qu'elle sache que je l'aime. Que je l'aime telle qu'elle est.

Je pensais à Stella et à Simone.

— Je sais, a commenté Noah. Et c'est ce que tu fais de mieux pour elle. Cet amour l'aidera toute sa vie.

Je lui ai souri.

— C'est un peu compliqué, a-t-il soudain lancé.

J'ai compris qu'il avait changé de sujet.

— Tu parles de nous ? ai-je murmuré.

— Oui, nous. C'est pour ça que je t'ai donné rendez-vous.

Un serveur est venu remplir nos verres. Noah a attendu qu'il s'éloigne.

— Je songe à te proposer un travail, a-t-il poursuivi.

La dernière fois que nous avions passé du temps ensemble, cinq jours plus tôt, il m'avait habillée, puis déshabillée, et nous avions fait l'amour. Ensuite, quand nous avions pris notre petit déjeuner, nous nous étions disputés pour la deuxième fois — ou était-ce la troisième —, au sujet d'Alan Leightman. Parce que je voulais absolument lui faire entendre que Leightman était innocent. Quand nos professions se mettaient entre nous, cela faisait de gros dégâts.

J'avais l'impression que ces cinq jours étaient très loin, mais ils n'étaient pas si loin que ça.

— Un travail ? C'est une boutade ?

Il a secoué la tête et m'a dévisagée d'un air triste. Il était si proche que je sentais les effluves de romarin et de menthe de son eau de toilette.

— Non.

— Vas-y. Je t'écoute.

— Nous cherchons un expert psychiatre. Ça fait plus d'un mois, maintenant. On ne trouve personne.

Sa voix a déraillé. Il s'est raclé la gorge.

— Tu es parfaitement qualifiée pour ce poste. Tellement qualifiée que je me suis dit que c'était un crime de ne pas te le proposer. Ce serait un vrai défi, pour toi.

— Les bras m'en tombent. Je ne m'attendais pas à ce que tu me fasses une telle offre…

— Moi non plus.

La salle de ce restaurant d'hôtel n'avait pas l'ambiance feutrée qui convenait aux tête-à-tête sentimentaux, plutôt celle des rendez-vous d'affaires. Elle était nette, froide, tout en lignes géométriques. Les clients portaient des costumes ou des tailleurs. Noah était habillé en jean, avec un pull col roulé noir et son blouson de cuir usé. Il détonnait un peu dans le décor.

J'ai détourné le regard, vers les étrangers qui nous entouraient, vers la fenêtre. Je ne voulais pas voir le visage de Noah. Je me sentais déçue et j'ai songé que personne ne vit sans regret. Aimer quelqu'un signifiait perdre de son autonomie. Je tenais à mon autonomie, certes, mais j'avais peut-être eu tort de tant m'y accrocher.

Une semaine plus tôt, j'aurais certainement affirmé que Noah lisait dans mon regard, mais quand je me suis enfin tournée vers lui ce jour-là j'ai compris que ce temps était révolu.

— Inutile de prendre des gants, ai-je dit. Si j'accepte ce travail, c'en est fini de notre relation, n'est-ce pas ?

— Nous aurons une relation professionnelle.

Il a haussé les épaules. Comme si ça n'avait aucune importance.

— Nous arrêterons de jouer au chat et à la souris, a-t-il poursuivi. Nous serons amis.

— Amis, ai-je répété.

La façon dont il avait prononcé le mot en l'étirant, avec son accent du Sud, le rendait parfaitement anachronique.

— Amis, c'est ce que tu veux ? ai-je insisté.

— Ce serait plus simple.

— C'est vraiment ce que tu veux ?

Il n'a pas répondu. Mais j'ai compris. Je me suis penchée vers lui, autant que j'ai pu, j'ai posé ma main valide sur son bras et je l'ai embrassé.

Ses lèvres ne m'ont pas accueillie.

Je l'avais perdu. J'avais attendu trop longtemps.

Et puis… Quand même… Il a pris mon visage entre ses paumes, il m'a attirée, plus près, et il m'a rendu mon baiser.

Un baiser qui n'était pas celui d'un homme qui propose un travail à une femme.

Pas du tout.

REMERCIEMENTS

A mon incomparable agent Loretta Barett et aussi à Nick Mullendore et Gabriel Davis de Loretta Barett Books, pour leur travail et leurs judicieux conseils.

A ma merveilleuse éditrice, Margaret O'Neill Marbury, à qui je dois tant.

A Diane Moggy et Donna Hayes pour leurs initiatives et leur ferveur. Merci.

A l'équipe des directrices de collection, du marketing et de la publicité, aux graphistes. Pour tout ce que vous faites si bien.

A Mara Nathan et Chuck Clayman, pour le temps qu'ils ont bien voulu me consacrer, pour leur discernement, pour leur créativité. Si ce livre comporte des erreurs, c'est que je n'ai pas su vous écouter.

A Lucie Zahray, mon étonnante « expert en poison » qui a si généreusement partagé ses connaissances avec moi. Sans vous, Lucie, je n'aurais jamais pu assassiner toutes ces femmes. Vous m'avez été précieuse.

A tous les libraires qui se donnent tant de mal pour qu'un livre parvienne jusqu'à ses lecteurs, avec une pensée émue pour ceux de Greenwich, dans le Connecticut : Jenny Lawton de Just Books Too et Diane Garrett de Diane's Books.

A Lisa Tucker et Douglas Clegg pour m'avoir aidée quand les mots ne venaient plus ou quand mon intrigue piétinait.

A mes merveilleux amis, à mes confrères, à mes amis et confrères, avec une mention spéciale pour l'équipe de ITW.

A ma délicieuse famille : Gigi, Jay, Jordan, mon père, Ellie.

Et enfin, dernier de la liste, mais non des moindres, à Doug Scofield, pour nos fous rires, son soutien, ses compétences et sa confiance.

DANS LA MÊME COLLECTION

Par ordre alphabétique d'auteur

OLGA BICOS	*Nuit d'orage*
OLGA BICOS	*La mort dans le miroir*
LAURIE BRETON	*Ne vois-tu pas la mort venir ?*
BARBARA BRETTON	*Le lien brisé*
JAN COFFEY	*La dernière victime*
JASMINE CRESSWELL	*La Manipulatrice*
JASMINE CRESSWELL	*Le secret brisé*
JASMINE CRESSWELL	*La mort pour héritage*
JASMINE CRESSWELL	*Soupçons mortels*
JASMINE CRESSWELL	*Je saurai te retrouver*
MARGOT DALTON	*Amnésie*
MARGOT DALTON	*Kidnapping*
MARGOT DALTON	*Le sceau du mal*
MARGOT DALTON	*Crimes inavoués*
WINSLOW ELIOT	*L'innocence du mal*
LYNN ERICKSON	*Le Prédateur*
TESS GERRITSEN	*Présumée coupable*
TESS GERRITSEN	*Crimes masqués*
HEATHER GRAHAM	*L'invitation*
HEATHER GRAHAM	*L'ennemi sans visage*
HEATHER GRAHAM	*Le complot*
HEATHER GRAHAM	*Soupçons*
HEATHER GRAHAM	*La griffe de l'assassin*
HEATHER GRAHAM	*Prémonition*
HEATHER GRAHAM	*L'ombre de la mort*
HEATHER GRAHAM	*Danse avec la mort*
GINNA GRAY	*Le voile du secret*
GINNA GRAY	*La cavale*
KAREN HARPER	*Testament mortel*
KAREN HARPER	*Le saut du diable*
KAREN HARPER	*L'œuvre du mal*
KAREN HARPER	*Les portes du mal*
KATHRYN HARVEY	*La clé du passé*
BONNIE HEARN HILL	*La disparue de Sacramento*
BONNIE HEARN HILL	*Mortelle perfection*
CHRISTIANE HEGGAN	*Miami Confidential*
CHRISTIANE HEGGAN	*L'Alibi*
CHRISTIANE HEGGAN	*Intime conviction*
CHRISTIANE HEGGAN	*Labyrinthe meurtrier*

.../...

DANS LA MÊME COLLECTION
Par ordre alphabétique d'auteur

CHRISTIANE HEGGAN	*Troublantes révélations*
CHRISTIANE HEGGAN	*Intention de tuer*
CHRISTIANE HEGGAN	*Meurtre à New York*
METSY HINGLE	*Le masque de la mort*
GWEN HUNTER	*Faux diagnostic*
GWEN HUNTER	*Virus*
GWEN HUNTER	*Les mains du diable*
GWEN HUNTER	*Le triangle du mal*
GWEN HUNTER	*La piste du mal*
LISA JACKSON	*Noire était la nuit*
CHRIS JORDAN	*L'étau*
PENNY JORDAN	*De mémoire de femme*
PENNY JORDAN	*La femme bafouée*
R.J. KAISER	*Qui a tué Jane Doe ?*
ALEX KAVA	*Sang Froid*
ALEX KAVA	*Le collectionneur*
ALEX KAVA	*Les âmes piégées*
ALEX KAVA	*Obsession meurtrière*
ALEX KAVA	*Le Pacte*
RACHEL LEE	*Neige de sang*
RACHEL LEE	*Le lien du mal*
RACHEL LEE	*Secret meurtrier*
DINAH McCALL	*Le silence des anges*
HELEN R. MYERS	*Mortelle impasse*
HELEN R. MYERS	*Les ombres du doute*
HELEN R. MYERS	*Mort suspecte*
HELEN R. MYERS	*Suspicion*
HELEN R. MYERS	*La marque du diable*
CARLA NEGGERS	*L'énigme de Cold Spring*
CARLA NEGGERS	*Piège invisible*
CARLA NEGGERS	*La dernière preuve*
BRENDA NOVAK	*L'étrangleur de Sandpoint*
BRENDA NOVAK	*Noir secret*
MEG O'BRIEN	*Le piège*
MEG O'BRIEN	*En lettres de sang*
MEG O'BRIEN	*Pluie de sang*
MEG O'BRIEN	*La déchirure*
MEG O'BRIEN	*Spirale meurtrière*
SHIRLEY PALMER	*Zone d'ombre*
SHIRLEY PALMER	*Le bûcher des innocents*

... / ...

DANS LA MÊME COLLECTION

Par ordre alphabétique d'auteur

EMILIE RICHARDS	*Le refuge irlandais*
EMILIE RICHARDS	*Mémoires de Louisiane*
EMILIE RICHARDS	*Le testament des Gerritsen*
EMILIE RICHARDS	*L'héritage des Robeson*
EMILIE RICHARDS	*L'écho de la rivière*
EMILIE RICHARDS	*Promesse d'Irlande*
EMILIE RICHARDS	*Du côté de Georgetown*
NORA ROBERTS	*Possession*
NORA ROBERTS	*Le cercle brisé*
NORA ROBERTS	*Et vos péchés seront pardonnés*
NORA ROBERTS	*Tabous*
NORA ROBERTS	*Coupable innocence*
NORA ROBERTS	*Maléfice*
NORA ROBERTS	*Enquêtes à Denver*
NORA ROBERTS	*Crimes à Denver*
NORA ROBERTS	*L'ultime refuge*
NORA ROBERTS	*Une femme dans la tourmente*
FRANCIS ROE	*L'engrenage*
FRANCIS ROE	*Soins intensifs*
M. J. ROSE	*Rédemption*
M. J. ROSE	*Le cercle écarlate*
M. J. ROSE	*La cinquième victime*
JOANN ROSS	*La femme de l'ombre*
SHARON SALA	*Sang de glace*
SHARON SALA	*Le soupir des roses*
SHARON SALA	*Meurtre en eaux troubles*
SHARON SALA	*L'œil du témoin*
MAGGIE SHAYNE	*Noir paradis*
MAGGIE SHAYNE	*Un parfait coupable*
TAYLOR SMITH	*Le carnet noir*
TAYLOR SMITH	*La mémoire assassinée*
TAYLOR SMITH	*Morts en série*
ERICA SPINDLER	*Rapt*
ERICA SPINDLER	*Black Rose*
ERICA SPINDLER	*Le venin*
ERICA SPINDLER	*La griffe du mal*
ERICA SPINDLER	*Trahison*
ERICA SPINDLER	*Cauchemar*
ERICA SPINDLER	*Pulsion meurtrière*
ERICA SPINDLER	*Le silence du mal*
ERICA SPINDLER	*Jeux macabres*
ERICA SPINDLER	*Le tueur d'anges*

.../...

DANS LA MÊME COLLECTION
Par ordre alphabétique d'auteur

AMANDA STEVENS	*N'oublie pas que je t'attends*
TARA TAYLOR QUINN	*Enlèvement*
ELISE TITLE	*Obsession*
CHARLOTTE VALE ALLEN	*L'enfance volée*
LAURA VAN WORMER	*La proie du tueur*
KAREN YOUNG	*Passé meurtrier*

6 TITRES À PARAÎTRE EN MAI 2008

MIRA

Composé et édité par les
éditions Harlequin
Achevé d'imprimer en février 2008

par

LIBERDÚPLEX

Dépôt légal : mars 2008
N° d'éditeur : 13386

Imprimé en Espagne